ANDREA DE CARLO è nato a Milano. Ha scritto *Treno di panna*, *Uccelli da gabbia e da voliera*, *Macno*, *Yucatan*, *Tecniche di seduzione*, *Arcodamore*, *Uto*, *Di noi tre*, *Nel momento*, *Pura vita*, *I veri nomi*, *Giro di vento*, *Mare delle verità*, *Durante*, *Leielui*, *Villa Metaphora* e *Cuore primitivo*. I suoi romanzi sono tradotti in 26 paesi.

Mario e Guido sono compagni di liceo, tanto diversi ma speculari. Un'amicizia che nasce e si sviluppa come un fuoco negli anni Sessanta e continua attraverso i Settanta e gli Ottanta, tra manifestazioni studentesche e amori, viaggi di scoperta, successi e delusioni, fino a una maturità difficile da conquistare. Un romanzo di culto che continua a rispecchiare i nostri sogni e le nostre inquietudini, generazione dopo generazione.

BOMPIANI VINTAGE

Dello stesso autore presso Bompiani

ANDREA DE CARLO
DUE DI DUE

ROMANZO
BOMPIANI

© 2005 RCS Libri S.p.A., Milano

ISBN 978-88-452-7680-4

Prima edizione Bompiani: maggio 2005
Prima edizione Bompiani Vintage: gennaio 2014
Quarta edizione Bompiani Vintage: marzo 2016

www.andreadecarlo.com

www.bompiani.eu

Due di due, vent'anni dopo

Ecco che sono passati vent'anni da quando questo romanzo è uscito per la prima volta. Sembra di più, e di meno: succede alle cose che fai e poi diventano parte della tua vita e anche di quella altrui. Una fionda di legno che hai costruito con le tue mani, per esempio. La tieni in tasca per qualche tempo e a un certo punto la perdi, su un treno o chissà dove, e qualcuno la trova e invece di buttarla via le dà lo stesso valore che aveva per te. È successo così a *Due di due*; tanti l'hanno trovato sulla loro strada, e l'hanno fatto diventare loro. Non credo che a un romanzo, o a chi l'ha scritto, possa capitare di meglio.

È curioso, ma il titolo mi è venuto in mente prima del romanzo. Mi piaceva per le immagini che suggeriva: raddoppio, sdoppiamento, biforcazioni, gioco di opposti, differenze complementari, congiunzioni di metà, separazioni, attrazioni, riavvicinamenti. Mi piaceva anche solo per il suono, e soprattutto perché sembrava contenere già tutta una storia. Ma ho dovuto girargli intorno un paio d'anni, prima di riuscire a tirarla fuori.

Ho cominciato a buttare giù le prime note nel 1985, più o meno, in una casa di campagna nell'Italia centrale che in seguito è diventata la mia base per un periodo. Un luogo spazzato dal vento tre quarti dell'anno, senza tregua. Quello prevalente è un vento di sudovest che moltiplica le sue forze mentre si precipita su e giù per i dorsi delle ripide colline e attraversa con furia crescente i canaloni boscosi e investe e travolge tutto quello che incontra al suo passaggio. Con un tempo del genere uno se ne sta dentro casa nella vibrazione dei vetri delle finestre che sembrano sul punto di scoppiare, e se ha qualcosa da scrivere, scrive.

Come mi succede ogni volta che inizio un romanzo, sono partito da un'immagine. Finché non ce l'ho, non mi siedo neanche al tavolo da lavoro; faccio altro e aspetto che arrivi. Quando l'immagine finalmente arriva, è come una fotografia sfuocata, ma diventa più nitida ogni volta che torno a guardarla. Poco a poco i dettagli si delineano, volti e gesti diventano leggibili. In questo caso era l'esterno del liceo milanese che avevo frequentato, visto dall'altra parte della strada nel momento in cui gli studenti si riversano fuori in massa alla fine delle lezioni. Più tornavo a guardare, più scoprivo particolari che mi riguardavano da vicino. C'ero io, là dentro. O meglio, c'erano le mie due metà principali, ognuna con una faccia e un nome, che si fronteggiavano da marciapiedi opposti.

Poi l'immagine iniziale ha cominciato ad animarsi, come succede di solito, e la storia ha cominciato a scorrere, con una intensità e una naturalezza che mi hanno sorpreso. Mi è bastato scrivere la prima frase, e subito ho sentito l'irruenza di una vita intera che riprende a pulsare e a scorrere. Sono andato avanti per tre interi capitoli, trascinato dalla corrente.

Però qualche giorno più tardi mi sono interrotto per rileggere le pagine che avevo buttato giù, e ho provato un senso di imbarazzo, intenso quanto il trasporto con cui avevo scritto fino a quel momento. Mi è sembrato di essermi esposto troppo, senza i filtri di forma e prospettiva che avevo usato nei miei primi romanzi. Mi sono sentito stupido, sentimentale, tornato indietro a un'adolescenza di cui mi ero liberato con fatica e sollievo. E ho smesso: ho chiuso i fogli scritti a inchiostro turchese in una cartelletta e la cartelletta in un cassetto, come avevo fatto con altri inizi che non mi convincevano per le ragioni più diverse. Poco tempo dopo ho iniziato un nuovo romanzo, di tutt'altro genere; nel giro di qualche giorno o settimana mi sono dimenticato di questa storia.

Ma questa storia non si è dimenticata di me. Quando un paio d'anni dopo ho riaperto il cassetto e la cartelletta che ne conteneva le prime pagine, i suoi personaggi e le sue atmosfere e i suoi pensieri e le sue ragioni mi sono tornati addosso di colpo, furiosi di essere stati abbandonati nell'attesa ellittica in cui girano le storie non ancora scritte. Non ho avuto altra scelta che riprendere a scrivere, scrivere, scrivere. Non mi era mai capitato di sentirmi così un tramite, che si lascia attraversare da un flusso di energia e lo traduce in parole, febbrilmente. Non ho più provato a prendere distanza, né a razionalizzare. Ho scritto in città diverse, su treni, su navi, in stanze prestate o affittate, in camere d'albergo. Non mi importava dove fossi, Guido e Mario mi tenevano troppo impegnato. Ho ridotto a zero i pochi rapporti che avevo, ho quasi smesso la mia vita normale. Prendevo anche appunti, di continuo, come un viaggiatore che non vuole perdere la strada ma non può neanche fermarsi: cronologie, itinerari, nomi, ragioni. A metà primavera sono tornato nella casa di campagna spazzata dal vento e mi ci sono rinchiuso, senza più rispondere al telefono né parlare con nessuno. Ogni tanto andavo in città a comprare qualcosa da mangiare, ma mangiavo poco, non mi interessava. Parlavo e discutevo tutto il tempo con Guido e Mario, mentalmente e ad alta voce: conversazioni serrate, a volte liti. Li sognavo anche di notte, li intravedevo di giorno nella penombra delle stanze dalle persiane accostate. L'estate è arrivata con estrema lentezza, calda e ronzante di insetti; io continuavo a scrivere. A un certo punto pensavo di essere vicino alla fine, e invece mi sono accorto che ero solo a metà. Ne sono rimasto sgomento per un giorno, poi mi è sembrato naturale che un romanzo che si chiamava *Due di due* fosse lungo il doppio di quelli che avevo scritto prima. Era giugno e poi luglio, agosto. Il vento di sudovest è diventato sempre più rovente, poi è cessato; da fuori arrivava il suono estenuante delle cicale. Ogni tanto accendevo un vecchio televisore in bianco e nero che tenevo su uno sgabello in un angolo della cucina con l'audio girato a zero, vedevo gruppi di persone in vacanza su spiagge e dorsi di monti, come abitanti di mondi inspiegabili.

Una sera particolarmente calda sono andato in città a prendere un gelato, e al ritorno ho scoperto che dei ladri avevano rotto una finestra e rubato il vecchio televisore. Nella fretta di scappare avevano lasciato una scala di legno telescopica, molto più bella e interessante di quello che avevano portato via. Adesso rimpiangevo il vento; l'aria era ferma, appiccicosa. Appena socchiudevo una finestra entrava una grossa mosca, ronzava in giro per le stanze dal soffitto basso. La inseguivo con in mano uno scacciamosche egiziano di crini di cavallo e cuoio intrecciato, ma Guido e Mario non mi lasciavano neanche in quei momenti. Ogni tanto ero esasperato dalle loro continue domande, dal loro modo di mettere in discussione tutto, sempre. Dalla casa editrice hanno mandato una redattrice per verificare che non fossi diventato matto e che effettivamente avessi scritto almeno parte del libro di cui erano in attesa. Abbiamo avuto una conversazione imbarazzata tra le erbe alte davanti a casa, le ho dato malvolentieri qualche pagina da leggere in cucina. Il giorno dopo è ripartita, per raccontare chissà cosa a Milano.

Certe notti un barbagianni volava ad ali spiegate da sopra il tetto per catturare topi alla luce della luna. Una notte ai primi di settembre ero sdraiato su un'amaca appesa tra gli alberi dietro casa, e il barbagianni mi è planato davanti, bianco e silenzioso come una visione. Ho sentito il lieve spostamento d'aria, l'odore appena avvertibile di muschio. Il mattino dopo ho scritto le ultime parole del mio romanzo. Ero vicino a un esaurimento mentale e fisico, ma anche contento.

Scrivere è un po' come fare i minatori di se stessi: si attinge a quello che si ha dentro, senza badare al rischio di farsi crollare tutto addosso. Quando diventa così è uno dei lavori più pericolosi che ci siano, ma anche uno dei più appassionanti. Quando questo libro è uscito la prima volta, nel settembre del 1989, ero convinto che l'avrebbero capito solo quelli che avevano fatto gli stessi percorsi miei e dei miei personaggi. Non me ne importava niente, non avrei cambiato una virgola di quello che avevo scritto. Invece è successo che molti l'hanno trovato sulla propria strada, e l'hanno fatto diventare loro. Persone delle età e provenienze più disparate hanno scoperto che le riguardava da vicino, si sono tuffate nella lettura con la stessa intensità e naturalezza che avevo sperimentato io scrivendo. La storia che credevo solo mia e di pochi altri è diventata molto condivisa; e la partecipazione non si è attenuata con il passare del tempo e il trasformarsi del mondo, ma anzi ha continuato a crescere. A volte alcuni lettori mi chiedono quanto ci sia di autobiografico in queste pagine. Rispondo: "Tutto." Altri mi chiedono in quale dei due protagonisti mi riconosca di più. Rispondo: "In tutti e due." Altri mi chiedono se Guido Laremi è, o è stato, una persona reale. Rispondo: "Sì." E non è letteralmente vero, perché i personaggi dei romanzi sono ibridi dalle molte origini. Però è vero che un giorno spero di riuscire a incontrarlo di nuovo, da qualche parte.

Se ci penso adesso, questa potrebbe anche essere la storia di una sola persona, che dà un nome diverso a ognuna delle due parti principali che la compongono. Oppure la storia dei dubbi e delle scelte e delle possibilità contrastanti che ognuno di noi si trova davanti nel corso della vita: delle biforcazioni sul percorso e del loro moltiplicarsi nel tempo, dei bivi da affrontare, della difficoltà e del bisogno di cambiare e di riconoscersi ancora. Ma alla fine è soprattutto quello che sembra: la storia di due persone che hanno bisogno una dell'altra per essere pienamente se stesse, e che non vogliono a nessun costo rinunciare alla meravigliosa, difficile, contrastata interezza di quando sono insieme.

La reazione che questo romanzo ha avuto e continua ad avere mi dà l'idea che ci siano in giro molti più esseri umani simili a Guido e a Mario e a me di quanto non immaginassi mentre lo scrivevo. Mi fa pensare che Guido Laremi aveva ragione quando diceva che forse dovremmo trovare un modo di metterci in contatto con chi ci è simile, attraverso qualche telegrafo invisibile o sistema di segni cifrati o tamtam sotterraneo. *Due di due* alla fine è uno strumento di quel genere, per me e per chi lo ha sentito o lo sentirà suo. Manda in giro segnali da venti anni ormai, e spero davvero che continui a mandarne, e a riceverne altri in risposta.

Andrea De Carlo, settembre 2009

Due di due

Prima parte

Uno

La prima volta che ho visto Guido Laremi eravamo tutti e due così magri e perplessi, così provvisori nelle nostre vite da stare a guardare come spettatori mentre quello che ci succedeva entrava a far parte del passato, schiacciato senza la minima prospettiva. Il ricordo che ho del nostro primo incontro è in realtà una ricostruzione, fatta di dettagli cancellati e aggiunti e modificati per liberare un solo episodio dal tessuto di episodi insignificanti a cui apparteneva allora.

In questo ricordo ricostruito io sono in piedi dall'altra parte della strada, a guardare il brulichìo di ragazzi e ragazze che sciamano fuori da un vecchio edificio grigio, appena arginati da una transenna di metallo che corre per una decina di metri lungo il marciapiede. Ho le mani in tasca e il bavero del cappotto alzato, e cerco disperatamente di assumere un atteggiamento di non appartenenza alla scena, anche se sono uscito dallo stesso portone e ho fatto lo stesso percorso faticoso solo un quarto d'ora prima. Ma ho quattordici anni e odio i vestiti che ho addosso, odio il mio aspetto in generale, e l'idea di essere qui in questo momento.

La folla di persone giovani viene avanti come un torrente intralciato da tronchi e massi affioranti, appena finita la transenna si riversa nella strada e la invade fino al mio marciapiede. E quasi ogni faccia è troppo pallida o tonda o lun-

15

ga, quasi ogni corpo troppo angoloso o smussato, quasi ogni andatura priva di equilibrio, come se le cartelle che tutti portano in mano e a tracolla fossero troppo leggere o pesanti. C'è questo fondo di indifferenza attiva in quasi ogni sguardo, in quasi ogni gesto che si unisce al generale dispendio di energia meccanica. Non mi sembra affatto di essere meglio degli altri: è l'idea di vedere i miei difetti moltiplicati per centinaia di volte che accentua la mia insofferenza e la riflette tutto intorno.

Osservo la massa confusa di teste e busti in movimento, sperando di riconoscere i capelli di una ragazza che ho visto qualche giorno prima, e invece mi colpisce lo sguardo di uno che cerca di farsi largo con un'espressione di estraneità concentrata. È uno sguardo da ospite non invitato, da passeggero clandestino: uno sguardo che prende distanza dai suoi stessi lineamenti, dal suo stesso modo di girare la testa a destra e a sinistra.

Poi nel ricordo ricostruito c'è un vuoto, dove Guido Laremi con il suo sguardo estraneo viene riassorbito dallo sfondo. Libero il mio motorino dalla catena e lo faccio partire, e questi gesti semplici mi costano fatica e ripetizione, rabbia contro gli oggetti. Alla fine sono in sella e cerco di aprirmi un percorso tra la gente e le macchine, e vado addosso a qualcuno. Sento un colpo su un lato del manubrio, ondeggio e perdo l'equilibrio; volo sul motorino trascinato dal mio cappotto pesante, dalla borsa di tela piena di libri obbligatori.

Qualche testa tonda e qualche collo lungo, qualche faccia di mela o di zucca o di pinolo, qualche paio di occhiali a finestrella di bunker o a fondo di bottiglia o a televisore panoramico si voltano nella mischia di movimenti; si distolgono appena mi rialzo senza danni interessanti. Guido Laremi a un paio di metri da me si preme una mano su un fianco, dice «Porca *miseria*». Ha più o meno la mia età, occhi chiari, capelli biondastri disordinati. Ha un impermeabile inglese, ma gli sta corto; anche lui tiene il bavero alzato. Mi fissa, e il suo sguardo è pieno di irritazione adesso, oltre che di estraneità.

Gli dico «Mi dispiace»; tiro su il motorino. Tutto intorno gli studenti in uscita continuano a urtarsi e spingersi e appoggiarsi uno all'altro, tra bofonchiamenti e squittii e risate e urla gutturali. Le automobili vanno avanti a piccoli scatti, raddensano con i loro scarichi l'aria già sporca e fredda. Una professoressa rinsecchita scivola oltre, come un vecchio animale da preda sazio e privo di intenzioni pericolose per il momento.

Di nuovo dico a Guido Laremi «Mi dispiace». Lui sorride appena, dice «Non importa». Ha una voce leggermente roca, grattata. Ci stringiamo la mano quasi formali, in questa posizione precaria tra strada e marciapiede, nel vocìo e il rumore di motori. Poi lui mi chiede se non gli do un passaggio verso casa: in forma di compensazione, sembra.

Rimetto in moto; lui sale dietro e parto, ondeggiante tra le automobili e gli studenti. Non è un motorino per due, sottile e leggero com'è, con la sella corta e senza pedaline posteriori. Guido Laremi tiene le gambe sollevate, mi dice «Attento» tre o quattro volte.

Ed è un giorno di novembre e Milano è vicina al suo peggiore grigio persecutorio, la casa dove mi aspettano a mangiare non mi attira affatto, non ho nessun programma interessante per il pomeriggio. Non c'è nessuna ragazza attraente che io speri di vedere presto; tutto quello che ho intorno mi sembra noioso e insensato allo stesso modo, privo di spunti. Anche visto a distanza e ricostruito non è un ricordo idilliaco, questo del mio motorino che vibra per le vecchie vie intasate di traffico, con Guido Laremi dietro stretto ai tubi del telaio.

Due

Dopo il nostro primo incontro io e Guido Laremi non ci siamo più visti per nove mesi interi. L'ho accompagnato a casa e ci siamo salutati, e malgrado la simpatia e la curiosità che provavamo l'uno per l'altro non ci siamo detti i nostri nomi né in che classe eravamo, né abbiamo poi fatto il minimo tentativo di rintracciarci a scuola. Era un periodo in cui una cosa succedeva e subito dopo era evaporata; come se non ci fosse mai stata. Tendo a ricordarmene come un insetto può ricordarsi il suo stato larvale: con lo stesso genere di sensazioni torporose che affiorano una sull'altra e subito perdono contorno.

Quello che mi viene in mente sono stati di sonnolenza, attesa e mancanza di ritmo, riflessioni circolari, immagini frammentarie, discorsi imprecisi, sguardi a distanza, incontri rimandati. Studiavo latino e greco antico e algebra nel modo più meccanico, senza capire i codici interni di ogni materia né il suo possibile uso al di fuori della scuola. Ascoltavo i professori e cercavo di memorizzare quello che dicevano in base alle cadenze delle loro frasi: il suono cantilenabile delle formule. A casa ogni pomeriggio stavo seduto a un tavolo a guardare le pagine di un libro e guardare nel vuoto.

Non mi sembrava che ci fossero alternative realistiche a fare lo studente, allora. Le uniche possibilità che mi venivano in mente erano come immagini di film viste da molto lontano, senza riuscire ad ascoltarne i suoni: io che emigravo; che andavo a imparare un lavoro manuale; che andavo alla ventura. Avrei dovuto essere credo in una situazione molto più difficile per riuscire a raggiungerle: forse soffrire la fame, vivere con genitori alcolizzati o violenti. La mia era una famiglia media italiana, mediamente attenta al mio andamento scolastico, mediamente tollerante delle mie oscillazioni di interesse, mediamente protettiva e confortante. Non avevo nessuno che mi stesse addosso a rendermi la vita impossibile, provocare rotture irrimediabili.

A volte cercavo di capire cosa avrei potuto fare una volta uscito da questo stato indefinito, ma non arrivavo mai a una conclusione attendibile. A volte mi guardavo nello specchio del bagno e cercavo di intuirlo dall'evoluzione dei miei lineamenti, dalle possibilità della mia mimica facciale. A mezzogiorno e di sera mangiavo con mia madre e suo marito e mi sentivo raggricciare dentro quando una battuta veniva rifatta, una considerazione riespressa, una piega di carattere rimessa in luce esattamente come cento o mille altre volte prima. Mi sembrava morboso essere ancora lì con loro, preso nella piccola rete di sguardi e gesti che conoscevo così bene, ma non facevo niente per uscirne, e non credo si capisse che ne soffrivo: avevo sviluppato una capacità di assorbire stridori senza reazioni apparenti. La domenica dormivo fino a mezzogiorno, fino alla una; fino a quando mia madre entrava nella stanza e tirava su le tapparelle e mi strappava le coperte di dosso.

Suonavo la chitarra, ma non sapevo leggere la musica né avevo abbastanza orecchio, così tendevo a ripetere all'infinito i due o tre giri di accordi che conoscevo, in un esercizio ellittico di frustrazione. Fluttuavo nel vuoto, sospeso tra gli orari della giornata. Lasciavo passare il tempo, più che altro; e mi sembrava che passasse con una lentezza incredibile.

Tre

All'inizio della quinta ginnasio Guido Laremi è stato trasferito alla mia classe. Eravamo immersi nel fluido paranoico di una lezione di latino, e lui è entrato dietro al preside. Non l'ho riconosciuto subito, perché aveva i capelli più scarruffati e lunghi che al nostro primo incontro ed era vestito in un altro stile, con jeans chiari e scarpe da tennis. Anche il suo sguardo era diverso: l'estraneità gli si era condensata, dava ai suoi occhi azzurri una luce più rapida e precisa. Stava fermo vicino alla cattedra, leggermente inclinato a osservare il preside, come se fosse curioso di una situazione che non lo riguardava affatto.

Il preside era un ometto tronfio e atticciato, con baffi sottili da commissario di polizia; ha spiegato sottovoce qualcosa alla nostra professoressa Dratti. La Dratti ha indicato Guido Laremi, detto «L'allievo Laremi per ragioni di ordine scolastico da oggi è trasferito a questa classe».

Sia la professoressa che il preside sembravano leggermente imbarazzati; Guido Laremi li guardava con le mani in tasca. Poi il preside se n'è andato, mentre tutti noi ci alzavamo in piedi tra spostamenti di sedie e fruscii e colpi di tosse; la professoressa ha detto a Guido Laremi di trovarsi un posto.

Lui è venuto verso il fondo, guardava le facce dei tre o quattro studenti che occupavano da soli un banco per due.

È arrivato fino a me e senza guardarmi si è seduto al mio fianco; ha fissato la cattedra a occhi stretti, in atteggiamento di grande attenzione. Solo dopo qualche minuto si è girato, mi ha detto «Ehi».

Quando siamo usciti alla fine delle lezioni e scesi per le scale gli ho chiesto come mai l'avevano trasferito da noi. Lui ha detto «È una storia patetica»: senza la minima intenzione di spiegarmi quale. Gli ho chiesto se voleva un passaggio in moto; lui mi ha ringraziato, ha detto che doveva restare. Era chiaro che aspettava una ragazza, ma aveva questa riservatezza strana, da ladro. Ha attraversato la strada, è andato sul marciapiede opposto, nello stesso punto dov'ero io la prima volta che l'avevo visto.

Il giorno dopo è tornato a sedersi al mio banco nella penultima fila, e da allora abbiamo cominciato a diventare amici. È stato un processo lento, nella chimica lenta di quel periodo, quando tutto si trasformava in modo difficile da percepire. Nessuno di noi due aveva grandi legami con gli altri nostri compagni, io per timidezza e perché li consideravo parte di un mondo che non volevo accettare, Guido perché era troppo diverso da loro. In realtà i due goffi giovani intellettuali della classe Ablondi e Farvo avevano cercato all'inizio di cooptarlo, impressionati dal suo aspetto e dal suo modo di parlare. Lo avevano stretto da parte negli intervalli, si erano sforzati di metterlo al corrente delle loro opinioni sul cinema e la letteratura e la pittura contemporanei, formate al riparo dei libri e i discorsi dei loro genitori. Guido non aveva mostrato il minimo interesse, si era svincolato dopo poche frasi senza cercare pretesti; l'attrazione di Ablondi e Farvo si era trasformata in risentimento. Lo guardavano da lontano con i loro occhi miopi, dove si mescolava ostilità ragionata e diffidenza fisica.

Guido non sembrava neanche accorgersene, ma l'idea che mi avesse scelto come compagno di banco mi ha fatto ancora più piacere. Stavamo seduti quasi immobili ai nostri posti, ad ascoltare le esposizioni di dogmi grammaticali e matematici; assediati come tutti gli altri dall'angoscia di essere interrogati su codici e cifrari che quasi nessuno capiva davvero.

Le nostre professoresse non cercavano di nascondere il gusto con cui esercitavano un potere assoluto su persone più giovani e almeno potenzialmente più libere e fortunate di loro. Doveva essere un vero piacere fisico, in grado di compensare quasi qualunque insoddisfazione sentimentale o finanziaria o di salute avessero fuori dalla scuola. Non importa quant'era brutta la loro casa, o insopportabile il loro matrimonio, o faticoso il percorso che dovevano fare ogni mattina; una volta in classe e chiusa la porta cambiavano espressione. Appendevano all'attaccapanni i loro cappellini a busta o a torta, i loro cappotti bluastri o verdini, si sedevano dietro la cattedra a fissare a occhi socchiusi le loro trenta vittime che prive di difese respiravano sullo stesso ritmo. Erano loro a stabilire i tempi: dilatavano le attese per godersi meglio il momento in cui avrebbero colpito, facevano scorrere lente l'indice sull'elenco dei nomi del registro, dicevano «Venga fuori Ba..., no, Ge...». C'era questa atmosfera rarefatta: questo vuoto in cui il più piccolo dei gesti si amplificava, la più piccola sfumatura di tono acquistava un rilievo impressionante.

Guido stava rintanato di fianco a me verso il fondo dell'aula, e faceva continue osservazioni su tutto. All'inizio parlava quasi da solo, ma poco alla volta ha cominciato ad alzare leggermente la voce per farmi partecipare. Non ci guardavamo quasi: comunicavamo in modo ben dissimulato dietro l'attenzione apparente per le professoresse. Presto si è stabilita tra noi una complicità automatica simile a quella che c'è in alcune forme di sport a due, come il bob o il motociclismo con sidecar. Gli facevo da secondo: lo bilanciavo e aiutavo a mantenere una traiettoria, ero il minimo pubblico possibile per la sua attività di scrutatore.

Lui aveva un vero talento per cogliere accenti, modi di fare, vezzi, cadenze, dettagli fisici e tic di comportamento; li isolava e rimetteva insieme con una facilità straordinaria. Seguiva una vena febbrile, difficile da anticipare: a volte passava rapido da un soggetto all'altro, giustapponeva particolari, li metteva a confronto; altre volte stava fermo su un solo dettaglio e lo esponeva da angoli diversi, lo amplificava fino a farlo diventare insostenibile.

Ogni tanto una professoressa se ne accorgeva: la Dratti o la Cavralli alzavano di scatto lo sguardo predatore, battevano una mano di piatto sulla cattedra, gridavano «Chi è là in fondo?». Il clima diventava ancora più pericoloso; le trenta vittime inchiodate ai loro posti smettevano di respirare. Guido aspettava qualche secondo e poi ricominciava, la sua voce roca solo sussurrata adesso. La tensione aumentata dava più carica alle sue osservazioni, le percorreva di elettricità.

Diceva che i musicisti rock erano le uniche persone giovani che potevano fare esattamente quello che volevano. Mi ha raccontato di una volta tre anni prima quando aveva visto alla televisione i Rolling Stones. Era solo un frammento di concerto dal vivo, con la musica parzialmente coperta da uno speaker servo che cercava di fare dell'ironia, e lo stesso l'aveva colpito in modo incredibile. «Era la *vita*» diceva. «C'erano questi cinque pieni di energia e di rabbia e divertimento per quello che facevano, senza nessun riguardo e nessun obbligo e nessuna spiegazione o simulazione di ragionevolezza per nessuno.»

Ma non voleva imparare a suonare la chitarra. Diceva che in Italia il rock non si poteva fare; che l'italiano era una lingua troppo rigida e artificiale per cantarla su una musica diversa dall'opera, quelli che ci provavano lo riempivano di imbarazzo e tristezza.

In compenso trascriveva testi di canzoni, con la stessa passione che se le suonasse. Stava imparando l'inglese in questo modo, molto più che con la scuola. Si portava in classe un dizionarietto tascabile e cercava di decifrare strofa dopo strofa, anche se metà delle espressioni che cercava erano troppo irregolari o nuove per essere già codificate. Canticchiava passaggi a mezza voce, con il suo timbro aspro e leggermente stonato; cercava di comunicarmi l'intensità di un'immagine o di un accostamento di suoni. Diceva «Non è *incredibile*?». A volte ripeteva una frase finché

24

mi era entrata nelle orecchie, mentre la professoressa Dratti andava avanti a scandire declinazioni latine come una macchina impazzita.

Aveva una specie di grafomania, anche: scriveva a matita sul legno fibroso del banco dove lo smalto era saltato, a penna sui fogli a righe dei quaderni, a pennarello sulla tela verde militare della sua borsa per i libri. Scriveva rapido con la sua calligrafia inclinata: strofe di canzoni o frasi inventate o lette o sentite citare da qualcuno, e sembrava che tutte avessero un riferimento con la nostra situazione. Non ne era mai compiaciuto, non le considerava articoli di un codice a cui rifarsi. Lo colpiva scoprire un'idea o una sensazione espressa in modo vivo e non convenzionale; la studiava con ammirazione, come si può fare con un piccolo quadro. Inventava finte citazioni, anche, o finte poesie, del tutto plausibili.

Eravamo presi in questo tessuto nevrotico di frasi scritte e frasi bisbigliate, su un piano parallelo a quello delle professoresse. Solo ogni tanto c'era un contatto improvviso tra i due piani, provocato da una parola o uno sguardo o un suono discordante: uscivamo per un attimo dalla nostra maniacalità e ci sembrava di scoprire la loro per la prima volta.

Quando Guido non doveva fermarsi all'uscita ad aspettare la sua ragazza misteriosa lo accompagnavo a casa in moto. Evitavo di proporglielo; aspettavo che me lo chiedesse lui. Lui mi guardava rapido, diceva «Ti secca darmi uno strappo?». Dal suo tono sembrava che la cosa non gli facesse grande differenza; che se ne sarebbe tornato a piedi con la stessa facilità.

Lo lasciavo appena al di qua della circonvallazione, davanti a un grosso edificio ottocentesco dalla facciata gialla. Lui scendeva e indietreggiava di qualche passo, mi faceva un gesto con la mano. Non lo vedevo mai entrare; ogni volta restava girato verso la strada, a guardare il traffico: scarruffato e magro, sempre un po' inclinato su un lato.

Ogni mattina eravamo così vicini e presi nella stessa corrente, e il pomeriggio o nei giorni di vacanza non ci vedevamo mai. Un paio di volte gli ho chiesto se voleva venire a studiare da me; lui mi ha detto che aveva da fare, nello stesso tono di quando diceva di dover restare davanti a scuola. Da allora non ne abbiamo più parlato; è diventata una specie di convenzione che la nostra amicizia avesse come unico terreno le ore di scuola. Non mi sembrava poi così strano, perché era quello il cuore della giornata; il pomeriggio solo un'ombra pallida della mattina, vuoto e privo di tensione.

Quattro

Guido con la sua aria irregolare e romantica aveva colpito le nostre compagne fin dal primo giorno. Gli giravano intorno al minimo pretesto, si scavalcavano in piccoli tentativi di occupare la sua attenzione. Lui stava al gioco e lo rovesciava con facilità, non ci metteva molto a farle intimidire; l'idea che i suoi interessi sentimentali fossero fuori dalla classe aumentava il suo fascino, lo faceva sembrare più rischioso. I nostri compagni lo osservavano a distanza, con occhi velati di gelosia. Era una gelosia inefficace, come tutti i nostri sentimenti di allora; affiorava alla superficie degli sguardi e se ne tornava indietro. A parte l'ostilità di Ablondi e Farvo, gli altri avevano un atteggiamento incerto verso Guido, dovuto alla sua incuranza per gli standard a cui tutti cercavano di attenersi con tanto sforzo.

Le nostre compagne erano in generale più simpatiche dei maschi, ma non riuscivo a trovare molto richiamo nella loro familiarità dimessa. Le ragazze più attraenti mi sembravano tutte fuori portata: in classi e sezioni lontane interi corridoi e scale e altri corridoi dalla mia, legate a ragazzi più maturi e interessanti di me; con abitudini e aspirazioni che non riuscivo nemmeno a immaginare. Mi capitava di incrociarle per un attimo nell'atrio, tra centinaia di altre persone, ed erano del tutto impermeabili ai miei sguardi.

Le uniche carine nella nostra classe erano una bionda di nome Paola Amarigo, che si faceva venire a prendere da un ragazzo di diciott'anni con una grossa moto, e una brunetta che si chiamava Margherita Tardini. Ero sicuro di non avere alcuna possibilità di interessare la Amarigo, così tendevo a focalizzarmi sulla Tardini. A volte la guardavo fisso durante una lezione finché lei se ne accorgeva e si girava: stavamo a contatto d'occhi qualche secondo, e già mi sembrava di avere ottenuto molto. Anche in questo tendevo a trattare il tempo come un bene inesauribile: come se ogni occasione dovesse riproporsi ciclicamente finché non avessi saputo approfittarne.

Guido ha smesso di aspettare la sua ragazza misteriosa fuori dalla scuola, per una decina di giorni è rimasto offuscato e triste. Quando uscivamo camminava dritto verso il mio motorino, diceva «Andiamo?» senza guardarsi intorno. Durante le lezioni scriveva frasi nervose su un quaderno, non mi parlava quasi, canticchiava tra sé piccoli ritmi ossessivi. La nostra confidenza peculiare non ci apriva strade per parlarne, ci costringeva a fare finta di niente.

Poi Guido si è accorto di Paola Amarigo, e nel giro di poco il suo spirito è tornato vivo. Tutti i nostri compagni la consideravano irraggiungibile, e lei non aveva mai mostrato il minimo interesse per nessuno di loro: se ne stava seduta da sola a un banco di prima fila come su un piccolo trono, senza sprecare una parola o uno sguardo più dello stretto indispensabile. Aveva l'aria di considerare la scuola un luogo di pura attesa, da cui il ragazzo con la grossa moto o qualcuno di ancora migliore l'avrebbe tirata fuori per insediarla in un'esistenza straordinaria. Era molto bionda, anche, e nel nostro paese le bionde appena non brutte hanno sempre abitato una dimensione favorita rispetto alle altre donne.

Guido all'inizio la usava come bersaglio delle sue osservazioni ironiche: sottolineava la rigidezza con cui stava seduta, la cura eccessiva delle sue pettinature. La chiamava

"Barbie", o "Principessa-Caveau", per il suo modo di fare e perché suo padre era un banchiere. Ma parlava di lei sempre più spesso, e la sua ironia è diventata sempre meno credibile. Mi faceva domande come «Secondo te Paola Amarigo *mangia*?» o «Secondo te Paola Amarigo fa la pipì?» e non era difficile vedergli salire dentro l'attrazione per questa ragazza impeccabile e levigata ai limiti dell'innaturalezza.

Per qualche tempo siamo andati avanti in un doppio gioco di sguardi, io con la Tardini e Guido con la Amarigo. I pochi metri ingombri di banchi che ci separavano mi sembravano distanze invalicabili, attraverso cui era appena possibile studiare lontani fuochi di interesse. Le nostre attrazioni mi sembravano astratte, la loro possibilità di realizzazione persa nel tempo ciclico e nella distanza telescopica. Lo stesso erano pensieri appassionanti, ben più intensi di quelli che avevano a che fare con lo studio.

Guido è rimasto qualche tempo insieme a me in questa dimensione contemplativa, come se anche lui non pensasse di uscirne mai; poi un giorno verso la fine di un intervallo ha detto «Io vado», e l'ho visto attraversare l'aula, andare dritto fino da Paola Amarigo e dirle qualcosa. Lei è sembrata sconcertata ma ha sorriso, scosso i capelli biondi così ben pettinati.

Hanno parlato solo pochi minuti prima che l'intervallo finisse, eppure quando la lezione successiva è cominciata e Guido è tornato al nostro banco mi sembrava di essere incredibilmente inerte rispetto alla vita. Guido non ha commentato in nessun modo quello che era appena successo, ma si capiva che era eccitato all'idea di aver stabilito un contatto, il suo interesse si stava caricando di anticipazioni.

Non ha lasciato che le distanze si riallungassero: il giorno dopo è tornato da lei, le ha parlato e l'ha fatta sorridere di nuovo. Riusciva a restare quasi del tutto naturale, non si nascondeva dietro atteggiamenti per sentirsi più sicuro. Andava a parlarle come se fosse spinto dalla curiosità molto più che da intenzioni predatorie: non le pesava addosso tutto il tempo con lo sguardo. Ma quando la guardava c'era una luce particolare nei suoi occhi: un riflesso morbido e lievemente crudele che non gli avevo visto in altre occasioni.

Paola Amarigo poco alla volta gli ha lasciato intaccare lo smalto di impeccabilità che la proteggeva: ha cominciato a girare la testa verso il nostro banco durante le lezioni, sorridere in modo meno controllato quando lui le parlava. I nostri compagni maschi erano sconcertati all'idea che lei non fosse poi così inavvicinabile; hanno avuto una ragione in più per considerare Guido un animale di specie diversa.

Guido è diventato sempre più incurante delle lezioni. Scriveva sul suo quaderno come se prendesse appunti, e invece costruiva racconti di una pagina o due, fatti di descrizioni meticolose tessute insieme a formare una trama fine, che rivelava tutti i suoi particolari solo a guardarla molto da vicino. Gli leggevo sopra la spalla mentre scriveva, e mi stupiva vedere le parole liquide apparire sul foglio, dar vita in poco tempo a un personaggio o un'atmosfera. La sua attenzione sembrava ancora più precisa di quando parlava, ancora più rapida e implacabile. A volte inventava piccole commedie a due personaggi, compresse e surreali: improvvisava battuta dopo battuta senza mai perdere il ritmo o allentare la tensione o ricadere in una traccia prevedibile. Trovava titoli come "Confessioni di un ladro di tasche di cappotto"; mi coinvolgeva nel gioco dell'invenzione finché anch'io riuscivo a farmi venire in mente qualche idea.

La Dratti e la Cavralli hanno cominciato ad accorgersi delle nostre attività dissimulate, starci addosso con sguardi feroci, sibili, scatti di mano. Guido smetteva, stava zitto qualche secondo e ricominciava con ancora più intensità. Non lo spaventava il rischio; cercava di arrivare a Paola Amarigo, farle balenare qualche riflesso delle sue capacità creative. Io continuavo nel mio ruolo da secondo, miravo all'attenzione di Margherita Tardini. I nostri compagni assorbivano brividi di divertimento illegale, e al minimo segnale di pericolo ci facevano il vuoto intorno: i loro lineamenti tesi in espressioni di non corresponsabilità.

Una mattina prima di una lezione di matematica ho visto Guido e Paola Amarigo davanti a una finestra: lui le ha sfiorato il mento con le dita, lei rideva.

Per un pezzo abbiamo continuato a non parlarne, anche se nemmeno la sua riservatezza da ladro poteva più nascondere molto. Vivevamo in una specie di acquario, dove ogni gesto e ogni cambiamento di espressione erano osservabili da tutti in qualunque momento, e questo rendeva ancora più assurdi i nostri riguardi reciproci, e gli dava valore. Ho cominciato a darmi da fare con Margherita Tardini. Avrei voluto usare la tattica naturale e leggera di Guido, ma non ci riuscivo. Le andavo vicino negli intervalli, e già lungo il percorso tra i banchi mi sentivo goffo e sbilanciato, con il cuore che mi batteva e scompensava i miei gesti. Le rivolgevo la parola, e i miei lineamenti si contraevano in espressioni incontrollate di imbarazzo. Mi sembrava di vedermi attraverso i suoi occhi: pieno di incertezze, incapace di suscitare la minima sorpresa.

Guido mi ha osservato nel suo modo obliquo per qualche giorno, faceva finta di niente. Poi un mattino mentre la Dratti traduceva senza la minima ondulazione emotiva una tirata intollerabile di Catone il Censore mi ha detto «Lo so come ti senti. È come essere dietro un *vetro*, non puoi toccare niente di quello che vedi. Ho passato tre quarti della mia vita chiuso fuori, finché ho capito che l'unico modo è *romperlo*. E se hai paura di farti male, prova a immaginarti di essere già vecchio e quasi morto, pieno di rimpianti».

È stato strano, perché fino a quel momento per quanto intense fossero le nostre conversazioni, gli appunti e le congetture e le divagazioni dissimulate, ci eravamo comportati come due viaggiatori di treno che osservano un paesaggio escludendo le proprie persone dal reciproco campo visivo. È stato come se di colpo riconoscessimo di vederci: di fare parte della scena.

È sono riuscito a rompere il vetro con Margherita Tardini: le ho portato le parole di *Just Like a Woman* di Bob Dylan, tradotte in italiano con due o tre modifiche per adattarle a lei. Lei ha aspettato che tornassi al mio banco e ha aperto il foglietto piegato in quattro, l'ha scorso appena. Si è girata a guardarmi e vedevo il colore sulle sue belle guance lisce; mi ha fatto accelerare il cuore in un istante.

Il giorno dopo le ho parlato nel corridoio mentre uscivamo, una volta fuori l'ho accompagnata a piedi per quattro isolati.

La settimana dopo l'ho accompagnata in motorino fino
a casa. Guido è rimasto tra la folla davanti alla scuola a
guardarci andare via; mi ha fatto un cenno con la mano per
dire "*Vai*".

Cinque

Ho cominciato a vestirmi in modo diverso, anche. Sono andato a comprarmi un paio di jeans di velluto e due camicie americane, un giaccone di lana a scacchi. Quando sono uscito dal negozio mi sentivo un altro tipo di persona: con altre possibilità fisiche e mentali. Guido a scuola mi ha sorriso sottile, ha detto «Finalmente». Sapevo che si rendeva conto di come seguivo il suo modello, ma non me ne importava molto: volevo allontanarmi da quello che ero sempre stato, e lui corrispondeva a quasi tutto quello che avrei voluto essere. Mi sono lasciato crescere i capelli, ho smesso di pettinarli. Non mi venivano scarruffati come i suoi: tendevano a starmi a caschetto, lisci e composti, da bravo ragazzo di famiglia anche così lunghi.

Mia madre era tutt'altro che contenta, ha preso a dire che le sembravo sciatto e disordinato. Aveva una vera repulsione per il disordine, che le derivava credo in parte dalle sue origini tedesche e in parte dal disastro del suo matrimonio con mio padre. Conoscere i motivi dei suoi atteggiamenti mi spingeva ad accentuare ogni minima occasione di attrito, precipitare i nostri rapporti verso un possibile punto di rottura.

Un giorno quando siamo usciti da scuola ho invitato Guido a mangiare da me. Lui è rimasto incerto qualche secondo, prima di accettare. Ho telefonato a mia madre da un bar per avvertirla; si è fatta prendere dal panico all'idea di aver così poco preavviso, ma non le ho lasciato il tempo di dirmelo, ho messo giù.

Siamo arrivati a casa, e appena dentro il portone mi sono riempito di dubbi. Guido registrava nel suo modo implacabile ogni dettaglio: i marmi grigi dell'atrio e le piante da sottoscala, la scatola di vetro del custode, l'argentatura dell'ascensore. Sul pianerottolo l'ho guardato, irregolare e magro e insofferente com'era, e mi sono reso conto che portarlo qui era stato una specie di impulso autolesionista.

Mia madre ha aperto, tutta apprensiva, ha cominciato a scusarsi per come la casa non era a posto. Le ho presentato Guido, e lui le ha baciato la mano. Era un baciamano perfetto, come non mi era mai capitato di vedere: né un salamelecco melenso, né un gesto meccanico da burattino, né un accenno stilizzato. Ha preso la mano di mia madre e gliel'ha baciata, come se fosse la cosa più naturale del mondo, e mia madre per un attimo si è illuminata di pura gioia. Ma quando lui si è girato verso di me ho visto che non era del tutto sicuro di aver fatto la cosa giusta: c'era un'ombra di perplessità nel suo sguardo. Si è ripreso quasi subito; ha porto con naturalezza il suo giubbotto alla cameriera, guardato i quadri alle pareti.

Ci siamo seduti a tavola, e dopo cinque minuti di considerazioni sul clima e le stagioni è arrivato il marito di mia madre; Guido si è alzato a dargli la mano. Già da come aveva guardato il posto vuoto mentre parlava era chiaro che non moriva dalla voglia di trovare anche un capofamiglia incluso nella situazione.

Il marito di mia madre ha avuto le sue reazioni automatiche: detto «Comodo, comodo», dato un bacio sui capelli a mia madre. Si è seduto al suo posto e ha fissato Guido, detto «Così ti vediamo, finalmente» Guido ha fatto un piccolo sorriso di cortesia; io ho avuto una piccola onda di arretramento.

Poi la cameriera ha portato la pasta in tavola e il marito di mia madre si è tuffato a mangiare con l'energia furiosa che ci metteva ogni volta, come se dovesse dimostrare qualcosa a qualcuno o almeno a se stesso. Sollevava una forchettata e si proiettava in avanti con labbra bramose, come una foca o un tricheco che cerca un pesce al volo. Ero abituato a vederglielo fare, e avevo sempre pensato che almeno in questo si lasciava trasportare da una voluttà fisica difficile da riconoscere nelle sue altre attività; ma con Guido vicino non riuscivo neanche a guardarlo, di fianco a mia madre che ticchettava in punta di forchetta tutta rigida sulla sedia. Mi sentivo come un attore costretto a far parte di una rappresentazione teatrale piena di stereotipi; avrei voluto andarmene.

Guido non sembrava particolarmente a disagio: mangiava, rispondeva alle domande di mia madre sulla scuola. Aveva un'attenzione più fluida di quando eravamo seduti al nostro banco, meno difficile da seguire, ma per il resto non cercava di nascondere le sue idee. Ha detto che tre quarti di quello che dovevamo studiare gli sembrava privo di collegamenti con la vita; che le nostre professoresse Dratti e Cavralli erano due vere carogne sadiche.

Il marito di mia madre ha fatto un paio di osservazioni sulla scuola e la vita e l'essere giovani e il diventare adulti. Era un uomo abbastanza distratto per quello che mi riguardava; tendeva ad avere su di me preoccupazioni universali che gli facevano trascurare i dettagli delle mie giornate. Faceva l'avvocato civilista, aveva conosciuto mia madre occupandosi della sua causa di divorzio contro mio padre, inutile perché mio padre era morto di cirrosi epatica prima che la causa finisse. Era fondamentalmente una brava persona, senza meschinità o desideri di sopraffazione, ma priva di scatto. Proprio questo rassicurava mia madre, che dopo mio padre pittore e alcolizzato cercava solo stabilità e riferimenti fissi. Ma sotto l'ordine della sua vita era ancora attratta dall'irregolarità di un animo artistico: lo capivo da come adesso guardava Guido, con la stessa curiosità vibratile di quando parlava di un quadro o di uno spettacolo teatrale o di un concerto. E non sapeva come comunicare con lui: si lasciava bloccare nel suo ruolo, faceva piccole osservazioni ovvie, riparata dietro atteggiamenti da madre.

Quando siamo arrivati al caffè suo marito ha chiesto a Guido «E tuo padre cosa fa?».

Guido ha aspettato un attimo a rispondere; ha detto «Si occupa di investimenti».

«Con chi?» ha insistito il marito di mia madre. Non c'erano intenzioni negative nella sua domanda; era una pura manifestazione della sua curiosità lineare e poco sensibile.

Di nuovo Guido ha avuto una piccola esitazione: abbastanza da farmi venire voglia di strappar via la tovaglia e rovesciare piatti e bicchieri sul pavimento. Ha detto «Credo che lavori soprattutto nel Terzo Mondo. In Africa e Oriente, soprattutto». L'ha detto rapido, scivolando sul primo "soprattutto", così da doverlo ripetere una seconda volta.

Quando il pranzo è finito e siamo usciti nel corridoio ho pensato che non avrei mai più invitato nessuno a casa, finché non ne avessi avuta una mia.

Sei

Io e Margherita Tardini ci vedevamo fuori di scuola solo il sabato pomeriggio. Negli altri pomeriggi non ci telefonavamo neanche; la domenica lei andava con i suoi sul lago di Varese. Il sabato ci davamo appuntamento con altre coppie di compagni di classe per andare a vedere un film, camminare nel centro. Era tutto così ragionevole e adeguato alla nostra età, senza slanci o improvvisazioni pericolose. Ci baciavamo nel semibuio del cinema, le carezzavo i fianchi o anche il seno prima che lei mi togliesse la mano. E c'erano gli sguardi laterali delle altre coppie: il controllo autorassicurante del piccolo gruppo.

Guido non partecipava mai a queste uscite, aveva sempre altri impegni di cui non voleva parlare. La situazione con Paola Amarigo non doveva essere semplicissima, perché anche se la loro confidenza continuava a crescere lei non aveva smesso di farsi venire a prendere dal ragazzo con la grossa moto. Alla fine delle lezioni scendeva le scale con sguardi trattenuti per Guido, e appena sul portone tornava alla sua aria impeccabile, come se non lo conoscesse neanche. Voltava intorno il suo profilo dal naso dritto, cercava con occhi incensurati il suo ragazzone in attesa. Guido veniva via, senza guardarsi indietro finché aveva raggiunto il mio motorino: come se avesse fretta di tornarsene a casa.

37

Poi un sabato mattina è stato a parlare stretto con Paola nell'intervallo, e quando è tornato al nostro banco mi ha detto «Ci vediamo a casa mia, con anche te e Margherita». Non gli ho fatto molte domande; solo l'idea mi ha riempito di agitazione.

Ho mandato subito un bigliettino a Margherita per proporle il programma; ce ne sono voluti altri due e molti miei sguardi insistenti, occhiate a distanza tra lei e Paola Amarigo prima di convincerla.

Alle tre e mezzo sono andato a prenderla sotto casa. Sembrava molto più carina del solito: mobile e tesa all'idea di non uscire con la protezione di un gruppo. Al primo semaforo lungo la strada le ho dato un bacio, finché le macchine dietro si sono messe a suonare il clacson.

Guido aspettava sull'angolo della sua via, a qualche metro da dove lo lasciavo di solito. Aveva un pacchetto di pasticceria in mano, guardava nervoso nella direzione da cui pensava di veder arrivare Paola Amarigo. Appena siamo scesi dal motorino ha chiesto a Margherita «Secondo te viene?». Margherita gli ha detto di sì, non so in base a quali elementi. Quando parlava con Guido la sua voce acquistava un tono più brillante del solito: vedevo la corrente di attrazione nel suo modo di guardarlo, passarsi una mano tra i capelli, ridere. Succedeva a quasi tutte le donne che avevano a che fare con lui, ci ero troppo abituato per farmene ingelosire molto.

Un attimo dopo un taxi è arrivato dal lato opposto della via e si è fermato davanti al portone di Guido. Lui è corso ad aprire la portiera, guardare Paola scendere: bionda e quasi bianca di pelle, con un cappotto blu e un paio di stivali alti. Sembrava una giovane signora, più che una ragazza di ginnasio; con una misura di secchezza adulta che mi avrebbe messo a disagio al posto di Guido.

Guido era tutto sguardi per lei, attento a ogni dettaglio. Non l'avevo mai visto così preso da qualcuno: a così poca distanza, con un sorriso così scoperto. Ci ha fatto strada attraverso l'atrio; in un ascensore di vecchio legno ben cerato.

Era teso, anche se si sforzava di non farlo capire; ha indicato il meccanismo di cavi e carrucole in movimento sopra di noi, detto «È lento da *morire*».

Al quinto piano ha trafficato con le chiavi, ci ha fatti entrare in un grande appartamento, ancora più borghese e opulento di come l'avevo immaginato. Il soggiorno era arredato con rigore perfettamente uniforme: tende e tappeti e divani e sedie e poltrone e tavolini e tavoli e armadi disposti a occupare lo spazio senza la minima esitazione. Casa dei miei sembrava vuota e informale, in confronto.

Guido ha posato il pacchetto di paste su un tavolo. Paola e Margherita si guardavano intorno, annusavano l'aria. Guido ha preso i loro cappotti, è andato ad appenderli nell'ingresso. È tornato nel soggiorno e ha cercato di smuovere l'atmosfera: ha dato un colpetto su una spalla a Paola, detto «Ehi». C'era uno strano clima di disagio, non si capiva quanto dovuto all'arredamento e quanto alla tensione irrisolta tra noi quattro. Paola ha fatto una piccola giravolta fredda, ha chiesto «Dov'è la tua stanza?».

Guido ci ha fatto strada lungo un corridoio gravato di grandi armadi scuri; ha aperto una porta, detto «Ecco». Era una stanza arredata come il resto della casa: severa al punto di sembrare ostile. C'era un letto stretto contro una parete, uno scrittoio davanti alla finestra, una libreria di volumi ben allineati. C'erano due piccoli quadri appesi a un muro: due paesaggi marini, nitidi e convenzionali, gelati nel tempo. Ho cercato intorno, e non riuscivo a trovare una sola traccia del carattere di Guido come mi sembrava di conoscerlo: nessuna traccia del colore e dell'invenzione e del disordine che mi ero immaginato nella sua stanza. Sembrava la stanza di un giovane ufficiale dell'Ottocento, di un giovane nobile prigioniero a cui è stata negata la più piccola frivolezza. La luce che entrava dalla finestra creava un alone di immobilità intorno a ogni oggetto: come se non fosse mai stato toccato da nessuno. Paola e Margherita erano sconcertate quanto me, non sapevano cosa dire.

Guido si è reso conto della nostra perplessità; mi è sembrato così stranamente privo di risorse che per aiutarlo gli ho chiesto se non c'era della musica da qualche parte.

39

Lui ha detto «Sì, sì» con un sospiro di sollievo; ci ha spinti fuori, verso il soggiorno. Su un tavolino vicino all'ingresso c'era una pila di dischi; Guido ha preso *Between The Buttons* dei Rolling Stones ed è andato a metterlo sul piatto di un giradischi. Era un impianto da musica sinfonica, con grandi altoparlanti a pavimento in legno di noce: la prima canzone è venuta fuori dieci volte più piena e profonda di come ero abituato a sentirla sul mio stereo automatico da ragazzi.

Guido ha alzato ancora il volume, finché i vetri delle finestre e le porcellane e i cristalli sulle mensoline hanno cominciato a tremare. Paola si è coperta le orecchie con le mani, ha detto «Ma sei matto?» in tono scandalizzato, come se avesse il doppio dei suoi anni. Guido l'ha presa per le spalle, l'ha scossa e strapazzata, spinta a ridere, muoversi. L'atmosfera si è rotta ed è andata in frammenti rapidi: ci siamo messi tutti e quattro a ballare tra i mobili opprimenti. Guido trascinava Paola in giro con una luce selvaggia negli occhi; le girava intorno senza freni, urtava poltrone e trumeau. Ma stava anche attento a non perdere contatto con me e Margherita: ci guardava e sorrideva ogni pochi secondi, cercava di tenere unita la situazione e tenerla sotto carica, farla pulsare di tutta l'energia disponibile, colmare il vuoto della grande stanza.

Poi è venuta una canzone lenta, e abbiamo ballato sull'onda delle note basse che ci facevano vibrare i timpani e il diaframma. Paola e Margherita lasciavano nell'aria piccole scie di profumo fruttato: si mescolavano con ogni loro movimento in combinazioni più struggenti. Dalle finestre entrava poca luce ormai; fluttuavamo vicini nella penombra, come lontre in una corrente tiepida. Mi tenevo sempre più stretto a Margherita, assorto nella sua temperatura e nella sua consistenza, nel battito ben percepibile del suo cuore. Non mi era mai capitato di sentirmi risucchiare tanto nel respiro di una ragazza, nel suo calore interiore. Non avevo mai avuto una fantasia notturna o un'infatuazione di mare o un rapido desiderio che arrivasse a sciogliere così i confini tra le sensazioni, fonderle in un unico stato oscillante.

Al margine del mio campo visivo Guido è scivolato con Paola su un divano, ma è stata solo un'immagine che passava, appena registrata. Stringevo Margherita senza più il minimo distacco, senza il minimo senso dell'umorismo. Le tenevo una mano sul fianco, scorrevo l'altra sulla sua schiena, dalla nuca ogni volta un poco più in basso verso il suo sedere. Sentivo la consistenza ferma della sua pancia contro la mia, l'attrito delizioso. Poi sono salito con una mano al suo seno, e lei ha avuto un respiro soffiato, mi ha preso il polso ma senza bloccarmelo; il suo palmo era caldo e umidiccio di sudore. Le ho slacciato un bottone della camicetta, infilato la mano sotto l'elastico del reggiseno, scorso le dita tra il cotone morbido e la pelle. L'ho sentita deglutire; il suo respiro diventare più lento del ritmo lento della musica. L'ho spinta piano verso un divano e siamo caduti uno sopra l'altra: affondati senza quasi aprire gli occhi, come un sogno attutito. Le ho baciato la base del collo e ancora sbottonato la camicetta, scostato il reggiseno per aprire la strada alle labbra. Lei ha detto «No», ma mormorato troppo basso, annullato dal suo inarcarsi all'indietro e tirarmi i capelli e soffiarmi in un orecchio. Sono sceso con la mano alle sue ginocchia, al sottile velo crespatello delle calze; risalito cauto verso la pelle nuda e tenera dove le calze finivano. Ero così confuso che non riuscivo più a distinguere i miei gesti dalle mie pure intenzioni, ed è suonato un campanello.

È suonato tre o quattro o cinque volte di seguito: *plin-plon plin-plon plin-plon* insistente attraverso la musica dei Rolling Stones. Margherita mi ha spinto via le mani e si è ritratta sul divano, è scivolata di lato. Ho cercato di riprenderla ma lei mi ha ricacciato indietro con forza; era buio per vederla in faccia. Guido all'altro lato del soggiorno è inciampato in una sedia; andato a tentoni fino a un'interruttore, ha acceso la luce.

Di colpo ci siamo ritrovati totalmente esposti nel grande soggiorno: senza alcun appoggio, indifesi come lontre senza più acqua, adesso. Margherita si è aggiustata la gonna, abbottonata rapida la camicetta senza guardarmi. Paola era sul divano lontano, anche lei spettinata e confusa; ha fatto tentativi frenetici di ricomporsi. Guido al centro della stanza si guardava intorno con occhi di panico, senza scarpe e con la camicia fuori dai calzoni. Il campanello continuava implacabile con il suo trillo bitonale.

Guido si è infilato le scarpe, ha abbassato al minimo la musica ed è andato a vedere, si è chiuso dietro la porta dell'anticamera. Abbiamo sentito una voce concitata di donna che lo investiva; la voce di Guido che cercava di ribattere. Nessuna delle due saliva oltre un certo volume: erano due sussurrati violenti, difficili da distinguere se non quando formavano parole dai contorni precisi come «Mai!» o «Mille volte!» o «Niente!». I toni più acuti della donna tagliavano con furia quelli medi di Guido, che sembrava tenere il suo terreno con difficoltà.

Io e Margherita e Paola nel soggiorno facevamo finta di non sentire niente, scorrevamo raso ai mobili senza guardarci in faccia. Le due voci nell'anticamera hanno raggiunto un picco di rabbia, finché quella di Guido ha detto in modo più distinto: «Ho capito, ho capito, ho *capito*!». Abbiamo sentito la porta sbattere, la serratura richiudersi a molte mandate.

Guido è tornato nel soggiorno, con un'ombra di sorriso desolato sulle labbra. Lo guardavamo tutti e tre in attesa di spiegazioni. Lui ha detto «Era mia *madre*». Si è picchiettato un dito sulla tempia per dire "pazza", ma le ragazze non hanno cambiato sguardo: l'atmosfera di prima se n'era andata, dissolta. Siamo rimasti immobili qualche secondo, poi Paola ha guardato l'orologio, detto «Io devo andare». Guido le ha chiesto «Sei sicura?» ma non ha cercato di farle cambiare idea; è andato a spegnere il giradischi, togliere il disco dal piatto.

Siamo usciti di casa in piccolo branco, andati senza parlare né guardarci fino all'angolo della via con il viale della circonvallazione. L'atmosfera dissolta di prima ci pesava addosso come un crimine mal commesso, caricava di disagio ogni nostro gesto. All'angolo Paola ha detto che voleva un taxi. Guido ne ha visto uno e si è buttato in mezzo alla strada; il taxista ha frenato un attimo prima di travolgerlo, si è messo a bestemmiare. Paola è salita, ha detto «Ciao» senza quasi aprire le labbra sottili. E Margherita le ha chiesto se poteva fare un pezzo di strada con lei: come se il mio motorino a questo punto non fosse un mezzo abbastanza affidabile per sottrarsi alla situazione.

Io e Guido siamo rimasti sul marciapiede mentre il taxi con le due ragazze si allontanava nel traffico. Guido ha detto «Non molto spiritose, no?».

«No» ho detto io, cercando di rintracciare le scie sottili di sensazioni che dieci minuti prima mi erano sembrate così forti e sicure.

Guido ha continuato a guardare il traffico nel viale; poi si è girato verso di me, ha detto «Non era casa mia. Ho preso le chiavi da mia madre. Fa la *portinaia*, da quando mio padre è sparito».

L'ho guardato per capire se scherzava, ma aveva un'aria del tutto seria. Gli ho chiesto «Vuoi dire che non abiti lì?». Mi venivano in mente tutte le volte che l'avevo accompagnato in motorino davanti al portone; il suo modo di restare sul marciapiede a guardare in strada.

«Abito lì, ma *sotto*» ha detto Guido, e più che imbarazzato sembrava furioso di doverne parlare.

Ho cominciato a riaggiustare le immagini mentali che avevo costruito intorno a lui da quando lo conoscevo: reinterpretazioni che correvano rapide dalla fine verso l'inizio. Quello che mi colpiva era l'infondatezza delle mie congetture sulla sua famiglia e la sua infanzia e la sua crescita, sulle influenze che avevano determinato il suo carattere com'era adesso. Pensavo alla sua totale assenza di atteggiamenti sociali, al suo spirito spietato di osservazione. Cercavo di capire se avevo mai fatto senza volerlo qualche battuta offensiva sui portinai, qualche stupida considerazione classista; ero pieno di stupore e sensi di colpa, dubbi fondati. Alla fine ho detto «Meno male, porca miseria. La stanza che ci hai fatto vedere era *agghiacciante*».

Guido ha sorriso, si rendeva conto che avevo parlato nello stesso suo identico tono. Ha detto «È di un bastardo avvocato fascista, con una mummia di moglie che dorme in una stanza identica. Sono in qualche galera equivalente sulla Riviera, adesso».

Eravamo in costa al traffico del viale, tutto luci alonate e fumi nella sera d'inverno, e mi è sembrato che la nostra complicità avesse molte meno riserve adesso, molti meno filtri e contrappesi. Siamo rimasti forse un quarto d'ora sull'angolo a ridere e parlare di tutto: ogni volta che stavamo per salutarci ci veniva in mente una nuova cosa da dire.

Sette

Dopo il pomeriggio nella sua finta casa Guido non è più riuscito a tornare in termini vicini con Paola Amarigo. Forse lei si era offesa per la dissoluzione violenta dell'atmosfera, o aveva preso l'episodio a puro pretesto per troncare di netto le sue indecisioni; in ogni caso lunedì mattina quando Guido è andato a parlarle nell'intervallo gli ha spiegato che aveva pensato seriamente ai loro rapporti e deciso di restare sua semplice amica.

Lui mi ha detto che si era aspettato di sentire questa frase prima o poi: la banalità della formula, il tono nel pronunciarla. Ha detto che non ci voleva molto a capire come il ragazzo con la grossa moto doveva sembrarle più rassicurante e meglio attrezzato per la vita. Lo stesso doveva dispiacergli più di quanto volesse ammettere, perché le ha scritto una canzone e un raccontino di due pagine, glieli ha lasciati sul banco. Lei li ha letti in pochi minuti fredda e controllata, senza mai voltare la testa o cambiare espressione.

Guido ha fatto ancora alcuni tentativi di recupero, poi da un giorno all'altro ha smesso di guardarla, come se fosse sparita. Ha smesso di parlarne, anche, e l'argomento è rimasto chiuso fino a un mese più tardi, quando mi ha fatto una piccola osservazione crudele sul modo in cui si era tagliata i capelli. Aveva questo modo di proteggere i suoi sentimenti sotto strati di cinismo e ironia: a volte ci riusciva così bene da farli languire nell'ombra finché erano perduti.

Anche i miei rapporti con Margherita si sono guastati dopo il sabato da Guido. L'idea di essersi troppo lasciata andare l'ha spinta a ristabilire confini sicuri, garantirsi contro nuovi possibili cedimenti. In una breve conversazione nel corridoio mi ha spiegato che eravamo tutti e due ancora troppo giovani per certe cose, e il suo tono avrebbe reso felici i suoi genitori. Ho cercato di scherzare a proposito di tutti i film che avremmo ancora potuto vedere insieme il sabato pomeriggio, ma ero depresso, pieno di frustrazione. Per compensare mi sono sforzato di concentrarmi sui suoi difetti più evidenti: l'accento subalpino lievemente gutturale, la mancanza totale di spirito critico.

Io e Guido cercavamo di assorbire dalle lezioni almeno quanto bastava per non farci bocciare, anche se non era facile. Le materie che ci interessavano, come letteratura e storia e geografia e inglese, venivano trattate con assoluta noncuranza, mentre il tempo e l'energia maniacale delle nostre insegnanti se ne andavano nei campi più estranei e incomprensibili. Guido diceva che lo facevano perché lì non avevamo nessuna possibilità di controllo; che si rifugiavano nella protezione dei loro codici inaccessibili come taglieggiatori su una torre.

Stavamo seduti al nostro banco per ore, e i nostri pensieri ci portavano lontano come correnti marine. Guido mi raccontava di libri che stava leggendo: parlava di Stendhal e Kafka e Scott Fitzgerald con un interesse che aveva per pochi altri argomenti. Quando si appassionava a uno scrittore andava avanti per settimane a vivere nella sua atmosfera: raccoglieva informazioni sulla sua vita, cercava di rintracciare nei libri che aveva scritto le sue storie personali, filtrate e dissimulate com'erano.

Gli autori italiani che dovevamo studiare per la scuola gli sembravano bolsi e privi di fascino, gonfi di buone intenzioni. Diceva «Gonfi di buone intenzioni». Detestava Alessan-

46

dro Manzoni, per esempio, che la Dratti avrebbe accettato di mettere in discussione quanto i portoni d'ingresso e il crocifisso sopra la sua cattedra. Diceva «Che fascino possono avere i libri di uno che se ne stava tutto il giorno chiuso in casa, pedante con i parenti e con la servitù, pieno di moralismi cattolici e intenti didascalici e piccoli malesseri sedentari e cautele finanziarie, senza una sola traccia di eccitazione o di squilibrio nella sua intera vita». Aveva questa visione romantica del mondo: correva dietro a idee come "eccitazione" o "squilibrio" già allora.

Una mattina l'ho incontrato all'angolo della scuola. Eravamo tutti e due in ritardo, il custode aveva già chiuso il portone. Se fossimo andati a bussare e supplicarlo avrebbe riaperto, ma Guido ha alzato le spalle, detto «Lascia perdere»: come se si trattasse di lasciar perdere per sempre.

Abbiamo deciso di vedere un film in un minuscolo cinema d'essai nel centro, dove facevano una proiezione la mattina quasi solo per gli studenti che saltavano la scuola. Ci siamo andati lungo il percorso più lungo, guardando i passanti e le vetrine e le facciate degli edifici: presi nell'atmosfera di sensi di colpa e sensi di sfida, eccitazione all'idea di avere a disposizione molte possibilità, frustrazione per non riuscire a cogliere niente di meglio di un film.

Abbiamo fatto il giro di piazza del Duomo, a quest'ora animata solo da piccioni e fotografi di piccioni e pensionati, coppie o terzetti di studenti disertori che camminavano ondeggiando, privi di scopi. In questo vuoto di attività la cattedrale aveva un aspetto ancora più allucinante del solito: un enorme solido fuligginoso appoggiato nello spazio grigio.

Siamo passati attraverso la Galleria, e nel punto dove i due bracci della costruzione vetrata si uniscono c'erano tre ragazzoni vicini a un cartello con la bandiera italiana. Quando gli siamo passati davanti uno di loro ha porto a Guido un volantino ciclostilato: frasi sotto frasi in stampatello seguite da punti esclamativi.

Guido ha dato appena un'occhiata ed è tornato indietro, gliel'ha restituito. Ha detto «Tientelo».

Il ragazzone era sorpreso, ha chiesto «C'è qualcosa che non va?». I suoi amici si sono avvicinati di poco. Erano sulla ventina tutti e tre, larghi e spessi in cappotti quasi identici; con piccoli occhi in facce piatte, distintivi tricolori all'occhiello.

Guido ha guardato il primo da pochi centimetri, percorso da una tensione strana. Ha detto «C'è che *puzzi*».

Il ragazzone fascista ha impiegato qualche secondo a registrare: si vedevano le parole di Guido viaggiare attraverso gli strati opachi del suo cervello, strato dopo strato fino a rimbalzare una volta in fondo. Ha detto «Vuoi ripetere?». Gli sembrava incredibile che questo magretto di quindici anni venisse a parlargli così; si è girato a dare un'occhiata ai suoi amici. Si sono avvicinati ancora, con i loro occhi inespressivi, sorrisi cattivi sulle labbra.

Mi è venuta una sensazione di freddo nelle vene, avrei voluto solo andarmene presto. Ho cercato di tirare via Guido per un braccio, ma lui si è divincolato; è andato ancora più vicino al primo fascista, con uno sguardo di sfida totalmente assurdo. Gli ha chiesto «Hai bisogno dei tuoi amichetti, porcone *bollito*?».

Il ragazzone questa volta ha registrato subito: si è slanciato addosso a Guido e gli ha dato un pugno in piena faccia; Guido è volato all'indietro e lui gli si è buttato sopra; li ho visti agguantarsi e scalciare, darsi colpi selvaggi. Sono rimasto sospeso per un attimo tra paura e rabbia, poi la rabbia mi è salita in una vampata che cancellava gli altri sentimenti e mi ha fatto urlare e correre e dare un calcio alla testa del fascista con tutta la forza che avevo nelle gambe. Ho sentito un colpo sordo di zucca fradicia; visto il ragazzone mollare Guido e rotolare di lato, con gli occhi bianchi per un attimo. E nello stesso secondo gli altri due fascisti stavano venendo come pazzi verso di me; mi sono piegato in attesa dello schianto.

I due mi sono arrivati addosso, ma non ho sentito quasi niente a parte lo spostamento d'aria e la pressione e il caldo ansimante della loro massa; quasi subito sono arrivate voci e mani che si intromettevano, grida di «Cosa succede qui?»

Poi c'erano due vigili enormi tra noi, sono riusciti a dividerci. Ho guardato verso Guido: lui e il fascista erano ancora a terra, si stavano rialzando lentamente. I due fascisti in piedi avevano gli occhi rossi e la bava alla bocca, facce congestionate; gridavano «Vi ammazziamo» e gesticolavano, ma si sono lasciati spingere indietro dai vigili verso il loro cartellone con la bandiera italiana. I vigili erano alti come granatieri, parte del piccolo nucleo scelto che viene usato solo nel cuore di Milano per motivi di rappresentanza, con una divisa più ricca di dorature e fregi di quelle normali. Dalla loro aria stizzita sembrava che fossero intervenuti per salvare il decoro della città, molto più che due persone.

Il fascista a cui avevo dato un calcio mi ha urlato «Comunista di merda»; ma si teneva una mano sulla testa che doveva fargli male, anche lui si è lasciato arginare dai vigili senza troppa resistenza; si è messo a spiegare in tono acuto che eravamo stati noi a cominciare. Intorno si era radunata una piccola folla di passanti e pensionati, osservavano la scena sperando che non fosse finita.

Guido aveva la camicia macchiata di sangue, e altro sangue gli usciva dal naso, ma nei suoi occhi c'era lo stesso sguardo di sfida di cinque minuti prima. Ha cercato di avvicinarsi al primo fascista, gli ha detto «Sei solo un relitto putrefatto della storia». Mi ha colpito come era difficile sentirgli dire una vera volgarità, anche quand'era fuori di sé come adesso.

Uno dei due grandi vigili l'ha spinto indietro, ha gridato «Se non la smetti ti portiamo in questura». Il suo collega ha aggiunto «Dovreste essere a scuola, vergogna», e non ci voleva molto a capire che tra le due parti stavano rapidamente scegliendo quella dei fascisti. Ho preso Guido per un braccio, l'ho trascinato via prima che potesse attaccare briga anche con loro.

Siamo andati verso il cinema, senza dire niente. Non mi era mai capitato di trovarmi in una situazione fisica così violenta, a parte forse qualche rissa al mare da bambino, ed ero scosso. Cominciavano anche a farmi male un orecchio e un ginocchio e la clavicola, dove avevo preso colpi senza quasi accorgermene. Guido si è asciugato il sangue con il dorso della mano, aveva i polsi del giubbotto sporchi. La gente ci guardava camminare strapazzati e mezzi zoppiccanti: ci seguiva con la testa girata nel vecchio modo milanese, morboso e riservato.

Poco prima del cinema ho chiesto a Guido se non si era reso conto che avrebbero potuto farci a pezzi. Lui mi ha guardato con quei suoi occhi attenti e la testa inclinata, ha detto «sì?»: come se fosse davvero curioso della possibilità.

A scuola la Dratti e la Cavralli cercavano di forzarci con sempre più insistenza ad assorbire teoremi e declinazioni; lavoravano sui riflessi condizionati, i processi meccanici dei nostri cervelli. Guido diceva «Sono come commesse di una vecchissima drogheria. Vanno avanti a vendere senza la minima grazia e non le sfiora nemmeno il dubbio che la merce sia avariata e la clientela originaria tutta estinta».

Ma non era solo a scuola che avevo la sensazione di essere in mezzo a merce avariata. Mi sembrava di vedermela intorno ogni volta che mi capitava di guardare i passeggeri desolati di un tram, o le successioni di edifici-galera ai lati delle strade; ogni volta che ascoltavo una canzone melensa e fasulla alla radio o vedevo alla televisione la faccia di uno dei politici che continuavano a governare il nostro paese da prima ancora che io nascessi. Sentivo questo odore di lenta decomposizione, nebulizzato nell'uniformità grigia e soffocante che avviluppava ogni idea e colore fino a farlo sparire.

A volte mi sembrava di essere a una distanza terribile dalla vita; di riuscire a sentirne solo echi e riverberi lontani: filtrati e adattati, doppiati e interpretati da altri prima di arrivare fino a me. A volte mi sembrava di essere in esilio, anche se non sapevo da dove, o da quando.

Un giorno stavo tornando a casa per una via del centro, e il traffico si è bloccato. Gli automobilisti suonavano i clacson, davano gas a vuoto; c'era un odore acre nell'aria, più intenso delle alterazioni chimiche che di solito si respirano a

Milano. Sono sgusciato con il motorino tra le macchine ferme, senza capire. Poi sono arrivate grida di molte voci, scoppi secchi; un gruppo di ragazzi è schizzato fuori da una via laterale e si è disperso di corsa, raso ai muri delle case e a zig zag tra le macchine. Un attimo dopo dallo stesso angolo sono sbucati sciami di poliziotti con sfollagente in mano: più lenti dei ragazzi, appesantiti dalle divise goffe e i caschi e gli scarponi. I ragazzi guizzavano e saltavano, traccheggiavano in passi laterali e passi all'indietro, tagliavano la strada in diagonale; i poliziotti galoppavano dritti come tori da corrida, sulla spinta di un'onda quasi esaurita. Si sono fermati, raggruppati incerti e minacciosi attraverso la strada. I ragazzi erano già lontani, camminavano a ritroso per controllare la scena; hanno ripreso a gridare.

Il mattino dopo l'ho raccontato a Guido e lui ha sorriso, fatto di sì con la testa come se sapesse già tutto.

Otto

La superficie della scuola era sempre la stessa, gli orari e i metodi e i programmi; ma la sua anima era minata. Sembrava di viaggiare su una vecchia nave decrepita che affonda lentamente in acque basse. I passeggeri avevano sempre più spesso l'impulso di correre in coperta e buttarsi fuori, ma l'equipaggio riusciva ancora a mantenere la calma, continuare la navigazione come se niente fosse. Le vecchie professoresse dagli occhi di murena, i vecchi professori dai nasi feroci andavano avanti e avanti, ma cominciavano a capire di esser destinati agli scogli: ogni giorno sentivano un nuovo scricchiolìo nello scafo.

All'inizio erano solo rumori distanti: io e Guido stavamo bloccati ai nostri banchi e riuscivamo appena a percepirli. Tendevamo le orecchie, cercavamo di captare le vibrazioni nell'aria, speravamo tutto il tempo che si avvicinassero.

Poi un mattino quando sono arrivato nella via della scuola l'aria aveva una consistenza anomala: ogni suono e movimento produceva onde di riverbero tutto intorno, come se fosse appena successo qualcosa di irreparabile. Il cancello sul cortile era spalancato, c'erano ragazzi che fiottavano dentro, andavano di corsa verso la palestra. Il custode e due bidelli cercavano ancora di riaccostare i battenti di ferro pesante, ma senza vera convinzione: appena vedevano arrivare un nuovo gruppetto di studenti si ritraevano, con movimenti infiacchiti dallo choc che doveva averli scossi poco prima. Ho attraversato anch'io il cortile, sono entrato nella palestra, ed era piena di gente: sguardi e voci e movimenti che saturavano lo spazio con la loro vibrazione frenetica. C'erano centinaia di studenti di sezioni e classi diverse, e nella faccia di ognuno si poteva leggere la sorpresa di aver travalicato le cornici implacabili degli orari e dei luoghi deputati per mescolarsi in questo modo libero e confuso. Mi sono addentrato tra la folla: mi colpiva vedere così tante ragazze carine che non avevamo mai incrociato nei corridoi, facce e corpi e personalità di cui nemmeno mi ero immaginato l'esistenza. Mi sembrava che di colpo le possibilità della mia vita si fossero moltiplicate di molto, fuori dai confini artificiali che avevo preso per buoni fino a quel momento.

Poi tutti si sono seduti per terra, e uno studente di terza liceo è salito su un tavolo e si è messo a parlare in un megafono che distorceva le sue parole, le diffondeva intorno appena comprensibili. Ondeggiava leggermente sulle gambe, chiuso in un loden verde, senza guardare nessuno in modo diretto. Ha fatto un elenco dei problemi della scuola: la vecchiezza dei programmi e l'assurdità dei metodi, l'ostilità dei professori ai cambiamenti. Usava una terminologia puntuale, un tono da bravo studente esasperato che si preoccupa di essere nel giusto e di poterlo dimostrare.

Ma quasi nessuno nella palestra stava veramente ascoltando le sue parole. C'era una forma diffusa di attenzione per il fatto che il discorso aveva luogo, e che il cancello sul cortile e le porte-finestre della palestra erano stati forzati per renderlo possibile; che un meccanismo apparentemente inarrestabile era stato fermato. Solo ogni tanto questa attenzione intensa ma generica si focalizzava su una frase del parlatore: allora la gente batteva le mani, gridava. Per il resto c'erano scambi di sguardi, scambi di gesti; atteggiamenti assunti e smessi e riassunti a pochi secondi e pochi metri di distanza. Quasi tutti accendevano sigarette, aspiravano e soffiavano fumo, si allungavano o ritraevano su se stessi, facevano segnali di richiamo, sorrisi in diverse sfumature.

Ho cercato qualcuno dei miei compagni di classe, ma dovevano essere tutti saliti in aula, e in generale c'era poca gente del ginnasio nella palestra. Poi ho visto Guido, in piedi vicino al tavolo del parlatore; ho tagliato tra la mischia, ci ho messo cinque minuti a raggiungerlo.

Mi ha battuto una mano su un braccio, detto «*Ehi!*». Era eccitato per quello che avevamo intorno, per l'energia e le prospettive improvvise nell'aria. Ha detto «Pensa le iene là sopra».

Mi sono immaginato la Dratti e la Cavralli chiuse in classe con le loro vittime: piene di livore impotente per quello che succedeva due piani più sotto.

Guido continuava a guardarsi intorno, non riusciva a fermare gli occhi più di qualche secondo. Ha detto «Non è *incredibile?*».

Ma il giorno dopo eravamo di nuovo in classe, la palestra sotto di noi era tornata un contenitore di attività prescritte in orari prescritti. I nostri compagni stavano seduti ai banchi senza espressioni, atterriti all'idea di possibili ritorsioni generalizzate. La Dratti era quasi verde in faccia, ha detto a me e Guido «Voi in prima liceo non ci arriverete mai». Si è tuffata nella lezione di greco: ogni desinenza e suffisso pronunciati con strappi di astio straordinario. Il labbro inferiore le si contraeva a ogni parola, le propagava una doppia increspatura diagonale giù fino al collo. Guido me l'ha fatto notare: ha sottolineato ogni contrazione finché non sono più riuscito a guardare.

Nessuno tra i responsabili della scuola si è sognato di prendere in considerazione quello che era stato detto nella palestra il giorno prima. Il preside ha aperto un'indagine per scoprire chi aveva forzato per primo il cancello; il provveditore ha diffuso un comunicato in cui auspicava un ritorno agli impegni di studio. "Auspicare" è sempre stato un verbo ricorrente nel linguaggio dei governanti di questo paese, capitava di sentirlo tanto spesso quanto si vedevano le loro facce odiose alla televisione. Guido ha detto «È uno schifo di vecchia macchina sorda e *disonesta*, c'è poco da chiedergli di migliorare i programmi della scuola».

Leggevamo i giornali, e riportavano notizie di studenti che in Francia e in Germania e in America e in Giappone mandavano all'aria le loro scuole e battagliavano nelle strade con la polizia, tiravano sassi e facevano barricate di automobili. Era come una perturbazione meteorologica a larga portata, che arrivava fino a noi smorzata dalla distanza ma ancora abbastanza forte da modificare il clima. Ci sono state assemblee non autorizzate in altri licei e all'università, rapide manifestazioni di strada e scontri con la polizia. Io e Guido correvamo con il mio motorino nei punti dove succedeva qualcosa: pieni d'ansia di cogliere una rottura di equilibri mentre aveva luogo.

Un giorno la Dratti stava facendo il suo gioco sadico dell'indice scorso lentamente sul registro, gli inizi di nomi mormorati per suscitare terrore nella classe. Poi con il solito scatto improvviso ha detto «Laremi».

C'è stato il solito soffio di sollievo di tutti gli scampati, seguito da aggiustamenti di sedie e cambiamenti di posizione mentre Guido si alzava. Lui mi ha dato appena un'occhiata ed è andato verso la cattedra, e pensavo a come eravamo sdoppiati a questo punto, tra i nostri desideri di trasformazione e la realtà ottusa che continuavamo ad assecondare ogni giorno.

La Dratti con voce del tutto priva di emozioni gli ha detto «Traduci questo. Pagina 121». Ha controllato che aprisse il manuale di greco; è stata ferma e rigida in attesa, senza più guardarlo. La classe respirava lenta, affascinata dal disastro imminente di un altro.

Guido ha fissato la pagina del manuale: i piccoli caratteri remoti. Si è passato una mano tra i capelli, ha scosso la testa; la Dratti ha contratto le labbra incredibilmente sottili e pallide.

Guido l'ha guardata, e ho pensato che stesse per gridarle qualcosa, insultarla o anche saltarle alla gola come in un film dove si vede un personaggio positivo spinto all'esasperazione da un personaggio odioso. Invece è tornato con gli occhi al manuale e ha cominciato a dire «In una casetta ai limiti del bosco vivevano tre porcellini: Gimmi, Tommi e Sammi...».

La classe ha avuto uno spasmo di incredulità allibita; la Dratti è andata all'indietro con la testa, si è bloccata in un vuoto di reazioni. Guido sembrava così meticoloso, come se stesse davvero traducendo parola per parola il testo greco. Non era affatto una scena buffa, e nessuno di noi si sognava di ridere; ascoltavamo la storia dei tre porcellini in un gelo drammatico. Guido è andato avanti senza scomporsi, serio e dritto di fianco alla cattedra; ha continuato «Un giorno il più grande dei tre porcellini decise di costruirsi una casetta per conto suo...».

Poi la Dratti è uscita dalla sua paralisi momentanea, con una reazione così scomposta da squilibrarle la voce, fargliela saltare su un registro isterico. Ha urlato a Guido che avrebbe fatto un rapporto al preside e gli dava tre in greco e lo cacciava fuori e non voleva più vederlo; è venuta avanti con la faccia livida, ha battuto le mani rinsecchite sulla cattedra fino a farsi male.

Guido adesso aveva un mezzo sorriso triste, come se provasse dispiacere per questi suoni e queste espressioni deteriorate. È andato verso la porta, e mi è sembrato più fragile di come lo vedevo di solito: un quindicenne con una testa di capelli biondastri piena di immaginazioni.

La classe era immobile, senza sguardi. La Dratti ansimava per riprendere fiato, le tremavano le braccia.

Sembrava che lo sfacelo della vecchia nave fosse ormai inarrestabile, e invece appena la fine dell'anno scolastico ha cominciato ad avvicinarsi tutti gli studenti sono diventati di colpo più ragionevoli. Anche quelli di terza liceo battaglieri e sicuri di sé, quelli che avevano sfondato per primi il cancello sul cortile e tenuto lunghi discorsi articolati nella palestra, hanno cominciato a dire che la cosa importante a questo punto era non farsi bocciare, non dare una vittoria gratuita ai professori. Hanno fatto marcia indietro quasi da un giorno all'altro e si sono rimessi a studiare, determinati come una volta a prendere buoni voti. La vecchia nave si è riassestata e ha ripreso la rotta come se non ci fosse mai stato il minimo segnale di pericolo; l'equipaggio non cercava di nascondere la sua soddisfazione.

Io e Guido abbiamo continuato a tendere l'orecchio e guardarci intorno in attesa di altri rumori, ma presto è stato chiaro che era tutto finito. Abbiamo dovuto riprendere i libri che speravamo di non rivedere mai più, rimetterci ad accumulare nozioni inutili; e l'idea ci provocava troppa frustrazione per poterlo fare insieme. Studiavamo ognuno per conto suo, il mattino evitavamo di parlarne. Margherita Tardini non usciva più con me nemmeno il sabato; mi ha detto che dovevamo pensare solo alla scuola perché c'era in gioco il nostro futuro. Ho passato tutti i pomeriggi di giugno chiuso nella mia stanza, con l'idea che l'orizzonte si era richiuso ancora peggio di prima, dopo essersi incrinato per un attimo.

A luglio abbiamo fatto l'esame di ammissione al liceo. Se fosse dipeso dalla Dratti e dalla Cavralli io e Guido saremmo stati bocciati di sicuro, ma per fortuna c'erano altri professori a giudicarci. Uno di loro ha fatto osservazioni astiose sulla lunghezza dei capelli di Guido, un altro sullo svolgimento del mio tema di italiano; ma la loro ostilità non aveva radici personali, hanno finito per promuoverci tutti e due.

Dieci giorni dopo siamo andati a leggere i risultati sui tabelloni nell'atrio; non avevamo sentimenti particolari, a parte un senso smorzato di sollievo. Siamo tornati in strada, nel caldo soffocante dell'estate milanese, e il ginnasio era finito, avevamo davanti la distesa enorme e incerta delle vacanze.

Nove

A ottobre ci siamo rivisti nella nuova aula, una porta più in giù nel corridoio. Tra le facce abbronzate dei nostri compagni Guido sembrava passato attraverso l'estate di nascosto, ma era anche visibilmente più adulto: più vicino alla sua fisionomia definitiva. Mi chiedevo se anch'io mi ero trasformato in modo simile, non riuscivo a capirlo da solo. Margherita Tardini mi ha salutato come se avesse troppi altri pensieri per occuparsi di me; l'ho guardata andare verso il suo banco e ho visto quanto eravamo lontani ormai.

Sembrava che tutti occupassimo lo spazio con un piccolo margine di sicurezza che l'anno prima non avevamo; cercavamo di decifrare la nuova situazione. La differenza più evidente era che non avevamo più la Dratti di fronte a noi. Il suo ruolo era distribuito adesso tra una varietà di caratteri e modi di fare diversi: un professore di filosofia legnoso e calvo, una professoressa di matematica molto più benevola della Cavralli, un professore di italiano semialcolizzato che da giovane aveva scritto poesie, una professoressa moracciona di latino che il primo giorno ci ha detto «Sono una donna moderna ma inflessibile». Il controllo polarizzato era finito: la sistematica persecuzione individuale racchiusa tra piccole pareti. La paura che impoveriva l'aria e dava rilievo alla minima osservazione di Guido si era attenuata, mescolata ad altri sentimenti.

I nuovi professori hanno cominciato i corsi come se i fatti della primavera scorsa non avessero lasciato la minima traccia. Credo che in fondo sapessero che non era così, perché ogni tanto nei loro atteggiamenti vedevo affiorare una smagliatura, un piccolo dubbio trasversale. Ma erano andati avanti per tanti anni in un paesaggio immutabile, doveva sembrargli strano che le cose potessero cambiare adesso.

Guido era affascinato da come il loro intero sistema di riferimenti era impermeabile al passare del tempo. L'idea lo colpiva molto più che al ginnasio, dove avevamo sempre attribuito tutto alla specifica perversità di due professoresse. Diceva «È come andare indietro di un *secolo*. È come se il cinema e il rock and roll e la pop art non ci fossero mai stati. Come se non ci fosse stato nemmeno il jazz, nemmeno l'*impressionismo*. Siamo fuori dalla *vita*, in un mondo sotterraneo».

In realtà era impossibile trovare nei nostri libri di testo o nei programmi un solo riflesso contemporaneo. Materie come lingue straniere e geografia non c'erano più, abbandonate per dedicare ancora più spazio all'esplorazione delle interiora di lingue morte, "fondamento della cultura italiana e di grande utilità per lo sviluppo della logica", come dicevano i professori. Il corso di storia saltabeccava dalla fondazione di Roma al Rinascimento al Risorgimento, in una selezione edificante e falsa che evitava tutti gli episodi vergognosi del nostro passato. Quello di letteratura era dedicato al culto di alcuni poeti nazionali, e all'esclusione sistematica di tutti i loro contemporanei stranieri. Eravamo davvero in un mondo sotterraneo: in una colonia che aveva perso i collegamenti ma era andata avanti come se non le fossero affatto indispensabili; orgogliosa di questo.

Io e Guido abbiamo smesso presto di esserne affascinati. Non riuscivamo più a convogliare la nostra insofferenza nel gioco di osservazioni dissimulate; avevamo sempre più voglia di uscire allo scoperto. Guido ha cominciato a esporsi, interrompere le dissertazioni dei professori con domande e richieste di chiarimenti che li riempivano di stizza o di imbarazzo.

Presto sono arrivati nuovi segnali di naufragio. Ci sono state liti e proteste in altre classi, delegazioni che facevano appelli ai professori e al preside senza nessun risultato. Una mattina la palestra del liceo è stata occupata di nuovo per un'assemblea.

Io e Guido abbiamo attraversato insieme il cortile, ci siamo mescolati alla gente sovreccitata, due volte più numerosa dell'anno prima. Sembrava che questa volta nessuno fosse andato in aula; la palestra era piena da scoppiare. Un tavolo è stato spinto contro un muro, e qualcuno ci è salito, ha cominciato a fare discorsi in un megafono. Quelli che parlavano erano quasi tutti studenti di terza liceo, più aggressivi dell'anno prima e anche più spostati su considerazioni generali: sul mondo e i suoi meccanismi.

Guido ascoltava pieno di tensione, continuava a guardarsi intorno. A un certo punto ha attraversato la folla fino al tavolo dei parlatori, si è fatto segnare nella lista di quelli che volevano intervenire. È rimasto lì vicino in attesa: vedevo la sua testa tra le molte teste irrequiete, mi chiedevo se avrebbe parlato davvero. Poi l'hanno chiamato e lui è saltato sul tavolo, ha preso il megafono. Era molto più giovane degli altri parlatori, ma il suo sguardo e la sua figuretta dai capelli disordinati creavano un'impressione abbastanza intensa anche a molti metri di distanza. Era un periodo di impressioni fisiche, anche: di onde di ostilità o simpatia suscitate dal puro aspetto di qualcuno.

Guido ha detto «È colpa di questa scuola se questo paese è così vecchio e deteriorato e fuori dal mondo. Tutti i bastardi che ci governano e dirigono e insegnano sono venuti fuori da qui, sono *cresciuti* con questo schifo. Fa parte di loro, le citazioni latine e la cavillosità e il parlare senza dire niente e la falsificazione sistematica e il doppio e triplo gioco. È incredibile quante cose potremmo imparare, se dedicassimo a interessi vivi il tempo che adesso buttiamo via per memorizzare relitti di dati in questo museo di cadaveri. Potremmo imparare quattro o cinque lingue con la stessa fatica, e a dipingere, e a leggere la musica. Potremmo conoscere il *mondo*, imparare un mestiere».

61

Il suo tono aveva una strana qualità ingenua e vulnerabile rispetto a quando parlava con me delle stesse cose. Era come se Guido eliminasse di proposito i suoi schermi di protezione proprio quando gli altri si davano da fare per procurarsene; come se abbassasse la guardia quando più sapeva di poter essere colpito. Non usava neanche bene il megafono: ogni tanto lo allontanava dalla bocca e le sue parole si perdevano; lo avvicinava troppo e si distorcevano in suoni incomprensibili. Ha smesso senza preavviso, quando tutti si aspettavano che andasse avanti o almeno concludesse in crescendo; è sceso dal tavolo. C'è stato un applauso, anche se non travolgente; un nuovo parlatore ha preso il suo posto.

Una settimana più tardi io e lui siamo andati a una manifestazione contro alcuni arresti avvenuti nel corso di un'altra manifestazione. Il corteo era già partito quando siamo arrivati all'università, così abbiamo dovuto inseguirlo attraverso il centro, guidati dai raddensamenti nel traffico e le espressioni alterate dei passanti. L'abbiamo raggiunto a metà percorso, su un viale che costeggia le prigioni; ci siamo infilati tra le forse ottocento persone che camminavano gridando frasi violente contro il governo. In testa c'erano un paio di macchine dei vigili, in coda jeep e camion della polizia carichi di agenti con caschi e manganelli.

Io e Guido eravamo più giovani della media dei dimostranti, e questo aumentava la nostra ansia di essere al cuore di quello che accadeva, parte dell'eccitazione collettiva. Il traffico dietro di noi era quasi fermo, sentivamo i clacson furiosi delle automobili. I vigili cercavano di salvare la circolazione e sfruttare a senso alternato l'unica corsia libera, ma i due flussi opposti hanno finito presto per bloccarsi a vicenda, fianco contro fianco in mezzo al viale. Già solo questa era una sensazione esilarante: fermare le macchine in una società che le teneva tanto più in considerazione dei suoi abitanti.

Eravamo sotto il muro alto e lungo della prigione, si vedevano appena le finestre a bocca di lupo di uno degli edifici. Qualcuno ha cominciato a gridare «Fuori fuori fuori» e presto tutti stavamo scandendo la stessa frase in coro, come se non fosse riferita unicamente alla gente nella prigione ma a chiunque era rinchiuso nelle architetture simili della sua scuola o casa o ufficio. Alzavamo e abbassavamo le braccia al ritmo delle parole, sulla spinta di un vero desiderio fisico di liberazione: insofferenza e rabbia compresse che cercavano spazio.

D'improvviso è arrivato un urto laterale, tutti sono corsi verso il centro del viale spingendo come pazzi, con le braccia in avanti e una luce di panico negli occhi. In un attimo la piccola folla che gridava agguerrita era in fuga scomposta, la sua rabbia riversata in frenesia di allontanarsi. Io e Guido siamo schizzati via con gli altri senza capire perché, corsi per il viale tra spinte e scavalcamenti e grida, scoppi e fischi laceranti. Solo a un certo punto ho visto le granate lacrimogene che ci passavano sopra la testa, i poliziotti che ci inseguivano in un galoppo cieco con i manganelli alzati, e la sensazione di pericolo puro mi ha fatto accelerare ancora. Avevo corso così solo da bambino, una volta che un cane lupo mi aveva inseguito in campagna: senza quasi toccare terra, con la stessa velocità impossibile da cartone animato. Anche Guido alla mia destra volava, leggero e nervoso com'era; guizzava tra la gente in fuga.

Poi la corsa si è smorzata, rotta in un piccolo trotto sempre più laterale e a ritroso; si è spenta. Eravamo fermi, sudati e stravolti, a guardare in direzione dei poliziotti fermi. Lo spazio tra noi e loro era velato di fumo lacrimogeno che ristagnava vicino all'asfalto. Due commissari in borghese stavano ricomponendo la truppa in uno schieramento orizzontale, facevano cenni secchi; gli uomini in divisa ondeggiavano di lato.

Abbiamo continuato a osservare i loro movimenti, pronti a scappare al minimo segnale, e la rabbia ci è rifluita dentro, nel vuoto lasciato dalla paura. Qualcuno ha ricominciato a gridare, agitare il pugno; le grida e i gesti si sono moltiplicati, scanditi di nuovo su uno stesso ritmo. Il ritmo è cresciuto di intensità, le voci di volume, si sono aperte in timbri sempre più rauchi. Abbiamo cominciato a tornare verso la polizia, meno cauti a ogni passo: attratti in modo difficile da resistere. Qualcuno ha raccolto un sasso sotto un platano, è andato avanti stringendolo in mano come se fosse una bomba, e presto molti lo hanno imitato, si sono messi a tirare contro i poliziotti. Chi lo faceva aveva un'aria appassionata, in bilico tra coraggio e incoscienza: creava negli altri correnti di ammirazione. Anche Guido è corso avanti con il suo sasso, l'ha scagliato più forte che poteva. Quasi tutti i lanci erano corti: solo un paio sono arrivati a bersaglio, senza grandi effetti. Il punto non sembrava quello di colpire, in ogni caso, ma di lacerare lo spazio, rompere gli equilibri.

Abbiamo continuato a gridare e tirare sassi e avvicinarci ai poliziotti, e alla fine un questore con una fascia tricolore sul petto ha dato ordine di suonare una tromba e i poliziotti sono ripartiti alla carica. Di nuovo siamo scappati su un'onda di paura; ma era già meno intensa e lunga della prima. Presto eravamo di nuovo fermi e ansimanti a riprendere fiato, guardare a distanza i poliziotti. Guido mi ha fatto vedere come non era difficile calcolare la loro velocità o il loro percorso, perché tendevano a galoppare in linea retta, trasportati dal loro stesso slancio finché si esauriva. Era pieno di energia mobile, con i capelli appiccicati alla fronte e le pupille dilatate: la parte passionale della sua natura esposta senza filtri.

Ci siamo fatti sotto ancora; i poliziotti sono ripartiti con impeto. Siamo guizzati via veloci, divertiti almeno quanto spaventati adesso. Poco alla volta lo scontro si è trasformato in una specie di schermaglia ritualizzata, dove nessuno dei due schieramenti riusciva a entrare in contatto fisico con l'altro. Il rischio non era grande, a meno di non cadere o sbagliare le distanze, eppure non c'era nessun distacco rituale nella foga con cui i poliziotti si buttavano alla carica, o nel desiderio di distruzione con cui noi tiravamo sassi e gridavamo fino a perdere la voce. La pura sostanza dei fatti era meno importante dei sentimenti alla loro origine, in questo caso: delle emozioni che contraevano e dilatavano la realtà.

Guido correva come se non avesse peso, senza stancarsi o fermarsi mai. Cercavo di stargli dietro, e non era facile. Abbiamo continuato ad attaccare e scappare e tornare indietro di nuovo, dal viale della prigione a ritroso per vie laterali verso il centro, tra i marciapiedi e le macchine bloccate. La gente ci guardava schiacciata contro i muri e rifugiata negli androni, affacciata alle finestre; i negozianti tiravano giù le saracinesche. Guido gli ha gridato «Vi è sempre andato bene *tutto* così com'era! Qualunque schifo abbiate avuto sotto gli occhi!». Ha dato un calcio a un'automobile; e in effetti veniva voglia di fare danni e fare rumore, prendersela con chiunque sembrasse corresponsabile dello stato delle cose.

Siamo andati avanti ancora e sembrava che non dovessimo smettere mai, e invece la tensione ha cominciato a logorarsi e poi di colpo eravamo stanchi, la luce se ne stava andando. Gli inseguimenti sono diventati brevi e sparsi; finiti del tutto. Sono rimaste voci e gesti sempre più isolati, finché il traffico si è ripreso le strade e rimangiato la città, ha coperto tutto con i suoi movimenti e suoni meccanici.

I giornali hanno descritto gli scontri davanti alle prigioni come una vera battaglia, i partecipanti come delinquenti da strada. Il nostro professore di filosofia l'ha definito "un episodio vergognoso". I nostri compagni di classe oscillavano tra curiosità e desiderio di dissociazione; raccoglievano dettagli da me e Guido con cautela, spaventati solo all'idea di avere troppe notizie di prima mano. Ablondi e Farvo analizzavano gli avvenimenti come se ne fossero stati testimoni da un osservatorio privilegiato.

I racconti sul ruolo di Guido negli scontri si sono diffusi per la scuola, distorti e amplificati a ogni passaggio fino a creargli intorno un piccolo alone leggendario. Lui cercava di scherzarci sopra, ma ormai le immagini erano innescate e andavano in giro. Le ragazze l'hanno guardato con nuova ammirazione; i professori con una dose in più di ostilità.

Poi ci sono state altre manifestazioni e occupazioni di scuole, altri scontri con la polizia, altri lanci di sassi e rotture di vetrine e barricate di automobili. A volte le lezioni erano interrotte nel mezzo della mattina, si sentivano grida nella strada e c'era un corteo che passava sotto le nostre finestre. Correvamo fuori dalle classi a partecipare, lasciavamo indietro i professori con i pochi zelanti che non volevano abbandonarli. A volte c'erano assemblee improvvise, di nuovo la palestra veniva occupata. Di colpo sembrava che tutto potesse cambiare, si trattava solo di studiare come. La gente giovane cercava di fare a pezzi gli scenari in cui era stata condannata a vivere; il minimo gesto provocava impulsi di emulazione. Guido diceva «È la fine di uno schifo di *epoca*. Non hanno voluto cambiare le regole finché potevano, e adesso la loro macchina orrenda gli scoppia sotto il sedere». Quando diceva "loro", intendeva gli inventori e i proprietari del mondo com'era, i suoi custodi e amministratori.

Nei pomeriggi andavamo all'università, pieni di aspettative fin da quando giravamo l'angolo della via. Ci aggiravamo nel fumo di sigaretta per le aule a gradinate dove si parlava di come trasformare tutto, e ci sembrava una dimensione molto più autentica e arrischiata di quella del nostro liceo. Eravamo affascinati dagli studenti universitari: dalle loro giacche di tela verde militare e la loro aria adulta, l'ironia e la conoscenza del mondo, la pericolosità pronta a manifestarsi. Ci rendevamo conto che era una specie di gioco romantico, dove ognuno si inventava un personaggio in base ai modelli letterari o storici o pittorici o musicali che aveva, ma in quella fase della nostra vita eravamo pronti a prenderlo per buono, usarlo come punto di partenza per le nostre fantasie.

Dai discorsi che ascoltavamo uscivano immagini di altri possibili mondi, realizzati in altri paesi o solo pensati, rimasti semplici disegni nell'aria. Tutti si erano messi a scavare nella storia lungo tracciati diversi da quello della nostra educazione scolastica: ogni giorno facevano nuove scoperte che quasi subito entravano in contrasto tra loro. La competizione tra linee di scavo sembrava parte dell'atmosfera, la manteneva viva mentre correvamo da un punto all'altro della città.

Guido diceva che gli interessava fare delle cose, più che parlarne; ma ha cominciato a leggere la storia anche lui, con la stessa passione che aveva per i romanzi. Prendeva libri in prestito in biblioteca o li rubava nelle librerie del centro: girava per mezz'ora tra gli scaffali e usciva con il giubbotto gonfio di edizioni tascabili della storia della rivoluzione francese e la storia della rivoluzione russa e tutto quello che aveva attirato il suo interesse.

Leggeva a casa di notte e di pomeriggio dove gli capitava, a scuola durante le lezioni, appena riparato da una pila di testi di studio. È diventato ancora più difficile vederlo senza un libro in mano, o non sentirlo parlare di un libro. Ha letto quasi tutto quello che si leggeva allora, *Il capitale* di Marx e *Che fare?* di Lenin e gli altri titoli che venivano citati ogni poche frasi dagli studenti di terza liceo e da quelli dell'università nei loro discorsi. Diceva che cercava di capire chi erano le persone dietro i libri: se gli avrebbe fatto piacere incontrarle o no.

In questa esplorazione di territori sconosciuti cercava di evitare le guide che tutti avevano cominciato a offrire in giro, si affidava al suo istinto. Assorbiva informazioni e poi le lasciava filtrare; le giudicava senza pretendere di essere obbiettivo. Leggeva Marx, e ogni volta che gli chiedevo cosa ne pensava mi rispondeva «Non so ancora».

Dieci

Un pomeriggio io e Guido stavamo venendo via in motorino da un'assemblea all'università, e lui mi ha chiesto di fermarmi davanti a un bar in piazza San Babila. Ho cercato di
fargli cambiare idea, perché a poche decine di metri c'era la
sede del partito neofascista dove militanti armati di spranghe aggredivano chiunque avesse i capelli lunghi o scarpe da
tennis. Guido ha detto «Solo cinque minuti», è sceso.
Era un vecchio lussuoso bar milanese, tutto specchi e ot-
toni e legni scuri. La cassiera ha seguito me e Guido con occhi velenosi mentre attraversavamo il pianterreno, salivamo
per una scaletta a chiocciola. Al piano di sopra in una sorta
di balconata con tavolini erano sedute due ragazze spettacolari. Avevano forse un anno o due più di noi, ma erano mille volte più gattate e attraenti delle nostre compagne di
scuola. Paola Amarigo sembrava una povera scopa secca, in
confronto, del tutto priva di sensualità o malizia. Una di loro ha alzato lo sguardo e si è illuminata, ha detto «Guido!».
Guido è andato a baciarla su una guancia, si è seduto a parlarle da pochi centimetri. Stavo fermo presso il tavolino, intimidito e attratto e anche preoccupato all'idea di veder sbuca-
re dalla scala un gruppo di fascisti. Guido ha fatto un cenno
rapido di presentazione, detto «Mario, Nina, Antonella». Antonella era l'altra ragazza; mi sono seduto di fianco a lei.

Un cameriere anziano è salito a prendere l'ordinazione, fissare me e Guido con avversione appena controllata. Guido gli ha ordinato subito quattro aperitivi forti; ha prevaricato le due ragazze che volevano altro, cercato di coinvolgerci tutti. Le ragazze hanno riso, si guardavano tra loro. Antonella era meno bella di Nina a vederla da vicino, con occhi più piccoli e la mandibola pesante; ma appartenevano alla stessa specie di donna, e non mi era ancora mai capitato di vederne così da vicino.

Il cameriere è tornato con quattro enormi coppe rosse guarnite di scorze d'arancia, ha porto lo scontrino e c'era un'ombra di sadismo nei suoi occhi. Prima che io potessi fare niente Guido ha tirato fuori di tasca un mucchietto accartocciato di biglietti da mille lire, senza contarli glieli ha messi in mano. Il cameriere li ha distesi uno a uno, ne ha restituiti un terzo. Guido gli ha detto «Tenga pure», ed era un gesto assurdo, prendevo gli stessi soldi dai miei in una settimana e lui non poteva certo averne di più. C'era un fondo di imbarazzo nel suo sguardo; nel suo modo di prendere subito un sorso lungo e spingere due bicchieri verso le ragazze. Il cameriere si è ritirato con il più freddo dei ringraziamenti, come se non avesse dubbi che erano soldi rubati.

Nina si è messa a raccontare di come un attore della televisione l'aveva riaccompagnata a casa da una festa fuori Milano in una vecchia Mercedes malandata che era finita in un fosso. Aveva un modo sorprendente di parlare, con coloriture improvvise, piccoli gesti rapidi delle mani. Non sembrava intelligente, ma la sua voce era animata da un'energia irrequieta che la faceva indugiare su un dettaglio e poi sfaccettare rapida molte osservazioni contigue, rovesciare più di una volta il suo punto di vista. Guido la guardava incantato, beveva il suo aperitivo, sollecitava nuovi particolari. Anch'io ho bevuto; l'alcool mi è entrato presto in circolo, dilatava tutte le mie impressioni.

Abbiamo continuato a guardare Nina e ascoltarla descrivere un professore di tedesco della sua scuola di suore, divertiti da quasi ogni suo aggettivo; poi Antonella ha guardato l'orologio, detto «Dobbiamo andare». Nina ha interrotto a metà il suo discorso, preso il cappotto. Anch'io e Guido ci siamo alzati, Guido ha fatto cadere una sedia.

Siamo scesi dietro le due ragazze per la scaletta. Guido ha chiesto «Non possiamo accompagnarvi?» in tono troppo implorante per sembrare serio; le ragazze hanno detto di no. L'alcool mi faceva vedere i nostri movimenti più lenti di com'erano: Guido che cercava di avvicinarsi a Nina senza riuscirci, i capelli e il profumo delle ragazze, gli sguardi mentre scivolavamo giù per i gradini.

Fuori nella piazza era già buio e faceva freddo, c'era rumore di traffico e gente che camminava veloce, lampioni e fari di macchine. Guido voleva parlare ancora con Nina, ma Antonella la teneva stretta sottobraccio, ha detto «Arrivederci a tutti». Guido ha cercato di farle cambiare idea, si è prodotto in parole e gesti di convincimento. Vicino a loro così belle e vestite di buone stoffe sembrava povero e malridotto, illegittimo nella sua insistenza. Alla fine ci ha rinunciato; Nina e la sua amica sono quasi corse via, sparite al primo incrocio.

Volevo chiedergli dove le aveva conosciute e quando, ma lui è andato dritto verso il mio motorino, ha aspettato che lo raggiungessi. Solo quando siamo stati sulla via di casa sua ha detto «La vita è uno schifo, ma è confortante come continua a migliorare man mano che vai avanti». Riuscivo appena a sentire la sua voce aspra nel rumore del traffico.

A scuola anche i più passivi tra i nostri compagni hanno cominciato a lamentarsi apertamente di quello che dovevamo studiare e di come ci veniva insegnato. I professori hanno cercato di alzare la voce, accentuare l'incomprensibilità dei loro codici per intimorirci. Le nostre richieste erano del tutto ragionevoli all'inizio, ma non sembravano in grado di prenderle in considerazione.

Una volta per esempio Guido ha proposto alla professoressa di latino di farci leggere libri interi invece dei soliti spezzoni infarciti di campionature grammaticali, in modo da ricavare qualche piacere dalla fatica di tradurre. Lei non l'ha neanche lasciato finire; ha gridato «Voi leggete quello che vi dico io, non dovete certo insegnarmi il mio lavoro, manica di ignoranti e lazzaroni!». È andata avanti cinque minuti a insultare la classe in generale: rossa in faccia e con i capelli tinti che le ondeggiavano sulla testa.

Quando se n'è andata i nostri compagni erano offesi, ancora più insofferenti dei suoi metodi. Ci siamo messi a discutere di come reagire: Ablondi ha suggerito di scrivere alla professoressa una lettera di protesta circostanziata, Farvo di querelarla attraverso suo padre, che faceva l'avvocato. Quasi tutti adesso avanzavano proposte, ma i loro occhi diventavano incerti alla minima obiezione; nessuno pensava davvero di mettere in pratica quello che diceva. Guido si è fatto venire un'idea, e sull'onda emotiva è riuscito a coinvolgere tutti, vincolarci a seguirlo.

Il giorno dopo subito prima della lezione di latino abbiamo girato tutti i banchi verso la parete di fondo, ci siamo seduti con la schiena alla cattedra. Solo Paola Amarigo e un ragazzo monarchico che si chiamava Tirmoli non hanno voluto farlo, sono usciti con facce fredde nel corridoio pur di non partecipare. Quando la professoressa di latino è entrata eravamo tutti voltati di spalle, zitti e perfettamente composti secondo le istruzioni di Guido, come se fossimo assorti in una lezione al lato opposto dell'aula.

La professoressa è rimasta allibita: anche se non la vedevamo l'abbiamo capito dal suo silenzio, il suo fruscìo alla cattedra. Guido mi ha dato uno sguardo laterale per dire di non muovermi; si sentiva una pressione tremenda salire dietro di noi.

Poi la professoressa si è messa a urlare come una pazza di voltarci. Nessuno l'ha fatto; vedevo le facce angosciate dei nostri compagni nei banchi paralleli. Credo che fossero in buona parte pentiti di questa storia, forse odiavano Guido per averceli tirati dentro.

La professoressa è venuta tra i banchi, gridava e batteva i piedi come se si trattasse di far dissolvere un brutto sogno. Ha cercato di isolare qualcuno, urlargli da pochi centimetri «Considero te responsabile!». Non eravamo grandi attori; dovevamo fare uno sforzo per continuare a fissare la parete di fronte.

Il tono della professoressa è salito ancora: si è messa a gridare «Smettetela immediatamente! Immedia-ta-mente!» in un crescendo parossistico che doveva danneggiarle le corde vocali. La situazione era così estrema adesso che mi sembrava di vedere i nostri compagni tremare seduti ai banchi, i loro lineamenti contrarsi a ogni nuovo grido. Ma siamo riusciti a restare immobili come aveva detto Guido, far finta di seguire una lezione fantasma.

Alla fine la professoressa è tornata alla sua cattedra, e abbiamo sentito la sua voce rompersi. Siamo rimasti ancora fermi di spalle mentre lei sniffiava e singhiozzava; poi Guido si è girato e le ha chiesto a bassa voce «Perché dobbiamo essere così in guerra? Non sarebbe più semplice *parlare*?».

E non c'era ironia nella sua voce: era davvero addolorato, come di fronte a un'impiegata che si è vista bruciare sotto gli occhi il posto di lavoro, o a una donna abbandonata dal marito. La professoressa è rimasta scossa da questo tono: quando ci siamo girati tutti guardava Guido con una vera espressione in sfacelo. Poi è corsa verso la porta, ha gridato «Vi faccio sospendere a vita!».

Abbiamo ascoltato il suo tacchettìo pesante allontanarsi nel corridoio e poi fermarsi e tornare indietro, tergiversare e allontanarsi di nuovo, ed è stato chiaro che avevamo vinto. Siamo passati dall'esitazione all'incredulità all'euforia più frenetica; ci siamo messi a ridere e gridare fare salti in giro. Il panorama di monoliti e fossili in cui avevamo vissuto fino a quel momento sembrava dissolto adesso, era diventato uno spazio libero dove avremmo potuto fare quello che volevamo. Solo Guido aveva un'aria triste nella confusione generale; mi ha detto che gli dispiaceva per la povera professoressa.

Anche gli altri professori si sono visti franare sotto gli occhi i loro paesaggi familiari. L'esasperazione compressa troppo a lungo ha travolto le prime richieste di aggiornare i programmi di studio, è andata avanti a fare a pezzi il significato della scuola intera. Era una vera esasperazione fisica; diventava violenta con facilità. Io e Guido abbiamo visto all'università un professore di diritto inseguito da centinaia di studenti giù per una scala, coperto di sputi e monetine e insulti di ogni genere, grigio in faccia come un cadavere mentre due bidelli cercavano di sottrarlo al linciaggio. Eravamo disgustati dalla vigliaccheria della massa infuriata, ma ci rendevamo conto benissimo che avremmo potuto diventare anche noi dei linciatori, solo a trovare il momento e il pretesto adatto.

Di pomeriggio ci vedevamo ormai quasi sempre. Vivevamo in un clima rapido adesso, lontano dall'immobilità fluttuante degli anni prima. Mia madre e suo marito non ne erano affatto contenti: mi guardavano con preoccupazione ogni volta che entravo o uscivo, cercavano di spiegarmi quello che succedeva così come lo percepivano attraverso i loro giornali. Non li ascoltavo neanche, mi tappavo le orecchie con le mani finché non smettevano, mangiavo e scappavo fuori di corsa.

Andavo a prendere Guido e tornavamo insieme in centro. Quasi ogni giorno c'erano riunioni e manifestazioni e assemblee a cui partecipare, discussioni accese e discussioni sottili e discussioni incomprensibili; allarmi ricorrenti. Di colpo arrivavano voci su colonne di fascisti in avvicinamento, e ci riempivano di agitazione, panico e aspettative mescolati. Facevamo preparativi, discussioni sulle tecniche dei preparativi.

C'era un piccolo gruppo di studenti universitari che avevano lavorato ai loro modi di fare fino a sembrare molto vissuti e pericolosi, pieni di risorse impreviste. Erano più alti e robusti della media, ognuno con lo sguardo e i movimenti e i vestiti giusti, il tono giusto di voce. In queste occasioni apparivano da un attimo all'altro, armati di caschi e bastoni; andavano a mettersi di guardia alle porte, come samurai venuti a difendere un villaggio di poveri contadini. Per noi più giovani erano suggestivi: le ragazze li guardavano ammirate, i ragazzi con desideri di emulazione. Guido mi faceva notare quanto vivevano di atteggiamenti, ma il loro aspetto romantico lo affascinava; e l'idea che si fossero inventati da soli.

I fascisti non si materializzavano quasi mai, o lo facevano in punti lontani della città, per scomparire subito dopo. Di solito stavano confinati in una sola zona, vicino al bar dove Guido mi aveva presentato le sue amiche, e nessuno di noi si azzardava a passarci normalmente. In altre città dovevano essere un vero pericolo, ma a Milano era difficile vederne; questo provocava lunghe attese a vuoto, anticipazioni eccitate che si stemperavano nell'arco di ore.

Avremmo voluto credo qualcuno che incarnasse tutto quello che detestavamo, ma non era facile trovarlo. I nostri professori avevano ceduto alla minima pressione, e adesso sembravano vittime quanto noi di quello che insegnavano; i poliziotti venivano solo mandati. I veri responsabili avevano contorni sfumati e nomi generici: il governo, i capitalisti, l'imperialismo; era difficile dargli un nome o una faccia. Così sfilavamo per le strade pieni di frustrazione e gridavamo contro le facciate dei palazzi e i dorsi delle automobili. A volte veniva voglia di fare a pezzi gli oggetti, danneggiare lo scenario visto che il regista e gli attori si erano nascosti.

Undici

Guido continuava a leggere libri, lavorava alle sue opinioni in base ai dati che raccoglieva e in base ai suoi istinti. Un giorno mi ha detto che Marx gli sembrava un inventore di gabbie per idee; che nei suoi scritti c'era lo stesso spirito dogmatico e perentorio della religione cattolica. Ha detto «Sono *formule*, è per questo che hanno successo».

Seguiva altre strade; leggeva Kropotkin e Bakunin, la storia di Kronštadt e del movimento machnovista. La sua non era una ricerca metodica: tendeva a saltare di libro in libro, correre tra le pagine con l'impazienza che aveva per tutto il resto. Ho scoperto che ci costruiva su, anche: prendeva una teoria e la modificava, senza il minimo rispetto per le sue origini. A volte andavo a leggere un testo di cui mi aveva parlato e scoprivo che in realtà diceva altre cose, in altri termini. Quando glielo facevo notare lui sorrideva; non cercava di convincermi della sua attendibilità.

Man mano che leggeva gli veniva sempre più simpatia per gli anarchici: erano gli unici che non suscitassero la sua insofferenza per le idee rigide e le organizzazioni strutturate, la sua rabbia retrospettiva per le sopraffazioni nella storia. Anche gli anarchici che vedevamo in giro per la città avevano un aspetto più simpatico dei militanti degli altri gruppi: sembravano più liberi, più aperti all'improvvisazione e al divertimento. Abbiamo cominciato a unirci alle loro piccole bande disordinate, relegate in fondo ai cortei e ai margini delle assemblee.

Guido non cercava mai di trascinarmi dalla sua parte a forza di ragionamenti: lasciava che le sue idee toccassero in modo leggero le mie, le stimolassero a definirsi secondo la loro natura. Non mi sembrava di farmi condizionare, ma ogni volta arrivavo alle sue stesse conclusioni, con una frazione di ritardo su di lui.

Del resto Guido tendeva ancora a riparare i suoi sentimenti più profondi quando parlava con me. Li scopriva solo in occasioni pubbliche, e allora ero sorpreso dalla passione con cui lo faceva; da come non si preoccupava affatto di difenderli con un linguaggio o un sistema di riferimenti. Scopriva le immagini che aveva in testa nel modo più semplice possibile, le lasciava del tutto esposte, affidate alle sole loro forze.

Per esempio una volta che c'era un'assemblea nella palestra della scuola è rimasto mezz'ora vicino a me a commentare gli interventi, esasperato dalla cadenza e la terminologia e lo sguardo dei parlatori. Poi è andato a chiedere di intervenire, e quando è arrivato il suo turno si è lasciato prendere dal più emotivo e meno trattenuto dei discorsi.

Ha detto «Non c'è niente di *inevitabile* nel mondo com'è adesso. È solo una dei milioni di forme possibili ed è venuta fuori sgradevole e ostile e rigida per chi ci vive. Ma possiamo inventarcene di completamente *diverse*, se vogliamo. Possiamo smantellare tutto quello che abbiamo intorno così com'è, le città come sono e le famiglie come sono e i modi di lavorare e di studiare e le strade e le case e gli uffici e i luoghi pubblici e le automobili e i vestiti e i modi di parlarci e guardarci come sono. Possiamo inventare soluzioni completamente diverse, fare a meno del denaro e dei materiali duri e freddi e dei motori e del potere, se vogliamo. Possiamo riempire di alberi le città, far crescere *foreste* nelle piazze, rompere l'asfalto e restringere le strade e dipingere tutto a colori vivi, e chiudere tutte le fabbriche e inventare altri modi di lavorare, produrre solo cose che servono davvero e solo con materiali che danno piacere a chi le usa. Possiamo inventare altri mezzi di trasporto, costruire laghi e vie d'acqua e mettere musica nelle strade. Possiamo trasformare la vita in una specie d'avventura da libro *illustrato*, se vogliamo. Non c'è nessun limite a quello che si può *inventare*, se solo usiamo le risorse che adesso vengono rovesciate per alimentare questo mondo detestabile».

Ci sono stati pochi applausi sparsi; piccoli commenti ironici nel gruppo di parlatori stretto intorno al tavolo. Forse qualche mese prima lo stesso discorso avrebbe avuto un'accoglienza migliore, ma adesso l'energia libera degli inizi era stata in gran parte canalizzata, fatta scorrere entro argini definiti.

Ogni giorno c'erano studenti dell'università all'uscita da scuola, con sorrisi così sottili. Stavano seduti sulla transenna che chiudeva il marciapiede, come giovani maestri venuti a frenare un gruppo di ragazzi rissosi e indirizzarli verso campi da gioco ben organizzati poco lontano. Appartenevano a rami nemici di una stessa famiglia: alcuni avevano all'occhiello distintivi con la faccia dorata di Mao Tse Tung; altri portavano con sé volantini ciclostilati dove il nome di Marx era associato a quello di Lenin, o a quello di Trotzki, o di Stalin. Ognuno dei rami ostentava una sicurezza straordinaria nella sua eredità familiare, diventava aggressivo di fronte a chiunque la mettesse in dubbio. Di solito venivano a turno, un gruppo alla volta nel suo territorio da colonizzare, ma a volte capitava che si trovassero vicini lo stesso giorno, e in questo caso difendevano con violenza i muri sottili che dividevano le loro posizioni.

Guido aveva una vera insofferenza fisica per loro. Lo colpiva la vecchiezza delle loro idee, il loro continuo frugare nella storia per trovare conferme a quello che sostenevano. Diceva «Vorrebbero cambiare il mondo per tornare *indietro*. Hanno la testa piena di fotografie granulose e film da cineteca, la Corazzata Potëmkin e Pellizza da Volpedo, monumenti e vecchie copertine di libri. Non riuscirebbero a inventare qualcosa di nuovo nemmeno se fossero costretti».

In realtà era strano come in loro non si trovava traccia dell'improvvisazione e l'ironia che fino a poco prima sembravano così connaturate a tutti quelli che volevano cambiare le cose. Il loro spirito era molto simile a quello che aveva colpito me e Guido nei nostri professori il primo giorno di liceo: senso di appartenenza a una colonia che aveva tagliato i suoi legami con il fluire del tempo e ne era orgogliosa. I loro discorsi erano depurati con zelo monacale dai riflessi di tutto quello che aveva portato colori e sensazioni nel nostro paesaggio fossilizzato; la loro retorica era figurata e livida, assimilata da consultazioni di archivi. I loro slogan parlavano di prendere e mettere fucili in mano alle masse e processare e affidare a tribunali popolari e impiccare, marciare e avanzare e stabilire dittature e inscrivere nella Storia.

Alcuni di loro avevano fatto parte di organizzazioni cattoliche, o di gruppi di estrema destra prima di convertirsi al momento giusto; erano venuti fuori mentre noi correvamo da un punto all'altro della città trascinati dall'entusiasmo e dalla rabbia. Quando ce ne siamo accorti era come se ci fossero sempre stati, organizzati nelle loro miniature di partiti, con le loro miniature di gerarchie e il loro gergo e i loro rituali.

Ma sembrava che ci fossero ancora molte possibilità aperte, l'aria era mossa e confusa. Io e Guido andavamo alle riunioni di un gruppo anarchico in un ex magazzino nella zona di Porta Ticinese, discutevamo per ore delle diverse possibili configurazioni del mondo. Qui non c'erano gerarchie o ordini di beccata; ognuno poteva intervenire quando voleva e mettere in discussione quello che dicevano gli altri, nel modo più informale ed elastico.

Guido le prime volte è stato a studiare la situazione, ascoltava gli altri. Poi ha cominciato a parlare, e riusciva a conquistarsi l'attenzione di tutti con il suo modo di comunicare per immagini quello che pensava. Aveva quasi un'ossessione per come le città avrebbero potuto essere diverse: aveva film interi in testa, da sostituire alle fotografie desolanti delle cose come erano.

Gesticolava nel vecchio capannone pieno di polvere, e

mi sembrava di sentire la sofferenza e la rabbia che doveva aver provato a crescere da bambino povero a Milano. Una volta mi aveva raccontato un suo ricordo di quando aveva quattro o cinque anni: lui trascinato per mano da sua madre lungo il viale grigio della circonvallazione, nella nebbia fredda satura di gas e pulviscolo carbonioso. Mi aveva detto «Non c'era un solo odore o colore o sensazione tattile piacevole a cui appigliarsi. Mia madre mi trascinava e facevo resistenza, e tutto quello che avevo intorno era così spaventosamente *sgradevole* che avrei solo voluto cascare morto sul marciapiede».

Doveva essere nato allora il suo odio per i materiali e le forme innaturali, le gabbie architettoniche e le alterazioni chimiche degli elementi. Secondo lui l'origine di quasi tutto l'orrore del mondo era nella civiltà industriale, che aveva brutalizzato lo spazio e distrutto i ritmi e gli equilibri complessi della vita per adattarli a quelli delle macchine.

Diceva «Quasi tutto quello che viene prodotto dalle industrie serve solo a dare alla gente ragioni di spendere i soldi che guadagna con lavori che non farebbe mai se non dovesse guadagnare. I negozi sono pieni di accessori inutili e giocattoli che si rompono e vestiti che passano di moda, pure calamite messe sotto gli occhi di chi passa per tenere in movimento la macchina, fare entrare energia umana in circolo. E questo è possibile perché la gente è costretta a vivere in luoghi dove non ha più il minimo controllo su quello che mangia e quello che si mette addosso, sullo spazio che occupa. Tutti sono in prestito tutto il tempo, devono *comprare* quello che gli serve e non gli basta mai, gli sembra di avere sempre bisogno di altro. Ma una volta che le industrie sono distrutte, e i luoghi dove la gente vive tornano a essere piacevoli, e il denaro non esiste più, nessuno ha più bisogno di possedere *oggetti* per sentirsi felice».

Diceva che il mondo ideale potrebbe essere un sistema di villaggi autosufficienti che vivono di agricoltura e artigianato, legati tra loro da reti di scambi e comunicazioni. Diceva che è importante che la scala sia piccola, se si vuole abolire davvero il principio del potere e dell'autorità e lasciare a

81

ognuno il controllo sulla sua vita senza che tutto precipiti nel caos.

Quando Guido faceva questi discorsi a scuola adesso c'erano veri sbarramenti di parole e sguardi: steccati rapidi tra quello che era realistico e quello che non lo era, tra la Storia e la fantasia, l'andare avanti e il tornare indietro. Albino Ablondi ed Emanuele Farvo si indignavano, offesi nelle loro sicurezze appena acquisite secondo cui le industrie e le città avevano solo bisogno di cambiare padroni perché il mondo migliorasse. Gli anarchici erano i soli ad addentrarsi con generosità in queste prospettive, metterle in discussione da vari punti di vista come se le considerassero del tutto possibili.

Ponevano questioni di fondo da risolvere: chi avrebbe deciso come esattamente doveva essere cambiato il mondo, dato che eravamo d'accordo sul principio di non delegare niente a nessuno? Come si sarebbe stabilita per esempio la dimensione dei villaggi? E la scelta delle colture? Cosa sarebbe successo se qualcuno avesse voluto continuare a vivere in un grattacielo, o a usare la sua automobile? E se qualcuno avesse voluto depredare gli altri, o anche solo vivere alle loro spalle? Chi avrebbe dovuto fargli cambiare idea, senza che questa fosse una sopraffazione autoritaria?

Discutevamo accalorati per pomeriggi interi, nel capannone pieno di fumo e polvere: come se si trattasse di mettere a punto nei dettagli un progetto da realizzare il giorno dopo.

Dodici

Guido mi ha detto due o tre volte che doveva vedere Nina, o che l'aveva vista: ogni volta in tono di finta neutralità, come se parlasse di un libro di cui aveva sentito parlare e che pensava di leggere. Non mi avventuravo a chiedergli dettagli; continuavamo a essere pieni di riserve in queste cose.

Poi un giorno mi ha raccontato che lui e Nina si erano messi insieme, ma la famiglia di lei era terribile, il padre una specie di nazista che una volta li aveva sorpresi a baciarsi sotto casa. Ha detto «È stato lì a fissarmi, alto e rigido con questi occhi gelati, vibrante di indignazione come se avesse scoperto sua figlia con un mostro». Adesso per vedersi dovevano inventare congegni complicati di scuse e orari e spostamenti, alibi incrociati con le amiche di lei.

Non ne abbiamo più parlato per qualche tempo; poi una mattina lui mi ha chiesto se avevo voglia di andare sabato pomeriggio a casa di Antonella, l'amica di Nina che avevo visto al bar. Apparentemente si era informata su di me dopo quella volta, aveva fatto domande insistenti a Nina. Gli ho risposto che certo sarei andato: con molte anticipazioni che già mi salivano dentro.

Sono passato da lui subito dopo mangiato, siamo tornati insieme in centro. Mi ha detto di legare il motorino dietro l'angolo della via di Antonella, dovevamo farci notare il meno possibile. Era in questo spirito illegale, come se fossimo sul punto di commettere un furto; ha moltiplicato di molto le mie ragioni di ansia.

Siamo passati veloci nell'androne, a testa bassa e con le mani in tasca, e il portinaio ci ha fermati come due veri ladri, ha detto «Dove andate?». Ci guardava i capelli e le scarpe, sembrava pronto a prendere un bastone o chiamare la polizia. Guido gli ha detto il nome di Antonella; lui è arretrato fino al citofono, senza perderci di vista. Era un androne sontuoso, con cancelletti dalle punte dorate e statue di marmo, una porzione di giardino visibile in fondo. Guido si guardava intorno come se stesse cercando una via di fuga, stretto nel suo giubbotto di fustagno. Il portinaio ci ha fatto cenno di salire; siamo sgusciati via raso ai muri.

L'ascensore dava direttamente nella casa: Antonella e Nina sono venute ad aprire, vestite e truccate in modo ancora più spettacolare di quando le avevo viste al bar. Nina ha abbracciato Guido di slancio; si sono baciati, guardati da molto vicino.

Antonella mi ha dato la mano senza quasi stringermela, mi ha chiesto «Come va?». Si muoveva leggermente a disagio nella grande sala dal pavimento parquettato; ha spiegato che i suoi erano fuori fino a sera. Mi è sembrato che questa notizia velasse delle intenzioni o addirittura un programma nei miei confronti, e questo mi ha suscitato un lampo di panico, fatto guardare verso Guido in cerca d'aiuto. Ma Guido era attaccato a Nina, senza spazio per nessun altro pensiero; è scivolato con lei oltre una porta.

Antonella li ha seguiti, mi ha fatto strada in un'altra sala ancora più grande, con lampadari di cristallo e paraventi e specchi e poltrone dorate. La ricchezza della casa era ostentata con determinazione eccessiva, si rifletteva dai mobili allo sguardo di Antonella e le intralciava i movimenti. Né io né lei sapevamo cosa fare, continuavamo a girare intorno in cerca di appigli. Lei ogni pochi secondi guardava Guido e Nina abbracciati vicino a una finestra: diversi tra loro e avidi uno dell'altro come due amanti impossibili. A un certo punto gli ha gridato «Cercate di non consumarvi, voi due!»

e appena sotto lo scherzo mi sembrava irritata all'idea di non essere al posto della sua amica. Era una ragazza milanese di buona famiglia, energica e fredda; non ci mettevo molto a immaginarmi sua madre; lei all'età di sua madre. Mi attraeva, anche: le guardavo il profilo dal naso corto, le gambe sicure sotto la gonna di lanetta pregiata.

Poi Guido e Nina sono usciti anche da questa sala, spariti senza dirci niente, e mi sono sentito perso. Non avevo la minima disinvoltura con le donne, soprattutto se le avevo viste solo una volta e sembravano così più mature e preoccupanti di quelle che conoscevo. L'imbarazzo mi ha paralizzato in pochi secondi; stavo appoggiato al dorso di una poltroncina e guardavo i muri. Ho cercato di commentare un grande quadro della battaglia di Lepanto, ma Antonella non sembrava interessata, mi ha chiesto se volevo qualcosa da bere. L'ho seguita, così innervosito che ho inciampato in un tappeto.

La cucina era sontuosa come il resto della casa, tutta mobili e scaffali bianchi, elettrodomestici di grandi dimensioni. Antonella ha aperto un frigorifero enorme, si è chinata a guardare tra le bottiglie e bottigliette assiepate sulle mensoline, e per un attimo mi è sembrato che cercasse rassicurazione negli oggetti.

Mi ha chiesto cosa volevo nella sua cadenza di famiglia, l'ultima vocale di ogni parola trascinata finché era possibile. Le ho detto che non sapevo; lei ha tirato fuori una bottiglia di vino bianco, me l'ha data da aprire. Abbiamo bevuto a piccoli sorsi forzati: tutti e due senza averne voglia, ansiosi solo di rendere più facile la comunicazione. Non mi ero aspettato di trovarmi così senza scampo da un momento all'altro; senza la minima fase intermedia, senza conversazioni a quattro e diversioni e avvicinamenti progressivi.

Ci siamo messi a parlare, lei mi ha raccontato di un suo professore cacciato dalle suore per aver sedotto un'allieva; di una sua cameriera che in questo momento era al cinema con un fidanzato incredibilmente sprovveduto. Mi sembrava stupida, chiusa nei suoi atteggiamenti ereditati; pensavo che se avesse avuto un fratello io e Guido ci saremmo probabilmente pestati con lui davanti a scuola. Nello stesso tempo ero attratto da lei, man mano che il vino mi andava alla testa e le idee mi si confondevano.

Cambiavamo posizione ogni pochi minuti dal bordo di un mobile al tavolo a uno sgabello all'angolo del frigorifero; non capivo se per ridurre o allungare le distanze. Antonella beveva con gesti che avrebbe voluto credo molto adulti e decisi, ma poco alla volta mi sembrava che il suo controllo formale si allentasse, producesse espressioni dilatate in modo quasi caricaturale: parodie di indifferenza, curiosità, civetteria.

Ha cominciato a farmi domande su Guido: se conoscevo la sua famiglia e cosa faceva esattamente suo padre; se era fedele, vedeva altre ragazze, ne avevo conosciuta qualcuna; se la storia con Nina mi sembrava seria, quanto pensavo che sarebbe durata. Cercavo di rispondere nel modo più vago possibile, ma lei non era facile da eludere, diventava più insistente a ogni nuova domanda, mi incalzava da vicino.

Mi ha detto che non aveva mai conosciuto dei comunisti prima; che ai suoi genitori non piacevano affatto. Le ho risposto che non eravamo comunisti, ma lo stesso non saremmo andati molto d'accordo con i suoi. Non mi ascoltava neanche; è tornata a cercare di estorcermi informazioni su Guido, chiedermi se mi aveva mai parlato di lei. Le ho detto di no, ma non ci voleva credere, mi guardava fisso negli occhi.

Ho provato a cambiare argomento, e lei senza dire niente mi è venuta addosso e mi ha baciato sulla bocca schiacciato contro un armadio. Era un modo avido e insistente di baciare, paragonato ai contatti circospetti di labbra e lingue che mi ricordavo con Margherita Tardini: un modo torbido di pressarmisi contro con le gambe e la pancia e i seni, farmeli sentire attraverso gli strati di tessuto che ci separavano. Il cuore mi batteva sordo come non mi era mai capitato, mi sentivo risucchiare in una corrente di attrazione e panico verso una parte della mia vita che fino a quel momento mi ero solo immaginato in modo vago.

Quando ci siamo staccati ho provato a dirle qualcosa ma

lei mi si è stretta addosso ancora più ansiosa, ha cominciato a strusciarmi una mano sullo stomaco e poi più in basso. Respirava fondo, con un fiato dolce e vinoso; la sua lingua e le sue mani avevano un'invadenza priva di limiti. Non è che ci pensassi molto: ero troppo smosso dentro e anche pieno di paura. Continuavo a pensare di dirle qualcosa, ma non riuscivo a formulare le parole.

Poi lei mi ha preso per un polso e trascinato fuori dalla cucina e lungo un corridoio. Attraverso una porta abbiamo sentito sospiri e risatelle di Nina e Guido, parole sdrucciolate. Antonella mi ha dato un'occhiata lunga come avrebbe potuto passarmi la lingua sul palato, mi ha trascinato con ancora più furia.

L'ho seguita per il corridoio, dove mi sembrava che ci fossero concentrazioni incredibili di profumi; dentro la sua stanza dai mobili color pastello. Non sentivo più i suoni, non cercavo di ragionare; non capivo neanche se era davvero lei a trascinarmi o io a spingerla. Sono caduto all'indietro su un letto e lei mi è venuta addosso, mi ha quasi schiacciato con il suo peso. Avrei voluto guardarla, ma ero frastornato da decine di impressioni che mi venivano incontro perfettamente simultanee: il suo sguardo vetroso e le sue ginocchia e il suo odore e la consistenza dei suoi capelli e i manifesti di attori e cantanti sopra le nostre teste e le cartoline impuntinate all'armadio e le sue mani dalle unghie laccate di rosa.

Senza pensarci ho cominciato a toglierle il golf, con la testa piena di impulsi istintivi e forse ricordi di altre vite, immagini raccolte da libri o film. Lei si è alzata a sedere per facilitarmi, mi baciava il collo e le orecchie. Mi sono fermato di fronte alla sua camicetta azzurra: mi immaginavo la cameriera che gliela stirava; lei con sua madre nel negozio dove l'avevano comprata. Non sapevo come trattare i piccoli bottoni, mi sfuggivano tra le dita mentre cercavo di farli scivolar fuori dalle piccole asole. Alla fine ci sono riuscito: le ho sfilato la camicetta e lei si è lasciata ricadere sul letto, abbandonata all'indietro come un agnello sacrificale. Sono rimasto con il cuore che mi batteva a guardarle il reggiseno di cotone bianco che si alzava e abbassava a ogni respiro; avrei voluto sapere che genere di riferimenti aveva, cosa si aspettava esattamente da me. Lei teneva gli occhi chiusi, le labbra semiaperte, si comportava in modo assurdamente passivo adesso. Ho trafficato a lungo con la cerniera della sua gonna, e quando gliel'ho sfilata e le ho visto le mutandine dello stesso tessuto candido del reggiseno mi è sembrato impossibile essere arrivato a questo punto. Non riuscivo a credere che non ci fosse niente a impedirmi di raggiungere con una mano la piccola curva del suo monte di Venere, scorrere i polpastrelli giù tra le cosce. Sono rimasto a oscillare su un bilico di irrealtà, e poi ho allungato la mano, e non c'erano ostacoli; lei ha sospirato e sono precipitato nel suo sospiro.

Quando si è rivestita e ha rimesso a posto il letto non sembrava particolarmente affettuosa o coinvolta; si preoccupava di non lasciare tracce. Neanch'io avevo sentimenti precisi verso di lei: non riuscivo a distinguere tra attaccamento ed estraneità e attrazione. Per sentirle la voce le ho chiesto come stava; lei ha detto «Benissimo», di nuovo nel suo tono milanese freddo e stirato. È andata in bagno mentre io finivo di vestirmi con gesti imprecisi, riverberati dalla piacevolezza fonda di prima.

Poi lei ha aperto la porta tutta concitata, mi ha detto «Presto, dovete andare via! È tornata una cameriera!». Mi ha trascinato fuori dalla stanza, lungo il corridoio. Guido era da solo nella sala d'ingresso, addossato a una parete; si sentivano voci da un altro punto della casa. Antonella ci ha spinti nell'ascensore, non ci ha neanche salutati.

Siamo scesi senza dire niente, sgusciati rapidi attraverso l'androne, corsi come pazzi finché abbiamo girato l'angolo dov'era il motorino. Ci siamo guardati in faccia, stravolti com'eravamo, e ci è venuto da ridere: di un riso nervoso da ladri scampati.

Il giorno dopo l'idea di aver fatto l'amore con Antonella mi sembrava strana; ogni volta che ci pensavo ero preso da un senso vischioso di perplessità, echi di sensazioni che mi tornavano indietro. Mi sembrava di essere finalmente dall'altra parte del vetro adesso, dove il mondo non era più così totalmente fuori portata. Avrei voluto esserne sicuro, e non lo ero; ho cominciato a chiedere a Guido quando potevamo combinare un altro incontro.

Lui mi ha detto che Nina era terrorizzata all'idea che la cameriera di Antonella raccontasse ai suoi genitori di averle sorprese con noi. Ha detto «È una specie di situazione da romanzo *d'appendice*». Credo che fosse in gran parte questo ad affascinarlo nella sua storia con Nina: il contrasto con le cose che dicevamo e facevamo durante il resto del nostro tempo.

Tredici

Nina e Antonella le abbiamo riviste insieme solo una volta, quando sono venute a prenderci all'uscita da un'assemblea all'università. Antonella sembrava molto a disagio: non mi ha quasi parlato, guardava altrove tutto il tempo. Ho capito che era stata con me solo perché non poteva farlo con Guido, e l'idea doveva esserle rifluita dentro fino a riempirla di rabbia e fastidio nei miei confronti. Ci sono rimasto male, perché ero convinto di avere ormai un legame con lei, una specie di vincolo naturale indipendente dal fatto che ci conoscevamo poco e non saremmo probabilmente andati d'accordo su niente.

Nina invece era molto presa da Guido, e lui da lei. Doveva rendersi conto che non era particolarmente acuta ma lo affascinava il suo modo brillante di assorbire energia dai luoghi e dalle persone che aveva intorno; la gioia frivola e infantile con cui viveva al centro dell'attenzione altrui. Credo che lo intrigasse anche l'idea di stare con una ragazza di origini così diverse dalle sue, nata e cresciuta in una parte di Milano che lui conosceva solo dal di fuori.

Hanno continuato a vedersi, con sempre più difficoltà; assediati da orari e spostamenti e cameriere occhiute e padri persecutori e suore secondine della scuola di lei. Si incontravano per strada o in un bar, parlavano e si baciava-

91

no e camminavano insieme finché il poco tempo a loro disposizione era esaurito. Guido si esasperava all'idea di non avere un posto dove stare con lei che non fosse in mezzo al traffico e alla gente. Non poteva più usare gli appartamenti *vuoti* di casa sua perché sua madre ormai teneva le chiavi chiuse in un cassetto, e non aveva sempre abbastanza soldi per un bar. Gli offrivo quello che avevo io, ma non ne voleva sapere; una volta che mia madre era fuori gli ho prestato la casa per due ore nel pomeriggio. Ha accettato, ma non era contento; diceva «Questa città maledetta, senza un solo luogo riparato e piacevole dove due persone possano starsene per conto loro, senza chiedere o pagare niente a *nessuno*».

Anche se i suoi pensieri erano in gran parte presi da Nina continuava a partecipare alle riunioni degli anarchici, alle discussioni a scuola; continuava a leggere libri, rintracciare le sue idee nella selva fitta di idee possibili.

La scuola si bloccava e ripartiva; sembrava ferma per sempre e invece ritrovava un ritmo quasi normale. I professori cedevano su tutte le nostre richieste e poi tentavano di recuperare terreno; tornavano rigidi, tornavano remissivi. I nostri compagni di classe facevano fronte, pretendevano di sapere in anticipo quando sarebbero stati interrogati, diventavano perentori nelle loro richieste; poi si appiattivano ai banchi senza osare esporsi, ricominciavano a comportarsi da bravi ragazzi studiosi. Il preside usava ricatti da poliziotto; diventava ragionevole e quasi patetico; si incarogniva di nuovo. Tutti cercavano di seguire le onde di andata e ritorno, anticiparne l'intensità e la durata; stavano attenti a non trovarsi controcorrente.

E subito dopo eravamo di nuovo vicini all'estate e tutti nel liceo si sono rimessi a studiare come l'anno prima. I discorsi sul mondo e i programmi per trasformarlo, le citazioni e dispute teologiche sono stati archiviati in fretta. Guido era furioso, diceva: «Alla fine l'unica cosa che gli interessa è andare un passetto avanti verso i loro bravi diplomi di maturità».

Io stesso ero sollevato all'idea di non dover mandare in malora un anno di scuola e scontrarmi con i miei, precipitare forse nel vuoto da un momento all'altro. I professori in ogni caso avevano rimesso insieme i frammenti dei loro criteri in modo approssimativo, e nessuno desiderava distinguersi per intransigenza; non ci voleva più molto a non farsi bocciare.

Io e Guido abbiamo cominciato a parlare di un viaggio insieme. Non riuscivo a immaginarmi di passare tre mesi con i miei a Santa Margherita, né di interrompere così a lungo i nostri contatti. Guido diceva che avremmo potuto portarci dietro una piccola tenda, scendere lungo la costa ovest fino al punto più basso d'Italia e da lì risalire a nord sull'altro versante. Nessuno di noi due era mai andato molto lontano da Milano, e solo parlarne ci sembrava un'avventura. Guido continuava a tornare sull'argomento, aggiungerci dettagli ogni volta: come avremmo potuto vivere di pesca e di frutta rubata, percorrere tratti in autostop e altri su treni merci abbordati di nascosto, liberare Nina prigioniera dei suoi a Sestri Levante e portarla con noi, trovare per me una ragazza altrettanto carina e simpatica. Questi programmi sembravano affiorare dal profondo della sua fantasia nutrita di letture e canzoni e immagini catturate al volo, mi contagiavano quanto i suoi discorsi politici.

Siamo andati avanti per un mese intero a parlare del nostro viaggio attraverso l'Italia, e alla fine del mese Nina è stata mandata in un collegio estivo in Austria, la madre di Guido ha dovuto farsi operare di ernia e lui l'ha sostituita in portineria. Mi sono offerto di restare anch'io a Milano, ma Guido ha detto che non aveva senso; che se riusciva mi raggiungeva lui al mare.

A Santa Margherita mi sono sentito in prigione più di quanto mi era mai successo: tagliato fuori dal mondo come un condannato. Andavo a fare il bagno di primo mattino, per il resto della giornata stavo nascosto nel giardino di casa a leggere libri che già credevo di conoscere attraverso i racconti di Guido. Le pagine di cui mi aveva parlato mi colpivano con la più grande intensità; le altre mi scivolavano davanti agli occhi come creature d'acqua difficili da afferrare con i miei mezzi. Lo stesso ci provavo, e avevo l'impressione di fare piccoli progressi ogni giorno. Il marito di mia madre cercava con la sua bonomia inutile di spingermi verso la spiaggia, diceva «Stai diventando una pianta di sottoscala».

Quattordici

Alla fine di settembre io e Guido ci siamo rivisti davanti a un bar vicino a casa mia. Ci sono andato con una vera ansia di confronto: voglia di farmi riconoscere più autonomo e adulto, meno esposto al vento delle circostanze. Lui era in piedi sulla porta, arrivato in anticipo come sempre; anche questa volta senza tracce evidenti dell'estate appena passata.

Ci siamo studiati nel solito nostro modo non frontale fatto di occhiate oblique e gesti diversivi, registrazioni di dettagli secondari. Siamo entrati e abbiamo deciso che nessuno dei due aveva voglia di bere; siamo usciti a camminare e parlare per la strada.

Lui era andato in Austria per vedere Nina, ma il collegio dove l'avevano mandata era una specie di prigione di lusso, con un muro altissimo tutto intorno al parco e guardie in divisa al cancello. Era rimasto nel paese vicino per una settimana, aveva scoperto che le ragazze potevano uscire qualche ora il sabato pomeriggio. Ma Nina era tenuta confinata insieme a qualche altra su richiesta della famiglia, e lui aveva allora affidato un messaggio a una sua compagna per dirle che sarebbe andato a trovarla di nascosto la notte dopo. La compagna doveva aver fatto la spia alla direttrice, perché appena Guido era salito sul muro le guardie l'avevano preso e portato a una stazione di polizia, da dove era stato spedito fuori dall'Austria il mattino dopo.

Adesso con me cercava di dare colore al racconto e metterne in luce gli aspetti divertenti, ma era chiaro che tutta la storia doveva averlo riempito di rabbia e angoscia. Non sapeva ancora niente di Nina, aveva paura che i suoi continuassero a tenerla lontana da Milano. Aveva cercato Antonella per avere informazioni, ma non c'era neanche lei, la cameriera al telefono sembrava piena di sospetti. Ha detto «Se incontro quel porco del padre di Nina lo *ammazzo*».

Mi ha chiesto della mia estate, e ho cercato di descrivergliela in meno parole possibili; gli ho raccontato più che altro dei libri che avevo letto.

Poi siamo stati di nuovo a scuola, tra i nostri compagni anche loro più adulti di tre mesi. I professori hanno ripreso cauti i loro programmi, si guardavano in giro per capire se tutto era tornato normale; e quasi subito gli scioperi e le assemblee e i cortei sono ripresi, hanno paralizzato tutto peggio dell'anno prima. La scuola è andata a scatafascio; i professori hanno rinunciato a tenerla insieme, cercato più che altro di sopravvivere.

Le manifestazioni dentro e fuori la scuola sono diventate sempre più frequenti, indirizzate su obbiettivi sempre più lontani dalle nostre vite immediate: gli equilibri della politica internazionale, le guerre in altri paesi, le grandi manovre economiche. Ero d'accordo con quasi tutte queste ragioni, ma mi colpiva l'idea che nemmeno si parlasse più di risolvere i problemi con cui eravamo a contatto ogni giorno. Usavamo la scuola come un contenitore di grandi discorsi e la lasciavamo agonizzare tra i suoi relitti; marciavamo contro l'intervento americano nel Vietnam e nessuno pensava più a come trasformare la nostra città brutta e ostile. Sembrava che tutto fosse scivolato su un piano di considerazioni teoriche e programmi a lunghissimo termine, alimentati da parole e gesti che non arrivavano mai a sfiorare la realtà. Bloccavamo alcuni meccanismi, e ne danneggiavamo altri, ma non riuscivamo a costruire niente al loro posto che si potesse vedere e toccare subito.

Il clima della politica ha continuato a irrigidirsi e sche-matizzarsi: le miniature di partiti hanno conquistato altro terreno, diffuso a macchia d'olio le loro idee preformulate. I loro militanti andavano in giro con veri piccoli manuali pronti all'uso, raccolte di citazioni e interpretazioni applicabili a qualunque circostanza.

Il più influente tra loro nel nostro liceo era un ragazzo grasso di terza che si chiamava Silvano Golemmi, e sulla pura suggestione dell'iconografia a cui si ispirava era riuscito anche ad assumere un aspetto cinese: sembrava che gli zigomi gli fossero saliti, gli occhi diventati più stretti e lunghi. Attraverso le linee gerarchiche della sua organizzazione veniva approvvigionato di opuscoli e libretti e riviste, intere scatole di spille e distintivi con la faccia del presidente Mao o di Lenin. All'uscita da scuola o negli intervalli era facile vederlo insieme ai suoi adepti distribuire materiale come un vero missionario, smanioso di convertire gente prima che qualcuno di una chiesa rivale arrivasse a farlo.

Molti che l'anno prima non avevano opinioni ne hanno trovate di già pronte, le hanno adottate con una rapidità incredibile. Ablondi e Farvo si sono messi da un giorno all'altro a parlare come se avessero scoperto la spiegazione del mondo; producevano citazioni di citazioni, echi di teorie universali con voci sempre più sicure e perentorie. Era stata una specie di mutazione biologica: avevano lasciato trascorrere il periodo più rischioso e preoccupante chiusi nei loro bozzoli adolescenziali, e appena i giochi si erano definiti ne erano venuti fuori, già molto più saggi e colti ed equilibrati di me e Guido. Sottolineavano l'immaturità delle nostre posizioni, la loro mancanza di fondamenti storici; parlavano come se avessero sempre avuto le stesse idee, affrontato battaglie difficili per difenderle. Gli altri nostri compagni li ascoltavano perplessi, tendevano a lasciarsi intimidire.

Guido diceva che il nostro paese aveva una vera tradizione di improvvise conversioni collettive; che era successo con il Risorgimento e con la Resistenza, con ogni altra svolta storica di rilievo. Quelli che si erano davvero esposti erano sempre stati pochi e isolati, andati allo sbaraglio con scarse risorse, ma appena le cose si erano volte in loro favore tutti gli si erano fatti intorno a sostenere di aver parteggiato per loro fin dall'inizio. Diceva «È un paese *vile*, che cerca sempre di stare con chi vince».

Nelle riunioni e nelle assemblee a scuola c'erano alcuni che simpatizzavano con le posizioni di Guido, ma non formavamo un gruppo fisso: ogni volta ne arrivavano di nuovi, altri se ne andavano. Guido non cercava in nessun modo di organizzarci in modo da poter competere con i gruppi maoisti e marxisti-leninisti e trotzkisti che si contendevano l'iniziativa. Quando gli domandavo se non sarebbe stato meglio trovare una forma più stabile, lui diceva «Sì, fondiamo un *partito*. Con un comitato centrale e un segretario generale e un *palazzo dei congressi*».

Gli faceva paura la tendenza della gente a cercare rassicurazioni e conferme in strutture fisse, in idee stampate nero su bianco e approvate dalla storia da usare come riferimenti obbligati. Non voleva nemmeno che ci riunissimo negli stessi giorni, o allo stesso orario; diceva «Decidiamo all'ultimo. Può succedere qualunque cosa. Può passarci la *voglia*, possiamo avere altri pensieri per la testa». Era irrequieto, anche: si stancava di stare fermo nello stesso posto, discutere troppo a lungo di un solo argomento; aveva voglia di correre in giro, vedere le cose da altri punti di vista.

In questo modo gran parte delle persone che arrivavano attratte da lui finivano per restare deluse, andarsene alla ricerca di maggiore conforto e protezione. Non facevano fatica a trovarne, perché ormai c'erano intere organizzazioni pronte a fornire ripari contro i dubbi, contenitori portatili di certezze. Quelli che restavano con noi non avevano certo la vocazione o l'aspetto dei militanti: erano ragazze complicate, studenti magri del ginnasio, ragionatori anomali e insofferenti. Nelle assemblee gli altri gruppi si coalizzavano per tenerci fuori dalla discussione; ci trattavano con ironia, come se la nostra mancanza di modelli fosse una pura manifestazione di infantilismo, destinata a dissolversi contro i muri bastionati della Storia. In più Guido aveva solo diciassette anni, e nel liceo gli studenti di terza sembravano dominare le cose da una prospettiva superiore, forti delle loro dimensioni fisiche e delle nozioni che avevano accumulato per legge.

Nelle manifestazioni di strada io e Guido ci mescolavamo agli anarchici, relegati con le loro bandiere nere in fondo ai cortei. Continuavano a sembrarmi più liberi e inventivi degli altri gruppi, ma avevano anche l'aria di aver perso la guerra; di essere irrimediabilmente in svantaggio rispetto ai gruppi che marciavano avanti, più vicini alla testa man mano che le loro certezze coincidevano con la pura forza muscolare. Ogni volta che cercavamo di uscire dalla nostra posizione obbligata venivamo ricacciati indietro con gesti sempre più violenti, minacce sempre più feroci

Stavamo con gli anarchici anche nelle grandi assemblee all'università, dove le diverse linee cugine cercavano di scavalcarsi davanti ai microfoni dell'aula magna. Qui non avevamo la minima possibilità di intervenire; rimanevamo ai margini a fare commenti, suscitare piccole reazioni periferiche.

Eppure Guido non si è mai definito nemmeno anarchico. Diceva di essere d'accordo con loro su quasi tutto, ma la loro tradizione dei primi del Novecento gli sembrava leggermente patetica, con il suo folclore vittimista, le canzoni struggenti che ogni tanto ancora cantavamo. Non riusciva a disattivare il suo spirito critico neanche con chi gli era più vicino; la sua attenzione lavorava su tutto come una lama sottile, prima o poi finiva per intaccare quello che aveva davanti.

A volte i piccoli teorici marxisti-leninisti si esasperavano all'idea di non poterlo classificare con precisione. Cercavano di costringerlo a definirsi in qualche modo, dire in che nome si riconosceva. Lui rideva; diceva «*Guido Laremi*, credo».

Finivano per infuriarsi, accusarlo di irrazionalismo e spontaneismo e qualunquismo, altri dei molti "ismi", che avevano cominciato ad affollare il linguaggio di quel periodo.

Ogni tanto Guido mi diceva qualcosa di Nina. Era tornata a Milano e studiava alla scuola delle suore, ma adesso i suoi la controllavano al punto che ogni loro incontro doveva essere organizzato con la cura più incredibile e durava pochissimo. Antonella era troppo tenuta d'occhio e anche gelosa per poterli aiutare, così erano costretti a cercare coperture e alibi sempre diversi.

Guido era esasperato; le difficoltà che all'inizio avevano eccitato il suo spirito romantico ormai lo facevano solo soffrire, lo riempivano di rabbia. Gli sembrava incredibile che tutte le discussioni teoriche e le liti tra gruppi e le prove di forza e le corse attraverso la città e gli scontri con la polizia non lo aiutassero minimamente a risolvere il semplice problema di come vedere la sua ragazza, dove portarla quando riusciva a vederla.

Diceva «Giochiamo a fare i rivoluzionari nei nostri piccoli spazi riservati e ci sentiamo pericolosi e importanti e poi alla prima occasione vera torniamo poveri *minorenni* senza una casa e senza un lavoro e senza soldi, senza la minima possibilità di incidere sulla nostra vita».

Le discussioni politiche dentro il liceo sono diventate poco alla volta solo un riflesso di quelle che avevano luogo all'università. La struttura gerarchica delle miniature di partiti ha eliminato qualunque rischio di improvvisazione da parte dei militanti più giovani, che dovevano solo attenersi alle disposizioni dei capi e ripetere le formule imparate. La rivalità tra tendenze cugine si è trasformata in una guerra di interpretazioni degli stessi testi: era frequente veder nascere una rissa sul significato di una frase di Lenin o un passaggio nel *Capitale,* assistere a pestaggi nati da una disputa sulla proprietà dell'uso di un singolo termine.

Guido diceva che gli sembrava una riproduzione in scala delle lotte interne alla chiesa cristiana: c'era lo stesso desiderio di monopolizzare l'ortodossia e fare proseliti e combattere gli eretici, emettere scomuniche e organizzare inquisizioni e crociate. Diceva «Questo paese è così spaventosamente cattolico, tutto quello che hanno fatto è stato cambiare i *nomi*».

Albino Ablondi ha anche trovato una ragazza, una nostra compagna che si chiamava Magliugo. Molle e gonfia come una lumaca gli teneva la mano quando lui non l'aveva impegnata a fare gesti di affermazione.

Guido diceva che stava diventando un periodo di autostrade, dove tutti si spostavano in gruppi per linee rette, sostenendo che i percorsi a curve erano da abolire per sempre. Questo invece di intimorirlo attizzava il suo spirito di sfida, lo spingeva a esporsi in modo ancora meno cauto. Una volta durante un'occupazione del nostro liceo ha preso un manifesto di Mao Tse Tung e al posto del libretto di massime che aveva in mano ha incollato la foto di un cono gelato. Sembra una cosa così innocua adesso, ma nello spirito di allora è stata vista come un vero sacrilegio: Albino Ablondi è andato ad avvertire Golemmi, che è arrivato di corsa con quattro militanti di terza liceo. Due hanno strappato il manifesto a pezzi minuti, gli altri hanno cominciato a prendere Guido a pugni e calci. Mi sono tuffato nella mischia a difenderlo, e nello squilibrio di forze ci siamo presi un sacco di botte tutti e due.

In seguito non l'ho mai sentito lamentarsene; gli sembrava del tutto naturale.

Quando c'era un'assemblea i membri dei gruppi marxisti-leninisti cercavano come regola di escludere Guido, non fargli neanche prendere il megafono in mano. Lui di solito ci riusciva lo stesso, parlava quasi apposta per suscitare la furia di quelli che già l'odiavano. A volte gli veniva una specie di atteggiamento dadaista: si metteva a recitare parole da una canzone di Jimi Hendrix invece di discutere del tema in questione. Altre volte parlava di cose strettamente personali: la vista desolante dalla sua camera da letto, la quasi impossibilità di raggiungere Nina al telefono. A chi si era abituato ormai a discutere di sé al plurale in tono di celebrazione questi sembravano atteggiamenti intollerabili; i piccoli notabili delle miniature di partiti si facevano sotto il tavolo a urlare rossi in faccia, agitare contro Guido i pugni tesi. Mi è capitato spesso di doverlo difendere in situazioni come queste, e spesso di venire malmenato insieme a lui.

Tutti i gruppi politici hanno cominciato a organizzare i propri militanti più robusti in servizi d'ordine permanenti, armati di spranghe di ferro e chiavi inglesi. Le bande di samurai romantici dei primi tempi sono state sostituite da piccoli eserciti professionali, con i loro ufficiali e sottufficiali e la loro truppa d'assalto. Si schieravano nelle manifestazioni pieni di vero orgoglio militare, rigidi sull'attenti cantavano cori dell'Armata Rossa, urlavano con omogeneità addestrata slogan truculenti.

Nel giro di breve un gruppo che si faceva chiamare "Movimento degli Studenti" e aveva messo in piedi la più forte di queste organizzazioni paramilitari ha preso il controllo dell'università. Ci si sono insediati come ratti nella tana; hanno fissato i loro depositi di sbarre di ferro e chiavi inglesi, coperto i muri di manifesti e scritte, appeso striscioni con slogan sopra il portone d'ingresso. Il loro gergo era stato appreso dai libri con vera ottusità da studenti, corretto e approvato dagli assistenti di storia e filosofia e diritto civile che prescrivevano ogni loro mossa. Le loro figure luminari erano Stalin e Beria, il capo della sua polizia segreta; avevano un culto della violenza virile molto più sviluppato dei primi gruppi marxisti-leninisti, e lo mettevano in mostra alla minima occasione. Tendevano a trattare le loro donne da ausiliarie o serve, ricorrevano in modo istintivo a oggetti-propaggine come bastoni e sigari e motociclette di grossa cilindrata; risolvevano qualunque contrasto politico con aggressioni a sorpresa dove avevano cura di essere sempre dieci contro uno. Subito dopo negavano di averlo fatto, simulavano indignazione per le accuse.

Guido era affascinato dall'idea che qualcuno potesse consapevolmente rifarsi a modelli tanto sinistri: diceva «Stalin ha ammazzato *venti milioni* di persone, Beria era un assassino di *professione*». Lo colpiva il vigore e la naturalezza con cui attingevano a un patrimonio di teorie prevaricatorie formulate molti anni prima per essere usate in circostanze come queste. In realtà il loro legame con il passato era molto meno astratto che per altri gruppi: i loro capi avevano quarant'anni o più, facevano parte di una generazione che finora avevamo conosciuto solo nei nostri genitori e professori.

La vera anima dell'organizzazione era un assistente di storia moderna che andava in giro tutto vestito di tweed con una spider inglese, compiaciuto di se stesso dalla punta delle scarpe al taglio dei capelli. Nelle occasioni pubbliche si teneva leggermente dietro le quinte; lavorava al riparo di figure più carismatiche. Procedeva per colpi di mano, ispirati evidentemente ad altri colpi di mano passati, altri accordi a doppia faccia e alleanze tattiche.

Guido diceva che nella storia era sempre stato così: dopo ogni esplosione di insofferenza collettiva il controllo era stato preso alla fine da un piccolo gruppo che con freddezza e grande cura aveva intessuto una prigione da sovrapporre alla passione spontanea della gente.

Durante una manifestazione i picchiatori del "Movimento degli Studenti" hanno bastonato un ragazzo anarchico di quindici anni fino a rompergli due costole e incrinargli un polso, l'hanno lasciato a terra sanguinante. Il giorno dopo Guido ha preso un foglio di cartone e ci ha disegnato a pennarello un gorilla con una chiave inglese in mano, sotto ha scritto STALINISTI BASTARDI VIGLIACCHI; ha detto che andava ad attaccarlo nell'atrio dell'università.

Ho cercato in tutti i modi di convincerlo che era un'idea suicida, ma lui non mi ascoltava neanche. Aveva l'apparenza fredda di quando era davvero pieno di rabbia; mi ha detto «Mica ci devi venire anche tu».

E naturalmente ci sono andato anch'io, con il sangue più gelato man mano che ci avvicinavamo. Non ci siamo detti niente, guardavamo dritto davanti, Guido con il suo cartello in mano.

Appena nell'atrio i picchiatori del "Movimento degli Studenti" hanno cominciato a puntare su di noi; in un attimo ne sono arrivati una decina. Ci stringevano d'intorno con veri sguardi da assassini, rassicurati dai loro muscoli e le chiavi inglesi che tenevano sotto i giubbotti, eccitati dallo spirito di branco. L'idea di avere due vittime così facili li divertiva; hanno cominciato a fare battute di ironia greve, chiederci cosa cercavamo.

Guido non ha risposto, è andato lento fino a un tabellone a cui erano appesi vari annunci di convocazioni, mi ha chiesto delle puntine. Ne ho scalzate quattro con dita non molto ferme e gliele ho passate; lui ha cominciato ad attaccare il suo cartello.

I picchiatori stalinisti ci guardavano, con le loro facce da bravi figli sportivi di avvocati e medici e commercianti, volevano prolungare il più possibile questo momento prima di massacrarci. Hanno lasciato che Guido finisse di attaccare il cartello, poi uno di loro chiuso in un impermeabile bianco da polizia segreta ha detto «Adesso lo togli».

Guido l'ha guardato come se lo vedesse per la prima volta, gli ha chiesto «Perché, non ti sembra abbastanza *somigliante?*».

Eravamo tutti e due con le spalle al tabellone, senza via di scampo: cercavo di pensare a come proteggermi almeno la testa una volta finito a terra.

Ma i picchiatori sono rimasti sconcertati dalla totale mancanza di senso della realtà in Guido, e un attimo dopo il loro capo è passato nell'atrio con il professore di cui era assistente, e la situazione gli è sembrata troppo pubblica per poter permettere un massacro in sua presenza. Ha detto ai suoi uomini «Lasciatelo fare, ognuno qui è libero di esprimere la sua opinione».

I picchiatori sono arretrati in branco senza discutere; io e Guido siamo andati verso l'uscita.

Ci siamo guardati in faccia solo ben oltre l'angolo della via. Guido era molto pallido, e mi sono reso conto che la sua non era affatto incoscienza, ma una specie di forma autodistruttiva provocata dalla rabbia per il mondo com'era.

Quindici

Un pomeriggio freddissimo di dicembre io e Guido stavamo andando a una riunione, e abbiamo sentito un botto cupo che ha fatto vibrare la strada sotto i nostri piedi, i muri delle case tutto intorno. Non capivamo cosa potesse essere; qualcuno tra i passanti sosteneva che era scoppiata una caldaia.

Alla televisione la sera hanno detto che una bomba era esplosa in una banca del centro e aveva ammazzato decine di persone; la polizia stava facendo indagini ma non c'erano dubbi sul fatto che si trattava di un attentato politico. Lo speaker usava il più drammatico dei toni nel suo repertorio: nero di esecrazione come se conoscesse bene i colpevoli anche se non poteva farne i nomi.

Il giorno dopo a scuola abbiamo visto i giornali: le grandi fotografie spaventose di resti umani e sangue e legni frammentati e calcinacci nell'interno devastato della banca; le piccole fototessere incolonnate dei morti, gli elenchi dei feriti. E al fondo di tutti gli articoli, come nella voce dello speaker televisivo la sera prima, c'era un'accusa sorda verso chi negli ultimi anni si era azzardato a mettere in discussione l'ordine delle cose.

Subito la polizia ha arrestato un anarchico che non c'entrava niente, tirato fuori testimoni prefabbricati che giuravano di averlo visto portare la bomba in banca. Di colpo è sembrato che chiunque aveva opinioni sovversive fosse corresponsabile di questa storia orribile, almeno sul piano morale. L'accusa sorda si è trasformata in una vera ondata di ritorno, che la televisione e i giornali hanno propagato con furia liberatoria, contagiando tutti quelli che avevano a lungo covato risentimento senza il coraggio di mostrarlo.

Di mattina siamo andati tutti in corteo fino a piazza del Duomo, io e Guido tra gli anarchici arginati in fondo come appestati. L'enorme piazza agghiacciante era già occupata da migliaia e migliaia di persone normali addossate una all'altra, grigie e silenziose nella nebbia cittadina carica di veleni. Era la prima volta che vedevo così tanta gente radunata senza alcun suono, senza alcun movimento; l'atmosfera gravava sullo spazio in modo quasi intollerabile, congelava sul nascere ogni espressione.

Guido era desolato, guardava la folla muta intorno alla grande cattedrale annerita; ha detto «*Che cavolo*».

L'atmosfera del funerale ha schiacciato le persone più libere e inventive, fatto prosperare le organizzazioni pratiche e mentali, i sostegni per idee e le codificazioni di rapporti. I piccoli gruppi anarchici si sono dispersi, i loro membri mandati in prigione con accuse false o scappati o anche solo troppo demoralizzati per fare più niente. Gli stalinisti del "Movimento degli Studenti" si sono presi tutto lo spazio che c'era, rintanati in modo ancor più stabile dentro l'università: i loro ideologi lavoravano alle opinioni da diffondere.

L'interesse di Guido per la politica si è dissolto poco alla volta. Mi sono preso io l'iniziativa di combinare i nostri incontri a scuola, correre da una classe all'altra a lasciare messaggi e scrivere cartelli. Cercavo di convincerlo che era importante continuare a intervenire alle assemblee, non lasciar passare senza opposizione la linea degli stalinisti. Ma lui aveva smesso di crederci; diceva che l'idea di farsi coinvolgere lo imbarazzava. Ripeteva adesso il suo gioco di prendere distanza da quello che lo aveva deluso, far finta di non aver mai provato il minimo interesse.

Non aveva un atteggiamento del tutto uniforme neanche in questo: ogni tanto inventava modi di smuovere le acque plumbee del nuovo conformismo, provocare idee. Lo faceva sempre più di rado; la maggior parte del tempo era altrove.

La storia con Nina doveva influire sul suo stato d'animo, dargli l'impressione di aver davanti un muro difficile da intaccare con puri discorsi e gesti dimostrativi. Me ne parlava pochissimo nel suo modo elusivo, ma a volte non riusciva a nascondere un vero sguardo disperato. Come sempre non gli faceva piacere che io mi offrissi di aiutarlo; cambiava argomento appena gli sembrava di essersi scoperto troppo.

Ha cominciato a trovare sempre più assurda l'idea di venire a scuola. Non riusciva a capire il senso di continuare a fare una cosa che odiavamo, come se fosse l'unica possibile. Diceva «Chi ci obbliga a farlo? Chi ci costringe a venire qui per *lamentarci* di venire? Ci sono infinite possibilità che corrono parallele a questa, sparse per tutto il mondo, se solo ne abbiamo voglia».

Ero d'accordo con lui, ma queste considerazioni mi sembravano lontane dalla realtà: non riuscivo a immaginarmi di abbandonare davvero la protezione del mio ruolo di studente scontento e andarmene allo sbaraglio. Sapevo di non avere qualità artistiche su cui contare, né conoscenze tecniche, e non mi sentivo affatto a mio agio nel mondo esterno. La scuola era l'unico ambiente dove ero relativamente sicuro, a parte la mia famiglia; il pensiero concreto di lasciarla mi provocava lo stesso sgomento che un pollo di allevamento può provare di fronte a un campo aperto.

Invece Guido da un giorno all'altro ha smesso di venire. Quando non l'ho visto una mattina ho pensato che non stesse bene, o fosse andato a uno dei suoi appuntamenti segreti con Nina. Invece alla fine delle lezioni era fuori sul marciapiede, appoggiato alla transenna come un viaggiatore in visita a un luogo familiare. Mi ha indicato la brutta facciata grigia del liceo, ha detto «Ho *chiuso* con questa storia», e dal suo sguardo ho capito che era vero e definitivo, senza possibilità di ritorno.

Di nuovo mi sono sentito in colpa verso di lui: velleitario come un bravo figlio di famiglia borghese, incapace di sostenere nei fatti le sue idee

L'ho accompagnato a casa, e abbiamo parlato fitto per tutta la strada: cercavo di mostrargli che ero partecipe della sua decisione, che avrei fatto lo stesso se ne avessi avuto la forza. Lui era pensieroso, ma non aveva l'aria di essersi aspettato altro da me. Mi ha detto che voleva trovare un lavoro di qualche genere e guadagnare abbastanza per andare in America o almeno in Inghilterra o in Olanda. Sperava di riuscire a portarsi dietro Nina, sottrarla alla scuola di suore e alla sua famiglia. Sapeva benissimo quanto era difficile trovare lavori temporanei nel nostro paese, e quanto Nina era in fondo ligia alle regole: ne parlava in un'altalena di convinzione e perplessità, sguardi a me e sguardi distolti.

Ci siamo salutati davanti al suo portone, ho guidato via pensando che forse non sarebbe cambiato molto tra noi; che avremmo continuato a vederci di pomeriggio e sentirci al telefono, la nostra amicizia sarebbe rimasta solida e viva come prima.

Invece è cambiato quasi tutto. Guido è venuto ancora un paio di volte all'uscita da scuola e poi ha smesso; si è fatto vedere sempre più di rado anche alle nostre riunioni pomeridiane.

Mi ha detto che sua madre aveva preso come un colpo terribile la sua decisione di lasciare il liceo, si era messa a ossessionarlo con lamentele e pianti e minacce ogni volta che lo vedeva. Lui cercava di stare fuori casa tutto il giorno, tornare a dormire il più tardi possibile. Era andato una volta a scaricare cassette di frutta ai mercati generali, ma era una fatica troppo muscolare per lui, e non l'avevano più rivoluto il giorno dopo. Altri lavori saltuari non riusciva a trovarne, anche se non aveva smesso di chiedere in giro. In più i genitori di Nina avevano scoperto che loro due si erano rivisti; avevano raddoppiato il controllo, minacciato di rispedirla in collegio all'estero.

Di fronte all'assedio di tutti questi problemi pratici i discorsi del nostro piccolo gruppo dovevano sembrargli incredibilmente astratti e velleitari, lontani da terra. Un pomeriggio è venuto a una riunione ed è rimasto zitto tutto il tempo, seduto in fondo alla grande stanza polverosa. Quando abbiamo finito e siamo usciti insieme in strada gli ho chiesto perché non aveva parlato. Guido mi ha detto che non gli interessava più; che le parole ormai gli facevano venire la nausea.

Ho cominciato a rendermi conto che c'era una distanza crescente tra noi, eravamo trascinati alla deriva da due correnti opposte.

Sedici

A scuola avevo conosciuto una ragazza di terza liceo, si chiamava Roberta Gemelli. Aveva diciannove anni ed era carina in un suo modo non appariscente, con capelli neri lucidi e gambe dritte, occhi vivi. Come quasi tutti era stata attratta da Guido nel nostro piccolo gruppo variabile, aveva continuato a frequentarlo sotto l'influenza del suo fascino personale. La guardavo spesso, cercavo di starle vicino in mezzo all'altra gente. Mi sembrava diversa dalle ragazze che avevo conosciuto fino a quel momento, dominate da preoccupazioni sul loro aspetto e gli accessori che avrebbero voluto procurarsi; aveva un'intelligenza articolata, un modo lucido e adulto di giudicare le cose.

Ma non riuscivo a farmi avanti in nessun modo. Mi sembrava che il suo interesse per Guido le impedisse di accorgersi di me; che le nostre conversazioni fossero condannate a restare su un piano separato dalle nostre vite personali. Guido aveva con lei la confidenza fisica che riusciva a stabilire con quasi tutte le donne: scherzava e le toccava le mani o le braccia, a volte le carezzava i capelli. Non capivo quanto la sua passione ostacolata per Nina lo trattenesse dall'andare oltre, cos'altro succedeva sotto questa apparenza di familiarità leggera. Come sempre con le ragazze che mi piacevano, ero convinto che anche Roberta fosse fuori portata;

consideravo il mio interesse nel solito modo sospeso e privo di iniziativa.

Poi Guido ha smesso di venire alle riunioni, e tutti quelli che facevano parte in modo più o meno stabile del nostro piccolo gruppo si sono ritrovati orfani. Alla prima riunione senza di lui c'era un senso di vuoto nell'aria, sgomento sulle facce di tutti. I discorsi non avevano più contrasto, né una direzione in cui andare; procedevano privi di convinzione e tornavano indietro, si perdevano in grovigli di parole imprecise.

La seconda volta sono venute solo cinque persone oltre a me, e una di loro era Roberta Gemelli. Quando la riunione è finita siamo usciti in strada insieme, le ho chiesto se potevo accompagnarla alla fermata dell'autobus. Per metà del percorso abbiamo parlato di Guido: delle sue ragioni di andarsene e del suo carattere, di quello che avrebbe potuto fare in futuro. Lei seguiva le mie parole con occhi attenti, mi stava quasi a contatto mentre camminavamo lungo il marciapiede; a un certo punto mi ha preso sottobraccio, e non riuscivo più a capire se era interessata a me o a quello che le dicevo di Guido.

Quando alla fermata ho visto il suo autobus arrivare da lontano ho pensato che non potevo restare chiuso dietro il mio vetro mentre lei se ne andava; mi sono allungato e le ho dato un bacio sulla fronte. Lei è sembrata sorpresa per un attimo: l'ho vista andare appena indietro con la testa, dilatare le pupille. Ho avuto l'impulso di girarmi e scappare via attraverso la folla della fermata, e invece lei mi ha baciato rapida sulle labbra; è salita sull'autobus.

Sono tornato a casa a piedi, e mi sembrava di camminare senza la minima fatica, su un tappeto continuo di euforia compressa. Ero stupefatto all'idea che la tecnica della rottura del vetro potesse produrre cambiamenti in così poco tempo, trasformare un desiderio esitante in realtà da un istante all'altro.

Io e Roberta abbiamo cominciato a vederci ogni pomeriggio; quando non c'era una riunione andavamo al cinema o a bere qualcosa in un bar, o anche solo a camminare insieme per la città. Lei tendeva a mantenersi sempre molto lucida e precisa e fare considerazioni sul mondo buona parte del tempo, ma lo stesso mi piaceva. Aveva letto molti più libri di me e avuto ragazzi quasi adulti, apparteneva a una generazione già leggermente diversa dalla mia. Ablondi e Farvo avevano facce di invidia mal dissimulata ogni volta che ci vedevano insieme nei corridoi o nell'atrio della scuola. Da quando Guido se n'era andato avevano fatto di tutto per crearmi il vuoto intorno, e certo non erano contenti che fossi ben occupato per conto mio.

Dopo un paio di settimane che ci baciavamo Roberta mi ha invitato a casa sua un sabato pomeriggio, e siamo andati a letto insieme. Mi ha detto che prendeva la pillola e non dovevo preoccuparmi; che i suoi erano fuori Milano fino al giorno dopo e potevo restare con lei tutta la notte. Avevo diciassette anni e mi sembrava impossibile avere una storia così adulta con una ragazza, non riuscivo a crederci.

Il mattino dopo abbiamo fatto colazione insieme e siamo scesi a comprare i giornali. Avevo la sensazione di essere legato a lei in modo definitivo; tutti i miei interessi ridistribuiti secondo un nuovo ordine più maturo e stabile.

Stavo con Roberta e non riuscivo a pensare a molto altro. A scuola ho fatto ancora qualche tentativo di partecipare alla politica, ma ho perso interesse come era successo a Guido; l'ho fatto perdere anche a lei che forse avrebbe continuato ad averne. Volevo che pensasse a me invece che ai problemi universali, mi invitasse ancora a casa sua. Poco alla volta ci sono riuscito, abbiamo cominciato a vederci lì tutti i pomeriggi della settimana. I suoi genitori avevano uno studio veterinario e rientravano solo alle otto, così eravamo soli fino quasi all'ora di cena. Andavo da lei verso le tre e ci infilavamo subito nel piccolo letto della sua stanza piena di libri e soprammobili e fotografie di cani e gatti, facevamo l'amore per ore di seguito. Eppure anche se non avevo molti punti di riferimento non mi sembrava di essere travolto da una vera passione sessuale, ma piuttosto di scivolare in una dimensione tiepida e torbida dell'esistenza, dove potevo dimenticarmi gli attriti del mondo esterno, le difficoltà che sembravano assediare ogni piccolo gesto e renderlo difficile. Per la prima volta in vita mia non c'erano limiti stretti di tempo o doveri o impegni a interrompere quello che mi piaceva. Non avevo più bisogno di perdere neanche un minuto sui libri di scuola, o nella tensione polemica delle riunioni; a mia madre e a suo marito dicevo che andavo a studiare con un compagno, e questo esauriva le loro preoccupazioni. Tutto quello che dovevo fare era attraversare il traffico della città fino a casa di Roberta, salire in ascensore e cominciare a baciarla in anticamera, andare con lei a piccoli passi legati verso la sua stanza. Ci affidavamo agli stessi orari e agli stessi gesti e quasi alle stesse parole ogni giorno, rassicurati dalla ripetizione ritmica e prevedibile. Quando non facevamo l'amore facevamo programmi per il futuro, parlavamo dei lavori che avremmo voluto trovare, le città dove avremmo voluto vivere. Roberta era sicura di quello che cercava, con pochi dubbi o paure; le sue opinioni solide mi sembravano un buon punto di partenza per scoprire cosa interessava a me.

Giocavamo anche a recitare due personaggi più cresciuti e a loro agio di come eravamo in realtà, e quando ci sembrava difficile sostenerli in modo convincente tornavamo a fare l'amore. Era una specie di zona franca che potevamo abitare: uno spazio extraterritoriale dove la nostra mancanza di vera autonomia sembrava irrilevante. Alle otto meno dieci ci rivestivamo e salutavamo in fretta; scappavo giù per le scale poco prima che i genitori di Roberta rientrassero.

L'equilibrio delle mie giornate si è rovesciato; le mattine sono diventate ombre pallide e spente dei pomeriggi.

Guido l'ho rivisto solo una volta che è venuto all'uscita da una riunione a scuola. Ci siamo abbracciati, ma poi quando abbiamo cercato di parlare avevamo una strana forma di imbarazzo, non riuscivamo a trovare un tono naturale. Forse ero geloso di Roberta, che adesso lo guardava con gli stessi occhi degli inizi; forse risentito per come lui se n'era andato da un momento all'altro, senza accettare nessuna responsabilità verso chi aveva basato su di lui le proprie scarse sicurezze. Lui in ogni caso si rendeva conto del fondo ostile nei miei sentimenti, ha cercato di compensare con il suo finto distacco. Gli ho raccontato gli ultimi sviluppi della politica nella scuola, di cui io stesso ormai ero ben poco partecipe, e non sembrava affatto interessato. Mi ha detto che stava facendo lavori saltuari, senza spiegarmi quali; che pensava di partire tra poco, senza dirmi per dove. Parlavamo a frasi brevi, con gesti nervosi e continue occhiate laterali: attenti tutto il tempo a dissimulare argomenti e parole che ci passavano per la testa

Ci siamo salutati quasi con sollievo, promettendo di rivederci presto, e sapevamo tutti e due che non sarebbe stato così.

È finito l'anno scolastico e sono stato promosso, come tutti ormai. Mia madre e suo marito, che non avevano idea di quanta poca energia mi era costata, hanno voluto regalarmi una motocicletta Guzzi da 125 cc. Mi sono commosso quando l'ho avuta tra le mani, rossa e ben più solida del mio vecchio motorino; pensavo che avrei potuto andarci in qualunque punto del mondo.

Io e Roberta siamo partiti con una piccola tenda canadese e due sacchi a pelo e pochi vestiti in una borsa, siamo andati verso sud lungo un itinerario simile a quello che avevo progettato a vuoto l'anno prima con Guido. Abbiamo disceso la costa pochi chilometri alla volta, ci accampavamo in boschetti e radure vicino al mare, non mangiavamo quasi niente. Abbiamo assorbito molto sole e nuotato e parlato e fatto l'amore su materassini gonfiabili: era la prima vacanza indipendente in vita mia, mi piaceva.

Diciassette

Poi è stato ottobre di nuovo e sono tornato a scuola di nuovo. I pochi professori che non avevano accettato la situazione se n'erano andati in pensione o in provincia, dove forse speravano che le cose sarebbero cambiate più tardi; gli altri avevano accolto ogni richiesta degli studenti, le interrogazioni programmate e i voti minimi garantiti, i dibattiti durante le lezioni. Continuavano a lavorare con i programmi di sempre, che nessuno aveva più chiesto di cambiare, ma senza più la minima convinzione, o peggio con cinismo e superficialità. I neostalinisti del "Movimento degli Studenti" avevano sopraffatto in modo definitivo i rami cugini della loro famiglia, li avevano costretti a una quasi-clandestinità. La fermezza livida e fredda della loro ideologia intimoriva la grande maggioranza degli studenti, che a questo punto volevano solo continuare le loro carriere scolastiche con la minor fatica possibile.

Roberta si è iscritta a veterinaria, dopo avermi detto per mesi che non avrebbe mai fatto il lavoro dei suoi genitori; presto ha avuto lezioni o seminari da seguire quasi ogni pomeriggio. Non credo che avremmo potuto continuare a vederci e fare l'amore con la frequenza dell'anno prima, in ogni caso, perché la nostra attrazione si stava esaurendo in una confidenza fisica troppo piana e ripetitiva.

Lei aveva credo voglia di allontanarsi dal clima frustrante del liceo, imparare dati che avessero un'applicazione pratica; spesso si irritava di fronte alla mia malavoglia, allo scetticismo da perditempo con cui facevo considerazioni su tutto. A volte andavo a prenderla alla facoltà di veterinaria: la guardavo uscire insieme ai suoi compagni di corso e mi sembrava di essere una specie di marito disoccupato, dedito a servizi di cortesia per impegnare le mie giornate.

Passavo le mattine nei corridoi del liceo, o nel cortile con un mio compagno che si chiamava Testari a spillare benzina per le nostre moto dalle macchine dei professori. Quand'ero in classe leggevo romanzi di cui mi aveva parlato Guido, ma non era un bel modo di leggere: l'atmosfera danneggiata e stanca delle lezioni falsava lo spirito delle pagine che avevo davanti, annebbiava il loro fascino.

Di pomeriggio giravo in moto, andavo al cinema da solo o con Testari; camminavo lungo i marciapiedi del centro finché le facce grigie dei passanti e la bruttezza della città troppo conosciuta mi riempivano di depressione. Il sabato e la domenica vedevo Roberta, ma ormai passavamo quasi tutto il nostro tempo comune in gite o conversazioni noiose, letture parallele di libri o giornali.

A volte mi chiedevo dov'era andato a finire Guido, cosa faceva. Ho provato a telefonargli, ma sua madre mi ha detto che non c'era; lui non mi ha richiamato. Ogni tanto passavo in moto nella sua via, senza incontrarlo.

Pensavo che non mi mancava in modo particolare; che aveva fatto parte di un periodo della mia vita ormai finito. Ho cominciato a pensarci sempre meno, alla fine non mi veniva quasi più in mente.

Avevo solo voglia che il liceo finisse, anche se non sapevo cosa avrei fatto dopo. Mi sembrava di avere avuto idee più pratiche sulla mia vita quando avevo dodici o tredici anni, prima di perdermi nella vaga foschia umanistica del liceo. Adesso ero equidistante da quasi ogni punto di contatto, pieno di pensieri astratti e nozioni di seconda mano, male assimilate e impossibili da usare.

Mi concentravo sulla prospettiva di venirmene almeno via dalle aule e i corridoi di intonaco verdino, dalla griglia ormai vuota di materie e orari. Sottraevo i giorni alle settimane, le settimane ai mesi; ricalcolavo di continuo lo spazio che mancava alla fine dell'anno scolastico.

A giugno ho fatto l'esame di maturità, l'ho passato senza la minima difficoltà. Mia madre e suo marito mi hanno invitato fuori a cena per festeggiare. Mi dispiaceva dargli di nuovo l'impressione di aver fatto qualcosa di meritevole; i loro complimenti mi riempivano di tristezza.

Roberta doveva preparare un esame per l'università e non aveva nessuna voglia di viaggi avventurosi, così dopo aver discusso e litigato a lungo siamo andati a passare agosto dai miei a Santa Margherita. È stato una specie di quieto suicidio sentimentale: la noia ci è venuta addosso dal primo giorno densa come melassa, ci ha riempiti di indifferenza uno per l'altra.

Abbiamo quasi smesso di parlarci; lei passava le giornate a studiare libri pieni di interiora di cavalli, io rileggevo vecchi romanzi di Verne e Salgari rimasti in casa da quando ero ragazzino. Ogni tanto andavamo alla spiaggia sciabattando per la strada, lei si sdraiava al sole e io stavo seduto a gambe raccolte sotto l'ombrellone, osservavo le famiglie vicine esibire i loro corpi.

A tavola Roberta si prestava a fare da spalla al marito di mia madre nei suoi discorsi sui prosciutti di montagna e di collina, le vigne di terreno povero e quelle di terreno grasso. A volte quando ero fuori nel giardino li sentivo parlare tutti e tre del mio carattere, scambiarsi opinioni sul mio possibile futuro.

Mi sembrava incredibile essere arrivato per pura inerzia a questa situazione; pensavo a come solo due anni prima avevo avuto l'impressione di poter uscire dai tracciati obbligati della mia vita e correre libero dove mi pareva.

Ho cominciato a desiderare che l'estate finisse, con la stessa intensità con cui avevo desiderato la fine del liceo.

Diciotto

Quando siamo tornati a Milano la vacanza non mi aveva dato nessuna idea nuova, nessuna carica di energia con cui affrontare i miei problemi e risolverli. Ciondolavo per casa, lento e sfibrato dalla noia dell'agosto appena finito. Mi alzavo tardi ogni mattina, stavo chiuso in camera ad ascoltare musica. Mia madre e suo marito hanno cominciato a pressarmi perché decidessi qualcosa; sono andato all'università in cerca di ispirazioni.

Era strano entrarci adesso per ragioni non politiche, addentrarsi nei corridoi dove i picchiatori del "Movimento degli Studenti" convivevano ormai in simbiosi con i vecchi accademici. Sono andato a leggere i nomi dei professori e delle loro materie sulle porte delle aule, i programmi nelle bacheche degli istituti: provavo di fronte a tutto la stessa identica mancanza di interesse.

Ho girato per ore cercando di calcolare gli sforzi e i tempi richiesti dalle varie facoltà; alla fine ho deciso per Filosofia, solo perché pretendeva meno esami di Lettere e mi sembrava una scelta altrettanto generica. Mia madre e suo marito sono stati contenti quando gliel'ho detto; di nuovo sollevati dalle loro preoccupazioni su di me.

Il grande edificio vetrato dove ci si iscriveva era pieno zeppo di gente con certificati e carte da bollo in mano, ammassata davanti agli sportelli delle varie facoltà come per una distribuzione di medicine gratuite o pensioni anticipate.

Poi la mia vita è affondata in un lago di perplessità; si è adagiata su un fondale dove niente aveva un senso particolare.

Ho scoperto che non occorreva neanche frequentare le lezioni per dare gli esami: bastava leggersi un paio dei libri indicati nelle bacheche, iscrivere il proprio nome nelle lunghe liste d'attesa. I voti minimi erano garantiti come al liceo, ma il procedimento era ancora più automatico e impersonale. Nei giorni d'esame c'erano code lungo i corridoi e dentro le aule, gruppi di tre o quattro persone che aspettavano il loro turno davanti a professori e assistenti che non avevano mai visto in vita loro.

C'era la stessa prevalenza sociologica e approssimativa in tutti i discorsi che sentivo, le stesse frasi fatte e citazioni obbligate, gli stessi nomi e titoli mandati a memoria e usati nei contesti più diversi. Si potevano sostenere anche tre o quattro esami con due soli libri, forzando i confini tra le materie e la dipendenza di una materia dall'altra. Alcuni studenti cercavano ancora di giocare le proprie informazioni con diligenza scolastica; altri si buttavano avanti senza più il minimo scrupolo, compensavano con arroganza e minacce velate la mancanza di dati. I professori se ne stavano accasciati dietro i loro tavoli, ascoltavano le brevi elencazioni di luoghi comuni mal presentati e poi dicevano «Va bene»; segnavano i voti, firmavano. Gli studenti se ne uscivano nei corridoi con i libretti aperti, guardavano le caselle piene e quelle ancora da riempire come se fossero tessere di un concorso a premi.

Appena i tempi tecnici sono stati giusti ho fatto anch'io un esame, aggregato ad altri tre studenti che avevo conosciuto il giorno prima; alla fine ero stupito dalla semplicità incredibile dell'operazione. Mia madre e suo marito si sono riempiti di gioia infondata di fronte al voto sul mio libretto, mi hanno detto che speravano di vedermi continuare così.

Per il resto mangiavo e dormivo, vedevo Roberta la sera e il sabato e la domenica, passavo ore con lei al telefono. Se qualcuno mi chiedeva cosa facevo potevo dire l'università:

non avevo nemmeno l'imbarazzo di dover giustificare la mia mancanza di occupazioni.

Roberta ha lasciato veterinaria ed è andata a lavorare in un'agenzia di pubblicità. Mi ha detto che era stufa di non guadagnare niente e non avere una casa sua né soldi per fare quello che voleva; non sopportava più di stare in attesa del futuro, voleva stabilire rapporti diretti con la vita. E sono rimasto spiazzato. Per mesi le avevo ripetuto i discorsi di Guido sulla futilità del ruolo degli studenti e la loro inefficacia rispetto al mondo, e lei aveva sostenuto di essere contenta di quello che faceva, delle sue responsabilità limitate e i piani a lunghissimo termine. Avevamo anche litigato, rigidi nelle nostre piccole trincee verbali, ognuno dei due senza concedere il minimo terreno teorico all'altro; poi lei senza preavviso aveva cambiato posizione e cambiato spirito, messo i fatti davanti alle parole.

Le è salita dentro un'energia compressa chissà quanto a lungo, che la faceva saltare in piedi alle sette e mezzo ogni mattina e correre all'agenzia a tagliare e incollare e copiare e battere a macchina e telefonare, precipitarsi da un punto all'altro della città per ritirare e consegnare materiali. Quando ci vedevamo la sera era sfinita e contenta di esserlo; la sua voce aveva un tono più determinato e impaziente di quello che conoscevo. Era diventata una persona adulta, senza nessuna voglia di farsi trattenere nel territorio nebuloso dove ancora abitavo io.

Mi chiedevo com'era possibile che le persone più vicine mi cambiassero davanti in modo così improvviso, senza che io avessi avuto nemmeno il tempo di capire che c'era una trasformazione nell'aria.

Dormivo senza limiti, adesso che non avevo più nemmeno la griglia di orari del liceo a cui attenermi: dieci o undici ore in un sonno ottuso che mi lasciava la testa ovattata e i riflessi lenti come dopo una malattia. Andavo all'università quasi solo per l'imbarazzo di restare a casa, camminavo nei corridoi alla ricerca di un'ispirazione o un diversivo. Ogni tanto assistevo a un'assemblea di neostalinisti tanto per fare qualcosa, o mi affacciavo ad ascoltare qualche battuta di una lezione incomprensibile su Hegel o Spinoza. Mi aggiravo come un naufrago, senza nessuna speranza di essere avvistato da qualche nave.

Roberta diceva che avrei dovuto trovarmi un lavoro come lei, ma non avevo nemmeno una parte della sua determinazione, e solo l'idea di chiedere a qualcuno di assumermi mi riempiva di panico. Mi sentivo inutile, un diciannovenne con la testa piena di parole in un paese rigido e vecchio.

A volte mi sembrava di passare il tempo a cercare giustificazioni a quello che non facevo, senza ricavarne il minimo conforto. A volte mi veniva voglia di buttarmi dalla finestra; ma il mio disagio era troppo informe per spingermi davvero a farlo.

Diciannove

Un pomeriggio di giugno ero in casa a cercare di leggere un libro per un esame di pedagogia, e il portinaio ha citofonato per dirmi che sotto c'era Guido Laremi.

L'ho aspettato sulla porta, agitato e diffidente al ricordo dell'ultima volta che ci eravamo visti, ma quando lui è uscito dall'ascensore era pieno di energia comunicativa, mi ha detto «*Ehi*» nel suo vecchio modo. I capelli gli erano cresciuti a boccoli biondastri fin quasi sulle spalle, i suoi vestiti erano lisi e disordinati; per il resto non sembrava cambiato.

Siamo passati nel corridoio dove speravo che mia madre non uscisse a fare commenti e domande per quindicenni, andati nella mia stanza. Appena dentro mi è sembrata patetica, con i vecchi manifesti di Dylan e Bakunin alle pareti, i volumetti tascabili di Kropotkin e Kerouac sulle mensole della piccola libreria da scolaro. Guido ha dato un'occhiata al libro di pedagogia aperto sul tavolo, il quaderno dei miei appunti faticosi; non ha detto niente.

Ho cercato di descrivergli la situazione all'università, esasperandola per darle almeno un carattere, ma non mi sembrava di riuscire a presentarmi in una luce che non fosse stupida e passiva. Ero accaldato per la frustrazione; ho aperto la finestra, lasciato entrare il rumore del corso

Lui si è seduto sul tavolo, mi ascoltava con attenzione attraversata da altri pensieri. Ha tirato fuori di tasca un piccolo involucro di carta stagnola dentro cui c'era una pallina scura, ha cominciato a scaldarla alla fiammella di un accendino: produceva un odore resinoso che ha venato presto l'aria della stanza. Gli ho chiesto se era hashish; lui ha riso, detto di sì. Aveva un'aria più randagia di quando era al liceo, ancora meno legale.

Quando ha finito ha acceso la sigarettina sottile, trattenuto a lungo il fumo nei polmoni. Poi me l'ha passata e ho inspirato anch'io; tossito come se stessi soffocando. Non mi sembrava che facesse nessun effetto: guardavo intorno nella stanza per controllare le mie percezioni.

Guido ha detto «Lo sai che mi è arrivata la cartolina del militare? I bastardi *luridi*». Aveva un'aria preoccupata, in realtà: seduto a gambe incrociate in una nuvola di fumo.

Ho cercato di immaginarmi la cartolina, e subito dopo ho sentito un piccolo slittamento interiore, mi è sembrato di essere fuori e dentro la situazione nello stesso tempo.

Guido è sceso dal tavolo, si è messo a camminare avanti e indietro come un gatto in gabbia. Ha detto «Dovrei partire tra venti giorni, ma piuttosto me ne vado in *esilio*. Non me ne frega niente se non posso tornare in Italia finché ho trentacinque o cinquant'anni».

Visualizzavo tutto quello che lui diceva come in una specie di sceneggiato televisivo istantaneo: lui che saliva su un treno con una valigia; che tornava già trentacinquenne; cinquantenne. Non riuscivo più a capire se stavamo parlando di una cosa seria o di uno scherzo. Per fermare le immagini automatiche gli ho chiesto «Ma non hai nessun modo di rinviare?».

«No» ha detto lui, senza smettere di camminare per la stanza. «L'anno scorso ho provato a farmi riformare con delle pillole per il cuore, ma mi hanno tenuto una settimana nell'ospedale militare e nel frattempo stavo diventando una specie di *invalido*, non riuscivo più a fare un movimento brusco senza sentirmi il cuore in gola. Così ho smesso di prendere le pillole, e l'effetto è sparito nel giro di qualche ora, il giorno dopo mi hanno fatto l'elettrocardiogramma ed era *perfetto*. Tutta la storia è servita solo a farmi spostare in un battaglione punitivo in Calabria per delinquenti e simulatori.»

Gli ho chiesto «E adesso cosa vuoi fare?», anche se non ero sicuro di sentire la mia voce.

Lui ha detto «È un tale *sopruso* incredibile, che questo stato bastardo si senta in diritto di rapire una persona e *sequestrarla* per un anno».

Gli ho chiesto «Ma allora?».

Guido si è affacciato alla finestra, guardava fuori. Ha detto «Allora posso solo provare a fare il *matto*, e se mi va male prendo il primo treno che va in Francia».

Gli ho chiesto in che senso il matto. Lui ha visto su uno scaffale la maniglia staccata di una valigia e l'ha appoggiata sul pavimento, ha fatto finta di tirare con forza. Di colpo è stato come se la stanza si fosse staccata e stesse volando in alto nello spazio: abbiamo perso l'equilibrio tutti e due, siamo caduti per terra; ridevamo e scalciavamo frenetici.

Ci siamo rivisti una settimana dopo in un bar vicino a casa sua. Milano era immersa nella variante estiva della sua aria, dolciastra e vischiosa. Guido mi ha raccontato che era stato da due diversi psichiatri con l'idea di farsi fare un certificato di instabilità mentale, ma appena accennato al servizio militare non lo avevano neanche più voluto ascoltare. Ha detto «Con i loro occhi freddi da *rettili*. Vorrei vedere se gli avessi portato dei soldi in una busta». Si è guardato intorno, ed era chiaro quanto si sentiva alle strette: spinto sull'orlo di una scelta definitiva.

Gli ho chiesto cosa pensava di fare adesso. Detestavo parlargliene da questa posizione di interessamento generoso, solo perché l'università mi riparava per il momento dal problema; avrei voluto essere costretto a scappare con lui.

Guido ha detto «A questo punto l'unica possibilità che ho e convincerli che sono pazzo davvero. Domani mi faccio chiudere in *manicomio*».

Gli ho chiesto come potevo aiutarlo. Lui ha alzato gli occhi, detto che lo potevo accompagnare.

Alle sette di mattina sono andato a prenderlo a casa sua. Mi aspettava sul marciapiede nel solito punto, ma l'ho riconosciuto solo quando gli sono arrivato a pochi metri. Si era rapato i capelli quasi a zero, e messo un completo grigio largo e corto, una camicia bianca allacciata fino all'ultimo bottone, scarpe pesanti da montagna.

Mi ha sorriso appena: i suoi lineamenti sembravano più angolosi di prima, il suo modo di stare in piedi ancora più obliquo. Ha detto «Andiamo», è montato in sella. Mi ha spiegato che il vestito era di suo padre; che aveva passato la notte a leggere un trattato sulla depressione cronica rubato alla biblioteca comunale.

Abbiamo attraversato la città verso nord per i viali già pieni di traffico pesante. Le macchine e i camion si avventavano con furia dissennata tra gli argini grigi delle facciate, si lasciavano dietro onde laceranti di rumore, scie di gas irrespirabili. I passanti lungo i marciapiedi sembravano fantasmi dall'andatura incerta, i loro vestiti e le loro facce avevano lo stesso colore dello scenario in cui erano costretti a vivere.

L'ospedale psichiatrico è un altro edificio di cemento in un lago di cemento; ho fermato la moto nel parcheggio. Guido è sceso e si è aggiustato la giacca, il colletto della camicia che quasi lo soffocava. Mi ha guardato con la sua faccia da deportato, e mi sembrava di rivedere nei suoi occhi l'orrore del percorso che avevamo appena fatto. Senza quasi muovere le labbra mi ha detto «Ti faccio sapere qualcosa».

Volevo accompagnarlo dentro, ma lui ha detto che era meglio di no. Così l'ho guardato andare verso l'ingresso a passi strascicati, con le sue scarpe da montagna e il completo grigio che gli lasciava scoperti i polsi e le caviglie. Sulla porta si è girato e mi ha fatto un piccolo cenno rigido con la mano: con la stessa estraneità concentrata di quando l'avevo visto la prima volta a scuola.

Quattro giorni più tardi mi ha telefonato a casa. Parlava piano, su uno sfondo di voci riverberate credo in un atrio o corridoio. Gli ho chiesto come andava, lui ha detto «Mi tengono qui. Non è che facciano molto». Gli ho chiesto se sapeva quanto ci doveva ancora restare; lui ha detto «Non ho idea». Non era una conversazione facile: parlavo sottovoce anch'io, nel tono più neutro possibile. Gli ho chiesto cosa gli davano da mangiare; lui ha detto «Non mangio». Mi ha salutato e ha riattaccato di colpo credo per non farsi sentire da qualcuno. Sono rimasto vicino al telefono un minuto o due, e avevo la sensazione di essere in uno stato-galera, con spie e controllori a ogni angolo.

Mi aspettavo che Guido richiamasse per tenermi al corrente, e invece non si è più fatto vivo. Dopo una settimana ho telefonato a sua madre, ma non sapeva niente neanche lei, si è solo allarmata.

Quando sono passati quindici giorni ho cominciato a preoccuparmi davvero, chiedermi cosa gli era successo. Ne parlavo con Roberta, facevo congetture fino a esasperarla.

Un pomeriggio mi ha chiamato Nina, così tesa che quasi non la riconoscevo. Ha detto «Guido sta male. Ha una voce tremenda. Lo tengono chiuso lì dentro e diventa matto davvero».

Le ho detto che era probabilmente un'impressione voluta; cercavo di non essere troppo esplicito per paura che la linea fosse controllata, ma lei non sembrava capire i miei giri di parole, continuava a chiedermi cosa intendevo. Le ho detto che dovevamo lasciarlo andare avanti; che se le cose si mettevano male ce lo avrebbe fatto sapere. Quando l'ho salutata non era affatto convinta, e mi aveva comunicato tutti i suoi timori. Mi chiedevo se invece avremmo dovuto provare a salvarlo, irrompere a forza nel manicomio e portarlo via, nasconderlo da qualche parte.

Cinque minuti più tardi ha chiamato Guido, mi ha chiesto se potevo accompagnare Nina a trovarlo. Ha detto «Da sola si spaventa». Aveva un vero tono di sofferenza nella voce: ci ho messo un po' a convincermi che faceva solo parte della simulazione.

Il pomeriggio dopo sono passato a prendere Nina, davanti a un bar perché a casa sua tutti la tenevano sotto controllo. Era nervosa, in un vestitino verde che dava ancora più risalto ai suoi occhi; mi ha detto che doveva assolutamente essere di ritorno per le cinque. Abbiamo attraversato la città senza parlarci, e mi faceva impressione sentirla così vicina, morbida e profumata a ogni curva. Gli automobilisti le davano lunghe occhiate vischiose mentre passavano, giravano la testa per vederle le gambe. Cercavo di ricacciare indietro i loro sguardi; mi sentivo come uno che si trova affidato un calice di cristallo straordinario e ha paura di esporlo a danni irrimediabili con la minima distrazione.

Nel parcheggio dell'ospedale psichiatrico lei si è guardata intorno con aria smarrita, mi ha chiesto «È qui?». Le ho detto di non preoccuparsi, ma non serviva a molto. Me la ricordavo molto più sicura di sé, senza questa luce esitante negli occhi.

Un custode dalla faccia scimmiesca era seduto in un gabbiotto vetrato; gli ho detto che volevamo vedere Guido. Mi aspettavo che pretendesse documenti, carte d'identità e autorizzazioni in carta da bollo; invece ha indicato un corridoio con indifferenza. Siamo andati via rapidi e zitti, Nina aggrappata al mio braccio. C'era odore di zuppa di cavoli e disinfettante per pavimenti; le finestre erano tutte chiuse. Due infermieri litigavano vicino a una finestra, un ometto sciabattava lento in pigiama; le superfici lisce riflettevano suoni di attività assorte.

Abbiamo passato uno stanzone pieno di letti su cui erano sedute o sdraiate una dozzina di persone mentre un inserviente spazzava per terra con gesti rabbiosi. Mi sono affacciato a chiedergli se sapeva dov'era Guido Laremi, lui nel modo più villano mi ha gridato «E chi è?». Siamo andati ancora avanti nel corridoio, e pensavo che avrei potuto camminare per chilometri con Nina così spaventata e stretta a me: fare il giro di tutti i corridoi del mondo.

Ci siamo affacciati in altri stanzoni; ogni volta qualche faccia si girava, ci guardava con curiosità filtrata mille volte. Alla fine abbiamo trovato Guido in una grande sala con sedie e panche: appoggiato in piedi a una parete, con addosso lo stesso ridicolo completo grigio di quando era arrivato. Altre persone intorno giocavano a carte o parlavano, guardavano un vecchio televisore nebuloso. Nessuno sembrava comportarsi da folle, ma c'era qualcosa di curiosamente disarmonico in ogni gesto e suono; nella lentezza strascicata di ogni sguardo.

Guido è venuto verso di noi a passi lenti, senza espressioni. Ha detto «Ciao», a mezza voce. Era diventato ancora più magro in questi venti giorni.

Nina gli è stata dritta di fronte: non riusciva a capacitarsi del suo aspetto, non sapeva cosa fare. Guido guardava il pavimento; ha mormorato «Andiamo di là». Aveva ancora ai piedi le scarpe pesanti dalla grossa suola, camminava a fatica. L'abbiamo seguito nel corridoio e fuori da una porta a vetri: in un piccolo cortile assolato con alcune panchine affogate nel cemento, due platani potati in modo brutale.

Nina l'ha preso per la giacca, gli ha chiesto «Si può sapere cosa ti è successo? Lo sapevo che non ci dovevi venire qui».

Guido le ha scostato la mano, detto «Smettila». Ho fatto per tornare verso la porta di vetro e lasciarli soli, ma lui mi ha fermato con un gesto.

Non volevo intralciarli troppo: mi sono girato a guardare le altre presenze nel cortile, immerse com'erano in occupazioni ipnotiche. Una vecchia signora vestita di nero cercava di parlare a un ragazzone dalla fronte bassa, gli faceva brevi domande ripetute con regolarità. Un infermiere studiava una rivista pornografica seduto per terra. Un uomo sottile camminava raso a un muro con un pallone in mano. C'era un caldo soffocante, l'aria era ferma.

Guido si è seduto su una panchina. Anche sotto il sole si teneva la giacca abbottonata, la camicia chiusa fino al collo. Io e Nina ci siamo seduti ai suoi lati, senza molte risorse. Nina lo guardava come se ancora non fosse sicura di riconoscerlo, si mordicchiava le belle labbra. Mi sembrava che stessimo affondando anche noi nell'atmosfera del luogo; facevamo qualche tentativo di liberarcene e ci riaffondavamo.

Gli ho chiesto «E allora?».

Guido ha detto «Niente». Continuava a non guardarci in faccia, aveva un'espressione inerte, da annegato. Ho pensato che in tutti questi giorni qui dentro doveva essere andato oltre la simulazione, arrivato a toccare un vero strato depresso tra i molti strati attivi e irrequieti del suo cervello. «Ma cosa succede?» gli ho chiesto. L'uomo sottile dietro di noi si è messo a far rimbalzare il suo pallone, produceva onde sonore tra i muri del cortile.

Guido ha detto «Non lo so. Ho visto un paio di medici. Di sera gli infermieri fanno il giro con le pillole». Parlava senza colorire quello che diceva, forzarlo con accenti e sottolineature come faceva di solito.

Nina lo guardava fisso, concentrata sui suoi lineamenti. Gli ha chiesto «Ma non ti fanno degli esami o qualcosa?». «Un test con le macchie» ha detto Guido. «Ci sono queste macchie d'inchiostro che formano delle figure, devi dirgli cosa ti sembrano.»

Mi aspettavo da un momento all'altro di vedergli affiorare una luce ironica negli occhi, la voce tornargli viva; ma sembrava spento in modo definitivo, adagiato sulla cadenza faticosa delle sue parole. Il caldo nel cortile era insopportabile: avevo la camicia appiccicata alla schiena, la fronte bagnata di sudore.

Nina sembrava sul punto di mettersi a piangere o gridare. Gli ha chiesto «Ma quanto ti tengono ancora qui? Quando ti lasciano andare?».

«Non lo so» ha detto Guido. Non riuscivo a capire se avrebbe voluto abbracciarla e si sforzava di trattenere i suoi sentimenti, o invece era davvero chiuso dietro un diaframma di indifferenza, andato.

Siamo rimasti ancora qualche minuto nel cortile rovente, poi Guido ha detto che dovevamo andarcene. Ci ha seguiti per qualche passo; prima della porta si è girato ed è tornato verso la panchina. Nina ha cercato di seguirlo; ho dovuto trascinarla per un braccio lungo il corridoio.

Fuori nel parcheggio battuto dal sole si è messa a piangere; mi ha chiesto «Hai visto com'è ridotto? Gliel'avevo detto che era molto meglio fare il militare invece di mettersi in questo guaio, ma non sta mai a sentire quello che gli dicono gli altri. E adesso l'hanno rovinato, non lo faranno più uscire». Parlava quasi senza prendere fiato, gesticolava con le mani delicate.

Ho cercato di calmarla, spiegarle che non era facile per nessuno rovinare Guido. Ma la sua voce era piena di rabbia più che di preoccupazione, adesso. Ha detto «Non me ne importa niente di quello che gli succede, io non sopporto questo genere di situazioni. Non posso andare a trovare il mio fidanzato in manicomio. Voglio stare con una persona normale, non con una specie di pazzo delinquente».

Era davvero furiosa adesso, per tutto quello che le aveva complicato la vita da quando conosceva Guido: gli scontri a cui lui l'aveva spinta con i suoi genitori e l'estate da reclusa in collegio e i controlli continui, la difficoltà di adattarsi a una persona così diversa e irrequieta e priva di garanzie.

Ho cercato di spiegarle che in fondo si era messa con Guido proprio per come era, e lei ha rivolto il suo risentimento anche verso di me, ha detto «Tanto tu gli dai ragione comunque». Mi sembrava incredibile averla vista quasi fragile solo un'ora prima, tanto era duro il suo tono adesso. Un attimo dopo la voce le si è rotta e si è rimessa a piangere, ha detto che aveva paura.

L'ho riaccompagnata a casa, abbiamo attraversato la città da nord a sud nel caldo stagnante.

Non ho avuto notizie di Guido per un'altra settimana. Sua madre e Nina mi hanno telefonato varie volte, ma non avevo elementi per rassicurarle, a parte le solite considerazioni generali sul carattere di Guido.

Poi una sera verso le otto quando stavo per mettermi a tavola è suonato il citofono ed era lui: mi ha detto «Vieni giù». Ho spiegato ai miei che dovevo uscire, sono corso di sotto.

Aveva ancora addosso il vestito grigio di suo padre, ma si era finalmente sbottonato il colletto della camicia. Era magrissimo, sembrava tutto occhi. Non riusciva a star fermo; mi ha detto «È finita per *sempre*, maledetti bastardi fascisti e mafiosi».

Ero felice per lui, e mi sono sentito trafiggere da un lam-

133

po sottile di gelosia a vederlo così libero e leggero. Mi è sembrato di essere inchiodato a terra da un eccesso di buonsenso e paura, immobile mentre lui volava. È durato solo una frazione di secondo; subito dopo ero di nuovo pieno di entusiasmo, gli stavo addosso a chiedergli di raccontarmi.

Lui ha detto «*Camminiamo*, che sono stato chiuso quasi un mese». Si è tolto la giacca grigia e se l'è fatta girare sopra la testa, ha attraversato la strada in pochi salti.

Siamo andati a caso per le vie del centro, nell'aria smossa solo dai passaggi delle automobili. Guido parlava rapido, senza smettere di guardarsi intorno; mi ha raccontato del test con le macchie al manicomio. Ha detto «La prima era una specie di farfalla, il dottore mi ha chiesto cosa mi sembrava e gli ho risposto una testa di cane *fracassata*. Lui non ha fatto nessun commento, trascriveva tutto su un formulario. Poi mi ha fatto vedere un'ochetta, una silhouette da cartone animato di Walt Disney, e gli ho detto che mi sembrava il braccio di un uomo agonizzante. È andato avanti a passarmi macchie da interpretare per venti minuti, e sembrava abbastanza intrigato da me, dovevo corrispondere a qualche descrizione nei suoi manuali. Alla fine ce n'era una che formava un profilo inequivocabile di negretta nuda, con il sedere e il seno sporgenti e le labbra turgide e tutto il resto, e quando mi ha chiesto cosa ci vedevo ho cominciato a scuotere la testa e dire niente. Lui ha insistito, tutto teso di interesse professionale a questo punto, e io sono saltato in piedi, mi sono messo a gridare "Non ci vedo niente, non ci vedo *niente*", come se mi stesse venendo una crisi violenta. Lui aveva questa faccia da cercatore d'oro che ha trovato una *vena*, si è messo a compilare il suo formulario come un pazzo».

Camminavamo lungo i marciapiedi senza neanche guardare dove andavamo, sulla scia delle immagini provocate dalle sue parole. Ha raccontato che l'avevano trasferito all'ospedale militare. Ha detto «Mi ci hanno portato in *ambulanza*, con un infermiere di scorta e una diagnosi raccapricciante in una busta. Una volta lì mi hanno tolto i vestiti e dato un pigiama di fustagno marrone e un paio di ciabatte. È un posto enorme, con decine di reparti, pieno di gente che si trascina per i corridoi cercando di perfezionare la sua simulazione personale in una gamma incredibile di simulazioni. Nel reparto di cardiologia c'erano alcuni che correvano su e giù per una rampa di scale fino a farsi scoppiare il cuore prima di un elettrocardiogramma. Altri si mettevano del tabacco sotto le ascelle per farsi venire la febbre, o ficcavano un dito in un collo di bottiglia e la scuotevano per spezzare l'osso, altri andavano avanti a tossire senza tosse per ore fino a irritarsi i polmoni. Ma i medici militari bastardi sono troppo smaliziati, e hanno i loro giri di *corruzione* da tenere vivi».

«E tu come hai fatto?» gli ho chiesto. Ero preso dalla febbre del suo racconto, agitato come se tutto fosse capitato a me.

Guido ha detto «Mi hanno chiamato per un colloquio e non ho risposto a nessuna domanda, neanche li *guardavo*. C'erano questi due ufficiali medici, credo appena laureati, sembravano impressionati dai certificati del manicomio. Stamattina mi hanno mandato dal colonnello medico. Ho aspettato nell'anticamera un'ora, sentivo la sua voce attraverso la porta e continuava a giustificarsi al telefono, forse per qualche storia di raccomandazioni non riuscita. Alla fine quando mi ha fatto entrare era furioso, guardava le carte del manicomio come se non ci credesse per niente. Ha detto "Saresti tu la sindrome depressiva cronica con sconfinamento borderline?" Stava lì seduto a guatarmi, come un ratto di fogna gonfio di *veleno*, e ho pensato che forse non bastava avere un atteggiamento depresso, così ho cominciato a gridare "Io voglio solo fare il militare, mi aiuti lei prima che mi uccidano i preti che hanno già ammazzato mia madre". Non lo vedevo in faccia, ma mi sembrava che la cosa funzionasse, così sono andato avanti in crescendo, ho gridato "Mi ridia le mie scarpe professore che devo fare il militare lo so che me le ha portate via l'ho vista nella palude piena di asini putrefatti l'altro giorno". Gridavo più forte che potevo e mi sono buttato per terra, ho cominciato a tremare e sputare e rotolarmi come un epilettico. Non dovevo sforzarmi di recitare, mi bastava pensare alla faccia di questo *porco* seduto alla scrivania, mi veniva del tutto naturale. C'era un attendente di fianco a lui, credo abbastanza scosso, il colonnello gli ha detto "Lo spedisca a casa" in tono disgustato. Così mi hanno tirato in piedi e scortato a riprendere i vestiti, mi hanno anche chiamato un *taxi*».

Abbiamo attraversato un viale investito da ondate furiose di macchine, tutti e due sovreccitati e increduli per quello che era successo. Guido camminava con il suo passo irregolare, si guardava intorno come se dovesse solo decidere cosa rubare ancora alla città e alla vita; che altre rivincite prendersi.

Venti

Il venti luglio Guido è venuto a casa mia di pomeriggio, mi ha detto che aveva rotto con Nina. Mia madre era a Santa Margherita e suo marito in ufficio, siamo andati a parlare nel soggiorno. Guido si è seduto su una poltrona, picchiettava una mano sul bracciolo. Cercava di mantenere un'aria da fatto compiuto, ma appena gli ho chiesto come era successo la sua voce si è riempita di sentimenti vivi, è saltato in piedi.

Ha detto che era stufo di vederla accettare i ricatti e le pressioni della sua famiglia, promettere grandi atti di coraggio e poi tornare tutta diligente a farsi rinchiudere in casa, spaventata anche solo all'idea di telefonargli. Ha detto «Il punto è che in fondo pensa che abbiano *ragione*. Può anche essere intrigata da me perché sono diverso dai suoi amici e più pittoresco, ma sa benissimo che prima o poi dovrà trovare una soluzione più realistica».

Camminava avanti e indietro, ancora magro da far impressione e rapato come un deportato, e ho capito che aveva deciso di lasciare Nina per paura che lo facesse lei più tardi. Non era la sola ragione, ma certo l'ultima che avrebbe riconosciuto; ha detto che aveva bisogno di cambiare tutta la sua vita, andare a conoscere il mondo. Ha detto «Abbiamo *vent'anni*, porca miseria, non possiamo continuare a immaginarci cose e accontentarci di tutt'altro solo perché ce l'abbiamo già davanti».

Ha detto che non aveva più nessuna voglia di restare a Milano solo perché c'era nato, e adesso che si era tolto di mezzo il militare maledetto non aveva più niente a trattenerlo. Gli ho chiesto cosa pensava di fare; lui ha detto intanto andare in Grecia, e poi vedere da lì. Aveva soldi per forse due o tre mesi spendendo poco, gli bastavano come punto di partenza.

Il suo tono era pieno di luci e frammenti di immagini, visioni irrequiete; senza neanche pensarci gli ho detto che partivo con lui.

Il giorno dopo siamo andati in un'agenzia a comprare due biglietti Venezia-Pireo, passaggio di solo ponte, e uno per la mia moto. Abbiamo fatto brevi preparativi, messo da parte le poche cose che volevamo portare. Avevo ancora la piccola tenda canadese della mia vacanza con Roberta due estati prima, ma Guido ha detto che non serviva, ci sarebbero bastati i sacchi a pelo. Era la prima volta in vita mia che facevo un viaggio fuori dall'Italia, pensarci mi riempiva di agitazione.

Roberta non si è affatto sentita abbandonata; era talmente presa dal suo lavoro da sembrare contenta di non avermi intorno per un paio di settimane. Ha detto che mi avrebbe raggiunto in Grecia ai primi di agosto, bastava che le mandassi un telegramma per dirle dov'ero. I nostri rapporti consistevano ormai quasi solo di piccoli problemi organizzativi: tempi da far coincidere, conversazioni e incontri da prevedere con anticipo adeguato. Ogni volta che ci eravamo messi d'accordo, la cornetta posata sul telefono, provavo un senso di sollievo di fronte allo spazio libero che avevo davanti. Non c'era più nessuno vero slancio o desiderio impulsivo tra noi; stare con lei mi sembrava inevitabile, come vivere con i miei e frequentare l'università e abitare a Milano.

Il giorno della partenza sono andato a prendere Guido verso le sei e mezzo di mattina, con la moto già pronta per il viaggio. Lui era nella portineria, stava chiudendo una piccola sacca di tela mentre sua madre gli dava qualche ultimo consiglio sul sole e il cibo, gli inconvenienti che avremmo potuto incontrare. Era la prima volta che la vedevo, piccola e abituata a situazioni faticose e piena di istinti di protezione; ha detto «Mi raccomando Mario, tu che sei meno incosciente di lui». Le ho promesso che sarei stato attento, ed era una pura frase rituale perché sapeva meglio di me che nessuno aveva molte possibilità di controllare il comportamento di suo figlio. Lui la trattava con un atteggiamento misto di impazienza e affetto, diceva «Non ti *preoccupare*. Non stiamo mica andando in *Australia*». Ma le aveva spiegato che non partiva solo per una vacanza, e l'atmosfera nella vecchia portineria era carica di una tensione definitiva. Mi faceva impressione vedere madre e figlio Laremi insieme, così diversi tra loro se non per gli occhi quasi dello stesso azzurro.

Alla fine Guido ha preso la sua sacca di tela e mi ha spinto fuori. Sua madre ci ha seguiti sul portone, è stata a guardarci mentre mettevo in moto. Guido le ha fatto un ultimo cenno di saluto, mi ha detto «Andiamo andiamo *andiamo*».

Siamo arrivati a Venezia scossi dalle vibrazioni di trecento chilometri lungo le strade statali, appena in tempo per imbarcarci. Abbiamo lasciato la moto nelle interiora della nave e siamo saliti ai ponti superiori. Non sembrava che ci fosse molta gente giovane e irregolare a bordo; più che altro famiglie e coppie di mezza età, qualche emigrato turco o egiziano di ritorno. Guido si guardava in giro deluso, doveva essersi immaginato incontri e sensazioni intense già in questo primo tratto di viaggio. Mi ha fatto passare di ponte in ponte, su e giù per le scale di metallo bianco, ma non siamo riusciti a vedere ragazze carine né personaggi curiosi. Alla fine si è seduto su una panchina mentre la nave si allontanava dalla costa industriale, ha detto «È solo uno schifo di collegamento *neutro*, non ha niente in sé».

I collegamenti neutri erano uno dei suoi pensieri ricorrenti: gli spezzoni di tempo e distanza necessari a preparare e collegare tra loro i rari momenti interessanti della vita.

139

Non si rassegnava all'idea che questo tessuto connettivo insignificante e faticoso si estendesse giorno dopo giorno fino a non lasciare quasi spazio alle sensazioni che avrebbe dovuto rendere possibili.

Siamo arrivati nel porto di Atene sotto il sole a picco di mezzogiorno, abbiamo guardato le banchine dall'alto durante la lunga manovra di attracco. Guido era colpito quanto me da tutto quello che vedeva: le facce della gente e le scritte, il traffico confuso di camioncini e scooter e carretti, i marinai e gli agenti portuali e le persone in attesa, i viaggiatori di molte provenienze e destinazioni. Eravamo eccitati all'idea di essere fuori dall'Italia e in un posto che non conoscevamo affatto, senza ancora nessun programma definito.

Quando finalmente siamo riusciti a scendere abbiamo portato la moto a mano, cauti di fronte all'assalto di suoni e immagini. C'era una quantità incredibile di giovani stranieri, a piccoli gruppi e a coppie e singoli, con zaini e sacchi a pelo sulle spalle, cappelli e fazzoletti in testa, sandali ai piedi. C'erano ragazze scandinave dalla pelle molto chiara e americani con custodie di chitarre, ragazze francesi magre e interessanti, interi branchi di tedeschi dai capelli lunghi. Si aggiravano tra le navi e le agenzie di viaggio e i bar con l'andatura che doveva averli portati attraverso mezza Europa: leggermente curvi in avanti, frastornati dalla luce violenta, le grida brusche dei greci, i movimenti del porto.

Guido cercava di non perdere un solo particolare: registrava facce e vestiti, nazionalità e relazioni tra individui; diceva «Ti rendi conto? Pensa quanto è poco *probabile* che due persone si incontrino qui di tutti i possibili posti al mondo, in questo momento di tutti i momenti possibili».

Siamo andati in una delle molte piccole agenzie di viaggio per scoprire che alternative avevamo. Io sono rimasto fuori con la moto, Guido si è fatto largo tra la piccola folla di stranieri che assediava il bancone. Dalla porta lo vedevo guardare le ragazze intorno, le carte geografiche alle pareti; è tornato indietro un paio di volte a chiedermi consiglio con gli occhi che gli brillavano. Mi ha detto «Potremmo andare alle Cicladi, o alle Sporadi, o a *Creta*, a *Idra*».

Ci siamo consultati nel vocìo e nel caldo, e continuavamo a cambiare idea, lasciarci affascinare dai nomi delle isole, i loro profili sulle carte, le facce delle persone che volevano andarci. A un certo punto Guido si è rituffato nella mischia; è tornato fuori dopo dieci minuti con due biglietti in mano, mi ha detto «Andiamo a *Lesvos,* la nave parte tra un'ora».

Siamo tornati con la moto a mano verso i moli d'imbarco, e Guido mi ha spiegato di aver visto due ragazze svedesi di cui una molto carina chiedere biglietti per Lesvos. Ha detto «Mi è sembrato un segno del *destino*». Ma poi non riusciva a ritrovarle tra la folla in attesa sotto la fiancata della nave; abbiamo pensato che forse anche loro avevano cambiato idea all'ultimo. C'erano molte altre ragazze attraenti, in ogni caso; e giochi di sguardi, tentativi di avvicinamento sotto il sole che batteva.

Alla fine abbiamo imbarcato la motocicletta, siamo saliti tra le vecchie lamiere riverniciate molte volte, e i ponti erano già gremiti di giovani viaggiatori e viaggiatrici alla ricerca di una sistemazione. Tutti stendevano stuoine e asciugamani su cui sedersi, disponevano borse e sacchi a pelo in modo da appoggiarci la schiena o la testa. Tendevano a stare direttamente sulle assi del ponte, nessuno sembrava interessato alle panchine bianche. C'era questa vecchia nave greca, con tutta la sua struttura di cabine di prima e seconda e terza classe e bar e ristoranti e sale di raccolta e corridoi e paratie stagne, e i giovani viaggiatori erano interessati solo alla sua superficie più esterna. Avrebbe anche potuto essere una zattera, per come la usavano: solo un diaframma tra l'aria e l'acqua, a cui aderire con i loro corpi vestiti di tessuti leggeri, i piedi nudi o appena riparati da strisce sottili di cuoio.

I tentativi di avvicinamento tra viaggiatori e viaggiatrici sono diventati più intensi che sulla banchina ma non ancora del tutto espliciti, come in una grande festa tra sconosciuti dove ognuno cerca di capire chi gli interessa prima di esporsi. Guido si guardava intorno e mi guardava, frastornato dalla molteplicità di aspetti e origini e attitudini e modi di

fare. Camminavamo tra le sue infinite possibilità parallele
adesso, e l'idea lo riempiva d'ansia, come se ci dovessimo
giocare la vita in questi primi minuti di viaggio.
L'ho seguito, scavalcando le persone sdraiate e sedute,
e alla fine lui ha rivisto le due ragazze svedesi. Siamo riusciti ad avvicinarci, sederci in un piccolo spazio ancora libero a pochi metri da loro. La nave è rimasta un'altra
mezz'ora ferma sotto il sole, tutti hanno continuato i loro
aggiustamenti, le piccole migrazioni da un angolo all'altro
del ponte. Poi siamo partiti; l'aria finalmente si è mossa, le
ombre si sono spostate. Un ragazzo tedesco vicino a noi ha
cominciato a suonare una chitarra, un altro ha acceso una
sigaretta di hashish e l'ha passata in giro; in poco tempo
l'atmosfera è diventata elastica di divertimento e brividi da
contatto, attrazioni laterali che correvano per un reticolo
di sguardi e gesti.
A un certo punto il ragazzo tedesco non riusciva a trovare gli accordi di una canzone di Dylan, e la gente intorno
premeva con grida di sollecitazione; Guido si è fatto passare la chitarra, ha cominciato a suonarla, cantare nella sua voce aspra. Sapeva suonare, anche se non in modo straordinario: conosceva gli accordi, seguiva la canzone meglio di come avrei potuto farlo io che ci avevo provato per anni. Gli
ho chiesto quando aveva imparato; lui ha detto «L'anno
scorso», come se fosse la cosa più naturale del mondo. È andato avanti a inventare una piccola canzone a strofe baciate
in inglese; la gente intorno partecipava con cori stonati e
suggerimenti, rideva.
Le due ragazze svedesi sembravano già incuriosite da
Guido, seguivano i movimenti delle sue labbra. Una era leggermente porcina, ma l'altra graziosa come aveva detto lui,
con occhi azzurri vivaci e un piccolo naso lentigginoso, una
figuretta ben formata sotto i pochi vestiti. Guido ha ridato
la chitarra al tedesco e le è scivolato più vicino, le ha detto
qualcosa. Era la prima volta che lo ascoltavo parlare inglese
con uno straniero, dopo avergli sentito usare questa lingua
mille volte al liceo nella nostra comunicazione occulta. Pro-
nunciava con un accento americano disinvolto le parole che

142

aveva imparato dai dischi, in tono più incerto quelle che invece gli venivano dai libri; nell'insieme riusciva a esprimersi con molta più efficacia della ragazza svedese che rispondeva a piccole frasi scolastiche.

Presto sono venuti a contatto: lei si è sdraiata e gli ha appoggiato la testa sullo stomaco con la più grande naturalezza. Guido ha continuato a parlare, passare da un argomento all'altro su un'onda di improvvisazione libera. Quando non gli veniva un'espressione inglese se la inventava, andava avanti senza fermarsi. Pensavo a come era rassicurante la sua acutezza mentale in questo momento: come sembrava proteggere anche noi che gli stavamo intorno dalla scomodità e lo sgomento del viaggio, la sciatteria informe della vita.

Lui riusciva a non farsi isolare dalla sua attrazione per la ragazza svedese, stava attento a rivolgersi anche all'amica più brutta e a me. L'amica più brutta lo ascoltava attenta, ma appena lui smetteva di guardarla per più di qualche secondo i suoi lineamenti si irrigidivano in un'espressione risentita; Guido mi ha detto in italiano «Mario, fai qualcosa. *Parlale*, almeno».

E mi sono irritato all'idea di dovermi occupare dell'amica brutta per lasciargli via libera con la carina: avevo spesso rapide alternanze di sentimenti per la sua facilità naturale con le donne. Subito dopo mi è sembrata una reazione meschina, e mi sono messo a parlare all'amica brutta, farle osservazioni faticose sul clima e la geografia della Grecia. Lei non sembrava disposta ad accontentarsi di me in sostituzione: si è toccata la pancia, mi ha detto che se l'era rovinata la sera prima ad Atene con un fritto misto. Continuava a guardare Guido: la sua mano che adesso passava tra i capelli molto biondi e sottili della sua amica.

Siamo rimasti seduti sul ponte per ore, immersi nell'atmosfera dell'avvicinamento tra sconosciuti e la vibrazione della nave, la luce del sole man mano più arancionata e bassa sul mare. Poi è calata la notte, l'aria è diventata fredda e umida. Guido ha tirato fuori dalla borsa di tela il suo unico golf e l'ha porto alla ragazza svedese carina; lei se l'è infilato

143

con un piccolo sorriso di conquista. La ragazza svedese brutta non ha aspettato che facessi lo stesso gesto con lei: si è cacciata addosso una giacca impermeabile che aveva nello zaino, non ha più alimentato la nostra conversazione.

Il viaggio è continuato nel buio; i giovani viaggiatori si sono coperti come potevano, stretti ancora più uno all'altro per tenersi caldo. Si sentivano voci in molte lingue, parole e cadenze e timbri diversi; note deboli di chitarra, venature di hashish strapazzate dal vento di mare aperto, Guido e la ragazza svedese carina si sono baciati, le loro due figure seguivano il rollìo del ponte. La ragazza svedese brutta dormiva appoggiata di schiena al suo zaino, emetteva un rantolo gorgogliato dalla bocca aperta. Avrei voluto avere anch'io qualcuno che mi piaceva, ma non riuscivo più a distinguere le facce sul ponte: tutto quello che vedevo erano punti rossi di brace, riflessi di luna sull'acqua. Era una sensazione strana e intensa lasciarsi portare così alla ventura nella notte, lontani da tutto.

Poi una sirena ha suonato con violenza, mi ha strappato di soprassalto dal sonno. Tutto intorno le sagome scure dei viaggiatori rannicchiati hanno ripreso vita: molti si sono alzati lentamente e hanno raccolto i loro bagagli, si sono affacciati alle balaustre; altri hanno solo cambiato posizione. Stavamo entrando nel porto dell'isola di Chios, illuminato da lampioni che rivelavano facciate bianche di case e barche da pesca colorate, piccole figure di marinai in movimento sul molo.

La ragazza svedese brutta si è allungata a scuotere la sua amica stretta a Guido, le ha fatto segno che dovevano scendere. Guido ha guardato l'orologio, guardato verso di me, come uno strappato a forza da un'altra dimensione.

La ragazza svedese carina è saltata in piedi, ha detto «È qui che scendiamo». Ha tirato fuori da una tasca dei calzoni il biglietto, l'ha guardato in un alone di luce per esserne sicura.

Guido era costernato, non aveva avuto il minimo dubbio che andassero a Lesvos anche loro. Ha chiesto «Ma *perché?*».

La ragazza svedese carina sembrava incerta; ha parlato alla sua amica brutta per convincerla a cambiare programma. L'amica brutta si è concitata in frasi raspate e gutturali, ha detto credo che lei scendeva comunque. Forse il senso di esclusione che aveva provato con Guido l'aveva riempita di astio, perché evitava di guardarlo mentre si aggiustava le cinghie dello zaino.

La ragazza svedese carina si è girata verso Guido con uno sguardo di finta rassegnazione. Le luci del porto la rischiaravano da dietro, adesso che la nave aveva attraccato alla banchina: sembrava ancora più bionda e attraente, minuta nel golf che lui le aveva prestato. Era chiaro che si aspettava di sentirgli dire che allora scendevamo anche noi; vederlo raccogliere la sua roba.

Invece Guido le ha detto solo «Divertitevi», e aveva già un tono distaccato, in cui sarebbe stato difficile rintracciare dei sentimenti. La ragazza svedese carina l'ha guardato sorpresa, con le labbra che le tremavano, poi si è tolta il golf e gliel'ha ridato, si è messa in spalla lo zaino, è andata via con la sua amica brutta.

Quando la nave è ripartita i viaggiatori originari e quelli saliti a Chios si sono infilati nei loro sacchi a pelo, ritratti fino alla testa come bruchi nel bozzolo per proteggersi dal freddo e dal buio. Io e Guido abbiamo fatto lo stesso; ma non riuscivo a dormire, avevo la testa piena di sguardi che mi passavano davanti veloci. A un certo punto mi sono alzato, e ho visto Guido in piedi appoggiato al parapetto. Non sembrava che guardasse nessun punto particolare nel mare o nel cielo; non c'erano suoni, a parte il soffio continuo del vento.

Ventuno

Alle sei di mattina siamo arrivati nel porto di Mytilene a Lesvos, ancora mezzi addormentati, acciaccati dalla notte sul
ponte. La città era più grossa e brutta di come io e Guido ce
l'eravamo immaginata: già a quest'ora piena di traffici e attività rumorose, grida frenetiche. Siamo rimasti a studiarla
dall'alto, nessuno dei due molto di buon umore. Sembrava
che i viaggiatori più interessanti se ne fossero tutti scesi a
Chios e i più tristi avessero continuato il viaggio, sperduti
tra le famiglie greche che solo adesso sbucavano dalle loro
cabine. In breve i passeggeri dell'interno della nave hanno
invaso i ponti con le loro figure di mezza età, distribuito
dappertutto gesti e voci e figli e accessori. Guido li guardava, ed ero sicuro che pensava di aver scelto l'isola sbagliata
tra le centinaia di isole possibili.

Abbiamo recuperato la moto, caricato le nostre borse e i
sacchi a pelo; ci siamo fermati nella via del porto, incerti su
dove andare. Avrei voluto chiedere informazioni, o almeno
comprare una carta dell'isola, ma Guido ha detto «Andiamo a *caso*, ormai».

Così abbiamo mangiato uno yogurt in un bar e siamo
partiti verso nord-ovest senza nessun criterio. Presto eravamo lontani da qualunque abitato, su una strada piena di buche che attraversava la campagna brulla battuta dal sole.

Non ci dicevamo niente, ma avevamo credo in testa le stesse immagini del Pireo il giorno prima: le facce delle viaggiatrici e dei viaggiatori diretti a destinazioni affascinanti. Non riuscivamo a capire come eravamo potuti finire in questo deserto invece, polveroso e privo di vita.

Poi il paesaggio è diventato più bello: siamo saliti per un rilievo montagnoso verde di pini di Aleppo e querce; scesi lungo pendenze coperte da foreste di ulivi senza fine. Abbiamo guidato e guidato, con i piedi che ci scottavano per il riverbero del sole sull'asfalto, finché siamo arrivati in vista del mare. La strada seguiva i contorni di un golfo; ci ha portati davanti alla piccola cittadina antica di Mithimna, che si arrampicava da un porticciolo pieno di barche da pesca su per un monte roccioso, a dominare il mare e la pianura con le sue costruzioni. Guido ha detto «Forse non è così *male*».

Abbiamo lasciato la moto e siamo andati a vedere, ed era un posto molto diverso dagli assembramenti caotici di brutti edifici del Pireo e di Mytilene. Qui le sottili strade ciottolate salivano tra vecchie case a piani sporgenti di stile forse turco, costruite in legno e pietra e muratura bianca di calce; ogni angolo sembrava rivelare un'ombra diversa, un orientamento diverso rispetto al sole e al mare. C'erano glicini sui muri, piccoli vecchi bar da cui usciva una musica orientale cantilenata, negozietti che vendevano stoffe e sandali e bracciali e stringhe di cuoio. E ragazze e ragazzi stranieri che si aggiravano tra gli abitanti greci come se facessero parte del luogo, abbronzati e a loro agio.

Siamo saliti fino ai resti di una fortezza medioevale sopra la città, da dove si vedeva un grande tratto di costa. All'ombra di un carrubo una ragazza americana stava leggendo *Il grande Gatsby* a un ragazzone enorme dalla barba rossastra. Erano sdraiati uno di fronte all'altro, non si sono neanche accorti di noi mentre passavamo. Il sole batteva forte, ma l'ombra dell'albero era fresca, sembrava antica quanto le mura di pietra che avevamo intorno.

Quando siamo tornati giù attraverso il paese Guido ha detto «Magari uno rimpiange di aver perso qualcosa, e l'ha perso solo per trovare di *meglio*». Era il suo modo di orientarsi nella vita: scegliere in base a un segno tra le molte alternative e poi spostare la sua interpretazione mentre andava avanti. Sembrava ottimista come prima di partire, adesso; pieno di ansia di contatti e informazioni e sorprese.

Davanti al paese c'era un prato libero, dove alcuni viaggiatori avevano sistemato le loro tende e vecchie macchine e camioncini ridipinti, disteso sull'erba i loro sacchi a pelo. Guido ha trovato un angolo d'ombra che gli piaceva sotto un larice, ha detto «Abbiamo anche una base, porca miseria». Quattro o cinque ragazzi tedeschi d'aspetto paleocristiano stavano cantando sotto un altro albero, una ragazza dalle gambe forti lavava magliette in una bacinella e le stendeva ad asciugare sulla canna della sua bicicletta da corsa. Non abbiamo neanche pensato che fosse rischioso lasciare incustodita la nostra roba: c'era un clima troppo naturale perché degli oggetti potessero sembrare in pericolo.

Siamo andati in moto a cercare una spiaggia, ho fatto un bagno avido. Guido si è solo spruzzato addosso dell'acqua; ha detto che non aveva molta confidenza con il mare ma gli piaceva.

Di sera siamo saliti al paese. Nella luce che se ne andava le musiche si diffondevano tra le case antiche, ancora più vischiose e orientali del giorno. Straniere e stranieri giovani avevano cominciato a sedersi ai tavolini instabili di piccoli ristoranti all'aperto, con gli stessi scambi di sguardi e gesti che avevamo visto sulla nave. L'aria era densa di odori di spezie e olio fritto.

Io e Guido abbiamo fatto un giro delle stradette ciottolate, partecipi del posto adesso che avevamo una base e ci eravamo cambiati. Quando siamo tornati in giù i ristoranti erano già tutti affollati di stranieri colorati e vocianti. Tra i clienti di una taverna con terrazza abbiamo riconosciuto i due americani che di giorno leggevano *Il grande Gatsby* alle rovine del forte. Una coppia nordica ha lasciato il suo tavolino proprio vicino a loro; io e Guido ci siamo seduti.

Abbiamo ordinato il vino bianco e i piatti esotici che vedevamo portare agli altri: affascinati dai suoni e gli odori

149

dello scenario. Il vino era gelato, con un sapore pungente di resina di pino; l'abbiamo bevuto a sorsi lunghi, e da solo compensava il viaggio attraverso l'isola e il caldo della giornata, la delusione che ci aveva presi al porto.

Commentavamo le persone intorno con la tecnica che avevamo sviluppato a scuola; ma Guido era troppo intrigato per restare ai margini a fare osservazioni. Ha bevuto e guardato ancora, poi si è allungato verso la ragazza americana che leggeva al forte, le ha detto «È uno dei miei *cinque* libri preferiti».

Lei ha impiegato qualche secondo a capire di cosa parlava, si è messa a ridere, ha detto «Willie è così pigro». Willie era il ragazzone con la barba, ha fatto un cenno di saluto; lei si chiamava Rachel. Ci siamo presentati anche noi, timidi come poveri che assistono a un banchetto dalla finestra. Guido ha continuato a forzare la resistenza dei dati di fatto: ha chiesto se gli seccava che unissimo il nostro tavolino al loro. Loro hanno detto di farlo pure; lo abbiamo spostato, sul fondo di pietre irregolari.

Rachel ha spiegato che non erano americani ma canadesi; che lei faceva la corista e Willie l'accordatore di pianoforti. Willie ha chiesto cosa facevamo noi, e dato che mi guardava negli occhi puntandomi contro un dito enorme gli ho detto lo studente. Mi sono sentito subito un imbecille, senza giustificazioni anche se avevo due o tre anni meno di lui; avrei voluto ritrattare, ma lui già guardava Guido. Gli ha chiesto «E tu?» nella confusione di voci e gesti dagli altri tavoli, e ho pensato che in Italia questa domanda a una persona della nostra età era quasi offensiva, perché nessuno aveva l'occasione o la possibilità di fare niente. Guido ha detto «Io *scrivo*».

Rachel gli ha chiesto «Storie?», sorpresa quanto me. Guido ha fatto di sì con la testa, con appena una traccia di imbarazzo. Rachel adesso era interessata, gli ha detto «*Sembravi* strano, con quei capelli così corti». Guido le ha raccontato la storia del militare; ogni tanto si impuntava su termini che non aveva mai usato in una vera conversazione in inglese.

Rachel e Willie erano a Mithimna da quindici giorni e avevano l'aria di essere a casa loro, conoscevano quasi tutti gli stranieri ai tavolini intorno. Guido ha chiesto chi era una brunetta carina seduta subito dietro di noi insieme a una ragazza dalla faccia ovale e a due tipi dall'aspetto di musicisti rock. Willie ha detto che erano americani, tranne la ragazza dalla faccia ovale che veniva dalla Scozia: i due ragazzi si chiamavano Nick e Theo ed erano fratelli, Nick aveva fatto il tecnico del suono per i Rolling Stones e suo fratello l'elettricista. La brunetta carina si chiamava Louise e stava con Nick e lavorava in un ristorante a Boston; la scozzese di nome Tricia studiava geologia.

Queste informazioni si confondevano nella lingua che non capivamo benissimo, ma Guido sembrava ancora più incuriosito; ha cominciato a insistere con Willie perché andasse a chiedergli di unire il loro tavolino al nostro. Alla fine Willie si è fatto convincere e gliel'ha chiesto: gli americani e la scozzese hanno guardato verso di noi con diffidenza; hanno spostato il loro tavolino.

Guido ha fatto a Nick domande sul suo lavoro. Nick si è messo a raccontare dei concerti che aveva seguito l'anno prima, e ogni sua parola aveva il ritmo che io e Guido avevamo ammirato per anni nelle canzoni e i film e i libri americani: la facile elasticità naturale di chi viene dal centro del mondo. Louise e Theo aggiungevano frasi rapide che non riuscivo bene a decifrare, ma altrettanto suggestive e attraenti. Guido era affascinato quanto me dai nomi di luoghi e di persone che riconoscevamo; dai suoni delle loro voci, il loro modo di ridere. Ci sembrava che avessero una quantità incredibile di informazioni dirette su tutto quello che avevamo cercato di conoscere dal nostro punto di vista periferico, sforzandoci di superare i filtri delle traduzioni e delle interpretazioni e dei doppiaggi.

Loro se ne rendevano conto benissimo e ci giocavano: parlavano come se fossero padroni della musica e dell'arte figurativa e del cinema e della letteratura; di ogni artista americano che avevamo sentito o visto o letto da quando eravamo ragazzini. Willie e Rachel cercavano di mostrarsi

151

altrettanto al corrente, ma Nick non perdeva occasione di mettere in luce la loro relativa marginalità. Tricia era poco meno periferica di noi, l'unico vantaggio le veniva dalla lingua quasi comune.

Continuavamo tutti a bere vino resinato, e la comunicazione diventava più confusa ma anche più leggera, seguiva percorsi sempre meno lineari. Guido a un certo punto si è accorto di due ragazze molto carine sedute da sole a un tavolino, ha chiesto a Willie se le conosceva. Willie ha detto di sì, erano due francesi di Lione e si chiamavano Anne e Jeannette. Nick e Theo si sono messi a ridacchiare, fare battute sugli italiani e la loro tendenza alla seduzione. Guido si è alzato ed è andato dalle due ragazze francesi, le ha invitate alla nostra tavolata. Loro ci hanno pensato su qualche secondo; sono venute, ci siamo stretti tutti per fare spazio.

Adesso eravamo dieci e ben mescolati, l'atmosfera si è caricata ancora di attrazioni e curiosità. Nick continuava ad assumere atteggiamenti da conoscitore del mondo, raccontava episodi suggestivi. Guido sembrava intimidito di fronte a lui; interveniva solo ogni tanto con poche parole di cui si sentiva sicuro. Poi ha cominciato a farsi avanti, giocare contro la difficoltà della lingua non sua che gli tratteneva l'energia nelle parole, e poco alla volta ci è riuscito. Le donne della tavolata l'hanno guardato più spesso e con più attenzione, colpite dal calore inatteso nella sua voce.

Nick è diventato competitivo: ha alzato il ritmo di ogni frase, cercato di estendere il suo raggio di argomenti. Ha raccontato che era stato in Italia l'anno prima e l'aveva trovata pittoresca, popolata di personaggi da commedia. Ha detto «Buongiorno buonasera signore» in una caricatura di accento italiano.

Guido gli ha ribattuto «L'Italia è stata *distrutta* dai ladri che abbiamo al governo da trent'anni. A voi sembra ancora pittoresca perché venite a cercare cartoline *tridimensionali*, e alla fine riuscite a trovarle, anche se deteriorate e sommerse dallo schifo».

Nick è rimasto sorpreso da questa improvvisa aggressività, non riusciva a capirne l'origine. Ha cercato di restare incurante; detto «Non ho visto nessuno schifo, la pizza era buonissima».

«Siete così pieni di *luoghi comuni*» ha detto Guido. «Semplifica la vostra visione del mondo». Il suo inglese tendeva a irrigidirsi invece di seguire le intenzioni ironiche della sua voce, faceva apparire i suoi sentimenti molto più netti di com'erano. In realtà era affascinato da Nick; dalla sua perfetta buona fede americana.

«Chi intendi per voi?» ha chiesto Nick, sulla difensiva adesso.

«Ha ragione» ha detto Louise, dalla parte di Guido per puro istinto. «Parli sempre di cose che non conosci.»

Nick era spiazzato, ha detto «Io non volevo offendere nessuno».

Ma Guido non era affatto offeso: gli ha sorriso, versato da bere; ha detto «Di solito è proprio quando non si conoscono le cose che se ne *parla*». Il vino resinato continuava a dilatare ogni scambio di frasi, dare sentimenti a ogni occhiata.

Io seguivo l'onda, e ogni tanto mi sembrava impossibile essere così dentro all'intreccio di parole straniere: era la prima volta che mi sentivo davvero autonomo dalla mia famiglia e dalla mia città e dal mio paese, libero di assorbire quello che mi incuriosiva del mondo.

Ho cominciato a parlare con Jeannette, versarle vino resinato, e mi sono reso conto che aveva una faccia molto bella dagli occhi color nocciola, un collo lungo e sensuale. Le ho chiesto perché aveva deciso di venire qui di tutti i posti; lei mi ha raccontato che si era lasciata con il suo ragazzo dopo tre anni che stavano insieme e Anne aveva fatto lo stesso con il suo, erano andate in un'agenzia e avevano prenotato a caso una nave per Lesvos. Le ho detto che stare seduti a parlarci in questo momento era una delle possibilità meno probabili che mi fossero capitate. Lei mi ha chiesto cosa intendevo, e ho cercato di spiegarglielo. Parlavamo parte in italiano e parte in inglese e parte in francese, ma la nostra vera comunicazione era su un piano molto più fisico; avremmo potuto anche solo guardarci e muovere la bocca.

153

Siamo rimasti al ristorantino sulla terrazza per ore, finché i fumi speziati e fritti della cucina si sono dissolti e tutta la gente agli altri tavolini se n'è andata e le musiche ipnotiche di bouzuki si sono spente, il padrone è venuto a farsi pagare e portare via i bicchieri. Ma eravamo un piccolo branco legato da fili di tensioni diverse, ormai; siamo saliti lenti per la stradetta acciottolata a un punto da dove si vedeva il mare. Guido raccontava ad Anne e Louise di Byron a Missolungi per la guerra di liberazione greca; non riuscivo a distinguere bene la sua voce perché ero troppo intento a parlare con Jeannette.

Poi è stato molto tardi, non c'era più un suono nel paese. Willie e Rachel hanno detto che se ne andavano a dormire, e nel giro di due minuti il piccolo branco si è disperso in varie direzioni. Nick ha quasi strappato Louise via da Guido; gli ha detto che era stato un piacere conoscerlo. Suo fratello Theo è andato via con Tricia la scozzese: le ha messo un braccio intorno alla vita, lei gliel'ha scostato prima che scomparissero alla nostra vista dietro un angolo.

Io e Guido siamo tornati in basso con Anne e Jeannette, fino alla casa dove loro avevano una stanza in affitto. Siamo rimasti fermi nella stradetta ormai deserta, mi sembrava senza più una percezione precisa dello spazio e delle distanze. Cercavo di spiegare a Jeannette che il suo collo mi aveva colpito molto e lei rideva, poi ho visto Guido e Anne che si baciavano a ridosso di un muretto. E come altre volte il suo esempio mi ha fatto uscire dallo stato contemplativo in cui ero sospeso: mi ha spinto a baciare Jeannette sul collo e seguirla mentre indietreggiava, baciarla sulla bocca.

Mi sono perso nel sapore delle sue labbra, nell'idea che solo poche ore prima non ci conoscevamo nemmeno; l'idea di quanto doveva essere lunga la catena di possibilità improbabili che ci aveva portato a contatto. Pensavo anche alla noia degli ultimi due anni con Roberta, a come mi ci sarei rassegnato se non fosse stato per Guido, e questo pensiero mi faceva sentire la bocca di Jeannette come il passaggio a un mondo di sensazioni dove avrei voluto vivere per sempre.

Non so quanto siamo rimasti in questo stato di confusione semiliquida; a un certo punto Guido ha detto «Noi andiamo giù, la camera tenetevela voi». Mi ha fatto un cenno perso tra gli altri movimenti della situazione; è andato via per la stradetta in pendenza sottobraccio ad Anne.

Io e Jeannette siamo scivolati dentro il portoncino e su per le scale, dentro la camera piena di vestiti sparsi; in un letto dalla rete cigolante che ha ondeggiato sotto di noi. Continuavamo a ridere e guardarci a minima distanza, toccarci attraverso i vestiti come due bambini cresciuti, mossi da un'attrazione del tutto priva di sentimenti malinconici.

Le ho sollevato la gonna di cotonino greco, e la sua pelle era incredibilmente calda per tutto il sole che aveva assorbito. Le ho sfilato le mutandine, e non c'era nessun segno di costume: la curva liscia della sua pancia scendeva tra i piccoli peli dell'inguine senza interruzioni.

Ventidue

Il mattino dopo Anne è venuta a bussare alla porta, dire che doveva cambiarsi. Jeannette è saltata in piedi, molto più sveglia di come mi immaginavo, è andata nuda ad aprirle senza darmi il tempo di infilarmi i calzoni. Si sono scambiate sguardi cifrati e parole in francese a bassa voce, messe a frugare tra le loro cose sparse in giro.

Mi sono vestito a fatica e sono andato verso la porta stravolto dalla notte e dal vino; dal sapore di Jeannette, le sensazioni tattili ancora vive.

Lei mi ha detto di aspettarla al ristorantino della sera prima per fare colazione insieme; ha detto «Non sparire», come se anche questa fosse una possibilità. Le sono rimasto a due passi, in attesa di un bacio o un abbraccio ma lei mi ha solo strizzato l'occhio, allegra e distratta.

Sono sceso per le scale, e appena fuori il benessere che mi avvolgeva si è ritirato e mi ha lasciato scoperto, esposto d'improvviso allo sgomento. Lo sguardo di Jeannette mentre uscivo dalla stanza mi è sembrato pieno di egoismo e indifferenza: questa impressione ha riattraversato in un attimo la mia memoria confusa della notte, fino a quando ancora ci stavamo parlando sotto casa. Ho fatto qualche passo cieco per la stradetta, spaventato dalla luce e dal suono straniero delle voci e dall'architettura orientale delle case: dalla situa-

157

zione senza confini o margini riconoscibili. Mi è venuto l'impulso di risalire le scale di corsa e battere come un pazzo alla porta di Jeannette per chiederle rassicurazioni; prendere la prima nave e scappare da Roberta a rifugiarmi nella sua noia ben conosciuta.

Poi ho visto Guido seduto a un tavolino del piccolo ristorante con la terrazza, e la sua fisionomia amica ha rallentato la corsa dei miei pensieri, li ha fermati.

Aveva l'aria di non aver dormito per niente, ma era di buonissimo umore, felice di essere qui. Il padrone del ristorante è venuto a chiedere cosa volevamo; Guido gli ha parlato come se lo conoscesse da sempre, ha chiesto caffè turco per due. Era incantato da tutto quello che avevamo intorno: i materiali e le forme e gli odori della piccola città antica sul mare. Mi ha chiesto «Non è *incredibile?*». Gli ho detto di sì; mi chiedevo solo se sarei mai riuscito ad acquistare una stabilità interiore simile alla sua, un baricentro non suscettibile al minimo ondeggiamento di umori.

Il padrone del ristorante è tornato con i caffè su un vassoio, e due grandi bicchieri d'acqua gelata. Guido l'ha ringraziato in greco: ha detto «*Efkaristò polì*». Gli ha chiesto come si chiamava, e lui ha detto Costas. Guido ha detto il suo nome, scambiato con lui qualche osservazione sulla bellezza del luogo, a gesti e parole miste. Pensavo che forse era il fatto di non aver mai posseduto niente a lasciarlo così libero di fronte al mondo; essere cresciuto senza il peso di aspettative sociali e strutture familiari, ruoli da ereditare.

Mi ha raccontato che lui e Anne avevano passato ore a guardare il cielo notturno, sdraiati nel prato sotto il paese. Ha detto «Riuscivamo a distinguere tutte le costellazioni, non mi era mai capitato di vederle così *chiare*». Non mi ha spiegato niente di com'era andata tra loro, né ha voluto sapere di me e Jeannette. Pensavo che non saremmo mai arrivati a una vera confidenza diretta su queste cose; che non era nella natura della nostra amicizia.

Poi sono arrivati Willie e Rachel, e Anne e Jeannette cinque minuti dopo; Nick e Louise e Theo con un filone di pane caldo appena comprato al forno più sopra. Tricia ci ha raggiunti per ultima, affannata come se avesse paura di restare esclusa dal gioco. L'atmosfera del gruppo si è ricostituita mentre facevamo colazione: le battute da molti punti di vista, le piccole provocazioni incrociate, le curiosità culturali e fisiche. Jeannette mi ha sorriso due o tre volte, e anche offerto una fetta di pane e miele, ma era difficile cogliere i segni di un vero legame nel suo modo di fare. Sembrava interessata agli altri quanto a me, mentre parlava e sorrideva, cambiava posizione e sguardo, sicura di sé e del suo corpo. La sua amica Anne era senza paragoni più sbilanciata verso Guido, gli stava attaccata anche se lui continuava a guardare Louise.

Ho pensato che dovevo evitare di farmi trascinare dai sentimenti; mi sono lasciato chiudere in una conversazione con Willie sull'accordatura dei pianoforti, ma la mia attenzione tornava verso Jeannette ogni pochi secondi.

Quando ha cominciato a fare molto caldo abbiamo deciso di andare al mare. La spiaggia più bella era a due o tre chilometri dal paese, così il gruppo si è avviato a piedi per una strada sterrata, io sono andato avanti e indietro con la moto portando una persona alla volta. In mezz'ora eravamo tutti sulla spiaggia, nudi tra i ciottoli grigi e l'acqua cristallina. Le nostre conversazioni si interrompevano ogni volta che qualcuno correva a buttarsi in mare; cambiavano forma e direzione a seconda di chi restava, chi si allontanava e avvicinava. C'era una tensione continua tra noi, fatta di contatti molteplici, e nemmeno la forza del sole riusciva ad attenuarla.

Jeannette scivolava dentro e fuori dall'acqua come una creatura marina, levigata e sfuggente. Mi tuffavo dietro di lei, cercavo di stringerla intorno alla vita e farla ridere come la notte prima, tra strilli e spruzzi e immersioni improvvise. Lei mi dava un bacio sulle labbra, e subito dopo sgusciava via, tornava al gioco più complicato del gruppo con la stessa gioia fisica che aveva nel nuoto.

Verso le due abbiamo mangiato pane e formaggio di capra che ci eravamo portati dal paese, pomodori sciacquati in mare. Willie si è arrampicato tra le rocce dietro la spiaggia ed è tornato con il suo berretto da baseball pieno di fichi, li ha distribuiti come se fosse un rito familiare di ogni giorno. Ed eravamo davvero diventati una specie di famiglia, molto recente e instabile, divertita di se stessa e ancora incerta sui ruoli da distribuire. I pochi altri stranieri lungo la grande spiaggia ci guardavano da lontano con curiosità, avrebbero voluto credo essere come noi.

Guido si è messo a leggere ad alta voce da un libro inglese sulla fine degli Incas. Quando è arrivato alla descrizione di un massacro organizzato da Pizarro alle porte di Cuzco ha cominciato a interrompersi per la rabbia ogni poche frasi. Aveva questa capacità di indignarsi sui libri di storia, non gli era passata affatto.

Le ragazze e Willie si sono lasciati coinvolgere con altrettanta passione; Nick e Theo sono andati a tirare sassi piatti in mare, farli rimbalzare sulle piccole onde. All'orizzonte si vedeva la costa turca, da dove ogni tanto arrivavano echi lontani di esplosioni. Siamo rimasti a parlare e sentir leggere e tuffarci in acqua finché il sole non ha cominciato a scendere e l'aria a rinfrescarsi; ho ripreso la mia staffetta in moto e riportato tutti al paese, due per volta adesso.

La sera abbiamo cenato insieme come la sera prima, poi siamo andati a ballare in un posto nella piana dove suonavano a volume più alto la stessa musica orientale che usciva da ogni bar e ristorantino di Mithimna. Eravamo ubriachi di nuovo, cotti dal sole e dal mare, eccitati dalla situazione aperta, dalle sue possibili trasformazioni. Guido ballava con Louise e con Anne, con Jeannette scatenata, con Tricia goffa ma piena di risorse atletiche. Gli altri uomini del gruppo cercavano di non essere da meno, saltavano e muovevano le braccia in competizione con lui. Anch'io mi sono buttato nella mischia; ho cercato di stringere da vicino Jeannette, ravvivare il suo interesse.

Quando siamo risaliti al paese erano le tre passate e facevamo fatica a reggerci in piedi; ci siamo salutati senza quasi più forze. Anne e Guido sono andati in una seconda stanza che avevano trovato in affitto nella stessa casa, io e Jeannette in quella della notte prima. Abbiamo fatto l'amore di nuovo, ma questa volta i sentimenti malinconici assediavano ogni mio gesto. Quando ho cercato di spiegarglielo lei ha detto «Non ho voglia di legarmi a nessuno per un bel po'», con un sorriso grazioso ma duro. Ero troppo trascinato dalle mie sensazioni per lamentarmene davvero.

I giorni seguenti si sono mescolati nella mia memoria come un'unica successione di parole inglesi e letture di libri ad alta voce e nuotate e camminate sotto il sole e sotto le stelle, sapori di vino resinato e di formaggio di capra, musica di bouzuki e corpi nudi di ragazze e sguardi stranieri diventati familiari, e ancora parole e parole sulle diverse forme del mondo, alimentate a molte voci fino nel cuore della notte. Non avevo mai dormito così poco in vita mia, non mi ero mai sentito così sveglio e attento e irrequieto. Ogni tanto pensavo alle mie estati prima di questa, e non riuscivo a credere di aver lasciato scorrere via il tempo in modo così stupido e passivo.

Di Roberta non mi ricordavo quasi; quando mi tornava in mente sembrava lontanissima, parte di un passato di luoghi e persone e stati d'animo che avrei voluto dimenticarmi per sempre. A volte me la immaginavo nella sua agenzia di pubblicità, tutta presa in rapporti con grafici e copywriter e amministratori e clienti, puntuale e nervosa e professionale, e mi chiedevo cosa aveva potuto tenerci insieme per due anni e mezzo. Cercavo di pensare a una scusa per annullare il nostro appuntamento ai primi di agosto: le parole da scrivere nel telegramma.

Guido continuava a chiedere informazioni a Louise e Nick e Theo sulla vita in America e sui loro lavori, le case dove abitavano e la musica che ascoltavano e il cibo che mangiavano. Non sembrava mai appagato dai dettagli che gli fornivano; cercava descrizioni ancora più precise, nitide fin nei minimi angoli. Stava raccogliendo dati per emigrare, con una vera ansia da emigrante.

Anne e Louise e Jeannette e Tricia erano colpite dalla sua mancanza di legami con i luoghi, il suo modo di andare in giro senza certezze né forti attitudini nazionali. Avrebbero voluto credo proteggerlo, arginare l'irrequietezza che lo rendeva così provvisorio qualunque cosa facesse. I ragazzi avevano verso di lui la stessa miscela di curiosità e gelosia dei nostri vecchi compagni di liceo, lo stesso sospetto per come sembrava sottrarsi alle regole che conoscevano. Malgrado tutti i discorsi e la vicinanza fisica e il tempo che passavamo insieme, erano molto meno in confidenza con lui delle ragazze, e questo li lasciava smarriti, incapaci di classificarlo.

Una volta Nick ha cercato di costringerlo a parlare del suo lavoro: gli ha chiesto chi era il suo editore, che cosa esattamente scriveva. Guido ha detto che non aveva mai pubblicato niente; si è messo a raccontare una storia a cui stava pensando, incredibilmente simile alla nostra di quel momento.

La chimica del nostro gruppo era irregolare come il carattere di Guido, seguiva i suoi continui slittamenti di interesse, le sue concentrazioni e i suoi vuoti improvvisi. Capitava che un giorno lui e Willie fossero molto vicini, complici in un'ostilità ironica verso gli americani, e il giorno dopo non si parlassero neanche, Guido mi dicesse che non sopportava la sua lentezza interiore. Una sera Louise e Tricia si confidavano come vecchie amiche, e la sera dopo erano piene di scatti irritati appena si incrociavano. Anche Nick sicuro di sé fino all'arroganza e Theo protetto dalla distrazione finivano per calibrare i loro modi di essere su quello di Guido; dipendere da lui per un equilibrio d'insieme.

Guido dormiva con Anne, ma non era difficile capire che cominciava a sentirsi stretto dalla sua assiduità. In realtà tutte le cinque donne del nostro gruppo lo attraevano in modo diverso: Louise perché era americana, Jeannette perché era istintiva e indifferente, Rachel per la sua intelligenza più matura, Tricia per il suo aspetto sobrio da studiosa sotto cui forse si nascondevano passioni dormienti.

Lui non faceva nessun tentativo esplicito di sedurle, non metteva avanti frasi o gesti di richiamo; ma questo finiva solo per aumentare il suo interesse ai loro occhi. Le nostre giornate hanno perso forma poco alla volta, e con loro i nostri rapporti, sono diventati difficili da controllare.

Una notte eravamo intorno a un fuoco nel prato sotto il paese, ad ascoltare Nick e un danese che suonavano la chitarra, e Guido mi ha chiesto se poteva prendere la moto per fare un giro. Ha detto che ne aveva già guidate in passato, ma lo stesso tutto il gruppo ci ha seguiti sulla strada mentre gli spiegavo alla luce della luna come si faceva. Lui è andato avanti e indietro due o tre volte, tra le risa e i commenti generali: se la cavava abbastanza bene, anche se strappava la frizione e tirava troppo le marce.

Alla fine ha girato la moto e chiesto chi voleva andare con lui, e Jeannette ha subito detto «Io», è saltata in sella prima che nessuno potesse farci niente. Guido è partito di scatto, divertito come un ladro; ha gridato «Non aspettateci!».

Invece li abbiamo aspettati, e alle due passate non si erano ancora visti. Nick cercava di sminuire la cosa con la sua aria scafata: aspirava da una sigarettina di hashish, diceva «Si vede che si divertono». Ma Anne era fuori di sé dall'agitazione, e anche le altre ragazze erano nervose finte preoccupate di un possibile incidente.

Io non riuscivo a credere che Guido potesse portarmi via la ragazza sotto gli occhi in questo modo, e allo stesso tempo sapevo fin dall'inizio che sarebbe successo: dalla prima sera quando lui era andato a chiedere a lei e Anne se volevano unire il loro tavolino al nostro. Avevo osservato per giorni i loro sguardi quando si passavano vicini il variare dei timbri delle loro voci, l'insofferenza di Jeannette ogni volta che cercavo di prenderla da parte o baciarla con Guido vicino. Mi ero fatto intrappolare come tutti nel gioco di attrazioni e l'avevo considerato naturale; non avevo mai tentato di contrastarlo.

Ma adesso era proprio l'inevitabilità della cosa a sembrarmi intollerabile, riempirmi di angoscia e rabbia. Speravo che la benzina finisse prima che potessero arrivare da qualunque parte; che Guido cambiasse idea. Anne ha cominciato a dire che avremmo dovuto andare a cercarli: ripeteva «È successo qualcosa» nel suo inglese di gola e guardava l'orologio, e ci potevamo immaginare tutti cosa.

Siamo andati lo stesso in piccolo branco per la strada che Guido e Jeannette avevano preso, abbiamo fatto mezzo chilometro inutile tra i campi pieni di grilli e siamo tornati indietro. Eravamo stravolti dalla stanchezza, intorpiditi dal vino e dal fumo e dalla giornata di sole violento. Nick ha detto «Saranno già su a dormire da un pezzo», ma era solo quello che avrebbe voluto per sé.

Quando siamo risaliti al paese la mia moto non si vedeva, le nostre due stanze in affitto erano vuote. Siamo rimasti ancora nella stradetta, parlando di musica e viaggi in toni ormai disfatti; poi Willie e Rachel e Nick e Louise e Theo e Tricia se ne sono andati a letto, spariti a coppie in direzioni diverse. Guido mancava da poche ore e il gruppo già cominciava a perdere coesione, gli impulsi che lo tenevano insieme erano già meno intensi.

Io e Anne siamo saliti alla camera che era stata sua e di Jeannette prima che io e Guido arrivassimo; per ore a spostarci tra il letto e la finestra, sconvolti e inutili come parenti di vittime di un disastro aereo.

Mi sono svegliato alle otto: tutta la gelosia e l'angoscia mi sono tornate nel sangue in un istante. Anne era sulla porta con una faccia rabbiosa a questo punto, ha detto «Io vado a fare colazione».

Siamo scesi insieme al piccolo ristorante, e seduti a un tavolino c'erano Guido e Jeannette che mangiavano yogurt con l'aria più naturale del mondo. Ci hanno sorriso, fatto cenni di saluto.

Per un attimo ho provato sollievo di fronte alla loro cordialità, ma si è dissolto appena ho visto come erano complementari le loro posizioni: il flusso di attrazione fisica che li teneva vicini. Anne ha detto «Pensavamo che foste morti. Potevate anche avvertirci». I suoi sentimenti le si riversavano senza controllo nella voce, gliela facevano vibrare in modo patetico.

Guido ha spiegato che avevano trovato una spiaggia bellissima più a nord della nostra solita ed erano rimasti lì a dormire. Parlava come se non ci fosse assolutamente niente da nascondere; come se non avesse mancato a nessun patto né tradito nessun impegno.

Jeannette continuava a mangiare il suo yogurt, ma a vederla da vicino non sembrava naturale come Guido. Evitava di guardarmi in faccia, fingeva di essere molto interessata al suo cucchiaino. Avrei voluto riempirla di botte, farle pagare i sentimenti guasti di una notte intera.

Ma Anne era ancora più furiosa di me: le ha detto in francese «Ti vorrei parlare un attimo». Jeannette ha fatto finta di non sentirla, e lei l'ha presa per un braccio e strattonata in piedi; si sono fronteggiate a gesti e parole vicino al muretto di pietra che dava sulla pianura.

Guido si è alzato per intervenire, ma ha visto con che faccia lo guardavo io; mi ha chiesto «Cos'è successo di così *drammatico*?».

Avrei voluto rispondergli con ironia o almeno con un minimo di distacco, e invece la voce mi si è riempita di rabbia incontrollata peggio di Anne: gli ho detto «È successo che sei un bastardo senza il minimo scrupolo e non ci pensi un attimo a portarmi via la ragazza sotto gli occhi con la mia moto per di più, il giorno dopo mi saluti tutto cordiale e sorridente come se non ti passasse neanche per la testa di aver fatto una cosa orrenda».

Lui mi fissava con uno sguardo sconcertato; mi ha chiesto «Perché devi *tradurre* tutto in questi termini, anche tu? Sono solo andato a fare un giro, e Jeannette è venuta con me e siamo rimasti fuori. Non c'era nessun *disegno* di nessun genere».

Gli ho gridato «È inutile che fai finta di essere così perfettamente candido verso il mondo, quando ti prendi tutto quello che vuoi come se ti fosse dovuto». Lo incalzavo da vicino con una voce esasperata, ma in realtà il suo sguardo aveva già minato la mia rabbia, me l'aveva trasformata in tristezza.

Guido ha detto «Non c'è niente di così *terribile*, Mario. Jeannette non ha mai detto di essere la tua ragazza, non ho mai portato via nessuno a nessuno».

Poi sono arrivati Rachel e Willie, e mi è sembrato di vedere la scena attraverso i loro occhi: io e Anne che aggredivamo Guido e Jeannette nella piazzetta del ristorante come in una commedia mediterranea in costume. Anche Anne deve averci pensato, perché ha lasciato stare Jeannette; ci siamo seduti tutti al tavolino, abbiamo ordinato yogurt e caffè a Costas che ci guardava curioso.

Ma non mi sembrava di avere più i mezzi per tornare all'atmosfera dei giorni prima: mi sentivo solo, danneggiato dalle circostanze; escluso dai pensieri di Jeannette e perfino dal suo campo visivo. Lo sgomento mi ha invaso ancora più forte del primo mattino che ero sceso in strada dalla sua camera, e questa volta vedere Guido invece di rassicurarmi peggiorava le mie sensazioni.

Sono rimasto seduto al tavolino mentre gli altri intorno ritessevano i loro rapporti in termini appena diversi, e mi è venuta una voglia disperata di essere con Roberta stabile e sicura. Ho pensato che era il primo di agosto e lei probabilmente se n'era già andata in vacanza per conto suo; mi sono riempito di nuova angoscia all'idea di non averla mai chiamata in tutto questo tempo, preso com'ero nel gioco eccitante e pericoloso delle possibilità parallele.

Così sono saltato in piedi, corso all'ufficio postale dove ero stato giorni prima insieme a Rachel che doveva ritirare un vaglia. L'ufficio era piccolo e pieno di fumo, c'erano solo due cabine e una doppia coda di persone in attesa. Ho aspettato il mio turno, continuavo a ripetermi il numero di Roberta a Milano. Ero frenetico di rintracciarla e raggiungerla subito, sottrarmi al vuoto che mi risucchiava.

Alla fine sono riuscito a telefonare; lei ha risposto dopo solo due squilli, mi ha detto «Si può sapere dove diavolo sei? Sono dieci giorni che aspetto di sentirti».

Ed è curioso, perché la sua voce familiare ha dissolto la mia angoscia e la voglia di vederla nello stesso momento. Mi sono reso conto che chiamarla era stato un gesto di viltà e una rinuncia, come fuggire dalla mamma nel mezzo di una festa solo perché non è facile parlare a gente che non si conosce.

166

Ma era tardi per rendermene conto: Roberta ha detto «Arrivo all'aeroporto di Atene domattina alle undici e cinque, ci vediamo a mezzogiorno davanti all'ufficio informazioni del Pireo».

Avrei voluto spiegarle che non ero sicuro di andarci; che il suo tono da giovane professionista milanese nervosa ed efficiente me ne aveva fatto passare la voglia. Ma lei mi aveva già chiesto due volte se avevo capito, aveva già chiuso la comunicazione. Subito fuori dall'ufficio ho incontrato Nick e Louise che scendevano al ristorantino con il pane caldo; quando gli ho detto che dovevo partire e ho visto la loro faccia sorpresa mi sono sentito come un coscritto trascinato via dalla sua terra.

Anche Guido e gli altri nella piazzetta ci sono rimasti male; Guido mi ha chiesto «Non potevi almeno dirle di raggiungerci qui?». Sapeva benissimo che Roberta non avrebbe avuto niente a che fare con il nostro gruppo, ma era davvero dispiaciuto che me ne andassi, aveva uno sguardo triste.

E Rachel e Tricia e Willie e Louise e Theo e Anne e perfino Nick e Jeannette hanno cercato di convincermi a restare, ritelefonare a Milano e mettermi d'accordo in un altro modo. Mi dicevano «Non puoi andartene così» o «Non ci puoi lasciare, Mario». Non mi ricordavo che mi avessero mai chiamato per nome; ma nemmeno io l'avevo mai fatto con loro.

Di colpo mi è sembrato di essere tra persone che mi volevano bene ed erano interessate a me, al centro di un circolo di sentimenti vivi e sorprese possibili e risorse inaspettate. Mi è sembrato di non essermi dato minimamente da fare fino a quel momento, aver aspettato inerte che fossero gli altri a uscire allo scoperto. Avevo seguito Guido nella sua scia, dato per scontato che fosse lui ad aprire la strada e stabilire i contatti e prendere tutte le iniziative difficili, e appena ero riuscito ad andare a letto con Jeannette mi ero attaccato a lei come un risparmiatore al suo deposito bancario. Mi sono vergognato di essermi lasciato sopraffare dallo sgomento alla prima contrarietà, essere uscito dal gioco. Avrei voluto tornare a dieci minuti prima, cancellare la telefonata a Roberta e rituffarmi nella mischia, restarci finché era possibile.

Rachel mi ha accompagnato all'ufficio postale, e lungo la strada non capivo come avevo potuto non accorgermi di quanto era affettuosa e intelligente e carina, nel suo vestitino greco a righe sottili. È rimasta con me in coda, ha aspettato fuori dalla cabina mentre cercavo di telefonare; ma non riuscivo a prendere la linea, ho provato cento volte di seguito senza risultati. Avevo la testa piena di immagini delle nostre colazioni sulla terrazza e gli spostamenti a staffetta verso la spiaggia, i discorsi senza fine e le notti tirate in lungo, le attrazioni molteplici che percorrevano ogni gesto: mi distraevano al punto di farmi formare il numero sbagliato.

Ho dovuto cedere la cabina a un signore greco che aspettava furioso; quando ho riprovato e preso finalmente la linea Roberta non era più in casa. Me la sono vista all'agenzia che ritirava il biglietto d'aereo; per strada che confermava sull'agendina l'ora precisa del nostro appuntamento senza passione.

Rachel era desolata, ha insistito perché riprovassi più tardi. Ha detto «Vedrai che la trovi, ci sono ancora un po' di ore». Lo stesso siamo passati a chiedere quando partiva la nave per il Pireo, e partiva alle sette.

Gli altri hanno voluto andare alla spiaggia più vicina e brutta per non lasciarmi indietro. Ho fatto qualche bagno nervoso con loro, e ogni scambio di parole e di sguardi aveva una qualità irripetibile, mi prendeva allo stomaco. Jeannette cercava di stare attaccata a Guido, ma lui non la guardava quasi, sembrava molto più interessato a Louise. La sua fuga in moto nella notte aveva scombinato tutti i rapporti nel gruppo, perché Nick adesso faceva la corte ad Anne, e Tricia era attratta da Willie, Rachel mi veniva vicina con i capelli sgocciolanti. Avevo la sensazione irreale di essere lì ed essere già partito, e questo rendeva incredibilmente acuta la minima oscillazione di stati d'animo.

Alla una sono risalito in paese sotto il sole a picco, e l'ufficio postale era chiuso. Avrei dovuto saperlo, ma ero preso in una corrente di inevitabilità che mi portava via; i miei tentativi di reagire erano deboli e incoerenti. Continuavo a pensare di lasciar perdere Roberta e il nostro appuntamento al Pireo senza neanche dirglielo; ero sicuro che sarebbe riuscita a organizzarsi un'altra vacanza, non era il tipo da spaventarsi di fronte a imprevisti di questo genere.

Invece sono salito in camera a fare i bagagli, con un debole compiacimento autodistruttivo alla vista delle cose di Jeannette ancora sparse in giro. Ho pagato il conto alla signora greca, le ho spiegato che i miei amici restavano: cortese e distaccato come uno che sta per chiudersi fuori dalla vita.

Non avevo voglia di salutare nessuno, solo l'idea di tornare alla spiaggia a fare un giro di abbracci e strette di mano mi riempiva di tristezza senza fondo. Ho caricato la moto e sono sceso in fretta alla pianura, andato via per la strada arroventata che portava a Mytilene.

Ventitré

Roberta era puntuale davanti all'ufficio informazioni del Pireo: l'ho vista arrivare più carina di come me la ricordavo; più pallida delle ragazze a cui mi ero abituato, vestita in tutt'altro stile. Mi ha detto che le sembravo malmesso, smagrito e stanco. Non capivo se c'era anche del sospetto nel suo sguardo; le mie percezioni sembravano fuori uso.

Siamo entrati in una delle agenzie del porto assalite dalla folla. Roberta ha detto di aver sentito parlare molto bene dell'isola di Paros; le ho risposto che mi andava bene. Il porto brulicava di molti più viaggiatori di quando ero stato qui con Guido, il caldo era insopportabile.

Poi eravamo su una panchina del ponte della nave e Roberta mi raccontava i suoi problemi nell'agenzia di pubblicità: le tensioni con i datori di lavoro e i colleghi, le prospettive di carriera e tutto il resto. Tenevo gli occhi socchiusi e facevo di sì con la testa, mi chiedevo perché avevo dovuto telefonarle.

Paros era una grossa isola frequentata da famiglie greche e famiglie tedesche e famiglie italiane, con macchine piene di figli e attrezzature da mare e borse frigorifere e gommoni a rimorchio: fin dal primo chilometro ho capito che non ci avrei ritrovato nemmeno l'ombra dello spirito di Lesvos.

171

Dopo ore di giri disperati alla ricerca di un posto dove dormire siamo finiti come naufraghi in un albergo di semilusso, abbiamo speso per una notte quello che a Mithimna mi era bastato per una settimana. Abbiamo fatto l'amore su un grande letto dalle lenzuola rigide di amido, e anche se ero commosso dalla familiarità del nostro affetto mi sembrava solo di ripercorrere sensazioni che tutti e due conoscevamo troppo bene, senza esserne mai stati sorpresi o travolti.

Il mattino dopo abbiamo trovato un albergo più modesto su una spiaggia di sabbia umida, ma non sapevamo già più cosa dirci. Mi sentivo come uno che si è affacciato per un attimo su un panorama affascinante e se ne è lasciato portare via senza la minima resistenza: nuotavo e prendevo il sole e facevo passeggiate, mi immaginavo tutto il tempo di essere altrove.

Due giorni più tardi ho detto a Roberta che volevo tornare a Lesvos, e lei è rimasta colpita dal desiderio di fuga che mi saliva tra le parole. Le ho raccontato con poche omissioni cruciali i giorni e le notti che avevo passato insieme a Guido e agli altri, finché lei mi ha chiesto perché non le avevo proposto subito di tornarci, invece di seguirla a Paros così passivamente. Era annoiata quanto me dalla nostra piccola routine, anche se allora non me ne rendevo conto; aveva altrettanta voglia di uscirne.

Ma quando siamo andati a informarci al porto abbiamo scoperto che dal Pireo c'erano solo due navi alla settimana per Mytilene. Siamo rimasti altri giorni in esilio a Paros; contavamo le ore tutti e due.

Alla fine siamo tornati ad Atene e partiti per Lesvos. Cercavo di non pensare a come Roberta avrebbe potuto entrare nello spirito del gruppo; speravo che gli equilibri si sarebbero ricombinati da soli. Non dormivamo sul ponte perché lei aveva freddo, ma in una cella di cabina di seconda classe, chiusi tra pareti metalliche incrostate.

Il mattino dopo eravamo a Mytilene; siamo schizzati fuori dalla nave appena hanno aperto i portelloni, abbiamo guidato nel caldo feroce senza mai fermarci fino a Mithimna.

Siamo andati subito alla spiaggia di sassi, senza neanche cercare prima una sistemazione per la notte. Avevo la testa piena di sguardi, discorsi da riprendere nel punto dove li avevo lasciati. Roberta mi camminava un passo dietro, rigidetta e anche curiosa a questo punto di vedere l'assortimento di persone straordinarie che le avevo descritto. E per tutta la distesa di ciottoli grigi c'erano solo due o tre coppie sparute di stranieri che non avevo mai visto prima.

Io e Roberta abbiamo fatto un bagno, cercato di lavarci via la delusione, la polvere e il sudore del viaggio. Non avevamo più la forza di tornare alla moto; siamo rimasti a nuotare e prendere il sole, senza dirci niente.

Verso sera siamo saliti a Mithimna, ma la piccola città antica era animata da turisti di un genere diverso da quelli che ricordavo, coppie e famiglie e gruppi di mezza età che assalivano vocianti i ristorantini e i negozietti di stoffe e terracotte, si trascinavano sciabattando e zoccolando su per le strade strette. Roberta mi guardava, perplessa per quanto poco i miei racconti corrispondevano alla realtà.

Mi sono fermato con lei davanti alla casa dove avevo dormito con Jeannette; la vecchia padrona era sulla porta. Quando le ho chiesto se Guido e le ragazze francesi erano ancora qui ha inclinato all'indietro la testa e chiuso gli occhi, schioccato la lingua per dire di no. Cominciava a sembrarmi un ritorno a distanza di anni, dove niente corrispondeva più a come era stato: mi guardavo intorno pieno di nostalgia, seguivo ombre di sentimenti irrintracciabili.

Siamo andati al ristorantino di Costas. Lui mi ha salutato con grande cordialità anche se aveva molto da fare: ha detto in italiano «Ehi Mario, dove è Guido?». Gli ho risposto che avrei voluto saperlo anch'io, stavo cercandolo. Lui ha detto che non aveva visto più nessuno del nostro gruppo da qualche giorno, erano spariti tutti di colpo. Ha detto «Solo Willie ancora».

Roberta aveva fame, così ci siamo seduti a un tavolino libero tra la folla rumorosa. C'erano tedeschi dalle voci gutturali che si abbuffavano di patate fritte e ridevano in modo

173

atroce, italiani molli che si lamentavano di non trovare cibo italiano e si lisciavano i capelli, inglesi ubriachi fradici di birra. Mi sembrava di vedere solo stereotipi nazionali dove prima c'era curiosità sfaccettata da angolazioni diverse; masticamenti e deglutimenti dove c'erano descrizioni sorprendenti di altri mondi.

Dopo mangiato siamo andati in giro per il paese, e abbiamo incontrato Willie. Mi ha visto lui per primo da lontano, ha gridato «Mario!» così forte da far voltare tutta la gente intorno. Ci siamo abbracciati, dati pacche sulle spalle nel modo che avevamo assimilato tutti da Guido, ci siamo detti che piacere era rivederci. Lui mi ha presentato una ragazza nordica di nome Tove che gli stava dietro, io gli ho presentato Roberta.

Gli ho chiesto dov'era Guido; lui ha detto che era partito per Atene insieme a Jeannette e Nick e Louise due giorni dopo di me, con l'idea di andare da lì a Santorini oppure a Creta. Gli altri si erano imbarcati un giorno più tardi, ognuno per una diversa destinazione finale. Ha detto «La situazione era abbastanza confusa, alla fine». Non parlava di Rachel, ma era chiaro che i loro rapporti non erano sfuggiti alla confusione.

Poi ci siamo guardati, presi nel traffico di turisti, con Roberta e Tove ai fianchi, e ci rendevamo conto che tutta la nostra esuberanza amichevole si era esaurita nei primi scambi. Senza Guido a mettere in luce ogni ruolo e metterlo in relazione con gli altri eravamo come attori senza un regista: riparati nelle nostre persone, incapaci di continuare da soli. Abbiamo provato a farci venire in mente idee per la notte, ma sapevamo che non saremmo mai riusciti a ricreare lo spirito di quando eravamo un gruppo. Ci siamo lasciati vincere dalla difficoltà di comunicazione; abbiamo detto che ci saremmo visti il giorno dopo al mare.

Tutte le camere di Mithimna erano occupate; io e Roberta abbiamo dormito in sacco a pelo nel prato sotto il paese, il mattino dopo siamo ripartiti alla ricerca di un posto meno affollato. Abbiamo trovato una camera in un piccolo villaggio di pescatori sulla costa sud, passato quindici giorni di noia pura come nelle due estati prima di questa.

Ogni tanto mi chiedevo cosa faceva Guido con Jeannette e Louise e Nick a Santorini o a Creta: quante altre possibilità improbabili era riuscito a mettere insieme.

Ventiquattro

A settembre la situazione è tornata come l'anno prima, solo leggermente peggiore.

Guido era ancora via, non ha scritto né niente. Sua madre mi ha detto che era andato a Londra, ma non aveva idea di dove abitasse, o fino a quando. Mi ha tenuto al telefono dieci minuti piena di apprensioni materne, paura che Guido fosse entrato in un giro pericoloso. Era strano sentire la sua voce spaventata dal mondo e pensare alla disinvoltura internazionale di suo figlio, acquisita a fatica per poter uscire da confini che non accettava.

Ho ripreso ad andare all'università, quasi solo per sottrarmi agli sguardi di mia madre quando veniva a buttarmi giù dal letto la mattina. Ci andavo a piedi, ogni volta sperando di incontrare un imprevisto lungo la strada: un edificio in fiamme o una ragazza straordinaria, qualsiasi cosa potesse deviare la mia vita dal suo corso ripetitivo e inutile.

All'università guardavo nelle bacheche degli istituti, passavo oltre le aule dove si svolgevano le lezioni, camminavo per i corridoi grigi illuminati al neon, salivo e scendevo rampe di scale. I neostalinisti del "Movimento degli Studenti" andavano avanti con i loro riti autocelebrativi, le ostentazioni di forza virile e le minacce, gli opuscoli e manifesti e dischi di propaganda venduti nell'ex libreria universitaria; mi stupiva che non se ne fossero ancora stancati.

Ogni tanto per rassicurare i miei dicevo che stavo preparando un esame; ogni tanto lo preparavo davvero, ma non è che facesse molta differenza.

Con Roberta eravamo diventati come una coppia di mezza età, dove ognuno dei due va avanti per il suo binario senza aspettarsi dall'altro la minima sorpresa, né lasciargli il minimo margine di trasformazione. Lei era sempre più presa dal suo lavoro: quando ci sentivamo al telefono la sera era difficile che mi parlasse d'altro. Spesso diceva di essere troppo stanca per vedermi, mi consigliava di andare anch'io a dormire presto. Rimandavamo i nostri incontri con sollievo; sapevamo di non perdere molto nel frattempo.

Il sabato o la domenica facevamo un giro fuori Milano con la macchina che lei si era comprata. Andavamo verso i laghi, o nella campagna piatta e umida a sud della città, e quando tornavamo indietro attraverso il tessuto di costruzioni industriali e quartieri dormitorio mi saliva una specie di nausea universale che mi toglieva il fiato.

A volte quando i suoi non c'erano passavamo la domenica pomeriggio a casa sua e ci addormentavamo: cascavamo inerti sul divano, sopraffatti dalla pura assenza di emozioni.

Mi rendevo conto che le cose tra noi si stavano deteriorando in modo irrecuperabile, ma invece di spaventarmi spiavo questa sensazione con un gusto morboso. Ero così privo di scopi che qualunque cambiamento mi sembrava un vantaggio e una novità: anche il più distruttivo e crudele. Provavo un vago interesse a sentire che un parente di mia madre era morto, per esempio, o leggere sul giornale di un terremoto catastrofico nelle Filippine. Avevo l'impressione di essere sempre più uno spettatore della vita; sempre meno partecipe.

Un sabato pomeriggio sono andato a casa di Roberta e lei sembrava più nervosa del solito, continuava a guardarsi intorno, spostare oggetti ogni pochi secondi. Alla fine mi ha fissato negli occhi in cucina, con una mano sull'anta del frigorifero aperto; mi ha detto che aveva una storia con un altro da due mesi.

Ho assunto credo un'espressione da choc per qualche secondo, ma la notizia mi ha provocato una sorta di piacere sottile, rapido e amaro. Ho anche pensato all'atmosfera di Lesvos interrotta così inutilmente, una delle poche volte in vita mia che mi ero sentito nel cuore di una situazione emozionante e difficile da prevedere. Ho pensato a come la nostra storia era finita in realtà da almeno due anni senza che io avessi avuto la forza di prenderne atto; a come tendevo a restare irretito nella cadenza delle cose senza reagire, in attesa che qualcuno me ne strappasse fuori.

Roberta era gentile e definitiva: ha detto che non avevamo nessuna ragione di non restare amici, anche se forse era meglio non vederci per qualche tempo; mi ha consigliato di trovarmi un'attività seria di qualche genere o almeno andare a fare un viaggio. Doveva aver maturato questa decisione così a lungo che le sue frasi sembravano quasi recitate, ma sotto il loro suono scontato c'era una voglia ben viva di chiudere, non lasciarmi vie di rientro.

Le ho detto che aveva perfettamente ragione ed era meglio per tutti e due, peccato solo che ci fossimo arrivati così tardi; sono riuscito almeno a sorprenderla con la mia improvvisa cordialità distaccata.

Il piacere da cambiamento si è dissolto lungo la strada di casa; quando sono stato in camera mia e ho chiuso la porta mi sono sentito affondare nella depressione peggio di prima, tirato sotto dai miei stessi difetti. Ho ricominciato a pensare a come avrei potuto essere diverso se mio padre non si fosse alcolizzato e poi diviso da mia madre e poi ammazzato; se mi avesse fatto crescere in un altro paese o in un'altra epoca o in un'altra città, con un altro carattere e altre qualità naturali.

Venticinque

A giugno ho dato un esame di Storia moderna all'università. C'era un gruppo di studio di quattro persone in lista dopo di me, mi hanno chiesto se volevo associarmi a loro e in cambio evitargli di aspettare. Gli ho detto di sì; erano anche loro sfatti dall'attesa, ma non sembravano preoccupati. Ci siamo seduti a muro di fronte al professore, uno di loro ha iniziato una piccola dissertazione su *La situazione della classe operaia in Inghilterra* di Engels. Il suo modo di parlare era pieno di slittamenti lessicali, luoghi comuni sovrapposti a contesti impropri. Andava avanti in una cadenza meccanica che doveva aver sviluppato nel corso di chissà quanti esami, senza la minima variazione di tono; ogni tanto sembrava rendersene conto, e allora aveva un sussulto di convinzione, spingeva avanti con forza improvvisa una parola-chiave, un'intera frase-grimaldello.

Il professore stava appoggiato su un gomito, guardava altrove; quando girava la testa verso di noi mi sembrava di leggere nei suoi occhi un rancore profondo, annegato sotto strati di rassegnazione. È intervenuto solo una volta a correggere una citazione troppo imprecisa, per il resto lasciava andare; guardava una sua assistente dal seno aguzzo, le decine di studenti ammassati in attesa del loro turno. Alla fine ha detto «Basta così». Si è fatto dare i nostri libretti e ha co-

181

minciato a compilarli, passarli alla sua assistente che trascriveva i voti sul registro.

Quando siamo usciti dall'aula mi sono messo a parlare con uno del gruppo di studio che si chiamava Aurelio Moscardi. Era alto e magro, con i capelli raccolti a codino, occhi divergenti dietro piccole lenti tonde. Mi ha detto che si era iscritto all'università solo per rinviare il servizio militare; che voleva dare ancora un esame o due e poi andarsene a fare un viaggio in India.

Siamo usciti in un piccolo chiostro dove alcuni studenti leggevano libri sull'erba; ci siamo seduti anche noi, e lui si è messo a preparare una sigarettina di hashish. Ero sorpreso dalla sua assoluta noncuranza: dal suo modo di soffiare fuori il fumo come se non gli importasse di nascondere niente.

Abbiamo scoperto di avere opinioni simili su Milano e sul nostro ruolo di studenti, sulla possibilità di restarci indefinitamente. Per compensare lui si era costruito una prospettiva di riferimenti geografici e culturali lontani, musiche e pensieri e ritmi che gli sembravano molto più interessanti dei nostri. Il progetto di viaggio in India faceva parte di questa prospettiva, sembrava assorbire tutta la sua attenzione.

A causa dei suoi occhi non riuscivo a trovare un modo naturale di guardarlo; ma avevo bisogno disperato di amici, e dopo mezz'ora che parlavamo mi è sembrato di averne trovato uno.

Ci siamo rivisti e siamo andati insieme al cinema e a camminare in centro; abbiamo dato un esame di geografia umana aggregati a un gruppo di studio istantaneo, preso trenta senza dire una parola. Comunicavamo in modo facile, senza grandi richieste da nessuna delle due parti, senza sforzi di adeguamento o di comprensione. Lui fumava hashish quasi di continuo, e ho cominciato a prenderci gusto anch'io: mi dava sollievo il modo in cui i contorni delle cose sembravano sfumarsi, fondersi con il vuoto che le circondava. Non era piacevole come quando l'avevo fatto a Lesvos nell'intreccio di stimoli e sensazioni vive, ma serviva ad allontanare almeno un poco i problemi irrisolti della mia vita, attenuava la loro acutezza.

Fumavamo e andavamo in giro per la città ostile, e le descrizioni che Aurelio faceva del suo futuro viaggio in India mi sembravano sempre più attraenti. Presto mi sono messo a discutere con lui l'itinerario attraverso la Jugoslavia e la Grecia e la Turchia e l'Afganistan e il Pakistan; abbiamo deciso di andarci insieme.

Mia madre e suo marito sono stati felici del nuovo esame passato, mi hanno fatto congratulazioni, incoraggiamenti a continuare. Li ascoltavo come un ladro di sentimenti, e lo stesso ho approfittato della loro buona disposizione per chiedergli i soldi che mi servivano ad andare in India con Aurelio.

Mia madre ha detto che le faceva piacere se vedevo il mondo, ma non capiva perché proprio l'India. Credo che avesse cominciato ad accorgersi del mio sguardo da fumo, anche se non lo collegava alla sua causa diretta. Suo marito ha detto «Sono posti dove già stanno da cani loro»; mi ha consigliato di andare in Francia o in Inghilterra invece. Ho dovuto prendere un altro trenta in Storia contemporanea prima di convincerli che il viaggio in India poteva essere un'esperienza utile anche per i miei studi. Mi rendevo conto di essere falso e meschino, ma questa consapevolezza era seppellita sotto sentimenti neutri; il fumo mi aiutava a non farla affiorare.

A metà luglio Aurelio è passato a prendermi sotto casa. Mia madre e suo marito hanno insistito per accompagnarmi in strada; hanno guardato perplessi la vecchia Volkswagen zeppa fino al tetto di borse e sacchi a pelo e taniche d'acqua e di benzina e fornelletti a gas e pentole di vari formati. Ho caricato la mia roba, pungolato Aurelio a partire in fretta per non dovermi commuovere in saluti.

La macchina produceva vibrazioni continue e rantoli intermittenti: a novanta all'ora il rumore era così forte che dovevamo urlare per sentirci. Aurelio mi ha urlato di non preoccuparmi, che l'aveva da tre anni ed era sempre stata così. Presto ha cominciato a guidare con una mano sola,

183

sbriciolare hashish e tabacco con l'altra. Non voleva che prendessi io il volante; ricavava un gusto collaterale nel dedicarsi a queste operazioni in circostanze rischiose. Alla frontiera jugoslava le guardie ci hanno fatto tirare fuori tutti i bagagli, li hanno frugati come se fossero sicuri di trovarci qualcosa. Ero gelato dalla preoccupazione, ma Aurelio osservava la scena con la stessa indolenza di quando si infilava in un gruppo di studio all'università. Appena ci hanno lasciato andare ha recuperato la stecca di hashish che aveva nascosto nelle scarpe ben avvolta nella carta stagnola, sembrava trionfante. Si è messo a canticchiare una brutta canzone di dieci anni prima, ondeggiare la testa lanosa rimpicciolita dal codino, ed eravamo già fuori dall'Italia e diretti lontani; per un attimo mi sono riempito di sgomento all'idea di farlo con uno come lui.

Il primo giorno abbiamo percorso quattrocento chilometri senza mangiare, frastornati dall'hashish e dal caldo e dal rumore. Ogni volta che passavamo vicino a un centro abitato e proponevo di fermarci a comprare almeno pane e formaggio, Aurelio trovava una scusa per tirare avanti: faceva finta di non sentirmi finché era troppo tardi, diceva «Al prossimo». Continuavamo a fumare, i nostri riflessi diventavano sempre più lunghi.

Il secondo giorno lui ha ammesso che l'idea di spendere soldi in cibo non gli piaceva, preferiva di gran lunga usarli per comprare altro hashish in Turchia e arrivare più lontano nel viaggio. Ha detto che i saggi indiani non mangiavano quasi niente e vivevano a lungo in perfetta forma, potevamo benissimo provarci anche noi. Questa ideologia doveva aver attecchito su un'avarizia quasi patologica e una totale insensibilità ai sapori, che gli facevano trovare squisite le arachidi rancide che un giorno è riuscito a rubare in uno spaccio di paese.

Dovevo lottare perfino per comprare fichi e uva dalle bancarelle lungo la strada, e anche allora Aurelio era capace di questionare per dieci minuti con le contadine gentili che li vendevano, farmi sentire in colpa mentre mangiavo.

La macchina si è rotta due volte in Jugoslavia, la seconda in un posto che si chiamava Titovo, dove pioveva a dirotto e la popolazione sembrava occupata solo a guardar scorrere un fiume di fango nella via principale. Aurelio aveva una capacità straordinaria di perdere la strada e non volerlo riconoscere; scegliere la direzione sbagliata a qualunque bivio e seguirla per decine di chilometri prima di decidersi a tornare indietro. Usava il fatto di essere il proprietario della macchina come un'arma di potere, lo faceva pesare ogni volta che eravamo in disaccordo su qualcosa. Di sera riusciva invariabilmente a trovare il punto più umido e sporco dove stendere i sacchi a pelo; di mattina continuava a dormire fino a tardi anche se c'era una ruspa che ci passava a pochi metri dalla testa. Poco alla volta mi è cresciuta una vera insofferenza fisica per lui, al punto che bastava un suo gesto o una parola a esasperarmi.

Abbiamo impiegato otto giorni a raggiungere la frontiera con la Grecia, ma per come viaggiavamo avremmo potuto anche metterci un mese o due. Io e Aurelio ormai ci rivolgevamo la parola quasi solo per litigare: ogni cartello stradale o negozio di cibo era un pretesto. Non riuscivo a sopportare il suo totale disinteresse per il paesaggio che attraversavamo, l'inerzia circolare dei suoi pensieri; il modo molle ma pervicace in cui continuava a non lasciarmi mangiare né guidare.

In Turchia si è fermato nel primo grosso paese, mi ha lasciato a guardia della macchina sotto il sole a picco finché è riuscito a tornare con un nuovo pezzo di hashish e una pallina di oppio. Sono costati alla nostra cassa comune molto più di tutto quello che eravamo riusciti a risparmiare sul cibo, ma adesso gli sembravano soldi ben spesi, i suoi occhi divergenti brillavano di gioia. Abbiamo fumato l'oppio mescolato a tabacco, e poi l'hashish; la fame mi si è attenuata, insieme all'insofferenza per Aurelio. Erano ancora lì sullo sfondo, ma non me ne importava più molto, come non mi importava più molto del viaggio né di nient'altro. Avevo solo voglia di restare lontano da Milano e dalla mia famiglia e dalle mie scelte sospese, tornare il più tardi possibile.

Cento chilometri oltre Istanbul una delle molte vibrazioni della macchina ha cominciato a prevalere sulle altre, nel giro di qualche minuto si è trasformata in un rombo che copriva tutto il resto. Aurelio come sempre si è rifiutato di ammettere che qualcosa non andava; solo quando il rumore è diventato assordante ha rallentato. A cinque chilometri da un posto che si chiamava Talmit il rombo si è chiuso in una frequenza più sorda, la macchina ha cominciato a procedere a scosse e strappi come un vecchio calabrone moribondo.

Siamo riusciti a spingerla fin dentro l'abitato, trovare un meccanico giovane che in un'ora ha smontato il motore, pezzo a pezzo sul pavimento dell'officina, e non è più riuscito a rimetterlo insieme. Ci ha provato per un paio d'ore a colpi di chiave inglese, furioso e sudato; poi ha sputato per terra, spiegato a gesti che era tardi e dovevamo tornare il giorno dopo. Ho cercato di insistere perché continuasse, ma il fumo e la mancanza di cibo mi avevano tolto energia, non dovevo sembrargli molto convinto. Aurelio ciondolava intorno con un'espressione equidistante, come se non gli facesse la minima differenza restare a Talmit o arrivare in India o anche tornare a Milano.

Abbiamo preso le borse essenziali e i sacchi a pelo e ci siamo messi a cercare un posto dove dormire. C'era poca gente per le strade, e quella che c'era ci guardava con occhi ostili. Camminare mi costava una fatica enorme; continuavo a pensare quanto più volentieri sarei stato in Italia con una ragazza carina che mi voleva bene. Davanti a un bar abbiamo incontrato un tipetto mezzo ubriaco che cercava di attaccare bottone, e Aurelio si è messo a descrivergli il nostro viaggio, ridere la sua risata di renna mentre io sonnecchiavo su una sedia. Il tipetto si è offerto di affittarci una stanza per la notte: appena Aurelio me l'ha riferito ho avuto un'immagine distinta di noi due che ci svegliavamo il giorno dopo con le borse e i portafogli spariti. Ma morivo di sonno e non mi sembrava di essere davvero coinvolto in quello che succedeva; gli ho detto che per me andava bene.

E il giorno dopo ci siamo svegliati con le borse e i portafogli spariti. Il meccanico si è rifiutato di ridarci la macchina, che del resto era ancora senza motore; ci ha pagato il pullman fino a Istanbul in cambio di tutte le nostre attrezzature da viaggio.

A Istanbul siamo andati in giro nel caldo terribile e la confusione, tra le grida e i suoni di clacson e gli sguardi affranti delle mandrie di turisti. Aurelio camminava avanti come un automa, troppo imbottito dell'ultimo fumo d'oppio e hashish per rispondermi quando gli parlavo. In una piazzetta ha visto un camion della croce rossa con un cartello in inglese che diceva "Dieci dollari per una pinta di sangue"; ci ha puntato diritto.

Sono rimasto fuori ad aspettarlo: quando è uscito era pallido come un cadavere, l'infermiere ha dovuto aiutarlo a sedersi su una panchina. Non avevo nessuna intenzione di farlo anch'io, ma ero così debole e stanco che mi sono lasciato condurre dentro lo stesso, stringere un laccio di gomma intorno al braccio, conficcare un ago da cavalli. Poi ho visto il mio sangue che saliva nel cilindro di vetro centimetrato, tacca per tacca fino a quella dei cinquanta e ancora oltre. L'infermiere faceva finta di non vedere, chiacchierava con un suo collega dalla faccia di delinquente come la sua. Mi sono messo a gridare con la poca voce che mi restava; lui ha tolto l'ago, guardandomi con il più brutto sorriso ironico che avessi mai incontrato.

Mi ha cacciato in mano i dieci dollari e accompagnato giù dal camion, e appena fuori nella luce violenta mi si è affievolita la vista.

Ventisei

Stavo tutto il giorno a letto, circondato da pacchi di giornali e
riviste e libri che non leggevo. Non rispondevo a nessuna domanda; cercavo di rimanere più immobile che potevo nella
mia camera di clinica privata, dove le infermiere entravano e
uscivano e mia madre mi porgeva pesche zuccherate a fette.
Il medico mi ripeteva ogni mattina con pacatezza professionale che il mio esaurimento organico era perfettamente
superato, tutti i valori del sangue tornati normali. Facevo
finta di non sentirlo neanche; mi lasciavo andare all'indietro
sul doppio cuscino, e andavo indietro rispetto alle responsabilità e alle scelte, alle richieste insostenibili della vita.
Ogni tanto mi tornavano in mente i discorsi di Guido sui
danni agli equilibri, l'aggressione continua dei materiali
ostili, i sentimenti deteriorati. Pensavo al tessuto di percorsi
e contenitori appena fuori dalla mia camera: ai suoni e gli
odori e le visioni e i rapporti nella città costruita in base alle
peggiori ragioni. Mi veniva voglia di non muovere più un
braccio né una gamba, rifugiarmi per sempre dentro me
stesso.
Il medico ha cominciato a cambiare tono, spiegarmi che
non potevo andare avanti per sempre a nascondere la testa
nella sabbia in modo così infantile. Anche il marito di mia
madre mi ha fatto discorsi sulla maturità, la capacità di af-

frontare la vita; ha detto che due idioti che se ne vanno di loro volontà e con molto dispendio di energie a morire di fame in Turchia non gli facevano nessuna pena. Perfino Aurelio Moscardi è venuto a trovarmi, con un'orrenda raccolta di fumetti psichedelici americani, e sembrava che avesse del tutto recuperato la sua vitalità a bassissimo voltaggio. Mia madre organizzava queste visite con l'idea che mi aiutassero a reagire; si disperava quando vedeva che non avevano alcun effetto.

Mi rendevo conto di essere in una posizione sempre più imbarazzante, ma cercavo di non pensarci troppo, rafforzare la mia vecchia impermeabilità al disagio. Guardavo la televisione, dormivo; le giornate passavano, non c'era niente di cui avessi desiderio. L'espressione del medico era appropriata: nascondevo la testa nella sabbia, e mi sembrava molto meglio che tenerla fuori.

Poi un pomeriggio ho sentito bisbigli sovrapposti che arrivavano dal corridoio; mia madre è entrata insieme a sua sorella con una faccia strana. Ha fatto qualche passo verso il mio letto ed è scoppiata a piangere. Ha detto che suo marito aveva avuto un infarto alle undici di mattina ed era morto.

E ho visto un'incrinatura formarsi nell'involucro trasparente che mi avvolgeva, correre in diagonale e lacerarlo in una frazione di secondo: di colpo ero esposto senza alcuna protezione, senza il minimo filtro tra me e lo stridìo frenetico di sensazioni che mi assalivano da tutti i lati.

Il marito di mia madre era sempre stato un elemento così stabile del paesaggio, solido per la sua stessa natura limitata; non avevo mai pensato che un giorno potesse sparire. Ho provato a riconsiderare la mia vita in questi nuovi termini, ma non ci riuscivo. Fino a un attimo prima ero stato come un giovane attore viziato dalla devozione del suo pubblico, e un attimo dopo metà pubblico se n'era andato, l'altra metà aveva invaso in lacrime la scena.

Mia madre piangeva in modo incontrollato adesso, appoggiata a sua sorella; mi sono alzato di scatto e sono andato a stringerla intorno alle spalle, cercare di farla smettere.

Sono passato attraverso i funerali, la trafila burocratica di certificati in carta da bollo e copie autenticate e dichiarazioni notarili; ho affrontato insieme a mia madre la macchina odiosa dello Stato, con una determinazione di cui non avevo mai sospettato l'esistenza. Mi sembrava di vedermela negli occhi quando mi guardavo allo specchio, sentirmela nei gesti e nella voce. Avevo voglia di reagire, occupare una parte di spazio senza più esitazioni; diventare adulto.

Seconda parte

Uno

Il marito di mia madre mi ha lasciato dei soldi nel suo testamento, alla condizione che li usassi per "fare qualcosa di convincente". Il notaio ha spiegato che la genericità della frase non le dava valore di vincolo, ma al massimo di suggerimento. Gli ho detto che a me non sembrava affatto generica; che mi sentivo vincolato comunque.

Ero arrivato con cinque anni di ritardo allo stesso stadio di Guido quando se n'era andato dal liceo: non avevo più voglia di lamentarmi delle cose come se fossero inevitabili. Non avevo più voglia di dire che Milano era una città orrenda e continuare ad abitarci, dire che l'università era un parcheggio per disoccupati e continuare a frequentarla, dire che vivere dai miei era morboso e continuare a farlo. Non avevo più voglia di lavorare a costruzioni mentali e ipotesi e teorie per spiegare o giustificare la mia inerzia insoddisfatta. Mi sembrava di essere vissuto solo di parole, in un paese di parole, dove quello che si dice conta molto più di quello che si fa, e adesso ne ero completamente saturo. Volevo costruirmi un'altra vita in base al tatto e all'olfatto e alla vista in un luogo di cui ero contento: usare i miei sensi, non dire più niente.

Mia madre non si è dispiaciuta all'idea che me ne andassi; sapeva quanto ero stato infelice fino a quel momento, in cerca inutile di significati. Anche lei del resto aveva cominciato a cambiare da quando era morto suo marito: sotto il velo di dispiacere che ancora la proteggeva mi sembrava di vederla muoversi più leggera, animata da pensieri più liberi.

Ho comprato una piccola macchina robusta di seconda mano e una serie completa di mappe stradali, mi sono messo a girare l'Italia al di fuori delle zone industrializzate. Mi spingevo lontano dalle grandi città, lontano anche dai centri medi e mi inoltravo per le strade dissestate di campagna; dormivo in macchina, o nella piccola tenda canadese che mi era rimasta dalla vacanza con Roberta.

Cercavo come un rabdomante, o come un cane malato che fiuta le erbe che lo possono curare. Guardavo intorno e annusavo l'aria: percepivo le radiazioni del luogo, i flussi sotterranei di umidità, la direzione del vento, l'esposizione al sole. Non era facile trovare paesaggi non ancora intaccati dalle superstrade e gli sbancamenti e le colate di asfalto, i condominii-fungo e i capannoni industriali e gli ipermercati, e anche quando ci riuscivo la loro atmosfera mi era spesso estranea. Alcuni luoghi mi sembravano melanconici, altri cupi e ombrosi, altri spettacolari fino all'oppressione, altri ancora rarefatti al punto di far evaporare le mie sensazioni, comunicarmi solo un senso di vuoto. Non mi lasciavo scoraggiare; ero disposto ad andare avanti per mesi.

Alla fine di settembre, mentre camminavo per una strada di terra battuta sulle colline vicino a Gubbio, mi è sembrato di sentire la vibrazione di un diapason interiore. Su un pianoro circondato da boschi di querce e carpini che si alternavano a campi abbandonati c'erano due vecchie case di pietra. Erano divise da forse cinquanta metri di prato, tutte e due orientate a ponente; una ampia e squadrata, l'altra più stretta e alta. Sono andato a guardarle da vicino, toccare i muri e sentire il loro odore, e ho pensato che quello poteva essere il centro del mio nuovo equilibrio.

A Gubbio ho rintracciato il posto sulle mappe catastali, dove era indicato come "Località Due Case"; aveva dodici ettari di terreno misto intorno e un pozzo sorgivo. Gli eredi del proprietario originale erano due fratelli in cattivi rapporti tra loro, ma alla fine sono riuscito a metterli d'accordo sulla vendita. Ho speso poco più della metà dei soldi che mi aveva lasciato il marito di mia madre; non mi sembrava che avrei potuto usarli per qualcosa di più convincente. Ma quando sono tornato alle mie due case con un capomastro di Gubbio per sapere cosa c'era da fare, lui mi ha fatto notare che erano sul punto di crollare: la calcina che teneva insieme i muri sfarinata da anni, le travi minate dai tarli, i tetti mezzi sfondati. Si è messo a ridere all'idea che io pensassi di poterci abitare subito; mi ha detto «Se vuole rimanerci sotto».

Il capomastro ha trovato tre muratori a Ca' Persa, una frazione a otto chilometri di distanza; ha cominciato a lavorare alla casa grande, che gli sembrava più solida dell'altra. Ho piantato la tenda sul prato, ogni mattina mi alzavo alle sei e partecipavo ai lavori: mi facevo spiegare le varie tecniche, cercavo di assimilarle mentre andavamo avanti. Presto le mani e le braccia mi si sono rinforzate di molto, sono riuscito a sopportare pesi che prima mi avrebbero stroncato. Caricavo e scaricavo pietre dalla carriola come un pazzo, andavo avanti e indietro con sacchi di sabbia e secchielli di malta, travi da cinquanta chili sulle spalle. Ogni volta che non ce la facevo più mi sedevo sull'erba a guardare il paesaggio intorno, e l'equilibrio delle colline mi ricolmava di energia in pochi minuti.

Ho cominciato a provare un vero piacere nel sollevare e tagliare e incastrare e sovrapporre strato su strato fino a mettere insieme una struttura resistente ma ancora sensibile a tutti i suoi componenti. Mi lasciavo prendere dal ritmo di ognuna delle diverse attività; dalla superficie irregolare delle pietre, la fibra profumata del legno, la musicalità secca dei coppi. Queste sensazioni mi colpivano come se le avessi già conosciute bene in altri tempi; come se tornassero da lontano per nulla cambiate.

Con i muratori avevo un rapporto strano. Mi avevano guardato come un pazzo quando all'inizio gli avevo spiegato che non intendevo usare nessun materiale artificiale, poi gradualmente avevano preso gusto all'idea, riconosciuto che gli faceva piacere lavorare così. Ma continuavano a essere perplessi dalla mia maniacalità, dall'idea che io dormissi nella piccola tenda pur di non allontanarmi da questo posto così isolato e selvatico. Ogni volta che gli chiedevo se pensavano di riuscire a finire prima della neve scuotevano la testa; non capivano perché avessi tanta fretta.

Quando la sera se ne tornavano a casa io andavo avanti a rifinire il lavoro della giornata, alla luce di una lampada alimentata da un piccolo generatore a gasolio. Continuavo finché ero completamente privo di forze, poi mi scaldavo qualcosa da mangiare sul fornelletto a gas e mi infilavo nella tenda. Mi addormentavo di schianto, chiuso fino alla testa nel sacco a pelo per ripararmi dal freddo umido che saliva dalla terra.

Alla fine di dicembre ha cominciato a nevicare, ma eravamo già riusciti a rimettere in sesto la struttura essenziale della casa grande. I muri erano rinsaldati e le finestre al loro posto, i nuovi travi sostenevano i pavimenti e il tetto di tegole fresche, anche se non c'era una linea elettrica a cui collegarsi, né un impianto di acqua corrente, né un sistema di riscaldamento. Non avevo chiesto niente al comune per non avere la minima interferenza; volevo una tana autonoma e naturale, nascosta nel paesaggio.

Ho pagato i muratori, detto che il resto l'avrei fatto da solo. Li ho guardati andare via nella neve molto poco convinti, poi ho tirato fuori le mie cose dalla macchina e sistemato tutto in casa, cominciato a lavorare dentro.

Dormivo nel sacco a pelo su un materassino di gomma, mi facevo da mangiare con il fornelletto a gas, mi scaldavo al fuoco di un camino che tirava malissimo. Adesso che la strada era coperta di neve Gubbio sembrava del tutto irraggiungibile, ma anche andare a Ca' Persa in macchina era molto complicato, tra perdite di catene e slittamenti all'indietro, spinte disperate per non finire nei fossi. Andavo a piedi a comprare l'indispensabile, tornavo sfiancato dal peso delle borse piene di chiodi e stucco e tonno in scatola e pasta. Passavo un terzo delle mie giornate a raccogliere legna e farla asciugare e segarla per il camino, e anche così riuscivo a scaldare solo una piccola porzione della casa. Il camino aveva un suo vero carattere suscettibile: bastava un minimo soffio di vento o un accenno di pioggia a invertire il tiraggio, fargli riempire la casa di fumo denso. A volte ero costretto a spegnere il fuoco a secchiate e aprire le finestre, lasciar entrare aria gelida con le lacrime agli occhi e i polmoni che mi bruciavano, pieno di rabbia come verso un nemico personale. A volte andavo a Ca' Persa a telefonare a mia madre e le dicevo che stavo benissimo e tutto era magnifico, poi tornavo a casa sfinito e infreddolito, sporco da settimane senza lavarmi, con le mani e i piedi doloranti; mi veniva la tentazione di lasciar perdere fino alla primavera, tornare a Milano a farmi un bagno caldo. Ma era una specie di questione di principio ormai; subito dopo mi vergognavo di essere stato sul punto di cedere, riprendevo a lavorare con ancora più energia.

Tra gennaio e marzo sono riuscito a sistemare le tubature del bagno e della cucina, stendere fili elettrici in ogni stanza e collegarli al piccolo generatore a gasolio, costruire scuri per le finestre e anche un tavolo e due sedie. Nessuno di questi lavori mi veniva in modo impeccabile, ma l'irregolarità delle finiture dava alla casa un'aria più naturale: più libera di respirare con il paesaggio.

Due

In primavera ho cominciato a coltivare un piccolo orto. Il terreno era duro e argilloso, pieno di pietre che si scheggiavano sotto la zappa; mi ci sono voluti tre giorni per dissodare venti metri quadri, e una settimana dopo erano quasi compatti come prima. Ho sparso semi di carote e pomodori e zucchine e lattuga e fragole, con così poco criterio che quando le piantine hanno cominciato a crescere si toglievano luce e acqua l'un l'altra, presto hanno cominciato a ingiallire. Le innaffiavo ogni giorno, e più acqua versavo peggio mi sembrava che stessero; l'idea di non riuscire ad aiutarle mi riempiva di disperazione.

Un contadino di nome Raggi che viveva in un podere vicino mi ha detto che avevo sbagliato i tempi e le distanze e la profondità e l'esposizione. Mi ha consigliato di rivoltare tutto con una motozappa, spargere una tripla dose di nitrato ammonico e ricominciare da capo. Quando gli ho spiegato che non volevo usare attrezzi a motore né prodotti chimici mi ha detto che allora la verdura mi conveniva comprarla a Ca' Persa. Non sembrava per niente contento di avere un estraneo nella zona, soprattutto uno che cercava di fare da solo in modo anomalo senza la minima esperienza.

Mi sono comprato a Gubbio un manuale di orticoltura, e anche qui i consigli erano di riempire la terra di sostanze sintetiche e coprire le piantine di veleni per proteggerle dagli insetti e dalle malattie, accumulare trattamenti su trattamenti artificiali. Ho lasciato perdere il manuale; quando a aprile i primi parassiti hanno cominciato a divorarsi le foglie mi sono messo a pulirle una per una con un vecchio spazzolino. Stavo curvo o sdraiato tra le zolle ore di seguito, con un vero odio per ognuno dei minuscoli spogliatori. Il contadino Raggi è passato una volta e mi ha visto: aveva un sorriso di compatimento sulle labbra.

Alla fine ho pensato che dovevo crearmi un tessuto minimo di informazioni su cui lavorare. Mi servivano libri diversi dal mio manuale, mi sono spinto fino a Perugia a cercarli.

Era una città di medie dimensioni, bella nel centro antico e brutta fuori, con traffico e case addensate e negozi pieni di oggetti, rumori e odori e movimenti di una città di medie dimensioni. Per sette mesi ero rimasto fuori dal mondo, senza quasi cambiarmi i vestiti né farmi la barba né leggere i giornali né guardare la televisione né parlare con nessuno a parte i muratori e il contadino Raggi e la padrona dello spaccio di Ca' Persa; mi faceva impressione camminare di nuovo in un centro abitato. Ero affascinato dalla gente, dalla varietà di facce e proporzioni, modi di vestirsi e muoversi.

Sono entrato in una grande libreria, ho trovato un'intera sezione dedicata a testi di agraria e botanica e ortofrutticoltura. Ogni copertina mi sembrava la custodia di un tesoro: sfogliavo le opere più specialistiche pieno di ansia di informazioni, frastornato dall'idea di averne così tante a disposizione.

Oltre alla cassiera c'erano due commesse giovani, una di loro mi ha colpito. Si muoveva con grazia tra gli scaffali, ascoltava le richieste dei clienti e rispondeva gentile, andava a cercare i volumi che le domandavano. Ogni tanto alzavo lo sguardo dal mio libro e notavo a distanza un suo nuovo particolare: la luce viva nei suoi occhi castani, le piccole orecchie ben disegnate, le belle gambe dritte. Lei a un certo punto si è accorta che la guardavo e mi ha sorriso; è tornata subito alle sue occupazioni. Mi è venuta una voglia terribile di andare a parlarle, ma ero bloccato dall'imbarazzo, ancora una volta chiuso dietro il vetro. E ancora una volta ho usato la tecnica mentale che Guido mi aveva insegnato: mi sono immaginato di essere già quasi morto e pieno di rimpianti. Sono andato da lei con il libro che avevo in mano, le ho chiesto se me lo consigliava. Era un trattato di agraria di cinquecento pagine, rilegato in una massiccia copertina di finta pelle. Lei di nuovo ha sorriso, ha detto «Dipende».

«Dipende da cosa?» ho chiesto io, incantato dalla sua voce, la linea delicata e serena delle sue labbra.

«Da quello che fai» ha detto lei. Mi sembrava di riconoscere una strana familiarità nei suoi tratti, confondeva i miei pensieri come mi era capitato poche volte.

Le ho spiegato quello che facevo, e il discorso mi è venuto molto più lungo di come avrei voluto: sono risalito a raccontarle del mio esaurimento e di Milano e delle Due Case e dell'inverno difficile che avevo passato; parlavo e parlavo senza mai arrivare al mio orto.

Lei ogni tanto dava un'occhiata per controllare i movimenti nella libreria, ma senza distrarsi, tornava subito a guardarmi. Sembrava interessata a quello che le dicevo, curiosa dei dettagli: mi ha chiesto qual era la forma delle mie case, i materiali di cui erano fatte.

Ho pensato per un istante di invitarla a vedere, ma l'idea di parlare con lei mi sembrava già così miracolosa che ho avuto paura di forzare la situazione oltre i suoi limiti, vedermela svanire sotto gli occhi. Le ho spiegato come ricavavo la luce da un piccolo generatore per non avere rapporti con la società elettrica di Stato: cercavo di comunicarle il mio modo di vedere le cose, con la sensazione che fosse simile al suo.

Poi lei stava per dirmi qualcosa, ero concentrato sulle sue parole non ancora formate, e una signora dalla faccia quadra è venuta a chiederle un libro scolastico. Lei mi ha sorriso ed è scivolata via, andata a cercare tra i dorsi di uno scaffale lontano.

Sono rimasto in attesa con il mio grosso volume tra le mani, ma quando lei ha trovato il libro per la signora c'erano già altri due clienti pronti con le loro richieste. Ho aspettato ancora, sperando che almeno guardasse verso di me. Non lo ha fatto; dopo aver esaudito i due clienti è salita su una scaletta a cercare qualcos'altro, senza mai girare la testa. Mi è venuto in mente che forse era stata gentile con me come con qualunque frequentatore della libreria; che vivere isolato così a lungo aveva distorto le mie percezioni. Mi sono visto riflesso nella vetrina, e avevo un aspetto da naufrago, malvestito e con la barba lunga di mesi, gli occhi allucinati; ho pensato che non avevo una sola possibilità di interessare a una ragazza come lei.

Ho pagato alla cassa e sono sgusciato fuori, andato svelto verso la macchina, verso le colline.

A casa ho provato a studiare il trattato di tecnica agraria, ma era scritto in un linguaggio rigido e freddo, senza nessuno vero sforzo di comunicazione. Aveva su di me lo stesso effetto dei vecchi manuali di greco o fisica al liceo: la stessa estraneità interveniva come un meccanismo automatico a disattivare la mia attenzione dopo qualche minuto, lasciar scorrere le parole prive di significato. Non riuscivo a capire se la mia era una forma di stupidità, o un danno permanente della scuola, o una difesa naturale.

Continuavo a pensare alla ragazza della libreria: mi tornava in mente ogni pochi minuti mentre lavoravo fuori o dentro casa. Cercavo di ricostruire la nostra conversazione, ma il ricordo mi si era dilatato in impressioni lunghe di movimenti e sguardi, più che di parole. Avevo ancora negli occhi il suo modo di sorridere, inclinare appena la testa mentre mi ascoltava.

Ho installato una vasca nel bagno e un lavello nella cucina, collegato i tubi e montato due pompe in modo da avere acqua in casa quando la volevo; ho dissodato un altro tratto di terreno; costruito un letto grande in legno di pino; cominciato a rinsaldare un muro pericolante della seconda casa. Dedicavo a questi lavori tutta l'energia fisica che avevo, e mi sembrava di farlo per la ragazza della libreria. Non avevo altri contatti umani che potessero interferire: lei si prendeva tutto lo spazio nei miei pensieri.

Dopo una settimana avevo talmente voglia di rivederla che ho vinto le mie paure di restarci male e sono tornato a Perugia. Lei non era nella libreria; l'altra commessa mi ha detto che era uscita a bere qualcosa. Mi ha detto che si chiamava Martina, e sapere il suo nome mi ha provocato un brivido intenso.

Sono uscito in strada e l'ho incontrata subito. Mi ha salutato di slancio, con una vera luce gioiosa negli occhi, come se ci conoscessimo da molto. Questo mi ha spinto a dirle che avevo pensato a lei quasi tutta la settimana; Martina ha sorriso nel suo modo delizioso, detto che anche lei mi aveva pensato. Eravamo uno di fronte all'altra sul marciapiede di Perugia, tra gente sconosciuta che passava oltre, e avevo solo voglia di prenderla per un braccio e portarmela via, non lasciarla più.

L'ho aspettata fuori dalla libreria all'ora di chiusura, con l'idea di andare a mangiare insieme da qualche parte, ma quando è uscita ci siamo messi a parlare così fitto da dimenticarcene, abbiamo continuato a camminare. Mi ha detto che era nata e cresciuta a Milano; che di cognome si chiamava Quimandissett perché suo padre era di lontana origine maltese. Era venuta due anni prima a Perugia con l'idea di studiare medicina e vivere da sola, poi si era stancata di andare all'università e farsi mantenere dai suoi, aveva trovato lavoro nella libreria. Parlava di queste cose nel modo più naturale, senza nessuna delle ostentazioni di indipendenza e adultaggine che una ragazza di vent'anni nella sua posizione avrebbe potuto assumere.

Nello stesso tempo era davvero indipendente e adulta, con una sicurezza istintiva rispetto alle cose, una sua saggezza leggera.

Abbiamo parlato e camminato senza mangiare niente fino a mezzanotte. Ogni tanto ci sedevamo su un muretto o su una scala della città antica: sembrava che non dovessimo mai esaurire il piacere di scambiarci informazioni. Pensavo a quanto poco probabile era il nostro incontro; quanto inevitabile.

Ci siamo baciati sotto la casa dove lei abitava, in una piccola via ad angolo male illuminata, e non capivo se mi stavo immaginando tutto o era la vita a prendere la stessa identica forma della mia immaginazione. Le ho detto che doveva lasciar perdere la libreria e venire a vivere con me, aiutarmi a costruire una porzione di mondo fuori dal mondo esattamente come la volevamo. Ho usato parole che solo qualche mese prima mi sarebbero sembrate trite e sdolcinate, ma non me ne importava niente, erano le uniche in grado di esprimere quello che sentivo.

Ho aspettato che mi rispondesse, preso in un flusso di sensazioni così dense che quasi non riuscivo più a respirare; lei ha detto di sì.

Le stringevo le mani, stupito dalla delicatezza dei suoi lineamenti, l'attenzione viva nel suo sguardo. L'ho tempestata di baci come un pazzo: mi inebriava la sua consistenza, il profumo dei suoi capelli.

Non mi ha invitato a salire, né l'avrei fatto comunque; non avevo nessuna voglia di anticipare né bruciare niente. Volevo curare questa storia come si può curare un oggetto fragile e prezioso nella tempesta: con la stessa cautela concentrata.

Ho attraversato la città quasi deserta a salti e scatti di corsa improvvisi; ogni tanto lanciavo un grido che riecheggiava tra le vecchie mura.

Tre

Ai primi di giugno Martina ha lasciato il suo lavoro alla libreria e la sua stanza in affitto ed è venuta a vivere con me. Quando abbiamo scaricato dalla macchina le sue due valigie mi sono sentito prendere da un senso di responsabilità che non avevo mai provato; l'ho stretta con tutta la forza che avevo nelle braccia dopo mesi di lavoro, finché lei ridendo ha gridato che le facevo male.

Abbiamo fatto l'amore tutta la notte, travolti in un gioco fondo di sentimenti e sensazioni, senza nessuna possibilità di distinguere gli uni dalle altre. Era una specie di mescolamento definitivo, che creava un nuovo equilibrio al posto dei nostri due originali; non aveva niente a che vedere con gli scambi localizzati di gesti e desideri che avevo provato fino a quel momento. Ci siamo addormentati abbracciati, e nel sonno non riuscivo ancora a crederci: mi sono svegliato di soprassalto con l'idea di essere da solo, ho dovuto accendere una candela per convincermi che lei c'era davvero.

Nel giro di pochi giorni la casa ha preso vita, si è animata di forme e colori che Martina sceglieva e metteva insieme in base ai suoi istinti femminili. Le bastavano pochi tocchi per far diventare più morbide le stanze, dare calore agli spazi che io avevo abitato spogli e freddi. Ha appeso stoffe alle pareti, un piccolo specchio ovale nella camera da letto, sistemato barattolini di spezie in cucina, asciugamani allegri nel bagno. Lavoravo come un pazzo sullo spunto di ogni suo minimo desiderio: segavo e martellavo e intassellavo e scartavetravo e verniciavo con un'energia illimitata. Per la prima volta in vita mia avevo la sensazione di essere un uomo adulto, con capacità e impegni propri del mio genere, e non mi sarei mai immaginato di esserne così contento. Mi riempiva di gioia l'idea di poter provvedere a Martina e offrirle un ambiente adatto, migliorarlo e difenderlo dalla pressione del mondo. Pensavo alla mia storia senza ruoli né impegni con Roberta, la mia inconsistenza da adolescente svogliato; non mi sembrava vero essere cresciuto.

Eravamo ottimisti e pieni di programmi, ogni mattina ci venivano in mente nuovi modi di trasformare le nostre due case e il terreno intorno. Di sera studiavamo cataloghi di alberi da frutto e manuali di apicoltura e avicoltura, libri sulla biodinamica e le energie alternative. Martina disegnava a matita possibili configurazioni di frutteti e granai e sistemi di riscaldamento solare; cancellava e ricominciava a seconda delle informazioni che continuavamo a raccogliere.

Abbiamo comprato attrezzi più efficaci di quelli che avevo usato fino allora. La signora di Ca' Persa ci ha procurato un vecchio aratro a mano abbandonato molti anni prima da suo padre; riuscivo a spingerlo solo con molti sforzi, ma in compenso non aveva un motore. Ci ammazzavamo di fatica, in realtà: passavamo le giornate a dissodare il terreno e concimarlo con letame di mucca preso a dieci chilometri di distanza, scavare buche per gli alberi che volevamo piantare, liberare dai rovi e dalla vitalba gli alberi di fico e ciliegio selvatico intorno alle case. Lavoravamo sotto il sole a picco per ore di seguito, sudati fradici e pieni di graffi e di dolori muscolari, senza mai smettere di parlare. Eravamo troppo presi da quello che facevamo per sentirci stanchi, troppo contenti dei nostri progressi appena percepibili.

Al mercato del sabato di Gubbio abbiamo comprato pulcini e anatroccoli e due piccole oche; siamo tornati a casa eccitati come bambini, con la macchina che risuonava di pigolii. Gli animali hanno riempito le Due Case con i loro suoni e movimenti, le hanno fatte diventare un luogo ancora più organico e abitato. Io e Martina passavamo ore a guardarli e dargli da mangiare, cercare di farli vivere secondo le loro aspirazioni. Abbiamo costruito un laghetto di pochi metri per le anitre e le oche, un sistema di scalette e trespoli per le galline. Avevamo anni e anni di immaginazioni cittadine inappagate da soddisfare, fantasie infantili a cui dare sfogo adesso che eravamo cresciuti.

A settembre ci hanno portato il generatore a vento che avevamo ordinato per corrispondenza a una ditta inglese. Era uno dei modelli più semplici ed economici in produzione, ma lo stesso non è stato facile montare il suo piccolo traliccio su un rialzo di collina a una trentina di metri dalle case, stendere il cavo che lo collegava alla stanza degli accumulatori, registrare la rotazione delle pale. Alla fine frullava nel vento come una grande girandola, alimentava il nostro impianto elettrico quasi altrettanto bene del vecchio generatore a gasolio che mi aveva tormentato per un anno con il suo puzzo e il suo rumore martellante.

A ottobre siamo andati a prendere al vivaio tre albicocchi e tre meli e tre ciliegi e tre susini e alcuni tralci di vite, li abbiamo piantati nelle buche che avevamo preparato da tempo. Visti così erano esili in modo scoraggiante, secchi e privi di foglie, sostenuti a forza dai loro paletti tutori. Martina ha dipinto un acquarello di come sarebbero diventati nel giro di qualche anno, ampi di rami e carichi di frutti; lo abbiamo appeso nella stanza da letto in modo da vederlo ogni mattina. Abbiamo sistemato nella stanza principale una vecchia stufa a legna trovata a Gubbio, montato un serbatoio cilindrico intorno al suo tubo in modo da avere acqua bollente se la volevamo. Quando è venuto il freddo e le giornate si sono accorciate ci è sembrato incredibile avere luce e calore senza dover chiedere niente a nessuno. A volte uscivo di sera solo per vedere le finestre illuminate, annusare il fumo sottile. Guardavo la casa abitata e quella ancora da sistemare e l'orto e il frutteto in crescita; mi riempivo di commozione all'idea di come le cose si possono trasformare senza rovinarle. .

L'inverno è stato ancora più duro dell'anno prima. A volte l'aria era così ferma e gelata che il generatore smetteva di girare per ore e la luce delle lampadine si affievoliva fino a lasciarci al buio; a volte il vento soffiava così forte che io e Martina dovevamo correre fuori a tirare il cavo di frenaggio prima che le pale venissero strappate via dal traliccio. Era un generatore scadente e l'avevamo installato in modo approssimativo: tendeva a guastarsi nelle sere più fredde, quando stavamo leggendo un libro ad alta voce per darci conforto. La stanza degli accumulatori si allagava periodicamente e mandava l'impianto elettrico in corto circuito, ci costringeva a svuotare acqua per ore alla luce di una pila. La stufa non era molto più affidabile del camino, ogni tanto riempiva la casa di fumo difficile da dissipare; la bombola del gas finiva sempre nel mezzo di una cottura. Il tetto perdeva e dovevamo arrampicarci a cercare le tegole fuori posto: Martina mi costringeva a legarmi una fune intorno alla vita, teneva stretto l'altro capo mentre mi avvicinavo al cornicione. Due galline sono morte di freddo, altre due ammazzate da una faina prima che io arrivassi svegliato dallo schiamazzo. Non smettevamo mai di tagliare legna e asciugarla e metterla nel fuoco; andare a piedi fino a Ca' Persa per fare la spesa, trascinarcela indietro passo passo nella neve.

Non ce ne importava molto: eravamo felici insieme, riscaldati uno dell'altro. Martina aveva la capacità di restare serena di fronte a qualunque avversità, riusciva a smontare la mia nuova tendenza a reagire in modo frontale; mi diceva «Guarda che non devi dimostrare niente a nessuno». A volte ci mettevamo a ridere nel mezzo di un disastro; a fare l'amore con la pioggia che colava dal tetto e la luce andata, le finestre aperte per fare uscire il fumo della stufa.

A marzo Martina è rimasta incinta. Da due mesi non cercavamo di evitarlo, senza aver deciso niente a freddo. Ci siamo affidati al flusso che portava le nostre vite piene di desideri; quando è successo non ci siamo sorpresi più di quanto ci sorprendeva svegliarci ogni mattina.

Di sposarci non abbiamo neanche parlato, ci sembrava assurdo che lo Stato potesse intromettersi tra noi con la sua smania perversa di controllo. Non avevamo nessun bisogno di rinforzare i nostri legami con un contratto; nessuna voglia di entrare insieme nei labirinti di carta bollata che avevo dovuto percorrere per i funerali del marito di mia madre.

Con l'aratro a mano abbiamo dissodato un tratto di terreno piano e ci abbiamo piantato semi di grano saraceno, per vedere se poteva crescere come sostenevano i libri.

Ad aprile mia madre è venuta a trovarci, per la prima volta da quando me n'ero andato da Milano. Era felice di avere un nipotino in arrivo, e spaventata da tutto quello che le sembrava scomodo e difficile nella nostra esistenza. Non capiva come potessimo sopravvivere così lontani da un centro abitato, a lavorare la terra senza aiuto di motori, mal riscaldati, senza telefono né televisione, con due pompe a mano per l'acqua e un mulinetto a vento per la luce, galline e anitre che ci camminavano tra i piedi tutto il tempo.

Ma si ricordava troppo bene la mia infelicità inerte di Milano, e vedeva quanto ero cambiato grazie a Martina e a questo luogo; presto le sue preoccupazioni sulla nostra salute e quella del nostro futuro figlio si sono dissolte. Un mattino l'ho vista zappettare con energia nell'orto, lei che non aveva mai preso una scopa in mano né fatto lavori di casa in vita sua.

Martina è riuscita nel suo modo naturale a superare la diffidenza istintiva che mia madre aveva per lei, in pochi giorni le parlava come a un'amica. Ho provato anch'io a fare a meno delle impermeabilizzazioni di sentimenti dietro cui mi ero sempre riparato, ed è stata una strana scoperta. Non ero più imbarazzato ad ascoltarla, non sentivo più il bisogno di prendere distanza da ogni sua singola frase: avevo un mio vero territorio adesso, non dovevo più inventarmene uno a parole. Mia madre ne era contenta quanto me; mi ha raccontato qualcosa della sua vita con mio padre pittore, particolari delle mie origini che non conoscevo.

Quando l'abbiamo riaccompagnata alla stazione di Perugia una settimana più tardi ha detto che non era mai stata così bene in un posto; che ammirava le nostre scelte e avrebbe fatto come noi se fosse stata giovane. Ci siamo commossi tutti e tre sulla banchina dei treni; io e Martina siamo venuti via con le lacrime agli occhi. Le ho detto che forse Guido aveva ragione quando sosteneva che bisognerebbe vivere in grandi famiglie estese, in spazi dove ognuno può essere indipendente e anche in contatto con gli altri quando vuole. Martina era d'accordo, ma non credeva che avrebbe potuto mai stare vicino ai suoi genitori. Erano le uniche persone di cui l'avevo sentita parlare con una venatura di risentimento nella voce: diceva che suo padre era un uomo fatuo ed egocentrico fino al narcisismo, sua madre succube di lui. Avevano cresciuto lei e sua sorella e suo fratello con freddezza, sempre distratti da feste e viaggi e impegni sociali, troppo concentrati su se stessi per occuparsi di loro. Ho pensato che il calore che amavo tanto in lei si doveva essere sviluppato per contrasto, come il mio attaccamento alla campagna nasceva dall'orrore per la città. Le ho detto che ero pieno di gratitudine per dei così cattivi genitori; lei ha riso, anche se in realtà ne soffriva ancora, quando le capitava di pensarci.

A giugno il grano saraceno nel piccolo campo era già ben cresciuto, gli alberelli da frutto fogliuti quasi quanto nel disegno di Martina, l'orto traboccante di carote e lattuga e zucchine e cipolle e piselli e pomodori. Sarchiavamo e pacciamavamo e concimavamo e strappavamo erbacce, guardavamo il cielo di continuo per capire se sarebbe venuto a piovere, andavamo avanti e indietro con secchi d'acqua. Le tre galline sopravvissute dall'inverno facevano uova, le altre che avevamo comprato più tardi stavano crescendo. Eravamo ancora lontani dall'autosufficienza, ma sapevamo che ci saremmo arrivati prima o poi.

Martina lavorava senza risparmiarsi: la sua pancia cresceva con la stessa lentezza di tutte le cose intorno. Ogni tanto cercavo di immaginarci insieme a un figlio o una figlia nello stesso punto vicino alle due case; le dicevo «Ti rendi conto?».

Ad agosto abbiamo falciato il grano saraceno, l'abbiamo ammucchiato sul prato tra le due case, battuto e sgranato e poi setacciato come avevamo visto nei libri. Abbiamo passato un'ora a macinarne qualche etto con un vecchio tritacaffè a manovella; Martina ha fatto una focaccetta con la farina e l'ha cotta al forno. Era piatta e dura e profumata, ci è sembrata mille volte più buona di come poteva essere.

La signora dello spaccio di Ca' Persa ci ha regalato un cagnetto di poche settimane. Martina ha voluto chiamarlo Dip, dall'inizio della prima parola che mi aveva detto nella libreria di Perugia. Giocava con lui di continuo quando non aveva da lavorare: lo carezzava e coccolava con gesti che anticipavano credo quelli per nostro figlio che doveva nascere.

A settembre il postino mi ha portato una cartolina di Guido, riindirizzata da mia madre a Milano: la vecchia foto in bianco e nero di un signore che scruta il mare con un binocolo. Dietro c'era scritto solo "Come va? G." nello stampatello inclinato e preciso che mi ricordavo così bene. Il timbro postale era di Oslo; non c'era mittente.

Quattro

Ho telefonato alla madre di Guido da Ca' Persa. Non aveva la minima idea che lui fosse mai andato in Norvegia; per quello che ne sapeva era a Londra ma aveva cambiato casa dieci volte. Si è agitata come sempre quando parlava degli spostamenti di suo figlio, non ha dato il minimo peso ai miei tentativi maldestri di rassicurarla. Le ho lasciato il mio indirizzo, le ho chiesto di passarlo a Guido se si faceva vivo.

Martina ormai aveva una pancia di sette mesi, ogni tanto mi faceva appoggiare la mano per sentire il bambino muoversi. Diceva che doveva essere irrequieto perché non stava mai fermo, ma lei stessa continuava a lavorare dentro e fuori casa dalla mattina alla sera, presa dalla varietà infinita di occupazioni che avevamo scoperto insieme. Non sopportava di essere trattata come un'invalida, si arrabbiava ogni volta che cercavo di tenerla lontana dai lavori più faticosi.

Dopo una visita mesi prima a un ginecologo di Perugia si era stancata dell'arroganza dei medici, del gelo estraneo dei loro ambulatori; aveva detto che voleva farne a meno finché poteva. Ci siamo comprati i libri più comprensibili che c'erano sull'argomento, abbiamo cercato di seguire da soli quello che succedeva, senza dover pagare giudizi sbrigativi a nessuno. A volte le ripetevo la frase di Dylan che piaceva

215

tanto a Guido, «non hai bisogno di un meteorologo per sapere da che parte soffia il vento», e mi sembrava più vera che mai nel nostro caso.

Non ho avuto notizie di Guido per un altro mese, poi il postino è arrivato con un suo telegramma da Milano che diceva "ARRIVO STAZIONE PERUGIA DOMANI ORE 19".

Il giorno dopo sono andato a prenderlo. Martina aveva appeso nuove stoffe colorate e un suo acquarello nella stanza degli ospiti, messo fiori di campo nei vasetti, aggraziato il soggiorno. Tutti i racconti che le avevo fatto su Guido l'avevano riempita di curiosità, e non vedevamo nessuno di nuovo da mesi ormai; avevamo una vera fame di contatti. Mentre aspettavo alla stazione mi chiedevo se Guido sarebbe stato all'altezza delle aspettative di Martina, o dei miei ricordi.

Quando il treno è arrivato con tre quarti d'ora di ritardo e lui è sceso ho visto subito che non c'erano state metamorfosi deludenti, o spostamenti impietosi di prospettive. Ci siamo abbracciati e battuti le mani sulle spalle, guardati in modo obliquo come facevamo sempre. I suoi capelli erano tornati lunghi quanto prima della storia del militare; il suo sguardo aveva la stessa qualità irrequieta di tre anni prima.

Era sorpreso dalla mia barba e dal mio aspetto, dalle mani da contadino che mi erano venute: ha detto «Sei diventato un *altro*, porca miseria». Gli ho risposto che speravo di sì.

Lungo il viaggio verso casa ho cominciato a raccontargli quello che mi era successo dall'estate del '73: il mio crollo per mancanza di motivi e la fuga in campagna e le Due Case e Martina e i lavori della terra, il bambino in arrivo.

Guido mi ha guardato per capire se lo prendevo in giro; mi ha chiesto tre o quattro volte se davvero aspettavo un figlio. L'idea l'ha colpito moltissimo, e deve avergli attivato una linea di riflessioni, perché poi ha guardato fuori le colline notturne, canticchiato a mezza voce.

Quando siamo arrivati a casa era troppo buio per vedere più niente; ho cercato almeno di fargli capire dov'erano l'orto e il frutteto e il generatore a vento. Lui non stava molto ad ascoltare, annusava l'aria più che altro.

Martina è uscita sulla porta e gli ha dato la mano; Guido l'ha fissata con la sua attenzione quasi imbarazzante. Stavo in secondo piano, ansioso di vedere la reazione tra i loro due caratteri. Martina non è una donna che si fa imbarazzare da nessuno: ha fissato Guido con altrettanta intensità, gli ha detto «Mario mi ha fatto una testa così su di te».

Lui si è messo a ridere; siamo entrati in casa. Guido registrava gli spazi della casa, gli oggetti sparsi in giro. Avrei voluto sapere come gli appariva la mia vita a colpo d'occhio; spiavo le sue espressioni con attenzione morbosa. Il cane Dip cercava di morsicargli le caviglie, anche lui incuriosito.

Poi Martina ci ha spinti verso la tavola, ha insistito per riempirci lei i piatti. Ha spiegato a Guido che quasi tutti i cibi della cena erano prodotti da noi; ha raccontato la storia di alcuni nostri errori ridicoli di coltivazione. Guido le sorrideva, ed era chiaro che gli piaceva: lei e il suo modo spiritoso e preciso di parlare.

Abbiamo mangiato, bevuto vino del contadino Raggi, asprigno ma vivo; lo spazio tra noi si è ridotto, la conversazione è diventata facile. Guido si è messo a raccontare come da Lesvos era andato a Londra insieme a Jeannette e Nick e Louise e quasi subito si era messo con Louise e avevano vissuto di lavori occasionali finché lei aveva deciso di tornare a Boston e lui l'aveva seguita. Ha raccontato il suo entusiasmo appena arrivato in America, quando ogni strada e automobile e scritta e persona e voce e musica gli erano sembrate incredibilmente suggestive; il dissolversi rapido dell'interesse di Louise adesso che era a casa sua. Ha raccontato il panico di quando era rimasto da solo a Boston nel mezzo di gennaio; la disperazione pura con cui era riuscito a restare e lavorare e girare il paese altri sei mesi prima di tornare a Londra.

Aveva fatto il giardiniere e il trasportatore di frigoriferi a San Francisco, il fattorino e il custode di cani e il cameriere a New York finché aveva cominciato a odiare la città quanto odiava Milano. Parlava nel suo tono fatto di sottolineature, lampi di stupore e indignazione e divertimento che colorivano la sua voce roca e facevano prevalere un personaggio sullo sfondo, uno sfondo sui personaggi. Era difficile anticipare quello che diceva, perché cambiava punto di vista e luci e ritmo in continuazione: bruciava mesi interi in poche parole e poi dilatava fino all'estremo un episodio di pochi istanti. Martina lo ascoltava curiosa, toccata dal suo fascino irregolare. Mi faceva piacere che lo trovasse interessante quanto le mie descrizioni, e nello stesso tempo provavo una venatura tenue di gelosia. Ma era una gelosia priva di astio, simile a quella che uno spettatore di film può avere per gli attori sullo schermo, senza davvero desiderare di mettersi al loro posto. Ero rimasto concentrato così a lungo nel piccolo mondo che insieme a Martina cercavo di costruire pezzo a pezzo, e adesso Guido ci sommergeva di sensazioni e immagini del tutto esterne, ci riempiva di una nostalgia astratta.

Non doveva aver fatto una vita facile, anche quando a Londra si era messo a lavorare come sguattero in un bar ed era andato a vivere con una ragazza di nome Sarah in una casa occupata senza riscaldamento né luce elettrica, dove il latte si gelava sul tavolo durante la notte. O più tardi quando aveva fatto l'assistente di un liutaio che a ogni fine di mese inventava scuse elaborate per pagarlo meno del dovuto; o quando si era messo con una pittrice che viveva in un barcone sul Tamigi e soffriva di attacchi di epilessia.

Mi immaginavo le case dove era stato, le finestre e i portoncini, i vestiti e i capelli delle sue donne, il passaggio della gente per le strade, i colori dei cieli, le temperature, gli odori nell'aria, le atmosfere dei negozi, dei luoghi di lavoro. Pensavo a quanto le nostre vite erano state diverse in questi anni, e anche simili in fondo, due di due possibili percorsi iniziati dallo stesso bivio.

Lui non si soffermava su nessuna storia troppo a lungo; sembrava che disponesse di una tale varietà di episodi e personaggi da non sapere quali scegliere per noi. Ha raccontato di quando era andato a Oslo con una ragazza conosciuta a un concerto, e un sabato avevano deciso di portare fuori città la nonna di lei che viveva in una casa di riposo. Si erano spinti fino a una valletta meravigliosa con un torrente, avevano sistemato la nonna su una sedia pieghevole per farle guardare l'acqua che scorreva. Poi erano andati nel bosco poco lontano a fare l'amore e quando erano tornati la nonna era morta. Guido ha detto «Per il puro piacere *estetico*, credo, la vista della piccola valle perfetta e il torrente cristallino e lo spazio senza limiti, dopo aver guardato solo le pareti dell'ospizio per anni. E non avevamo la minima idea di cosa fare, l'abbiamo sdraiata sul sedile di dietro della macchina e coperta con un sacco a pelo e siamo tornati verso la città per avvertire qualcuno. Ci siamo fermati in un bar a telefonare, e quando siamo tornati fuori ci avevano *rubato* la macchina con dentro la nonna morta».

Mi chiedevo se tutto quello che raccontava era successo davvero, o invece se l'era inventato mescolando elementi accaduti e altri immaginati, altri sottratti a persone che conosceva. Non mi importava molto saperlo: quello che contava era il suo modo di riempire le parole di vita e spingerle avanti, sostenerle finché avevano provocato emozioni in noi che ascoltavamo.

Beveva il vino asprigno a sorsi brevi, spostava lo sguardo tra me e Martina, oscillava la testa. La nostra casa sembrava arricchita dalla sua presenza come da un'altra fonte di elettricità, e scossa nell'equilibrio semplice che l'aveva tenuta insieme fino a quel momento. Pensavo alla fatica meticolosa che avevamo investito in ognuno dei mobili intorno, e vedevo negli occhi di Martina che la loro importanza se n'era andata, avrebbe potuto benissimo farne a meno.

Guido ha detto che a Londra si era comprato una vecchia Olivetti portatile e con quella aveva cominciato a scrivere di notte e quando non lavorava. Martina gli ha chiesto cosa scriveva; lui ha detto «Quello che mi succedeva, più che altro. E quello che mi veniva in mente». Martina non conosceva le regole della nostra reticenza; ha insistito per saperne di più.

Guido non era cambiato: ha detto «Una volta vi faccio leggere», ha spostato il discorso su un piccolo quadro di mio padre appeso al muro.

Martina gli ha chiesto come mai era tornato in Italia. Lui ha detto che non lo sapeva; che un giorno gli era venuto l'impulso di farlo e aveva comprato un biglietto su un charter per il mese dopo, e al momento di partire non ne aveva più nessuna voglia ma era partito lo stesso. Ha detto «Quando sono arrivato a Milano e ho rivisto le strade e le facce della gente e sentito il vecchio odore chiuso dell'Italia mi sarei *ammazzato*».

Poi ha guardato la stanza intorno; detto «Come siete stati bravi, a venirvene via e costruirvi tutto questo con tanta *cura*, e fare un figlio adesso».

C'era ammirazione nella sua voce, e anche un fondo di tristezza. Gli ho detto che poteva stare con noi quanto voleva; lui ha detto che lo sapeva, e credo fosse vero.

Cinque

Guido è rimasto con noi cinque giorni. Gli abbiamo fatto vedere la seconda casa, la vigna in crescita e l'ex campo di grano saraceno che adesso volevamo coltivare a frumento; abbiamo cercato di spiegargli le nostre tecniche di coltura, i progetti più immediati. Lui stava a sentire stupito di quanto eravamo riusciti a fare da soli in così poco tempo.

Gli ho detto che il merito in fondo era suo, era stato il primo a parlare della campagna come unica salvezza possibile. Lui ha detto «Non era un'idea così *originale*». Non amava riconoscere responsabilità nei confronti di altri, e non gli faceva piacere scoprire di aver avuto ragione in passato. Si guardava intorno nel nostro campo pronto per la semina; già trascinato altrove dai suoi pensieri.

Un mattino mentre eravamo seduti io e lui al tavolo della colazione mi ha detto che non aveva nessuna intenzione di restare in Italia. Quando era via ogni volta che gli capitava di leggere un giornale italiano gli sembrava di affondare nella stessa palude di pettegolezzi politici drammatizzati e finti principii e moralismo fasullo e cinismo nero, parole usate solo per il loro suono. Ha detto «E ci sono sempre le stesse facce di bastardi *mafiosi* nelle fotografie, sicuri di continuare a usare l'Italia come terreno di pastura finché cam-

221

pano. Mi verrebbe solo voglia di *sparargli*, se non fosse che quelli che lo fanno hanno in mente un mondo ancora peggiore di questo. Può darsi che qualunque paese sia meschino e vile e immobile e vecchio quanto il nostro se lo vedi davvero dal di dentro, ma il fatto è che qui non riesco a fare a meno di *accorgermene*».

Gli ho risposto che qui in campagna non ce ne accorgevamo quasi; che in qualche anno avremmo potuto diventare del tutto autosufficienti e smettere di pensare all'Italia, occuparci solo della nostra vita. Ho detto che se voleva restare con noi poteva avere la seconda casa per sé, anche Martina ne sarebbe stata felice. Avremmo potuto sistemarla insieme e poco alla volta mettere a frutto tutti i dodici ettari, studiare le coltivazioni che ci interessavano e curare il bosco e prendere altri animali domestici e selvatici e far crescere i nostri bambini in un'unica famiglia felice.

Lui guardava la seconda casa, colpito dall'idea; ma ha detto «Non sono abbastanza distaccato dal mondo, o abbastanza contento. E non ho una famiglia, non ho nessun tipo di equilibrio fisso, non so ancora cosa *voglio*».

Più tardi nella giornata ci ha spiegato che aveva già deciso di andare in Australia, voleva stare a Milano solo il tempo di mettere insieme i soldi per il viaggio. Martina gli ha chiesto perché l'Australia; lui ha detto «Perché è il posto più lontano e *aperto* che mi venga in mente». C'era un tono quasi di sfida nella sua voce: come se si aspettasse di essere trattenuto a forza, sentirsi dire che il suo era un programma assurdo.

Gli ho chiesto invece se lo potevo aiutare, anche se sapevo dall'inizio che avrebbe detto di no.

Il giorno dopo l'abbiamo accompagnato alla stazione. Prima di salire sul treno ci ha chiesto se l'offerta della seconda casa restava valida. Martina gli ha detto che era valida a vita; lui l'ha abbracciata e ha abbracciato anche me, è partito senza dire più niente.

Ogni tanto andavo a telefonargli di mattino presto o di sera: lui stava ancora cercando di raccogliere i soldi per l'Australia, diceva che non era facile. A volte non era in casa e rispondeva sua madre; cercava di sapere da me quali erano i veri programmi di Guido: perché non voleva trovarsi un lavoro e vivere nella sua città come tutti.

Io e Martina eravamo ormai in preallarme per il bambino. Lei continuava a lavorare tutto il giorno, ma ormai le costava fatica, si rendeva conto che ci mancava poco. Dormivamo sempre peggio, mangiavamo in modo irregolare, tendevamo a concentrarci sulle attività più immediate. Passavo gran parte del tempo a fare preparativi per il freddo: isolare le finestre e accumulare legna asciutta, aggiustare il tiraggio del camino e i tubi della stufa. Ho sistemato una seconda stufa più piccola nella nostra camera da letto, un forno-stufa nella cucina al posto di quello a gas; sostituito gli accumulatori dell'impianto elettrico, regolato il generatore. Lavoravo con un'energia nuova, da animale che aggiusta la tana per i suoi piccoli.

Eravamo rimasti fedeli alla decisione di non fare interferire nessun medico dagli occhi freddi nella nostra gravidanza: avevamo conosciuto a Ca' Persa una vecchia levatrice che si chiamava Giovanna, ed era disposta ad assistere Martina in un parto in casa. L'idea ci riempiva di entusiasmo, e di paura che qualcosa potesse andare storto, anche se Giovanna in base alla sua lunga esperienza si diceva sicura che non ci sarebbero stati problemi. Ne parlavamo di continuo, con certezze e dubbi che si succedevano man mano che il momento si avvicinava. Ci immaginavamo la bellezza serena e naturale di far nascere nostro figlio tra i materiali e le forme e i colori che avevamo scelto noi, e subito dopo ci venivano in mente situazioni drammatiche, emorragie improvvise e strade bloccate dalla neve, disperazione a decine di chilometri da qualunque ospedale. Alla fine Martina è stata più decisa di me: ha detto che non aveva senso scegliere di vivere fuori dal mondo se poi dovevamo tornare indietro alla prima difficoltà. Come sempre il suo spirito ha rafforzato le mie convinzioni, moltiplicato le mie energie.

Mia madre è arrivata da Milano con l'idea di aiutarci, in un taxi avventuratosi malvolentieri su per la nostra strada. All'inizio questa invasione di territorio mi ha innervosito, ma poi ho visto che a Martina faceva piacere, mi sono lasciato confortare anch'io dalla sua presenza. Sembrava più allegra e disordinata: credo più simile a quando aveva conosciuto mio padre, adesso che l'influenza normalizzatrice del suo povero marito si era quasi dissolta. Lei diceva che eravamo stati noi a cambiarla, farle capire come molti accessori della sua vita erano inutili.

Siamo andati avanti per qualche giorno senza quasi parlare del bambino in arrivo, e intanto il clima di questo avvenimento influenzava ogni nostro gesto e sguardo. Martina una sera si è messa a piangere, ha detto che le dispiaceva che non ci fossero anche i suoi. Il mattino dopo mi ha spiegato che era stata solo una condensa di malinconia e in realtà stava benissimo e non aveva bisogno di nessuno; ma sono andato lo stesso fino allo spaccio e ho provato a telefonare a Milano.

Una cameriera mi ha detto che i signori Quimandissett erano in viaggio nella Terra del Fuoco e non sarebbero tornati prima della fine del mese; in casa c'era solo Chiara, la sorella maggiore di Martina. Me la sono fatta passare, anche se non l'avevo mai vista né sentita prima, e le ho spiegato la situazione. Aveva una voce simile a quella di Martina ma più trattenuta; mi ha detto che non sentiva sua sorella da mesi, e certo le avrebbe fatto piacere venire. Le ho descritto nel modo più dettagliato il percorso; non ho detto niente a Martina quando sono tornato a casa.

Il giorno dopo Chiara è arrivata nello spiazzo d'erba dietro le case, scesa dalla sua macchinetta francese con uno sguardo di panico per la strada difficile. Aveva venticinque anni ed era più alta di Martina, vestita e truccata da giovane signora di città, con un tailleur di tweed e una camicetta di seta, scarpe fibbiate inglesi.

Ci siamo salutati senza la minima disinvoltura, perché io avevo sentito parlare di lei come della sorella rispettabile che va sempre d'accordo con i genitori, lei probabilmente di me come del mascalzone che rapisce le ragazze e non le sposa e le costringe a vivere da selvagge. Ma sapevo quanto lei e Martina erano state legate da bambine e la familiarità dei suoi lineamenti ha sciolto quasi subito le mie prevenzioni. Le ho mostrato l'orto e il campo seminato a frumento e le oche e anitre e galline e il generatore a vento prima di farla entrare in casa. Lei cercava di difendersi dal cane Dip che voleva leccarle le mani, ha detto che era tutto molto bello ma aveva freddo.

Quando siamo entrati Martina è rimasta molto sorpresa, poi la sorpresa le si è incrinata in pianto. Anche Chiara era commossa: si sono abbracciate in lacrime, e non sapevo più se esserne contento o sentirmi in colpa.

Cinque minuti dopo Martina si è seduta su una poltrona con le mani sulla pancia, ha detto che forse le erano cominciate le doglie.

Mia madre e sua sorella sono corse avanti e indietro con bicchieri d'acqua, le hanno fatto aria e le sono state intorno, le hanno detto di non agitarsi. Martina non era agitata, ma parlava a mezza voce e respirava forte, la paura le dilatava le pupille.

Sono andato a scuoterla per le spalle, gridarle che correvo a prendere Giovanna la levatrice e tornavo subito. Mia madre mi ha fatto gesti di raccomandazione, ma non avevo abbastanza tempo per decifrarli; sono corso fuori come un pazzo e saltato in macchina, ho accelerato giù per la stradina sterrata senza sapere più come si cambiavano le marce. Ca' Persa mi sembrava lontanissima, c'erano continue curve e salite e infossamenti che non mi ricordavo.

Giovanna appena mi ha visto mi ha detto di stare calmo, che non aveva nessuna voglia di ammazzarsi per la strada. Le ho descritto i sintomi di Martina; lei mi ha assicurato che andava tutto bene, non c'era ragione di preoccuparsi.

Quando siamo tornati Martina era ancora sulla poltrona, accudita da sua sorella e mia madre. Giovanna le ha toccato la pancia e fatto qualche domanda, poi ci ha dato istruzioni per portarla in camera da letto e farla distendere, preparare asciugamani e bacinelle di acqua tiepida.

225

Siamo rimasti in uno strano stato per qualche tempo, fatto di scambi di parole e sguardi rassicuranti, contatti di mani; poi Martina ha cominciato a lamentarsi e respirare più affannata, e Giovanna è diventata d'improvviso molto attiva, si è messa a dare ordini a tutti. Ho fatto del mio meglio per aiutare, ma i miei gesti non erano ben sincronizzati con i pensieri: urtavo dappertutto, mi sentivo sfuggire le cose dalle mani. A un certo punto Giovanna mi ha detto di andarmene fuori, a far smettere il cane di abbaiare.

Così sono uscito con Dip sul prato davanti a casa; sentivo le voci delle donne attraverso i vetri della finestra, i gemiti di Martina più forti e frequenti.

Alla fine sono rientrato nella stanza calda di vapore e di attività sollecite, ho visto Chiara che asciugava un bambinetto livido. Mi sono avvicinato, e ho visto che Giovanna ne stava aiutando un altro a venire fuori. Ho quasi perso la testa, girato per la stanza senza più capire quanti figli erano nati, o a chi. Poi Giovanna ha detto «Sì, Mario, sono due gemelli».

Martina mi ha sorriso, sfinita com'era, e mia madre e Chiara hanno fatto lo stesso. Ma ero troppo scosso all'idea di avere due figli invece di uno. Continuavo a guardarli: un maschio e una femmina, diversi tra loro, per fortuna.

Giovanna ha detto che se l'era immaginato dalle dimensioni e la forma della pancia, ma non ci aveva detto niente perché non ne era certa. Passava da un gesto all'altro con una sicurezza semplice, trattava i bambini e Martina come se stesse preparando il pane o governando l'orto. Quando ha finito e riposto gli asciugamani e le bacinelle e gli altri oggetti che aveva usato, mi ha chiesto se c'era del vino buono. Ho aperto una bottiglia di passito forte del contadino Raggi, ne abbiamo dato da bere un sorso anche a Martina.

Poi tutte le anticipazioni che avevamo accumulato in nove mesi non sono state più niente di fronte alla presenza di due nuove piccole persone nella famiglia. Era difficile capacitarsi che qualcuno si potesse materializzare da un momento all'altro in modo così vero e definitivo, urlare con vocetta roca dove prima non c'era niente. Ogni tanto andavo da Martina addormentata nella nostra stanza, e quando tornavo fuori mi aspettavo di non trovare più nessuno, come se fosse stato solo un episodio di immaginazione: invece i due gemelli erano ancora in braccio a mia madre e a Chiara, che li guardavano stupite quasi quanto me.

Sei

La levatrice Giovanna mi ha avvertito che avrei dovuto pensare io a far registrare i gemelli all'anagrafe di Gubbio, altrimenti nessuno avrebbe neanche saputo che esistevano. Mi è venuta la tentazione di non denunciarli affatto, lasciarli crescere liberi e felici senza certificati né doveri di sudditanza; ma mia madre e Martina e Chiara hanno detto che questo gli avrebbe solo creato problemi, non avrebbero potuto andare a scuola né all'estero né fare quasi niente una volta cresciuti.

Così abbiamo dovuto scegliere presto come chiamarli. Abbiamo fatto il giro di tutti i nomi comuni, poi ne abbiamo provati di insoliti e anche di inventati; alla fine Martina ha deciso che voleva chiamare Chiara la femmina, e io Guido il maschio. Chiara si è commossa quando gliel'abbiamo detto. Era sensibile fino alla fragilità, malgrado la sua aria elegante da cittadina: Martina mi ha spiegato che aveva rotto con il suo uomo poche settimane prima, ne era rimasta molto scossa.

Sono andato a chiamare Guido da Ca' Persa per avvertire anche lui, e sua madre mi ha detto che era partito il giorno prima per l'Australia. Non le aveva lasciato un recapito, non sapeva ancora se si sarebbe fermato a Sydney o a Melbourne. Mi ha chiesto «Come si fa a non portarsi niente in un posto così lontano? È andato via con una borsa leggera, ci saranno state due camicie e un paio di calzoni e qualche libro».

Le ho detto che in Australia era estate e che Guido non aveva mai bisogno di molto, anche se lo conosceva mèglio di me. Mi dispiaceva che se ne fosse andato un'altra volta senza neanche avvertirmi: sparito per chissà quanto tempo.

Mia madre è ripartita appena ha visto Martina di nuovo in forze e i due gemelli ben avviati a crescere e nutrirsi. Mentre l'accompagnavo al treno mi ha confessato di aver sofferto a lungo per la mia mancanza di propensioni artistiche, e di esserne invece molto contenta adesso: le sembrava più importante che riuscissi a vivere. Non capivo perché mettesse le due cose in contrapposizione, ho pensato che fosse un'altra delle sue idee derivate dalla vita con mio padre.

Chiara continuava a dire di dover assolutamente tornare a Milano, ma poi ogni volta si appigliava al minimo pretesto per rimandare la partenza, spostarla di un altro giorno o due. Alla fine Martina le ha chiesto di decidere senza tenerci sempre sul chi vive, e lei si è messa a piangere: ha detto che negli ultimi tempi era stata così male da volersi ammazzare, le era sembrato di non avere amici né impegni né interessi né collegamenti abbastanza forti con il mondo. Ha detto che con noi era stata bene per la prima volta da mesi, adesso la sgomentava l'idea di ritrovarsi nella situazione di prima.

Le ho spiegato che se voleva poteva anche restare per sempre; l'ho abbracciata e carezzata sui capelli per calmarla. Ed è curioso, perché mi sembrava di essere un po' Guido mentre lo facevo, eppure non gli avevo mai visto assumere questo ruolo: avevo solo raccolto la tensione sotto il suo apparente rifiuto di responsabilità verso gli altri.

Abbiamo sistemato in modo più permanente la stanza di Chiara: costruito un letto comodo e degli scaffali e un tavolino, trovato una stufa di cotto per scaldarla adesso che il gelo stava per arrivare.

Poi siamo scivolati nell'inverno pieno e la nostra vita si è rinserrata in casa, dedita a fuochi da alimentare e cibi da cuocere e lente riparazioni e migliorie; assorta in un ritmo lungo interrotto solo ogni tanto da un guasto o da un improvviso eccesso atmosferico. I due gemelli poppavano dal seno di Martina, stavano sdraiati a guardare il soffitto dall'angolo di soggiorno che avevo imbottito e smussato per loro. Lasciavo ogni pochi minuti il lavoro per andare a guardarli, spiare i loro lineamenti e i loro gesti, cercare di suscitare reazioni.

Di notte ci svegliavano con richieste di cibo e calore e attenzione; il silenzio che c'era stato prima del loro arrivo non durava ormai più di qualche ora. Quando uno dei due si metteva a strillare contagiava subito anche l'altro: le piccole voci acute costringevano me e Martina ad alzarci come sonnambuli, andare a rigirarli nelle culle, parlargli a occhi chiusi. Di giorno eravamo rintronati, affrontavamo le solite attività con uno spirito intermittente.

Chiara ha smesso di vestirsi e truccarsi con l'attenzione aguzza che aveva appena arrivata dalla città; presto ha imparato i lavori indispensabili a mandare avanti la casa, e ci si è dedicata con un'energia che non mi ero immaginato. Le sue angolosità di carattere si sono addolcite; lei e Martina hanno ritrovato la confidenza che le teneva insieme da bambine. Il gioco polarizzato di quando eravamo solo in due non c'era più, ma al suo posto c'era la ricchezza di questa nuova famiglia: pensavo che potevamo resistere a qualunque genere di freddo adesso.

Per la prima volta ho fatto un vero bilancio della nostra situazione finanziaria, e mi sono spaventato. Dopo l'acquisto delle Due Case e i lavori di ristrutturazione e il generatore a vento e le stufe e le sementi e due anni e mezzo di vita, dei soldi che mi aveva lasciato il marito di mia madre rimaneva forse quanto bastava per andare avanti un altro anno o due. Avevo deciso dall'inizio che non avrei mai chiesto aiuti a nessuno, e non pensavo nemmeno lontanamente a tornare indietro; il nostro standard di vita era già così semplice che non capivo come avremmo potuto ridurlo in modo sostanziale.

Ne ho parlato con Martina e Chiara quando i gemelli dormivano. Martina era incapace quanto me di capire i principii dell'economia: ha scrollato le spalle, detto che secondo lei bastava smettere di andare allo spaccio, prendere una mucca in modo da avere il latte che ci serviva per i gemelli una volta svezzati. Ma l'orto e il frutteto producevano troppo poco e solo in alcuni periodi dell'anno, le anitre e le galline tendevano a nascondere le loro uova e non ci saremmo mai sognati di ammazzarle per mangiarcele; non sapevamo ancora se il piccolo campo di grano ci avrebbe dato pane a sufficienza. Non avevamo vitamine per l'inverno, né proteine; dipendevamo dallo spaccio di Ca' Persa per la pasta e il formaggio e il tonno in scatola e i limoni e quasi tutto quello che ci faceva sopravvivere ogni giorno.

Chiara per fortuna era diversa da noi: ha analizzato la situazione in termini più razionali, detto che era d'accordo con le nostre scelte ma le sembrava ridicolo lavorare la terra con un aratro a mano e innaffiare le piante a secchiate e buttare via giorni interi con vecchie stufe inefficienti. Ha detto che secondo lei l'unica via possibile era coltivare in modo efficace tutti i nostri ettari coltivabili, trovare le sementi e i concimi e le tecniche giuste così da ottenere una buona quantità di prodotti e venderne una parte, comprare con il ricavato quello che ci serviva ancora. Ha detto che neanche a lei piacevano i motori a scoppio e la benzina, ma allora avremmo dovuto procurarci almeno un mulo o un cavallo per tirare un aratro serio; smetterla di cercare di vivere come all'età della pietra. Aveva un tono aggressivo, anche irritante dal punto di vista mio e di Martina, come se la sua natura cittadina prevalesse sui sentimenti naturali che era riuscita a ritrovare con noi. Ma aveva ragione, e ce ne siamo resi conto.

Abbiamo cominciato a fare calcoli e programmi più realistici, stretti vicino alla stufa, nell'alone dell'unica lampadina a dodici volts.

Ogni tanto incontravamo un ragazzo tedesco che viveva in una piccola casa di pietra chiamata Ca' Ciglione, su una costa di collina a sei chilometri da noi. Non aveva una macchina, ma era un camminatore dal passo lungo; ci capitava di trovarlo sulla strada sterrata e offrirgli un passaggio; lui faceva di no con la testa, andava avanti senza perdere il ritmo. Altre volte lo vedevamo allo spaccio di Ca' Persa mentre comprava pochissime cose, se ne andava con il suo sacchetto e la stessa aria leggermente allucinata che avevo avuto io il primo anno, lo stesso desiderio di starsene per conto suo.

Una sera di nevischio ai primi di gennaio abbiamo sentito bussare alla porta, ed era lui. Magro e intirizzito ci ha chiesto in cattivo italiano se potevamo prestargli una candela, ma non ci voleva molto a capire che in realtà era disperato per il freddo e la solitudine e la fame. Gli abbiamo dato un piatto di zuppa; lui dopo un tentativo debole di rifiutarlo se l'è spazzato via in pochi minuti, a testa bassa e con le mani che gli tremavano. Martina e Chiara gli hanno portato altro da mangiare; lui ha raccontato che si chiamava Werner ed era scappato da Francoforte perché odiava la città e sognava di vivere nella campagna mediterranea coltivando la terra. D'estate era riuscito a trovare Ca' Ciglione in affitto, ma non aveva luce né acqua né una stufa, non si era immaginato che l'inverno in Italia potesse diventare così duro.

Siamo stati ad ascoltarlo pieni di compassione, poi Martina senza neanche consultarmi l'ha invitato a rimanere con noi fino alla primavera. Gli ha detto che c'era un sacco di spazio e ci faceva piacere, avrebbe potuto aiutarci con i lavori e vivere al caldo in compagnia. Ha sempre avuto questa generosità istintiva verso chi le è simpatico, molto più forte dei miei istinti di difesa del territorio. Mi sono irrigidito all'idea che un estraneo si intromettesse nel tepore protetto della mia famiglia, non ho minimamente sostenuto la sua offerta. Martina mi è venuta dietro nel soggiorno, mi ha chiesto di accompagnarla un attimo in cucina; ha chiuso la porta, mi ha chiesto se non mi avrebbe fatto piacere trovare qualcuno di altrettanto ospitale quando ero solo. Aveva uno sguardo così limpido e sereno che le ho dato ragione senza discutere, mi sono vergognato della mia meschinità.

Così Werner è venuto a vivere con noi, e dopo una settimana lui e Chiara si sono messi insieme come era inevitabile, la nostra famiglia è diventata ancora più estesa.

È caduta altra neve che ha coperto del tutto le colline,
colmato ogni sbalzo brusco nel paesaggio. Portavamo fuori
i gemelli in due sacchi-marsupio, camminavamo come in un
sogno distante, non raggiunto da alcun suono. Per il resto
stavamo in casa a tener vive le stufe e il camino, affondati in
uno stato semiletargico; discutevamo di cosa fare in primavera e poi lasciavamo sospese queste considerazioni, tornavamo a studiarle più tardi.

Sette

In primavera è arrivata una lettera di Guido da Sydney: tre fogli di carta sottile battuti fitti a macchina. Aveva già cambiato casa e lavoro due volte, incontrato molta gente diversa, girato per qualche giorno le foreste di eucalipti a nord della città; adesso faceva il pulitore di vetri e viveva con una giovane fotografa. La sua lettera era animata da ritratti di persone e luoghi e situazioni nello stile netto e a volte crudele che conoscevo, ma lui non era quasi mai nel quadro, o c'era solo in modo incidentale. Bisognava frugare dietro i verbi e gli aggettivi e i tagli rapidi delle frasi per scoprire i suoi sentimenti, e allora sembravano dominati dalla perplessità di fronte al futuro, l'idea di essere molto lontano dal resto del mondo.

Martina ha letto dopo di me; quando ha finito mi ha chiesto «Non è tremendamente infelice, secondo te? Come se fosse andato in esilio di sua scelta?».

Gli abbiamo scritto insieme una lunga risposta, dove raccontavamo dei gemelli e dei loro nomi e di Chiara e Werner e dei nuovi progetti: con tanti dettagli sui nostri stati d'animo quanti lui ne aveva omessi sui suoi.

Abbiamo comprato un trattore di seconda mano per le nuove colture. Cavalli o buoi da tiro erano difficili da trovare, e in più ci siamo convinti che aggiogare degli animali per un lavoro faticoso non era molto meglio di usare un motore a benzina. Werner ha pensato che invece avremmo potuto alimentare il trattore a metano: nel giro di una settimana è riuscito a fare la conversione, montare due grosse bombole ai lati, illegali ma funzionavano. Aveva un vero talento per la meccanica, che gli permetteva di risolvere buona parte dei problemi con cui io e Martina convivevamo da tempo come se fossero inevitabili. È riuscito a rinforzare il generatore a vento e migliorare la tenuta degli accumulatori, liberare il pozzetto della cantina in modo che non si allagasse più a ogni pioggia. Grazie a lui e a Chiara abbiamo stabilito un rapporto più sistematico con la campagna, messo in pratica progetti che ci erano sembrati ancora ben lontani.

Con il trattore abbiamo dissodato quattro ettari di prato incolto, li abbiamo concimati con letame di vacca e seminati a orzo e farro e grano saraceno che non richiedevano troppi sforzi innaturali al terreno. Abbiamo quasi triplicato l'estensione dell'orto e del frutteto, piantato verdure e alberi di varietà diverse che non maturavano tutte nello stesso momento. Abbiamo collegato una pompa elettrica al pozzo, così da poter irrigare senza spezzarci la schiena con i secchi; costruito una piccola stalla e comprato una capra, imparato a ricavare yogurt e anche formaggio fresco dal suo latte. Nel giro di due mesi ho speso buona parte di quello che mi restava, ma non volevo più avere un margine di fuga, in ogni caso.

I gemelli cominciavano a gattonare a quattro zampe, avevano reazioni sempre più umane alle nostre voci. Li tenevamo fuori quasi tutto il giorno, in un recinto che gli avevamo costruito vicino all'orto. Ci occupavamo di loro a turno, in modo da non soffocare Martina di responsabilità, e anche in questo riuscivamo a funzionare come una vera famiglia estesa.

Guido ci ha scritto un'altra lettera. L'idea che avessimo dato il suo nome a uno dei nostri figli doveva averlo colpito molto, anche se come sempre cercava di non farlo capire. Diceva che dal suo punto di vista instabile la nostra vita gli sembrava incredibilmente serena; che spesso pensava alla casa che gli avevamo offerto come a un'isola nella corrente. Aveva già lasciato la fotografa, adesso viveva con una ragazza conosciuta durante una ricerca di mercato per una marca di birra, dove tutti e due avevano fatto i mescitori per qualche giorno sotto un tendone. Il paese gli sembrava più provinciale e vuoto di come si era immaginato; c'era un fondo di delusione nei suoi racconti.

Gli abbiamo risposto con un quadro aggiornato della nostra situazione, i nostri progressi familiari e agricoli.

Lui ha scritto ancora, e da quel momento ci ha mandato una lettera al mese o anche più spesso, a seconda di dove viveva e quali erano i suoi orari. Abbiamo cominciato ad aspettarle come i capitoli di un racconto a puntate: ansiosi di far entrare i loro ritmi imprevedibili nel ritmo lento e regolare della nostra vita. Anche Chiara e Werner che non avevano mai incontrato Guido provavano lo stesso interesse mio e di Martina, gli stessi trasferimenti di emozioni ogni volta che il postino arrivava su per la strada.

Mese dopo mese l'idea di avere un piccolo pubblico affezionato ha incoraggiato Guido ad andare oltre, come lo sguardo degli spettatori può incoraggiare un camminatore sul filo. Le sue lettere hanno cominciato ad aprirsi, includerlo nel quadro in modo sempre meno vago; sempre più simili a pagine di un diario che a capitoli di un racconto. Ma era un diario scritto per essere letto; le continue cancellature e correzioni tra le righe lasciavano capire quanto poco casuale era il suo stile.

Continuava a passare da una ragazza all'altra e da una casa all'altra, irrequieto e incerto su cosa cercava; si manteneva con i lavori che riusciva a trovare nella sua posizione di straniero con visto turistico scaduto da mesi. Ha raccolto spazzatura e tradotto lettere commerciali, guidato un camioncino di hot dogs e hamburger finché è bruciato per un guasto alla bombola del gas. Altre attività erano meno legali, come una volta che ha portato una macchina da Sydney a Canberra per scoprire solo dopo che era rubata, o quando ha fatto da intermediario in una ricerca di documenti falsi per due profughi vietnamiti. Era allo sbaraglio, senza la minima rete di protezione: senza i soldi per tornarsene in Italia se lo avesse voluto né la possibilità morale di accettarli da nessuno. Eppure non sembrava mai particolarmente preoccupato della sua sopravvivenza; era cosa fare nella vita che lo preoccupava, che genere di strada seguire adesso che aveva ventiquattro anni.

Nelle decisioni di qualunque importanza cercava di non contrastare quello che gli sembrava il corso naturale degli avvenimenti. Aveva una strana forma discontinua di fatalismo, che lo induceva a farsi trascinare fino al cuore di una situazione e solo allora reagire d'improvviso, rimescolare con furia gli elementi in gioco. Si lasciava affondare in rapporti e attività e luoghi che per istinto gli erano estranei; poi sempre per istinto mandava all'aria stati in apparenza perfetti, ricominciava da capo a cercare nel paesaggio una traccia da seguire.

Martina all'inizio era irritata dall'ansia insaziabile che lo attirava in sempre nuove storie sentimentali, ma dopo qualche tempo mi ha detto che forse lo capiva. Secondo lei ogni donna era per Guido una chiave che gli permetteva di entrare in un'altra vita, sperimentarla nei suoi risvolti più intimi invece di immaginarsela dal di fuori. Era sicura che le donne gli piacevano come persone, e lui evidentemente piaceva a loro, ma doveva essere l'ossessione per le infinite possibilità parallele a rendere senza fine la sua ricerca.

Mi colpiva che riuscisse a capire tutto questo di Guido dopo averlo visto per meno di una settimana; e l'attenzione con cui ne parlava, l'interesse concentrato. A volte si metteva a discuterne con sua sorella, e anche le opinioni di Chiara erano sempre più partecipi e accurate. Guido si rendeva conto di questo interesse specificamente femminile nel suo piccolo pubblico: ci giocava in modo obliquo quando scriveva, stava attento ad alimentarlo.

Grazie alle sue lettere mi sembrava di poter decifrare i suoi pensieri meglio che in passato, seguire la formazione dei modi di fare che non ero mai riuscito a capire del tutto. Il suo umore non conosceva registri intermedi: lo sbalzava di continuo dall'entusiasmo alla depressione, influenzato a volte da semplici variazioni nella luce o nella temperatura, dai colori o le forme di un ambiente. Era ingenuo, anche, molto più di come mi ero immaginato: spesso si lasciava sedurre dall'aspetto di una persona o dal suono di una parola, solo più tardi riusciva a vederli in prospettiva. Scriveva per esempio di aver conosciuto una ragazza straordinaria che poteva diventare per lui quello che Martina era per me, e un mese più tardi faceva un elenco feroce dei difetti che era riuscito a identificare in lei, parlava della loro storia come di un episodio patetico. Gli succedeva la stessa cosa con amici appena incontrati, o lavori appena iniziati; con l'idea di vivere in Australia così come gli appariva a seconda del momento. Spesso le sue aspettative si articolavano in costruzioni del tutto imprudenti, nel giro di poco venivano spazzate via dalla delusione. Riusciva quasi sempre a riconquistare il terreno perso: tornarci sopra con una capacità ancora più affilata di giudicare le cose al di là dei loro involucri.

Mi capitava di identificarmi con lui, dalla mia posizione così più protetta, vedere le sue lettere come proiezioni di una parte di me che per paura e mancanza di talento non avevo mai sviluppato. Martina lo capiva bene; e la sua curiosità aveva due ragioni.

Otto

Alla fine del '77 per la prima volta il bilancio della nostra attività agricola non è stato in passivo. La raccolta dei cereali era andata bene, ne avevamo abbastanza per il nostro uso e per venderne diversi quintali a un mulino di Perugia che lavorava farine organiche. Avevamo imparato a produrre formaggi di capra da stagionare, e conserve di frutta e di pomodori; le galline finalmente ci davano le uova che ci servivano. Eravamo quasi autosufficienti, e l'idea ci riempiva di gioia.

I gemelli ormai camminavano, crescevano coloriti come veri bambini di campagna, riempivano la casa di voci e movimenti con un'energia senza fine. Si erano affezionati a noi quattro adulti quasi nello stesso modo, erano felici solo quando ci vedevano tutti insieme. Passavamo ogni momento libero a giocare con loro, spiare i loro progressi, coltivarli come la dimostrazione vivente che il nostro mondo fuori dal mondo funzionava.

Nel '78 Guido ha lasciato la sua donna e casa del momento e se n'è andato in pullman a Melbourne. Questa seconda città doveva corrispondere ancora meno di Sydney all'immagine avventurosa ed esotica che l'aveva attirato in Australia: nelle lettere diceva che gli sembrava un unico sobborgo coloniale, vuoto e addormentato. Io e Martina e Chiara e Werner abbiamo cominciato a dubitare che avrebbe mai trovato lì quello che cercava; seguivamo i suoi spostamenti immaginandoci già le sue nuove delusioni.

Anche a Melbourne ha fatto lavori occasionali per vivere, cambiato una serie di sistemazioni provvisorie. Un fondo di stanchezza cominciava ad affiorare nei suoi racconti, li tingeva a volte di una luce amara e dubbiosa.

Poi una sera in un bar musicale ha conosciuto una ragazza che si chiamava Laurie, e le sue lettere hanno cambiato tono.

Lei aveva ventitré anni e voleva fare la cantante rock, viveva in un ex albergo di terza categoria che aveva comprato nell'unica strada rumorosa della città. Era ricca e infantile e strana, figlia unica di uno speculatore edilizio e di una bellissima donna morta in un incidente aereo.

Sono andati a letto insieme la notte che si sono incontrati, molto ubriachi e fumati di marijuana tutti e due; poi non si sono visti né sentiti per diversi giorni, ma Guido pensava a lei così spesso che ha dovuto tornare a cercarla. Laurie non sembrava più minimamente interessata a lui, e questo naturalmente ha aumentato di molto la sua forza di attrazione. Guido era affascinato dai suoi modi distratti di ragazzina viziata, l'infelicità sottile che traspariva nei suoi atteggiamenti e la faceva sfuggire a qualunque legame impegnativo; si è lasciato prendere da lei come non gli era credo mai capitato.

Laurie l'ha invitato a stare nella sua casa-albergo, ma quando lui ci è andato ha cominciato a trattarlo sullo stesso piano della dozzina di musicisti rock e pseudoartisti che teneva presso di sé come una piccola corte. Ogni tanto gli chiedeva di dormire con lei; più spesso gli faceva trovare chiusa la porta della sua stanza all'ultimo piano, dove le pareti e i mobili erano dipinti di rosa elettrico e c'erano bambole e orsetti di fianco a fotografie in grandezza naturale di David Bowie. Guido era esasperato e incantato dal suo modo di fare: ha provato un paio di volte ad andarsene, è tornato indietro.

Cercava di restare più autonomo che poteva; lavorava per un antiquario specializzato in arte aborigena, spostava dipinti su corteccia di eucalipto da un magazzino all'altro per pochi dollari la settimana. Quando usciva di mattina gli altri ospiti della casa-albergo si erano appena addormentati; quando tornava la sera erano in cucina a sniffare cocaina o stavano accordando i loro strumenti nella soffitta trasformata in studio di registrazione.

Laurie non voleva che Guido la ascoltasse cantare, non era chiaro se per timidezza o paura di non essere brava. Passava notti intere chiusa con il suo gruppo, ma la musica che filtrava sotto sembrava punk inglese riciclato, la sua voce acuta e incerta. Lei e i suoi amici non ne volevano sapere della loro identità nazionale; seguivano modelli importati, come probabilmente i loro genitori prima di loro. Si atteggiavano a bohémien complicati, nella loro città-sobborgo dove tutto era chiuso e spento alle sette di ogni sera: giovani australiani ricchi che facevano finta di essere giovani inglesi poveri.

Neanche questi aspetti irritanti e patetici riducevano il fascino di Laurie agli occhi di Guido, o gli consentivano di esercitare su di lei la sua crudeltà di giudizio. Martina e Chiara isolavano per me e Werner gli aggettivi che usava nel descriverla, densi com'erano di un'ammirazione quasi scientifica, che lo spingeva ad analizzare nel modo più minuzioso ogni aspetto del suo comportamento.

Il padre di Laurie aveva per lei una gelosia estrema, esasperata dal fatto che l'eredità della madre morta l'aveva messa in una condizione di totale autonomia. La assediava di telefonate nelle ore più strane, cercava di scoprire particolari della sua vita sentimentale, le faceva visite a sorpresa anche nel mezzo della notte. Una volta Guido li ha visti insieme: lui vigoroso e aggressivo e quasi asiatico di lineamenti, lei biondina e magra e pallida per la vita in interni che faceva. Gli sembrava che quasi tutte le scelte di Laurie avessero lo scopo di suscitare in suo padre qualche reazione: la musica rock, i suoi amici, il disordine e la sporcizia, il suo modo irregolare di mangiare. Con Guido si comportava in modo discontinuo: gli si aggrappava nei momenti di panico e giurava di avere bisogno di lui; quando si sentiva sicura lo trattava con astio che forse avrebbe voluto indirizzare contro suo padre. Le pillole e polverine di cui faceva uso accentuavano l'imprevedibilità dei suoi stati d'animo, rendevano molto difficile comunicare con lei.

Alla fine Guido ha deciso che doveva strapparsi via dalla situazione e andarsene più lontano che poteva; è riuscito a mettere da parte i soldi per un viaggio a nord del paese. Ci ha descritto una scena straziante e ridicola di addii in cucina, con Laurie che piangeva e gridava stravolta dalla cocaina, pseudoartisti residenti che entravano a cercare cibo nel frigorifero. Poi quando lui era già sulla porta con la borsa da viaggio in mano lei ha detto che se partiva si sarebbe tagliata le vene; l'ha convinto a restare.

Le lettere di Guido sono diventate sempre più frequenti: ce ne arrivavano anche due alla settimana, fitte di osservazioni sui suoi rapporti con Laurie. Era innamorato di lei, intrappolato nella rete variabile dei suoi umori, nell'atmosfera malsana della casa-albergo. Lei dormiva di giorno e stava sveglia di notte, si riempiva di eccitanti e sedativi con l'idea che facessero parte del personaggio che voleva essere. Ogni tanto Guido la sorprendeva con un nuovo boccetto di pillole in mano: cercava di nasconderlo, si fingeva innocente. Lui era colpito da come sotto i suoi modi sregolati era ancora leggibile il moralismo puritano e coloniale della sua infanzia. L'idea lo commuoveva, nello stato distorto in cui era. A volte provava a dirle che avrebbe dovuto lavorare alla sua musica invece che agli atteggiamenti; finivano per litigare come pazzi, tirarsi oggetti, prendersi a spinte giù per le scale di legno.

Laurie non usciva quasi mai alla luce del sole, forse per distinguersi anche in questo dai suoi connazionali sempre abbronzati. Guido doveva faticare prima di smuoverla: una volta sono andati insieme a Phillip Island a vedere il ritorno dei pinguini dal mare, un'altra sulle colline di Geelong dove uno scultore folle aveva disposto tra le felci arboree statue di aborigeni e animali locali. Laurie era imbarazzata dalle manifestazioni di folclore australiano che incuriosivano Guido, e non aveva alcun interesse per la natura, l'aria aperta, le foreste di eucalipti. Le loro rare uscite degeneravano in nuove

244

liti con schiaffi e morsi e storcimenti di mani, avvinghia-
menti furiosi sui sedili della macchina.

Guido non lo diceva in modo esplicito, ma dalle variazioni di ritmo e tono nelle sue lettere si capiva benissimo che
aveva cominciato anche lui a usare le sostanze chimiche di
cui la casa-albergo di Laurie era piena. Il suo umore oscillava in modo sempre più forte, lo faceva passare da slanci ir-
reali a constatazioni desolate di dati di fatto. Io e Martina e
Chiara e Werner passavamo ore a ricostruire la sua situazione al di là delle parole; ne discutevamo accalorati da angoli
diversi. A volte mi sembrava un'attività morbosa; ma era lui
che ci scriveva, e ne aveva evidentemente bisogno, e la nostra attenzione era dovuta a veri sentimenti intensi.

Nel dicembre del '78 Laurie ha litigato con i musicisti del
suo gruppo, e Guido ne ha approfittato per trascinarla via
dalla casa-albergo, convincerla a seguirlo nel viaggio verso
nord che voleva fare da tempo.

Sono risaliti in pullman fino a Brisbane, lì hanno noleg-
giato una macchina per continuare lungo percorsi più liberi. Guido era incuriosito da questa parte dell'Australia, gli
sembrava molto più autentica del finto cosmopolitismo di
Sydney o la britannicità artificiale di Melbourne. Lo affasci-
navano gli spazi aperti e verdi, le immense distanze tra un
insediamento e l'altro, la vegetazione sempre più ricca ed
esotica man mano che si spingevano a nord. I suoi rapporti
con Laurie seguivano il solito andamento irregolare, che
nelle lettere a volte lasciava tempo e attenzione ai paesaggi e
a volte li faceva dissolvere del tutto.

Sono stati ospiti di parenti lontani di Laurie, rami provinciali della sua famiglia che lei non aveva mai conosciuto
direttamente. Laurie ne era imbarazzata, si sforzava di sot-
tolineare la sua estraneità alla loro vita fatta di barbecue nel
giardino e pettegolezzi locali e pregiudizi mai verificati e be-
vute di birra con una mano sullo stomaco. Avrebbe preferito dormire in albergo, ma Guido voleva viaggiare in modo
frugale senza dipendere dai suoi soldi, e gli interessava conoscere qualche australiano che non facesse finta di essere

europeo o americano. Ci ha descritto una famiglia di cugini della madre di Laurie di cui sono stati ospiti a Toowoomba: la loro casa su palafitte, le strane piante da frutto nel giardino; le ubriacature rituali dei maschi, l'aspetto rustico e quasi privo di grazia delle femmine. Laurie l'ha convinto a scappare via di notte senza salutare nessuno, guidare fino all'alba e prendere con le ultime forze un traghetto per Frazer Island. Guido ci riferiva con finta indignazione di questi capricci infantili: in realtà ne era intrigato, non faceva niente di serio per contrastarli.

Hanno passato una settimana chiusi gran parte del giorno in un bungalow di foglie di palma a fumare marijuana e fare l'amore. Uscivano la notte, guidavano lenti per vedere i canguri-topo e i wallaby e i canguri rossi saltellare alla luce dei fari. Poi la loro irrequietezza li ha ripresi e sono tornati sulla costa, hanno continuato verso nord con deviazioni di tanto in tanto tra colline e monti coperti di foreste pluviali. Si fermavano a fare il bagno in laghetti sorgivi, osservavano pappagalli molto colorati frullare rapidi tra la vegetazione. In certi momenti Laurie sembrava partecipe delle sensazioni del viaggio; poi perdeva interesse d'improvviso, le sue pillole ed erbe e polverine la riempivano d'ansia di tornare indietro o andare avanti per centinaia di chilometri senza fermarsi.

Era la stagione delle piogge, e dopo Rockhampton la strada costiera è stata interrotta dalle acque limacciose di fiumi e torrenti straripati, che trasformavano in isole le cime delle colline e tagliavano le comunicazioni tra un centro e l'altro. Guido e Laurie hanno dovuto deviare all'interno, continuare attraverso un territorio brullo e quasi desertico. Laurie non si toglieva mai gli occhiali da sole, né la sua giacchetta nera satinata da cantante rock anche quando c'erano trentacinque gradi all'ombra. A volte Guido era esasperato dalla sua inerzia, a volte se ne lasciava contagiare. A volte viaggiavano senza parlarsi per ore, come se arrivare al punto più a nord del continente fosse un dovere, o una possibile soluzione alle loro tensioni.

Werner ha comprato a Perugia una carta geografica dell'Australia; ci siamo messi a rintracciare l'itinerario di Laurie e Guido, segnare a matita i posti che avevano già raggiunto. Calcolavamo distanze e tempi, facevamo congetture sulle tappe successive.

In certi momenti il loro viaggio sembrava la ricognizione di un pianeta misterioso, in altri un pellegrinaggio nella desolazione, in altri ancora un inseguimento e una sfida a due. I loro umori si riverberavano sullo scenario, lo tingevano continuamente di luci diverse: Guido descriveva in toni idilliaci una camminata nel fresco primordiale di una foresta, e nella lettera successiva il paesaggio gli appariva estraneo e vuoto in modo angoscioso. Diceva di cominciare a capire l'intolleranza di Laurie per gli accenti sgangherati dei suoi connazionali, il loro modo di vivere con i cascami della civiltà industriale, senza scelta e senza qualità e senza gusto; senza un retroterra più profondo del puro istinto di sopravvivenza.

A volte lui e Laurie erano complici e divertiti come due bambini, a volte si riempivano di astio reciproco. Mangiavano e dormivano in modo sempre più irregolare, i loro metabolismi rallentati e accelerati dalle sostanze chimiche di cui Guido adesso parlava con finta indifferenza. Bruciavano centinaia di chilometri di strada dritta ai cui bordi si vedevano carcasse di canguri falciati da altre macchine solitarie, poi si fermavano in un posto senza nessuna ragione precisa, ci restavano invischiati per una settimana intera.

Io e Martina e Chiara e Werner ci stupivamo che Guido continuasse a trovare il tempo e la voglia di scriverci; ogni volta che ricevevamo una sua busta avevamo paura che fosse l'ultima. Viste dal nostro tepore domestico le sue lettere erano a volte difficili da capire, ci facevano sentire simili ai personaggi della frontiera australiana che lui e Laurie ormai detestavano nello stesso modo, adagiati in una vita troppo semplice e ripetitiva. Poi uno di noi trovava un'assonanza inaspettata tra le righe, e d'improvviso si sentiva portar via, pieno di desideri mobili, imprevedibilità e stupore.

Hanno passato la cittadina di Cooktown, risalito la penisola di Capo York fino in fondo alla strada praticabile. Sono scesi dalla macchina a cercare di distinguere la costa della Nuova Guinea, ma vedevano solo mangrovie a perdita d'occhio. Adesso che avevano raggiunto il punto più a nord che si poteva raggiungere, il motivo dei loro spostamenti si è dissolto di colpo; si sono sentiti persi.

Sono tornati verso sud, costretti dagli allagamenti a cambiare strada di continuo, fermarsi per giorni in piccoli centri sperduti. Litigavano alla minima occasione, tranguggiavano pillole e annusavano polverine, facevano l'amore nel modo più rabbioso. Guido aveva rinunciato ormai a ogni reticenza quando scriveva: sembrava che cercasse solo di registrare dati e spedirceli perché li potessimo studiare in condizioni più favorevoli delle sue.

Martina diceva che al fondo delle loro tensioni c'era il fatto che nessuno dei due sapeva cosa fare nella vita e cosa pretendere dall'Australia. Le sembrava che i loro desideri fossero indefiniti allo stesso modo, malgrado tutte le loro differenze, li rendessero altrettanto scontenti di qualsiasi cosa riuscivano a trovare.

Le lettere di Guido sono diventate brevi: poche righe scritte di fretta e infilate in una busta prima di risalire in macchina. Pioveva a scrosci violenti e le strade si trasformavano in fiumi, lui e Laurie si rifugiavano in alberghetti o camere d'affitto dove passavano metà del tempo a guardare fuori dalla finestra e l'altra metà ad accusarsi a vicenda. Poi il sole tornava a battere con violenza e l'aria umida si riscaldava come in una serra; riprendevano la loro fuga verso sud, in un'atmosfera resa ancora più difficile dal fatto che Guido aveva finito i suoi soldi e dipendeva ormai dalle carte di credito di Laurie.

Il giorno di Natale ci hanno scritto insieme una lettera da Ipswich, con frasi di auguri e commenti nelle loro due calligrafie nervose, ed è stata l'ultima. Io e Martina e Chiara e Werner abbiamo aspettato, ma non è più arrivato niente. Cercavamo di immaginare i motivi di questo vuoto di informazioni; gli sviluppi possibili del loro viaggio di ritorno. Martina ha detto che era come andare al cinema e vedersi spegnere il proiettore a metà film: avevamo lo stesso genere di emozioni interrotte.

248

Nove

Ai primi di febbraio è arrivato un telegramma di Guido da Roma, con il numero di un albergo. Sono andato a telefonargli tre o quattro volte prima di trovarlo, quando ci sono riuscito ero così sorpreso che quasi non l'ho salutato, gli ho solo chiesto cosa faceva qui. Guido ha detto che era stata una decisione improvvisa, lui e Laurie erano in Italia da due giorni: se volevamo ci venivano a trovare per cena. Gli ho chiesto con che treno pensavano di arrivare, lui ha detto di non preoccuparmi, si sarebbero arrangiati.

A casa Martina e Chiara e Werner erano increduli quanto me; volevano sapere che tono aveva Guido al telefono, se avevo parlato anche con Laurie. Ci eravamo abituati a immaginarli in una dimensione separata, ancora più lontana di quanto era lontana l'Australia dall'Italia; era strano pensare che stesse per fondersi con la nostra.

Abbiamo cominciato con ore di anticipo a preparare la stanza degli ospiti, lavare e vestire i gemelli, riordinare gli oggetti sparsi in giro. Martina ha cambiato le stoffe colorate alle pareti, Chiara i mazzi di lunaria nei vasi. Werner si è messo a controllare il generatore a vento, come se stessimo aspettando un'ispezione tecnica invece di due amici.

Poi è venuto il buio e non arrivava nessuno; ci affacciavamo alla porta o alle finestre ogni cinque minuti per con-

249

trollare. Ascoltavamo i radi rumori lontani di motori finché si estinguevano dietro qualche collina; tornavamo dentro a controllare le pentole che sobbollivano in cucina. Abbiamo messo a letto i gemelli, stappato una bottiglia di vino, bevuto qualche bicchiere; avevamo fame ed eravamo sempre più nervosi. Finalmente verso le dieci e mezzo Chiara ha visto i fari di un taxi nel prato dietro le case, ha gridato che erano arrivati.

Guido è sceso, vestito di cotone nel gelo della notte; ha abbracciato Martina e poi me e Chiara e Werner. Stavamo tutti intorno al taxi come una piccola tribù di selvaggi, esitanti e incuriositi, attratti in modo morboso dalla varietà di borse e valigie che l'autista scaricava dal bagagliaio. Laurie è scesa, con i capelli biondi corti e i lineamenti sottili, la giacchetta nera satinata che Guido ci aveva descritto nelle sue lettere. Le abbiamo stretto a turno la mano; lei si rendeva conto che la guardavamo come una diva, o un animale esotico di cui si è molto sentito parlare. Il taxista veniva da Orvieto, aveva fatto più di cento chilometri per arrivare fin qui; ha chiesto un'incredibile quantità di soldi e se n'è andato nella notte.

In casa Werner ha versato del vino. Guido sembrava sconcertato per le stesse nostre ragioni: ha detto «Pensavo che questo fosse una specie di luogo *immaginario*, ormai». È venuto a darmi i soliti colpi a mano aperta sulle spalle per ristabilire un contatto; ha detto a Laurie in inglese «Ci conosciamo da *bambini*, in pratica». Parlava con naturalezza adesso, senza cercare un accento americano o britannico, ma la sua voce era più aspra di come la ricordavo.

Laurie ha sorriso nervosa, senza quasi guardarmi: era strano vederla vicina a Martina così più equilibrata, serena al centro della sua casa. Anche Guido se n'è accorto; continuava a spostare lo sguardo da una all'altra, registrare il contrasto. Sembrava scosso dal viaggio, dallo sbalzo di clima e orario e atmosfera.

Ha voluto a tutti i costi vedere subito i gemelli; siamo saliti piano per le scale, entrati nella loro camera in fila indiana. Guido si è avvicinato ai due lettini con cautela, ha cercato di distinguerli alla luce fioca di una piccola lampada. È rimasto cinque minuti a guardarli respirare, come se non ci fosse nessun altro nella stanza. Non mi sarei mai immaginato di vederlo così colpito da due bambini, il suo distacco annullato dalla nostalgia per quello che non aveva e quello che non aveva avuto. Laurie era molto meno commossa: si guardava intorno, sbadigliava.

Gli abbiamo prestato due golf e siamo scesi a mangiare. A quest'ora di solito eravamo già a letto addormentati, ma adesso non avevamo sonno, la presenza di Guido e Laurie mandava impulsi eccitati attraverso i nostri cuori. Seduti di fianco facevano parte di una stessa atmosfera: legati dalle differenze che li avevano attratti e divisi e fatti litigare in luoghi lontanissimi per un anno. E sembravano stranieri tutti e due, diversi da noi in ogni occhiata, in ogni frammento di frase che si scambiavano con voce sfibrata da troppi spostamenti. Guardavo Guido nel mio grosso golf di lana grigia, mi chiedevo se la sua estraneità aveva trovato alla fine una collocazione, diversa da quella che credevo di conoscere. Quando si è messo a parlare ho pensato che non era così; che forse nessuno riesce mai a cambiare del tutto.

Voleva sapere in dettaglio quello che era successo da quando era venuto alle Due Case: la nascita dei gemelli e la storia di Chiara e Werner, i lavori nella campagna, gli animali e le piante. Era evidente che non aveva letto con grande attenzione i resoconti meticolosi che gli avevamo mandato in Australia, perché alcuni dati gli riuscivano familiari, altri lo sorprendevano per la prima volta. L'idea che fossimo ormai quasi autosufficienti lo riempiva di entusiasmo; continuava a dire «È *incredibile*». Mi faceva uno strano effetto avere questi risultati da mostrargli, come un'illustrazione di quanto è in fondo semplice arrivare a uno stato di relativa felicità. Ero nella cucina della casa che avevo costruito, con intorno la mia famiglia, a parlare di puri dati di fatto a una persona ancora priva di collegamenti fissi con la vita; la disparità delle nostre posizioni non avrebbe potuto essere più forte.

Lui ascoltava e faceva domande, ogni volta sovrapposte per impazienza alle mie parole. Cercava anche di tener vivo il contatto con Martina e Chiara e Werner, ma c'era una qualità disperata nella sua irrequietezza; segni sottili intorno ai suoi occhi, agli angoli della bocca. Più andavamo avanti e più avevo l'impressione che non registrasse veramente quello che gli dicevo: che le mie frasi gli scivolassero oltre.

Laurie fissava il suo piatto di minestrone, continuava a girarci il cucchiaio senza mai portarlo alla bocca. Era infreddolita, anche con il golf di Martina; esclusa dalla nostra conversazione in italiano, dall'attenzione di tutti polarizzata su Guido. Martina e Chiara hanno provato a dirle qualcosa nel loro inglese limitato, ma lei non faceva il minimo sforzo di comunicazione, non veniva avanti con nessuna frase. C'era un gioco continuo di occhiate tra lei e Guido: rapidi controlli a vista più che sguardi d'affetto; non si parlavano quasi. A un certo punto si è alzata, ha detto «*Excuse me*». È stata via dieci minuti almeno; quando è tornata evitava di guardarci, non ha più toccato cibo. Martina e Chiara la spiavano a breve distanza, ripensavano credo a tutto quello che Guido aveva raccontato sulle sue abitudini. Si è alzato anche lui; è sparito a lungo, tornato con un'espressione difficile da decifrare.

Dopo mangiato abbiamo sparecchiato tutti insieme, siamo andati a sederci davanti al camino. Era una nostra abitudine di ogni sera stare a leggere o parlare o ascoltare musica guardando il fuoco, e di colpo mi è sembrato di vederla attraverso gli occhi di Guido, come un rito lento da persone provinciali o anziane o di un'altra epoca. Sono rimasto incerto per qualche secondo, poi ho pensato che non me ne vergognavo affatto, faceva parte della mia vita. Il suo sguardo ipercritico e insofferente non mi metteva più a disagio; ero contento di quello che io e la mia famiglia eravamo riusciti a ottenere. Ero me stesso, a questo punto; avevo smesso di oscillare alla ricerca di un'immagine o una definizione. Credo che Guido lo sentisse, perché si è messo a raccontare dei suoi rapporti difficili con l'Australia nel modo incalzante e provocatorio che avrebbe potuto usare con dei parenti all'antica, legati a ritmi e valori lontani dai suoi.

Martina e Chiara e Werner partecipavano alla conversazione, ma sapevano che riguardava me e Guido molto più di loro, e questo li teneva cauti. Alla fine hanno detto tutti e tre che erano stanchi, se ne sono andati a dormire. Laurie ha resistito qualche altro minuto e si è alzata anche lei; ha salutato appena, attraversato il soggiorno come un esile Peter Pan punk.

Io e Guido siamo rimasti soli, sfiniti e diffidenti, curiosi di scoprire le nostre carte. Lui si è messo a fare considerazioni sull'Italia, in tono di chi si sente del tutto al di fuori della scena. Diceva di non avere più nessun legame con il nostro paese; di non riuscire nemmeno a immaginarsi di poterci vivere ancora. Si aspettava credo di sentirmi ribattere con argomenti ragionevoli, ma il suo gioco era troppo esplicito e non mi ci sono lasciato tirare; gli ho detto che probabilmente aveva ragione. E il gioco gli si è guastato, la sua voce ha perso mordente. Ha cercato di spostare un legno nel camino e si è scottato le dita, ha detto «*Bastardo*».

Gli ho chiesto qual era la sua situazione finanziaria; lui ha detto che non aveva più un centesimo, Laurie pagava tutto da un mese. Ha detto che non poteva comprarsi il biglietto di ritorno in Australia, e in ogni caso non era sicuro di volerci tornare; che non sapeva come guadagnarsi da vivere né cosa fare nella vita; che era stufo marcio di andare in giro sperando di trovare un'ispirazione nel paesaggio.

Gli ho chiesto come andava con Laurie; lui ha detto «Ci facciamo del male in ogni modo possibile, e appena uno dei due accenna ad andarsene l'altro gli corre dietro come un povero *masochista*, non c'è verso che la cosa si risolva».

Gli ho chiesto se le droghe avevano a che fare con la situazione; lui ha solo distolto lo sguardo, ed era chiaro che sì. Mi imbarazzava parlargliene dalla mia posizione sana e pulita, dove l'unico stimolante che usavo era il vino della vigna dietro casa, ma non potevo farne a meno. Gli ho chiesto cosa prendevano esattamente; lui ha detto di tutto: ipnotici e sedativi ed eccitanti, marijuana e oppio e cocaina. Gli ho chiesto se si bucavano anche; lui ha detto «*No*», come se la mia domanda non fosse almeno contigua a quelle precedenti.

Mi ha raccontato dell'ultimo mese a Melbourne: dello sgomento che li aveva sommersi appena tornati, fino a fargli decidere all'improvviso di venire insieme in Italia. Ha detto «Una volta sono uscito a fare due passi, e il senso di vuoto mi ha preso così forte da dissolvermi i *contorni*. Sono stato molto fermo appoggiato al muro di una casa, mi mordevo le labbra per capire se non ero *sparito* del tutto». Ha riso, ma anche adesso non doveva sentirsi tanto lontano da quello stato.

Mi ha raccontato di aver passato gli ultimi due anni sospeso nell'angoscia di decidere qualcosa, senza riuscire a rintracciare ragioni e criteri per una decisione. Ha detto «Non sapevo neanche più perché ero *lì* anziché in un qualunque altro punto nel mondo. Ci restavo quasi solo per non tornare *indietro*».

Ho cercato di sapere cosa pensava di fare adesso; lui ha detto che non lo sapeva. Continuava a cambiare posizione sulla poltrona, si alzava a guardare il fuoco, sniffiava. Gli ho spiegato di nuovo che la seconda casa era sua, se solo la voleva, ed era un'offerta molto più realistica dell'ultima volta che gliel'avevo fatta. Lui ha sorriso come due anni prima, detto «Grazie»: senza prendere in vera considerazione l'idea.

Ho sistemato le ultime braci e ce ne siamo andati a dormire, molto perplessi tutti e due.

Il mattino presto sono stato con Werner a controllare la capra incinta nella stalla, spostare le arnie in un punto meno esposto al vento, rivoltare le mele cotogne sulla paglia, scartavetrare la porta della cantina per riverniciarla più tardi, tagliare assi per un paio di mensole, controllare il vino nelle botti. Ogni giorno c'era una tale varietà di cose da fare che il tempo non bastava mai, un'attività ne metteva subito in luce un'altra.

Quando siamo tornati in casa Martina stava dando da mangiare ai gemelli, Chiara preparava etichette per marmellate; Guido e Laurie non si erano ancora visti. Eravamo così abituati a essere in piedi e attivi alle sette di mattino, ci sembrava impossibile che qualcuno dormisse ancora a mezzogiorno e mezzo. Alla una ci siamo messi a mangiare in una strana atmosfera, con sguardi continui verso i due posti vuoti e verso la porta, conversazioni a mezza voce. Avremmo voluto parlare di Guido e Laurie e scambiarci opinioni, commentare il loro arrivo la sera prima e la cena e i discorsi dopo la cena, ma non riuscivamo a farlo. Anche i due gemelli sembravano a disagio: giocavano nel soggiorno e tornavano ogni pochi minuti a controllarci, stupiti dalla nostra cautela insolita.

Guido e Laurie sono arrivati in cucina quando stavamo sparecchiando: stravolti e infreddoliti malgrado i nostri golf. Laurie sembrava una ragazzina fragile adesso che non era truccata; incerta nei suoi rapporti con lo spazio e con le persone. Guido si è offerto di aiutarci a sparecchiare; ha fatto cadere una piccola teiera che è andata in pezzi. I gemelli sono venuti a vedere, si sono avvicinati curiosi e diffidenti. Guido era incantato: ha cercato di prendere in braccio Guido jr., ma lui si è sottratto rapido, è scappato nel soggiorno con sua sorella.

Guido e Laurie si sono seduti a tavola, e nessuno dei due aveva fame; hanno detto di no a tutte le nostre offerte di cibo. Chiara ha preparato lo stesso della pasta all'ortica, gliel'ha messa nei piatti; loro ne hanno prese solo un paio de forchettate. Adesso che era giorno non riuscivamo più a parlare di niente. Guido ha chiesto informazioni sui barattoli di marmellata che Chiara stava preparando, ma si capiva che non gli interessavano davvero. Sembrava più nervoso e stanco di quando era andato a dormire, incurante delle sue stesse domande. Werner ha cercato di illustrargli in dettaglio il nostro progetto per rimettere a posto la seconda casa, si è invischiato in un reticolo di particolari da cui non riusciva più a venire fuori. Dal soggiorno si sentivano i gemelli che dicevano a Martina di non volere più entrare in cucina, ma nessuno di noi ne ha approfittato per ridere. Io e Chiara facevamo tentativi di conversazione con Laurie nel nostro inglese smozzicato; lei non rispondeva quasi, era così tesa con Guido da gelare qualunque frase a mezz'aria.

Le abbiamo prestato due giacche pesanti e siamo usciti a farle vedere le nostre coltivazioni. Laurie non sembrava colpita dallo spettacolo e continuava a rabbrividire; è tornata in casa dopo pochi minuti. Guido è venuto con me e Chiara e Werner fino ai nuovi campi già seminati a frumento. Aveva freddo anche lui, si guardava intorno come uno costretto appena sveglio a partecipare a una missione di guerra. Mi veniva voglia di trascinarlo in giro per le colline, fargli vedere tutte le cose faticose e tangibili che avevamo fatto; costringerlo a scarpinare e sudare, togliergli quell'irrequietezza malsana che impediva alla sua attenzione di soffermarsi su un solo oggetto.

Poi lui si è appoggiato a un albero di noce e ha detto che pensava di partire per Milano entro sera. Aveva uno sguardo stremato che non gli conoscevo negli occhi, e in un secondo ho perso tutta la mia aggressività: mi sono sentito un moralista presuntuoso, facilitato dalle circostanze. Ho cercato di convincerlo a restare; sono andato avanti per dieci minuti di insistenze inutili.

Verso le cinque li ho accompagnati in macchina a Perugia. Laurie seduta dietro sonnecchiava, io e Guido guardavamo il paesaggio, intaccato e aggredito e devastato man mano che ci avvicinavamo alla città: gli svincoli e sovrappassi assurdi a quattro corsie, le enormi scatole di cemento dei piastrellifici e mobilifici e salumifici, gli insediamenti periferici costruiti per speculare sullo spazio e sui materiali e sulle forme e sulla vita di chi ci abita. A un certo punto Guido ha detto «Noi scappiamo via e questo schifo continua a diffondersi, non c'è nessuno che prova a *fermarlo*».

Ha detto che forse l'unica cosa da fare era cercarsi un'isola come avevo fatto io, proteggerla finché ci si riusciva. Gli ho risposto che la mia non era solo un'isola; che forse producendo cereali privi di veleni si poteva influire in minima parte sul mondo. Lui ha indicato la cupola atroce di un lampadificio circondato da un doppio muro di cemento, ha detto «Se volessimo influire dovremmo far saltare questa roba con il *tritolo*. Non è certo la farina biodinamica che cambia le cose». Gli ho risposto «È *anche* la farina biodinamica».

Avremmo potuto andare avanti per ore, se il viaggio fosse stato più lungo; non mi sembrava vero aver ritrovato una via di comunicazione. Solo quando siamo entrati in città Guido è tornato a chiudersi. Gli ho chiesto perché voleva tornare a Milano; lui ha detto «Perché forse lì ci concentriamo meno su di *noi*». Si è girato a guardare Laurie dietro, addormentata su un fianco.

Alla stazione abbiamo avuto appena il tempo di fare i biglietti e trasportare tutti i bagagli sulla banchina. Quando il treno è arrivato Guido ha tirato fuori dalla sua borsa una grossa busta di carta gialla; mi ha detto «Prova a dargli un'occhiata, se hai voglia». Nella confusione dei viaggiatori in arrivo e in partenza sono riuscito a vedere che conteneva un blocco di fogli battuti a macchina. Guido guardava i vagoni, come se pensasse solo a trovare posto: era chiaro che gli sembrava di essersi già scoperto troppo, non aveva voglia di sentirsi chiedere niente. Prima di salire sul treno lui e Laurie hanno fatto per restituirmi le giacche e i golf che gli avevamo prestato; gli ho detto di tenerseli, cercare di proteggersi almeno dal freddo.

257

Dieci

A casa ho letto il manoscritto che Guido mi aveva dato alla stazione. Era la storia di un ragazzo di vent'anni soprannominato Canemacchina, che vive alla periferia di Milano e lavora in un'officina meccanica e assorbe dalla città una tale quantità di violenza da decidere di assassinare il sindaco e tutti gli assessori. Il racconto era in prima persona, visto attraverso gli occhi del protagonista, senza il minimo distacco di prospettiva, senza personaggi intermedi o considerazioni esterne o rassicurazioni di nessun genere.

Quando ho finito di leggere mi sembrava che una fiamma ossidrica avesse bucato lo strato protettivo della mia esistenza tranquilla, per lasciar passare un fiotto di luci agghiaccianti e stridori di metalli e relazioni angosciose che pensavo di essermi dimenticato da anni. Ero stupito dall'intensità con cui Guido era riuscito a ricreare in Australia l'atmosfera di Milano; da come il suo talento che pensavo destinato a disperdersi in scritti brevi ed evanescenti si fosse fissato in quasi duecento fogli di un'unica storia. Intagliava personaggi e situazioni in modo ancora più efficace delle sue lettere o dei racconti che avevo letto al liceo; le sue descrizioni di luoghi avevano a volte una forza quasi intollerabile. Nello stesso tempo non era un lavoro del tutto compiuto: c'erano motivi accennati e quasi subito abbandonati, inizi di discorsi complessi fatti sparire nel ritmo rapido del racconto. Mentre leggevo mi sembrava di vedere Guido scrivere: concentrato e pieno di rabbia, e all'improvviso trascinato via da altri pensieri. Ho passato il pacco di fogli a Martina senza dirle niente. Lei è andata avanti a leggere fino a tardi di notte; ha finito il mattino dopo. Era ancora più colpita di me dallo stile di Guido, dal suo modo di rendere comprensibile la prospettiva di un personaggio privo di sentimenti, e lo stesso farla vibrare di sdegno in ogni parola. Mi ha detto che da anni non le capitava di leggere una storia così cattiva e anche vicina; che le faceva impressione pensare a come Guido doveva aver raccolto e distillato rabbia e sofferenza dalla sua vita per poi tirarle fuori in questa forma.

Anche Chiara ha voluto il manoscritto; l'ha letto in un pomeriggio e una sera senza smettere; alla fine ha detto che le sembrava interessante ma troppo secco nello stile. Era diversa da sua sorella: la sua sensibilità più fragile la faceva irrigidire di fronte al minimo attrito, cercare rassicurazioni nella forma. Le faceva paura che la storia di Guido fosse così priva di spiragli ottimistici, eppure continuava a parlarne, tornare sull'argomento. Guido aveva cominciato a interessarla con le sue lettere dall'Australia, e quando era venuto a trovarci l'aveva in parte delusa; adesso le appariva sotto un'altra luce ancora.

Werner leggeva l'italiano a fatica; ci ha tormentato per due giorni con richieste di spiegazioni sull'uso non ortodosso che Guido faceva di molte parole, sul vero significato di aggettivi apparentemente ambigui. Ma il libro gli è piaciuto: ha detto di averci ritrovato molte sue sensazioni di quando viveva a Francoforte, gli faceva impressione vederle ricostruite in modo così preciso.

Ne parlavamo come di un libro tra noi, perché ci sembrava che avesse l'autonomia di uno scritto già stampato e protetto da una copertina, ma erano solo fogli sciolti battuti a macchina con un nastro stinto, pieni di cancellature e correzioni nervose a penna. Martina diceva che Guido avrebbe dovuto proporlo a un editore; gli altri erano d'accordo, anche Chiara che all'inizio sembrava piena di riserve.

Sono andato con Martina a Ca' Persa per telefonargli e dirgli quanto la sua storia ci aveva presi. Sua madre mi ha risposto che non c'era, dormiva in qualche albergo del centro con "l'australiana". La sua voce era esasperata molto più che apprensiva, ormai. Ha detto che non aveva più nessuna voglia di impazzire per lui, sperare che si comportasse da persona normale. Le ho chiesto di lasciargli detto che l'avevo cercato; lei mi ha gridato che non gli lasciava proprio niente.

Mentre tornavamo verso le Due Case io e Martina ci siamo detti che non potevamo andare avanti senza telefono; abbiamo deciso di fare domanda perché ce ne istallassero uno.

Quattro giorni dopo ho trovato un messaggio di Guido allo spaccio, con il numero dell'albergo dove stava. L'ho chiamato, cercando di ripercorrere mentalmente le osservazioni che io e gli altri avevamo fatto sul suo libro. Mi ha risposto con una voce tirata: ha detto che aveva litigato definitivamente con Laurie e lei era partita per Los Angeles, adesso doveva sbaraccare la camera perché non aveva certo i soldi per restare. Si è interrotto a metà frase; ha detto «È che non ho più la minima idea di cosa fare», e sentivo il respiro sotto le sue parole, l'angoscia che le teneva insieme.

Ho pensato a come doveva essere orrenda Milano appena fuori dall'albergo, pronta a vendicarsi del libro che lui le aveva scritto contro, aggredirlo con il suo gelo livido di febbraio. Gli ho detto di prendere il primo treno e venire da noi; che se non lo faceva andavo a prenderlo in macchina e lo trascinavo via di forza. Lui è rimasto scosso dal mio tono: ha detto che non sapeva neanche come venire, o quando. Le sue parole facevano fatica a liberarsi dalle pause, una volta libere si spegnevano subito.

Gli ho scandito gli orari dei prossimi due treni per Perugia, glieli ho fatti ripetere per essere sicuro che avesse capito. Tendevo a parlare fortissimo per compensare l'incertezza nella sua voce, la sua mancanza di accenti. Ho detto che andavo subito alla stazione e ci restavo finché lui arrivava; messo giù prima che potesse fare altre obiezioni.

Quando sono uscito dalla cabina ero in preda all'agitazione, la signora dello spaccio mi guardava stupita. In tutti questi anni mi ero abituato a girare intorno al punto di vista di Guido come una barchetta intorno a uno scoglio; l'idea che i nostri ruoli si potessero rovesciare mi riempiva di sgomento.

Soffiava un vento da neve quando l'ultimo treno è arrivato in stazione, la gente in attesa cercava di ripararsi almeno il collo e le mani. Ero stanco di aspettare e mezzo congelato, quasi sicuro che Guido non ci fosse.

Invece è sceso tra gli ultimi passeggeri dell'ultimo vagone, con la sua vecchia sacca di tela in spalla e il giaccone che gli avevo prestato. Aveva un'aria sfinita: mi ha appena salutato, senza neanche tentare uno dei suoi gesti rituali di contatto. Siamo scivolati verso la macchina, e non si guardava minimamente intorno; avrebbe potuto essere in qualunque altro punto della terra per quello che gli importava.

Per tre quarti della strada non ci siamo detti una parola. Salivamo lenti tra le colline buie, non riuscivo a farmi venire in mente un solo modo di ravvivare l'atmosfera: cercavo solo di seguire la luce dei fari, con lo stomaco bloccato. Fuori il vento continuava a soffiare, penetrava in spifferi gelati nella macchina, a tratti la faceva ondeggiare.

Quando siamo usciti dalla statale per la stradina di campagna Guido ha detto «Non so se è un cavolo di esaurimento nervoso o cosa, mi sembra che niente abbia più il minimo significato».

Gli ho detto che era capitato anche a me; che capita a chiunque riflette sulla natura delle cose e ci gira intorno per capirle al di là dei loro nomi; a chiunque non accetta la realtà che ha davanti e continua a cercarne altre che gli siano più vicine. Ero così concentrato su questi pensieri che per un attimo la macchina ha scarrocciato sul fondo sterrato; l'ho ripresa appena prima di finire contro un fianco di collina.

Guido non se n'è quasi accorto, ha mormorato «Detto così sembra una specie di merito». L'ho guardato per vedere se c'era almeno un piccolo accenno di sorriso sulle sue labbra; ho rischiato un'altra volta di uscire di strada.

Quando siamo arrivati a casa il vento era così cattivo che abbiamo camminato curvi fino alla porta, ho bussato ansioso di riparo e calore e luce. Martina e Chiara e Werner hanno salutato Guido con naturalezza, come se fosse stato via solo qualche ora dall'ultima volta. Non hanno quasi interrotto quello che facevano, sono riusciti a velare la loro curiosità, mantenere morbidi i loro movimenti. Solo il cane Dip ha avuto manifestazioni aperte di interesse: gli è saltato incontro tutto eccitato, cercava di leccargli le mani. Martina ha chiesto com'era andato il viaggio; Guido ha detto «Così».

La tavola era apparecchiata per due: Werner ha tolto dalla stufa-fornello una teglia di pasta al forno, Martina ha portato del vino, Chiara delle verdure, io sono andato a prendere una caciotta della nostra capra. Guido guardava queste attività domestiche con aria stanca, si è seduto senza dire niente.

La cucina era calda e accogliente; c'era un vero gusto da mammiferi intanati, a pensare al freddo fuori, al vento che soffiava contro i vetri e li faceva tremare. Guido mangiava zitto, non guardava nessuno né reagiva in modo particolare alla nostra presenza. Cercavamo di non pressarlo in alcun modo, andavamo avanti in conversazioni lente a proposito di trapianti di alberi e concimazioni e potature. Martina e Chiara lo accudivano: gli versavano vino, porgevano pane. Spiavano le sue espressioni, commosse e attratte dalla sua fragilità inaspettata.

Verso le undici io e Martina l'abbiamo accompagnato alla sua stanza, con una coperta supplementare e una boule di acqua calda. Lui sulla porta ha detto «Che gentili siete», e d'improvviso gli si sono riempiti gli occhi di lacrime. Un istante dopo gli ha fatto rabbia essersi lasciato andare; ha detto «Porca miseria, vi siete messi in casa un *relitto*». Ha sorriso: uno strano sorriso difficile ed esasperato.

Alle sette di mattina mi sono alzato e ho visto che aveva cominciato a nevicare: i fiocchi scendevano leggeri nel silenzio denso della campagna. Era la prima vera neve dell'anno, e tardi nella stagione: ho pensato agli animali da proteggere, le stufe da accendere; la distanza struggente che cresceva tra noi e il resto del mondo.

Nel giro di poche ore tutto il paesaggio intorno alle Due Case è diventato bianco, le sue curve ancora addolcite. I gemelli e il cane guardavano fuori con il naso appoggiato alle finestre della cucina, paralizzati dall'emozione. Siamo usciti tutti insieme: l'aria era pura e silenziosa in modo così esilarante che abbiamo cominciato a urlare e inseguirci, fare la lotta e rotolarci per terra.

Quando Guido è venuto fuori, forse svegliato dalle grida, Chiara gli ha tirato una palla di neve. Lui non sembrava molto divertito, ma lo stesso è stato al gioco; ha schivato un paio di altri colpi, raccolto neve a mani nude per rispondere. Ci siamo buttati tutti in questa schermaglia con energia furiosa, ed era anche un tentativo di esorcizzare la desolazione di Guido: scrollargliela via, sostituirla con sentimenti più allegri e terreni. Abbiamo continuato finché eravamo sudati fradici e senza più forze, poi abbiamo guardato la neve che continuava a cadere fitta e copriva gli alberi, copriva la casa abitata e quella vuota e i campi e i boschi di querce sulle colline intorno.

Quando siamo tornati dentro Guido sembrava meno stretto dall'angoscia, riscaldato dallo sforzo che gli arrossava gli zigomi e lo faceva ansimare. Abbiamo aggiunto nuova legna al fuoco delle stufe e del camino, messo pentole a bollire; io e lui ci siamo seduti nel soggiorno mentre Werner trafficava con l'impianto elettrico e le due donne preparavano da mangiare ai gemelli.

Mi ha raccontato dei giorni che aveva passato con Laurie a Milano: la successione di liti e minacce e riconciliazioni di pochi minuti, i cambiamenti d'umore e i crolli improvvisi, i pianti e le ripicche e i sonni da sfinimento in pieno giorno, le pillole inghiottite senza neanche più guardarle, le nuove scenate davanti ai clienti rispettabili dell'albergo e davanti alle cameriere. Fissava il fuoco nel camino; l'energia nella sua voce sembrava appartenere al suo racconto più che a lui, destinata ad abbandonarlo.

Poi la desolazione gli è riaffiorata negli occhi. Ha detto «Sono sempre andato dietro a impulsi così vaghi, come se ci fosse qualcosa di meglio da trovare».

«Ma forse c'era» ho detto io. «Forse l'hai trovato ed è solo questione di tempo per capirlo.» Mi dava fastidio parlargli così: il tono da prete laico che mi veniva.

Lui non mi ascoltava, in ogni caso; ha detto «È come quando pensi a una parola e continui a pensarci finché non è altro che un suono. Solo che mi succede con la *vita*».

Sono stato sul punto di fargli un lungo discorso articolato; ho lasciato perdere, gridato qualche stupido richiamo paterno a Chiara jr. e Guido jr. che ci guardavano seminascosti dietro una poltrona.

Una settimana dopo io e Guido siamo andati con il cane a camminare sui dorsi delle colline innevate. La luce ci abbagliava, riflessa e moltiplicata dal bianco puro; camminavamo a passi lenti. Siamo saliti fino a un punto da dove le Due Case sembravano piccole e piatte, con intorno le loro poche tracce di attività umane. Respiravamo forte, il cane ci girava intorno come se nuotasse.

Ho detto a Guido che il suo libro mi era piaciuto molto; che lo avevo fatto leggere anche a Martina e Chiara e Werner e ne erano stati presi allo stesso modo. Volevo uscire allo scoperto su questo argomento, smettere di evitarlo come una possibile fonte di disagio.

Guido ha scosso la testa, detto «Mi fa solo imbarazzo averlo scritto. Tutte le frustrazioni e ambizioni inutili che ci ho messo dentro. I piccoli compiacimenti dissimulati».

Stavo ad ascoltarlo, e la mia cautela si è girata in rabbia: gli ho detto che doveva smetterla con questo nichilismo autodistruttivo, questa paura di lasciar trapelare sentimenti come se tutti fossero pronti ad accusarlo di essere troppo ingenuo o troppo poco corazzato.

Lui mi ha guardato, sorpreso dalla rabbia nella mia voce; ha detto «Sei *ostile*».

«Sono ostile perché non ho nessuna voglia di vederti andare in malora» gli ho gridato io. «Perché stai buttando via

265

le tue qualità e se io ne avessi avuta anche solo una piccola parte stai tranquillo che le avrei usate, invece di fondermi la testa perché non sapevo cosa fare nella vita.»

Più andavo avanti e più la mia rabbia si arricchiva di altri sentimenti sospesi tra noi: affetto e gelosia e ammirazione e curiosità e delusione e fiducia e amicizia di tredici anni, mescolati al punto di essere quasi impossibili da distinguere. Gli ho gridato che nemmeno Martina e Chiara lo vedevano in una luce tanto suggestiva; mi sembrava che avessero compassione di lui, soprattutto.

In un altro momento è probabile che Guido sarebbe riuscito a voltarmi contro le mie parole; adesso mi ha chiesto «E cosa dovrei fare, secondo te?».

Eravamo sopraffatti dalla luce violenta, dalla mancanza di contorni nel paesaggio e nelle nostre emozioni. Gli ho detto che doveva cercare di far leggere a qualcuno il suo libro, farselo pubblicare e andare avanti a scrivere. «Ma non è un libro finito» ha protestato lui. «C'è ancora un sacco di lavoro da fare».

«Lavoraci allora» gli ho detto. «Lavoraci finché ti convince del tutto».

«E come *vivo*, nel frattempo?» ha chiesto Guido. Sentivo la rabbia salire anche nella sua voce, e mi dava un sollievo incredibile.

Gli ho detto «Puoi lavorare nei campi con noi quando viene la primavera. Ti diamo vitto e alloggio in cambio di tre o quattro ore di lavoro al giorno. Oppure ci ripaghi le spese di mantenimento con una percentuale sui diritti d'autore quando il tuo libro esce».

Guido ha riso; si è girato e mi ha dato un paio dei suoi colpi piatti su una spalla. Glieli ho restituiti, ma adesso ero io che avevo le lacrime agli occhi.

Undici

Guido si è fatto prestare la vecchia macchina da scrivere di Martina, mi ha chiesto il suo manoscritto e si è chiuso in camera subito dopo colazione, ci è restato fino all'una. Il giorno dopo ha ricominciato, e il giorno dopo ancora. Stava ore di seguito a ticchettare sui tasti, con un ritmo che da fuori sembrava rabbioso. Quando usciva aveva un'aria assorta ma viva, percorsa di nuova tensione. Cercavamo di creargli intorno il miglior clima possibile: tenevamo i gemelli lontani dalla sua stanza, parlavamo sottovoce nel corridoio, gli lasciavamo pronto da mangiare per non assillarlo con i nostri orari.

Non è stato un recupero tanto facile: a volte lo vedevamo ancora interrompersi mentre parlava, guardare fuori da una finestra, uscire di casa senza dirci niente. All'inizio lo seguivamo a distanza per paura che si facesse prendere da impulsi autodistruttivi, ma abbiamo visto che camminava soltanto, si sfiancava su per i sentieri ancora bianchi di neve. Poco a poco ha riacquistato il suo sguardo; ripreso a parlare con l'indignazione e la sorpresa e l'ironia che mi ricordavo nella sua voce.

Io e Martina e Chiara e Werner facevamo gli ultimi lavori invernali dentro casa: tagliavamo assi per mobili e per arnie, sostituivamo i cavi dell'impianto elettrico, mettevamo a punto i piani per la primavera. Quando non scriveva, Guido

267

cercava di aiutarci. Non aveva una grande abilità pratica, ma lo affascinava la tecnica di ognuna delle nostre attività, cercava di conoscerla meglio che poteva. Era capace di impegnare Werner in spiegazioni senza fine sulla vita di un alveare, o il funzionamento di una pompa idraulica; diceva che ogni volta era come affacciarsi su un universo sconosciuto, fatto di relazioni e termini e valori unicamente suoi; gli faceva paura pensare a quanti dovevano esisterne.

Spesso si occupava dei gemelli, passava anche ore di seguito a parlargli e giocare con loro. Gli sembrava che avessero capacità percettive e di invenzione straordinarie, che noi tendevamo a ignorare per rassicurarci del loro piccolo aspetto immaturo. Diceva «Se riuscissimo a non misurarli tutto il tempo con il nostro metro arrogante e razionale ci renderemmo conto di quanto sono interessanti. Se non li costringessimo a tradurre la loro complessità in una gamma miserabile di termini e comportamenti più facili da *controllare*». Ogni volta che ci sorprendeva a correggere una loro espressione irregolare diceva «Lasciateli stare. Smettetela di fare gli addestratori da *circo*».

E non eravamo certo la più convenzionale delle famiglie, o la più attaccata ai valori correnti. Guido aveva questa capacità di non accettare nessun meccanismo per come era: metterlo in discussione dall'angolo meno semplice che riusciva a trovare.

Gli piaceva Chiara, anche. Avevo notato come ogni tanto si divertiva a stuzzicare la sua leggera rigidezza formale; come diventava insistente e infantile quando scherzava con lei. Pensavo che non avesse nessuna voglia di riinnamorarsi dopo il disastro con Laurie, e probabilmente era così, ma la chimica delle Due Case si basava tutta su combinazioni inevitabili. Lui e Chiara non ci hanno messo molto a scivolare in un gioco pericoloso di sentimenti, lasciarsi travolgere.

Ho cominciato a vederli insieme sempre più spesso, in cucina o davanti alla stanza di Guido o fuori casa. Parlavano, più che altro: immersi in scambi fitti di considerazioni.

Poco alla volta mi è sembrato che Chiara avesse un modo leggermente diverso di muoversi. Per tre anni si era adattata al ruolo di giovane donna di campagna occupata in attività legate alla sopravvivenza, e adesso le piccole frivolezze brillanti della sua natura tornavano fuori: la facevano parlare in un registro più cantato, di argomenti che prima non sembravano sfiorarla.

La sua quasi impercettibile trasformazione ha contagiato Martina, come a volte succede tra sorelle; l'ha attirata in ragionamenti complicati con Guido e l'ha fatta ridere più spesso, inclinare la testa di tre quarti come nei primi tempi che ci conoscevamo, quando la familiarità non aveva ancora allentato i nostri gesti. Era complice di Chiara nella sua attrazione per Guido, e anche competitiva in modo sottile, e questo mi ha dato un brivido di insicurezza, fatto pensare che niente è così stabile da poterlo dare per scontato.

Werner si è accorto tardi di questi cambiamenti, e per reazione è diventato possessivo come non era mai stato: seguiva Chiara da una stanza all'altra e da un piano all'altro e da dentro a fuori, le chiedeva continui gesti di conferma. Chiara presto si è sentita soffocare; ha cominciato a trovare ogni scusa possibile per sfuggirgli, non accompagnarlo quando andava a Ca' Persa o a Gubbio, sedersi a tavola nel punto più lontano da lui. Nelle conversazioni gli dava torto quasi sempre, irritata dalla sua scarsa complessità, dal suo modo di affrontare ogni problema come se si potesse risolverlo in puri termini meccanici. Era crudele vedere il suo sguardo accendersi di attenzione quando ascoltava Guido, e subito dopo disattivarsi di fronte ai ragionamenti di Werner, così prevedibili che avrebbe potuto continuarli lei stessa. Gli voleva credo ancora bene, ma era la sua natura a portarla via; Guido non aveva fatto altro che risvegliarla dalla quiete rurale che l'aveva protetta a lungo.

Werner non lo capiva: pensava che si trattasse solo di rafforzare il tessuto di consuetudini che li aveva tenuti insieme finora, investirci nuova energia. Aveva un carattere semplice, e la sua esperienza di donne mediterranee si limitava a Chiara; senza volerlo ha finito per spingerla ancora più verso Guido. Lei andava a trovarlo nella sua stanza mentre scriveva, con la scusa di portargli un tè o un bicchiere di vino; ci stava poco, e con la porta aperta, ma quando veniva via passava come una nuvola tiepida nel corridoio, non si lasciava guardare in faccia da nessuno.

Le nostre serate davanti al camino sono diventate intrecci tesi di sguardi e parole, accostamenti e allontanamenti drammatizzati dall'attenzione di tutti. Era una gara di logoramento, anche, dove Werner e Guido continuavano a leggere e parlare fmché crollavano dal sonno, ognuno in attesa che l'altro se ne andasse a dormire e lasciasse libero il campo. Chiara restava tra loro in preda al disagio, si guardava intorno come se sperasse di scoprire una finestra che non aveva ancora visto.

Io e Martina eravamo troppo coinvolti per fare i custodi della ragione obbiettiva; oscillavamo tutto il tempo tra sensi di responsabilità e sensi di colpa, sensi di fatalità. Ne parlavamo a letto, tardi di notte o presto di mattina: cercavamo di capire quando l'equilibrio della nostra famiglia si sarebbe rotto, cosa sarebbe successo poi. Discutevamo del carattere di Guido e di Werner e di Chiara, di quello che era giusto per ognuno di loro e giusto in assoluto; eravamo sbilanciati dalla parte di Guido e Chiara in modo inevitabile quanto era inevitabile la loro attrazione.

A volte stavo a guardare Werner impegnato in uno dei suoi lavori da interni, metodico e senza distrazioni, e pensavo che doveva essere rassicurante per una donna, rispetto all'irrequietezza imprevedibile di Guido. Poi vedevo Guido parlare con Chiara in fondo al corridoio: la sua tensione selvatica mescolata alla galanteria settecentesca che aveva assorbito dai libri della sua adolescenza.

Il freddo è rimasto fino a metà marzo, poi da un giorno all'altro si è dissolto nella primavera. Ci siamo ritrovati con decine di questioni pratiche da affrontare tutte in una volta: terreni da arare e concimare e seminare, alberi da sarchiare e potare e innestare, animali da accudire e incoraggiare nella nuova stagione. Abbiamo ricominciato a lasciare la casa per i campi poco dopo l'alba, tornare sfiniti e affamati a mezzogiorno.

Guido scriveva chiuso nella sua stanza, si interrompeva solo per badare ai gemelli o fare qualche piccolo lavoro nell'orto, venire a tavola. Ogni tanto si offriva di partecipare ad attività più impegnative, ma nessuno di noi voleva distoglierlo dal suo libro: trovavamo sempre il modo di dirgli che non ce n'era bisogno.

Evitavamo di parlare in modo aperto di quello che faceva: al massimo gli chiedevamo come andava, lui diceva «Così». Chiara era l'unica a saperne di più, perché lui ogni tanto le faceva leggere qualche pagina, la cercava per chiederle consigli. Lei ne parlava a sua sorella con un senso acuto di partecipazione, come se il libro di Guido fosse anche una cosa sua, e tracce di questo spirito passavano nella voce di Martina che me lo descriveva. A volte pensavo che l'attrazione tra Guido e Chiara fosse quasi solo mentale, e potesse restare su questo piano senza creare traumi o rotture.

Invece con la nuova stagione i loro sentimenti hanno perso la viscosità lenta di quando faceva freddo, sono diventati incontrollabili. Werner era troppo impegnato nei campi per tener d'occhio Chiara, ma gli sarebbe sfuggita comunque, anche se le fosse stato sempre addosso. Ogni tanto mentre lavoravamo insieme lo vedevo girare la testa verso le due case, come se cercasse di ascoltare a grande distanza. Quando rientravamo la sera Martina sembrava a disagio; c'erano sempre porte che si chiudevano e passi rapidi nel corridoio, sguardi distolti. Cenavamo in silenzio, o finivamo per impegolarci in discussioni accanite su argomenti insignificanti. Dopo cena l'atmosfera diventava ancora più difficile: a volte Guido tornava nella sua stanza a lavorare, Chiara se ne andava a letto alle nove. Di giorno i gemelli ci guardavano attenti; si rendevano conto della tensione anomala che continuava a salire nella loro famiglia.

Poi un mattino presto sono sceso a fare colazione e ho trovato sul tavolo un biglietto di Werner che diceva *Tanti saluti a tutti io ci ho provato ma è inutile.*

Sono salito di corsa a bussare alla sua porta; Chiara è venuta ad aprirmi, ancora mezza addormentata. Ci ha messo qualche secondo a capire quello che le dicevo: si è guardata intorno sgomenta. I pochi vestiti di Werner erano spariti dalle sedie e dall'armadio, tranne un golf che gli aveva fatto lei e un paio di scarpe che gli avevamo regalato io e Martina. Anche il suo vecchio zaino non c'era più, e un flauto dolce che qualche volta aveva suonato per i gemelli. Doveva essere scivolato via durante la notte, silenzioso come un gatto perché neanche Chiara si era accorta di niente.

Questa mancanza di suoni nella rottura del nostro equilibrio familiare mi ha scosso molto più della scenata violenta che mi aspettavo da settimane ormai; mi ha comunicato un terribile senso di perdita. Pensavo a tutto quello che Werner aveva fatto per le Due Case, al suo entusiasmo sempre identificato in attività concrete, alla nostra amicizia così poco basata sulle parole; a come malgrado questo non avrei avuto dubbi nella scelta tra lui e Guido. Neanche Chiara ne aveva, ma piangeva davanti all'armadio mezzo vuoto.

Guido c'è rimasto malissimo: ha insistito per venire con me a Ca' Persa e a Ca' Ciglione e a Gubbio, come ultimo tentativo alla stazione di Perugia. Abbiamo fatto chilometri di strada senza quasi parlare; continuavamo a guardarci intorno, fermarci appena vedevamo qualcuno di vagamente simile a Werner.

Quando siamo tornati sembrava che anche il cane Dip e la capra e le anitre e le galline si fossero accorti che l'equilibrio delle Due Case era saltato. Guido ha detto «È *orrendo* che io sia venuto a guastare la vostra vita in questo modo». Martina gli ha spiegato che non aveva guastato niente, Chiara non era una povera scema frastornata dal primo che passa.

Guido sapeva che avrebbe parlato in modo simile se lei fosse stata nella sua situazione; è uscito sul prato con le mani in tasca. Chiara è rimasta qualche minuto a guardarlo dalla finestra della cucina, poi gli è andata dietro e lui si è girato; si sono abbracciati stretti.

Dodici

La nostra vita è diventata incerta, allentata dai ritmi e i ruoli e i rapporti che l'avevano regolata a lungo. Abbiamo passato giorni di panico organizzativo e perplessità sul futuro,
dubbi sulle nostre capacità di tenere unito quello che avevamo messo insieme. Mangiavamo a ore strane, passeggiava-
mo quando avremmo dovuto riposarci, parlavamo senza
mai esaurire gli argomenti. Andavamo in giro con la sensazione di dover riconsiderare tutto da capo, trovare nuove ragioni a quello che facevamo.
   Guido all'inizio si teneva ai margini della situazione, anche se si rendeva conto di esserne in buona parte responsabile. Continuava a lavorare al suo libro; quando discutevamo
diceva «Forse dovreste…» o «Al vostro posto…» e il suo tono sembrava più provvisorio e distaccato che mai, proiettato
in atmosfere e luoghi diversi. Chiara non era affatto sicura di
essere inclusa in queste proiezioni: tendeva a stargli molto vicina, come per goderselo finché c'era. Anch'io e Martina sapevamo di non poter fare conto su di lui a lungo termine; ci
sforzavamo di pensare alla nostra come a una famiglia di due
bambini e due adulti, più gli animali e le piante.
   Invece poco alla volta Guido ha cominciato a vedere le
cose da un punto di vista più vicino; interrompere il lavoro
al suo libro e venire a discutere con noi. Camminavamo insieme per i sentieri sulle colline, e da quello che diceva si

273

considerava parte del paesaggio, parte dei nostri possibili programmi. Diceva che era importante essere autosufficienti, ma non potevamo andare avanti con la sola idea di sopravvivere. Diceva «Dobbiamo fare delle cose che ci piacciono e ci *divertono*, anche, e hanno un effetto sul mondo di fuori. Non possiamo stare qui come dei rifugiati, dobbiamo trovare un modo di vivere che faccia *rabbia*, non compassione. Dobbiamo puntare a costruire un insieme più ricco e complesso di una famiglia, raccogliere in questo posto una varietà di persone che vogliano abitare vicine e dedicarsi ad attività diverse, anche non legate direttamente alla terra».

La sua voce adesso mi ricordava quella di undici anni prima, quando parlava del mondo com'era e di come avrebbe potuto essere: aveva la stessa maniera di forzare le parole fino ai loro limiti, la stessa capacità di comunicare immagini. Io e Martina e Chiara guardavamo le nostre due case da lontano, e ci sembrava già di vederle animate da rapporti intricati e affascinanti.

Guido diceva «Ci dev'essere altra gente che ha voglia di vivere al di fuori di tutte le scelte obbligate, e se lo *sogna* ma non sa come arrivarci, e magari per frustrazione entra in una setta religiosa o cerca disperatamente di diventare ricca o ci *rinuncia* e si ammazza. Mi fa impazzire pensare alle persone sensibili e piene di qualità che odiano il denaro e le industrie e le macchine e il potere, e perché sono sole pensano di essere *malate*, si sforzano di adattarsi alla realtà e se ne fanno schiacciare. Dobbiamo trovare il modo di raggiungerle, mettere annunci sui giornali di tutto il mondo e parlarne con tutti i mezzi possibili, stabilire contatti. Dobbiamo cominciare a rimettere a posto la seconda casa e poi costruirne altre con gli stessi materiali, e costruire spazi comuni, un *teatro*, e un atelier di pittura, forse una stamperia e uno studio di registrazione. Potremmo produrre *libri*, e dischi, e quadri, e tutto quello che vogliamo e mandarlo in giro per il mondo, far venire voglia ad altra gente di creare luoghi come il nostro. Potremmo abolire completamente il denaro e fare scambi in natura, prendere in considerazione solo chi produce delle *cose*, tagliare tutti i contatti con i centri finanziari e la burocrazia e gli amministratori».

«Ma non ce lo lascerebbero mai fare. Ti immagini cosa succederebbe solo con i permessi di lavoro e i controlli fiscali e le autorizzazioni e tutto il resto?» ha chiesto Chiara, la più realistica tra noi, preoccupata come se già vedesse macchine dei carabinieri che salivano per la strada sterrata in basso.

«Allora potremmo fare *resistenza*» ha detto Guido. «Potremmo costruire trappole e sbarramenti tutto intorno alla nostra valle e avanzare all'ONU una richiesta di secessione dallo stato italiano e incoraggiare tutte le altre comunità a fare come noi, formare una federazione anarchica sparsa per il mondo e rifiutare tutti gli stati e i governanti e gli eserciti e le banche. E anche farci *ammazzare*, se non ci sono alternative, creare un caso che sconvolga la gente e rovini gli orrendi equilibri che ci sono».

Ci eravamo fermati a guardare la nostra valle; le parole di Guido avevano riempito me e Martina e Chiara di immagini così intense che non riuscivamo più a parlare.

Martina ha imparato a guidare il trattore su e giù per i campi meglio di me, Chiara si è dedicata all'orto e al frutteto; io falciavo e potavo e seminavo, spingevo carrette di mattoni e pietre per la seconda casa con la stessa energia che avevo avuto quando lavoravo alla prima. Dei gemelli ci occupavamo a turno, con l'aiuto di Dip che li teneva d'occhio come un cane pastore, gli girava intorno e abbaiava appena uscivano dal perimetro che aveva stabilito per loro.

Guido per metà giornata mi aiutava a ricostruire la seconda casa, per l'altra metà lavorava al suo libro. Si sforzava di imparare i principii della carpenteria e dell'arte muratoria, poi tornava a chiudersi nella sua stanza e ci restava tutto il pomeriggio a battere fitto sui tasti. Scriveva e buttava via e riscriveva di nuovo; ogni sera quando aveva finito andava a rovesciare un intero cestino di fogli appallottolati nel nostro contenitore di carta. Gli restava abbastanza energia per scambiare qualche frase con me e Martina e Chiara, giocare con i gemelli o raccontargli una storia.

Lui e Chiara sembravano contenti: continuavano a parlarsi molto, cercarsi in ogni momento libero. Lei andava a trovarlo mentre scriveva, gli dava consigli come aveva fatto in modo semiclandestino ai tempi di Werner. Spesso li sentivo discutere del libro fino a tardi: di personaggi e costruzioni di frasi e singoli aggettivi, cambiamenti possibili. Quando Guido era depresso lei cercava di liberarlo dalle oscillazioni terribili del suo umore; gli parlava in modo molto più diretto di come nessuno aveva mai fatto, e lui la stava a sentire, si fidava del suo punto di vista. Faceva piacere vederli insieme: ero felice di essere almeno in parte responsabile della loro combinazione.

Un mattino di metà luglio Guido è venuto in cucina dove io e Martina stavamo facendo colazione, ha posato sul tavolo il suo libro finito. Ha detto «Non è lungo come sembra, sono spessi i *fogli*»: già parlandone come di una cosa che non lo riguardava più tanto.

E naturalmente non c'era bisogno di incoraggiarci: io e Martina abbiamo fatto a pari e dispari per decidere chi lo leggeva per primo; ha vinto lei ma poi me l'ha lasciato lo stesso. Ho cominciato subito dopo cena, sono andato avanti nella notte calda. Martina non ha cercato di farmi spegnere, si è solo tirata il lenzuolo sulla testa per ripararsi dalla luce.

La storia era dieci volte meglio rispetto alla prima versione: non c'erano più vuoti strutturali o negligenze nel disegno o slittamenti di interesse. Guido aveva limato via gli aggettivi e gli avverbi superflui uno per uno, tagliato i collegamenti di tempo e le descrizioni non essenziali, affilato i dialoghi come lame di coltelli. Nella riscrittura la sua rabbia era aumentata anziché attenuarsi, aveva preso la forma ancora più definita di un atto d'accusa feroce contro Milano e contro tutte le città come Milano, contro i meccanismi e le persone che le hanno fatte diventare quello che sono. Era una vendetta di Guido per tutto quello che aveva sofferto da bambino e da ragazzo, per tutte le sensazioni negative che aveva dovuto assorbire senza difese: determinata e precisa come una vendetta.

Il mattino ho riordinato il blocco di fogli sparsi a fianco del letto e l'ho passato a Martina. Avrei voluto rifletterci prima di parlarne a Guido, e invece appena lui è sceso in cucina con Chiara gli ho detto che il suo libro mi piaceva moltissimo. Me ne sono reso conto mentre lo dicevo, con Guido che mi stava davanti, apparentemente lontano dall'intensità violenta di quello che aveva scritto per mesi. Mi sono reso conto che era un vero libro, al di là della rabbia personale di Guido che l'aveva scritto e della curiosità personale che me l'aveva fatto leggere. Non era certo un libro gentile, o ottimista, ma la sua cattiveria serviva a provocare rabbia e stupore di fronte a tutto quello che tendiamo ad accettare come normale o inevitabile. L'orrore cieco della città industriale veniva fuori dalle sue pagine con una chiarezza difficile da raggiungere senza l'uso di didascalie: Guido era riuscito a rappresentarlo come è, ordinario e poco spettacolare, parte di un intreccio di pratiche quotidiane e rapporti deteriorati in modo quasi inavvertibile per chi li vive. La sua storia lasciava sensazioni acute, difficili da cancellare.

Mentre ne parlavo Guido si versava del latte, prendeva del miele su uno scaffale per dimostrare il suo margine di distacco. Ma l'ansia di conoscere le mie reazioni filtrava nei suoi movimenti, nelle domande finte casuali che mi faceva senza guardarmi; poco alla volta è venuta fuori più chiara. Ha cominciato a chiedermi cosa pensavo di alcuni particolari della storia, di alcuni personaggi e avvenimenti; quali erano state le mie reazioni istintive, le mie reazioni meditate. Alla fine si è messo a interrogarmi in maniera del tutto scoperta: su quello che mi era piaciuto di più e quello che invece non mi aveva convinto o mi aveva lasciato perplesso, quello che mi sembrava inutile. Chiara ci ascoltava a distanza; Martina aveva già iniziato a leggere seduta al tavolo, ogni tanto si liberava con gesti laterali dalle insistenze vocianti dei gemelli.

Mi sono sforzato di ricostruire il mio punto di vista nel modo più accurato, definire meglio che potevo ognuno dei miei giudizi. Ho sempre fatto fatica a tradurre in termini razionali le mie sensazioni di fronte a quello che mi piace o mi interessa, ma Guido continuava a chiedermi di essere meno vago: diceva «In che *senso*?» o «Vale a *dire*?»

Siamo andati avanti a parlarne per ore di seguito, in cucina e poi fuori sotto il sole forte; all'ombra di un leccio, di nuovo dentro casa. Mi faceva effetto scoprire quanto Guido era interessato alla mia opinione, quante preoccupazioni c'erano dietro la sua apparente noncuranza.

Martina ha finito di leggere la sera; ha detto che le sembrava molto più efficace della prima versione, adesso funzionava benissimo. Ne parlava come di un congegno messo insieme con uno scopo, più che di una libera opera d'invenzione, e Guido sembrava d'accordo, ha detto che era quello che aveva voluto fare. Riusciva a comunicare con lei in modo semplice, senza le tensioni e i doppi motivi che intricavano le nostre conversazioni.

Martina ha detto che dovevamo assolutamente trovare un editore. Guido era combattuto: non aveva scritto il suo romanzo solo per farlo leggere a noi, ma adesso l'idea di chiedere qualcosa a qualcuno lo faceva irrigidire. Ha detto «Pubblicano quasi solo libri di gente *morta*. O di brave persone anziane o di *stranieri*».

Io e Martina e Chiara abbiamo insistito che in ogni caso valeva la pena provare, vedere cosa rispondevano. Lui alla fine è stato d'accordo; Martina ha trascritto dalla sua agendina gli indirizzi degli editori principali, che aveva da quando lavorava in libreria a Perugia. Io e Guido siamo andati a Gubbio a fare otto fotocopie, infilarle in otto buste.

Quando stavamo per chiuderle ci siamo accorti che non c'era ancora un titolo: Guido ne aveva in mente due o tre, ma nessuno lo convinceva davvero. Ci siamo messi a discuterne nell'ufficio postale soffocante; abbiamo tirato fuori diverse possibilità altrettanto sgraziate. Dopo mezz'ora ho detto che in fondo avrebbe potuto usare il nome del protagonista, e Guido mi ha guardato rapido. Abbiamo scritto *Canemacchina* sul primo foglio di ognuno dei fascicoli e chiuso le buste, le abbiamo spedite con le loro secche letterine di accompagnamento.

Poi l'estate è finita e Guido aspettava una risposta. Aspettavamo tutti, in realtà: io e Martina e Chiara in modo molto più esplicito di lui. Ogni volta che sentivamo la macchina del postino salire per la strada sterrata uno di noi tre correva fuori sperando che ci fosse qualcosa per Guido. Ma erano solo lettere di mia madre che ci chiedeva notizie; cartoline dei genitori Quimandissett da Parigi o dal Borneo con le loro firme e qualche saluto stentato. Guido si irritava a vederci delusi: diceva «È già tanto se me lo rimandano *indietro*». Non facevano nemmeno quello. Martina cercava di spiegarci quanto sono lunghi i tempi delle case editrici: come ci vogliono mesi prima che un manoscritto venga letto, altri mesi prima di una decisione. Guido non aveva voglia di parlarne; cercava di cambiare discorso, guardava via. Ma era chiaro che ci pensava. Da quando non stava più chiuso nella sua stanza a ticchettare sulla macchina da scrivere non c'era niente che occupasse davvero la sua attenzione. Mi aiutava a rimettere a posto la seconda casa, ma la lentezza meticolosa del lavoro lo esasperava: dopo un giorno intero di fatica guardava costernato il muro che eravamo riusciti a far crescere di pochi centimetri, diceva «Ci dev'essere un altro *modo*». Avrei voluto ricordargli che scrivere era un'attività altrettanto lenta, poi pensavo che era meglio non parlarne. Si stancava, anche, magro com'era; a volte lasciava cadere per terra i carichi di mattoni che gli passavo, li prendeva a calci per la rabbia.

Mi faceva impressione pensare a quanto in fondo era una persona di città, con tutto l'odio che poteva avere per Milano. Bastava vederlo nel pollaio, imbarazzato dall'avidità starnazzante delle galline a cui gettava il granturco, per capire come il suo attaccamento alla campagna era in gran parte astratto. Gli piaceva moltissimo l'idea di vivere in un paesaggio naturale, e l'idea della nostra famiglia autosufficiente e del villaggio che avremmo potuto costruire, ma non riusciva a stabilire una relazione solida e permanente con la terra. Era troppo irrequieto per rassegnarsi alla ripetitività delle nostre giornate, troppo ansioso di sensazioni impreviste per fare programmi a lunghissimo termine.

A volte la sera sembrava coinvolto dalle nostre conversazioni davanti al camino, e da un momento all'altro gli affiorava una luce insofferente negli occhi, si alzava e andava a frugare tra i libri sugli scaffali.

A volte mi chiedevo se avrebbe mai potuto stabilire una relazione solida e permanente con qualsiasi luogo; con la realtà in generale.

Sono passati altri mesi da quando io e Guido avevamo spedito le buste con il suo manoscritto, e non c'erano reazioni di alcun genere. Chiara e Martina trovavano incredibile che nessuno nemmeno si degnasse di mandare una lettera di rifiuto; cercavano di convincere Guido a chiedere spiegazioni per telefono, rivolgersi ad altri editori. Guido diceva che non gliene importava più niente; che scrivere è un'attività per invalidi compiaciuti che sublimano nei libri la frustrazione di non riuscire a vivere. Le sue parole erano così dure e precise che sarebbe stato facile prenderle per buone, a non pensare che lui stesso era andato avanti a scrivere per un anno, e con grande intensità. Ho provato a dirglielo; lui si è solo irritato, ha detto «Perché sono stato un invalido compiaciuto *anch'io*».

Ai primi di dicembre il postino è arrivato con una lettera dell'editore Zeriatti di Milano. Chiara gliel'ha strappata di mano, l'ha portata di corsa a Guido. Gli siamo stati tutti intorno mentre la apriva con mani nervose, cercando ancora di apparire indifferente.

Non era una lettera di rifiuto. Diceva che il romanzo aveva qualità interessanti, soprattutto una caratterizzazione intensa del protagonista e una prosa molto diretta, ma anche una serie di difetti seri: c'era troppo poco chiaroscuro nel tratteggio dei personaggi secondari, la violenza del protagonista era rappresentata ma non interpretata, e l'ambientazione milanese sembrava troppo apocalittica in un racconto che pur non avendo intenti realistici non apparteneva neppure a un filone propriamente fantastico. Inoltre almeno una cinquantina di pagine potevano essere tagliate senza alcun danno per l'economia generale, i riferimenti diretti ai politici e agli amministratori della città erano rozzi e inutili, il finale troncava il flusso narrativo senza concluderlo, il titolo non andava bene. Con un po' di pazienza e gli interventi giusti il romanzo avrebbe potuto comunque migliorare notevolmente, e la casa editrice sarebbe stata lieta di riprenderlo in considerazione.

Quando ha finito di leggere Guido ha accartocciato il foglio con rabbia; detto «Come se fosse su una torre a guardare sotto con un *cannocchiale*».

Martina ha provato a dire che al di là del gergo e del tono detestabile si capiva che erano interessati al libro, se Guido avesse accettato le modifiche probabilmente glielo avrebbero pubblicato. Guido non voleva neanche discuterne; ha detto «Te l'immagini la *faccia* che deve avere? E la *voce*? La voce di quando ha dettato questa alla segretaria?».

È andato nella sua stanza mentre noi distendevamo la lettera e la rileggevamo; l'abbiamo sentito battere rapido a macchina. Dopo venti minuti è tornato con una risposta lunga una pagina, ce l'ha fatta vedere. Era l'equivalente su carta di un'aggressione al coltello: una sequela di considerazioni sul lettore della casa editrice così feroci da far guardare le sorelle Quimandissett verso di me in cerca di un moderatore. Chiara ha detto che se la spediva si sarebbe bruciato i ponti per sempre con il mondo letterario italiano, non gli avrebbero fatto pubblicare niente neanche in futuro. Guido le ha risposto che non gli importava niente del mondo letterario italiano; che comunque non avrebbe mai più scritto in vita sua. Ha preso una busta e ci ha scritto in stampatello il nome del lettore, l'indirizzo della casa editrice. Chiara ha cercato di strappargliela di mano; lui l'ha spinta indietro, davvero incattivito adesso: magro e solo di fronte al mondo, ma anche abituato a esserlo; deciso a difendersi con i suoi mezzi. Mi ha chiesto se lo accompagnavo a imbucare la busta a Ca' Persa, e l'ho accompagnato.

Mentre tornavamo mi ha detto che gli faceva rabbia l'idea di essersi andato a mettere nelle loro mani. Diceva "loro". Diceva «Io li odio questi bastardi, con tutta la *noia* falsa e morta che pubblicano e difendono ogni anno, e sono andato a mendicargli un giudizio, come uno studente in cerca di approvazione».

Gli ho risposto che non aveva mendicato niente; che non è affatto umiliante cercare di farsi pubblicare il proprio libro. Lui mi ha chiesto di lasciar perdere, considerare chiusa la faccenda.

A casa ha preso il suo manoscritto e l'ha buttato nel bidone della carta, cacciato fino in fondo. Più tardi io e Martina siamo andati a recuperarlo di nascosto; l'abbiamo messo al sicuro in un cassetto nella nostra stanza.

Guido non ha più parlato del suo libro, e nessuno di noi l'ha fatto con lui vicino, ma era chiaro che l'idea era ancora viva nei suoi pensieri, dietro i suoi improvvisi cambi di umore. A volte sembrava ottimista e preso da tutt'altre idee: dal villaggio che volevamo costruire, la forma che avrebbe avuto. Discuteva con noi sui possibili nomi da dargli, le possibili soluzioni architettoniche e organizzative. Diceva «Non dev'essere una comune, o una colonia mistica, anche se forse finirà per diventare anche un luogo *spirituale*, credo».

Ma col passare del tempo era sempre più spesso triste e ostile verso il mondo, faceva considerazioni nere nel suo tono da nemico di tutti. Aveva sempre meno voglia di lavorare con me alla seconda casa; quando ho dovuto smettere per via della neve non è riuscito a dedicarsi a nessuna delle nostre occupazioni invernali. Passava metà della giornata a leggere nella sua stanza, andava da solo a fare lunghe passeggiate. Stava via anche per ore, tornava a casa e non diceva niente. Chiara non sapeva come farlo diventare allegro; quando ci provava con troppo impegno lui le diceva di lasciarlo in pace. L'unico elemento della nostra vita che sembrava suscitare la sua curiosità erano i gemelli: ogni tanto si metteva a raccontargli storie complesse, che improvvisava nella sua voce roca. Loro lo ascoltavano quasi ipnotizzati: zitti e immobili come non erano mai con nessuno di noi.

Tredici

Sette mesi buoni dopo che io e Guido avevamo spedito il suo manoscritto è arrivata la lettera di un secondo editore. Quando il postino l'ha portata lui era fuori a camminare nella neve, così è stato abbastanza naturale che l'aprissi io per vedere cosa diceva. Il tono era simile a quello della prima lettera, come se chi l'aveva scritta godesse di una straordinaria vista dall'alto sulle attività dei suoi interlocutori. Ma i rilievi che faceva avevano una qualità più blanda e quasi distrattamente benevola: diceva che erano gli stessi difetti strutturali del romanzo a conferirgli un discreto interesse documentario. Anche qui c'era un elenco di modifiche suggerite, tra cui il titolo, "assai infelice e suggestivo di nulla", ma dopo averla scorsa tutta una seconda volta ho capito che nell'insieme era una lettera di accettazione.

L'ho fatta leggere anche a Martina e a Chiara: sono state d'accordo sul fatto che le richieste di cambiamenti erano più ragionevoli dell'altra volta, e che Guido non le avrebbe mai nemmeno prese in considerazione. Ci siamo consultati a mezza voce, guardavamo dalla finestra ogni pochi minuti per paura che lui tornasse; abbiamo deciso di non fargli vedere la lettera, nasconderla nello stesso cassetto dove tenevamo l'originale recuperato del suo dattiloscritto.

Di notte io e Martina non smettevamo più di parlarne: ci

sembrava assurdo rinunciare in partenza alla possibilità di pubblicare il libro di Guido, e d'altra parte eravamo sicuri che se lui avesse visto la nuova lettera avrebbe risposto come alla prima. Abbiamo continuato fino all'una a esaminare la questione da angoli diversi; quando ormai i nostri pensieri cominciavano a perdere lucidità abbiamo deciso che sarei andato io a parlare con l'editore di Milano.

Erano più di cinque anni che non ci tornavo: appena sceso dal treno e uscito nel piazzale davanti alla Stazione Centrale mi è sembrato di rientrare dritto in un incubo vecchissimo ma ancora vivo. Sono andato a piedi con la mia borsa lungo un viale percorso da fiumi di mezzi meccanici che grattavano e laceravano e centrifugavano l'aria, se la vomitavano alle spalle ancora più difficile da respirare. Il marciapiede era sporco di chiazze d'olio e polvere nerastra ed escrementi di cane e catarro umano, ingombro di macchine parcheggiate a cavallo e di sghembo e di muso fino ai muri degli edifici in modo da costringermi a scendere nel viale ogni pochi passi. Faceva un freddo viscido e malato; i pochi alberi visibili erano stati capitozzati nella maniera più barbara, lasciati come poveri pali viventi a separare due corsie di traffico.

Poi in centro vicino a casa di mia madre guardavo le vetrine traboccanti delle boutiques e le salumerie e i negozi di primizie e le gioiellerie e le agenzie di viaggio; le facce dei residenti abbronzate da weekend in montagna e quelle cadaveriche dei passanti sospinti dall'angoscia; i ragazzotti e le ragazzotte imbertucciati nei loro abiti firmati, i bambini senza colore trascinati per mano tra i tubi di scappamento, e mi è venuto un vero terrore all'idea che i miei figli potessero esser costretti a vivere in un posto come quello.

Mia madre aveva smesso di tingersi i capelli biondo platino, li lasciava grigi com'erano e stava molto meglio. L'ordine della sua casa si era dissolto per mancanza d'interesse; nessuno misurava più con cura le distanze tra le porcellane olandesi e i bronzetti equestri e le litografie che lei e suo marito erano andati avanti a comprare per anni. Non aveva neanche più una cameriera, ormai passava quasi tutto il giorno nella sua stanza-studio a dipingere quadri. Le ho spiegato perché ero venuto a Milano; lei si è fatta raccontare tutta la storia del libro di Guido. Si ricordava bene di lui: mi ha detto che le era capitato poche volte di incontrare qualcuno con uno sguardo così intenso.

Dopo cena quando lei se n'è andata a dormire ho tirato fuori *Canemacchina* dalla busta dove lo aveva messo Martina e ho cominciato a rileggerlo, seduto al tavolo dove un tempo studiavo. Adesso che ero a Milano, con il rumore sconnesso di traffico e l'aria acre appena al di là della finestra, mi è sembrato ancora più forte di quando l'avevo letto in campagna; la sua rabbia ancora più giustificata. Ho finito tardi, ed ero pieno dei sentimenti del libro: la disperazione e l'orrore e la violenza di ritorno. E ho pensato che dovevo a tutti i costi aiutare Guido a pubblicarlo così com'era, senza spostare una virgola o attenuare un aggettivo.

La sede della casa editrice l'Allibratore è una vecchia palazzina ai margini del centro, costeggiata da un viale a grande scorrimento, strade strette adibite a parcheggio. Dentro sembra un appartamento medioborghese un po' più cupo e ingombro di libri del solito. La segretaria mi ha scortato in fondo a un corridoio poco illuminato, nell'ufficio del lettore che aveva scritto a Guido.

Lui mi ha stretto appena la mano ed è tornato ad adagiarsi dietro la scrivania, protetto da una pipa e dagli oggetti che aveva intorno: i telefoni e le cartelline di manoscritti e i libri pubblicati e le agende e i blocchi di appunti. Si chiamava Salvatore Podrego, aveva un'aria sfinita e poco partecipe che corrispondeva al tono della sua lettera. Mi ha chiesto come mai Guido non era venuto di persona; gli ho detto che era via e gli facevo da agente. Gli ho visto passare nello sguardo un guizzo ironico, ma non mi sono lasciato intimidire: ho fatto conto che Guido fosse nella stanza ad ascoltarmi.

Ho spiegato che ci faceva piacere se l'Allibratore era interessato a *Canemacchina*, ma non intendevamo accettare nessuna modifica al testo com'era. Podrego mi guardava dondolando appena la testa, lo sentivo classificare il mio aspetto: la mia barba e i miei capelli lunghi, i miei vestiti da campagna. Ha cominciato a farmi un piccolo discorso su come un editore è responsabile morale e artistico di quello che pubblica, in tono di chi si rivolge a un povero selvaggio o a un bambino. Gli ho detto che anche l'editore Zeriatti voleva pubblicare il libro di Guido, e lui si è fermato.

Siamo andati insieme nell'ufficio del direttore editoriale, abbiamo passato mezz'ora a discutere del contratto. Non avevo la minima idea di quali fossero le condizioni standard, né di cosa avrei potuto chiedere, ma era chiaro che dietro la loro indifferenza professionale volevano davvero il libro di Guido. L'unica esperienza che avevo in mercanteggiamenti era con il proprietario del mulino di Perugia quando andavo a vendergli i nostri grani, e ho cercato di giocare su quella: li ho costretti a scoprirsi per primi con un'offerta, ho fatto resistenza finché l'hanno migliorata.

Ma quando sono uscito con in mano il contratto da far firmare a Guido non riuscivo quasi a credere che fosse vero: continuavo a guardarlo ogni pochi passi per convincermi.

Martina mi aspettava alla stazione di Perugia, tutta eccitata perché erano venuti finalmente a installarci il telefono, dopo anni da quando l'avevamo chiesto. Le ho detto che ero riuscito a far prendere il libro di Guido, e all'inizio non ha capito; poi si è illuminata come una ragazzina, mi ha trascinato di corsa fino alla macchina.

Guido era nel soggiorno con Chiara e i gemelli, stava raccontando una storia e non si è quasi girato a sentirci entrare. Io e Martina ci siamo avvicinati, lei mi guardava in attesa che glielo dicessi. Non sapevo come fare: erano mesi che non parlavamo più del libro, e gli avevo giustificato il mio viaggio a Milano con una visita a mia madre, l'ultima cosa che si immaginava era che ci fossi andato per lui. Avevo paura che potesse prendere il mio gesto come un'interferenza o un favore non richiesto, come una violazione a fin di bene della sua riservatezza: restavo fermo vicino ai gemelli, non mi decidevo a parlare.

Così glielo ha detto Martina. Guido l'ha guardata e ha guardato me, incerto come di fronte a un possibile scherzo idiota. Ho tirato fuori di tasca il contratto e gliel'ho fatto vedere; gli ho spiegato che non avrebbe dovuto fare nessuna modifica, il libro sarebbe stato pubblicato così com'era. Lui guardava il contratto; cercava credo di rimuovere almeno parte delle difese che aveva sviluppato intorno al suo lavoro in tutti questi mesi.

Poi ha sorriso, e Chiara l'ha abbracciato; ci siamo abbracciati tutti e abbiamo parlato a voce altissima, i gemelli e il cane si sono messi a correre avanti e indietro come pazzi. Abbiamo stappato una bottiglia di vino per festeggiare, ma eravamo già ubriachi prima ancora di berne un sorso.

Quattordici

In primavera io e Guido abbiamo finito di rimettere a posto la seconda casa. Guido aveva un'aria allegra: da quando gli avevano preso il libro era stato quasi sempre di buon umore, aveva lavorato con passione. Abbiamo sgombrato i detriti e gli attrezzi, chiamato Chiara e Martina e i bambini per fare un giro della casa. Era molto più piccola di quella dove vivevamo, ma le sue stanze avevano un taglio interessante; sembravano adatte a uno che scrive storie. Chiara era felice, guardava dappertutto.

Ma non ci sono andati. Guido trovava sempre una ragione per rinviare, dimenticare l'idea del trasloco sotto altri pensieri e attività. Chiara provava a sollecitarlo, aveva voglia e bisogno di un suo territorio esclusivo; lui le chiedeva che fretta c'era: se stava male con me e Martina e i gemelli.

Lei è diventata più pressante; Guido ha detto che era abituato a vivere insieme a noi, l'idea di andare sotto un altro tetto anche se lontano solo cinquanta metri lo riempiva di tristezza. Ha detto che non c'erano ragioni per disperdersi così nello spazio; Chiara l'ha presa come un rifiuto di impegnarsi in modo univoco con lei. Io e Martina abbiamo cercato di farle capire le ragioni di Guido, ma non è servito a molto: era l'idea che lui fosse capace di vivere solo in situazioni provvisorie a farle paura.

Ha cercato ancora di convincerlo, quasi rabbiosa nella sua ostinazione; lui adottava una difesa passiva, aspettava che lei si stancasse. La differenza tra le loro nature è venuta fuori in modo chiaro per la prima volta da quando stavano insieme: provocava piccoli irrigidimenti su posizioni opposte, scatti di tensione facili da avvertire.

Poi hanno smesso di parlarne. La seconda casa è rimasta vuota vicino alla nostra; ogni tanto ci andavano a giocare i gemelli.

Alla fine dell'estate è arrivata una busta da Milano con le bozze di *Canemacchina*. Faceva uno strano effetto vedere stampate in caratteri definitivi le frasi che Guido aveva continuato per mesi a trasformare e riscrivere: lui ha detto che era come ritrovare i propri pensieri congelati.

Si è messo a lavorarci subito, di nuovo chiuso tutto il giorno nella sua stanza. Cambiava singole parole, spostava virgole e punti, tracciava segni sottili a penna. Ogni tanto chiedeva consigli a me o a Chiara o a Martina, senza la reticenza di quando ancora non sapeva se qualcuno oltre a noi avrebbe mai letto quello che scriveva.

Appena ha finito abbiamo rivisto le bozze tutti insieme, siamo stati d'accordo che non c'era più niente da togliere o aggiungere. Guido le ha messe in una busta e l'ha chiusa con cura: la guardavamo come la cosa più preziosa che le Due Case avevano prodotto dopo i gemelli, altrettanto piena di impulsi vitali.

Il direttore editoriale dell'Allibratore ha fatto un ultimo tentativo di convincere Guido a chiamare in un altro modo il suo libro. Sosteneva che *Canemacchina* era sembrato a tutti sinistro, sarebbe stato molto meglio un titolo che includesse la parola "generazione", o "gioventù". Guido ha detto «È un *libro* sinistro, va bene se lo si capisce subito». Anche lui aveva perso l'abitudine a parlare da un telefono privato: gridava come se fosse nella cabina dello spaccio di Ca' Persa.

Ai primi di ottobre il libro è stato pronto, ne sono arrivate cinque copie per posta. La copertina era brutta, e non aveva niente a che fare con lo spirito della storia: due personaggi con mandibole da fumetto su uno sfondo di grattacieli apparentemente americani. Guido non ci ha fatto troppo caso, ha detto che se l'aspettava. Si è seccato molto di più per il risvolto, dove il suo romanzo veniva definito "l'allucinata rappresentazione di una condizione giovanile non scalfita né illuminata da valori, speranze, illusioni..." e "l'autoritratto di una generazione orfana di se stessa". Ha detto «Ci sono *riusciti*, i bastardi».

Ma era contento quanto me e Chiara e Martina di poter tenere tra le mani i suoi libri rilegati, contenitori compatti di atmosfere a cui chiunque poteva dar spazio solo aprendoli.

La settimana dopo quelli dell'Allibratore hanno telefonato per chiedere a Guido di fare una presentazione di *Canemacchina* a Milano. Lui ha spiegato che tutto quello che voleva dire l'aveva scritto, non c'era niente da aggiungere o illustrare. Ma quando l'addetta stampa gli ha chiesto se voleva abbandonare il suo libro senza il minimo aiuto è diventato incerto; ha finito per dire che andava.

Abbiamo consultato l'orario dei treni, telefonato a mia madre per chiederle se poteva ospitare Guido e Chiara per due giorni; poi Martina ha lanciato l'idea di andare a Milano tutti insieme. I lavori della campagna potevano aspettare due o tre giorni, gli animali avevano distributori di cibo e acqua costruiti da Werner che duravano anche più a lungo; ci siamo guardati e abbiamo deciso. Guido era incredibilmente sollevato all'idea, continuava a dire «Meno male».

Ci siamo accampati nell'ex ordine della casa di mia madre, lo abbiamo travolto del tutto con le nostre attitudini agresti. I gemelli e il cane hanno buttato per aria gli oggetti del soggiorno, rotto buona parte delle porcellane e dei vetri soffiati senza che riuscissimo a fermarli. Non erano mai stati in un appartamento di città, e la strana dimensione artificiale e separata dal suolo li eccitava in modo straordinario. Mia madre diceva di lasciarli fare: non le importava più niente degli oggetti, voleva godersi i bambini liberi e selvati-

291

ci com'erano. Martina ha invaso la cucina con le verdure che ci eravamo portati dietro, ha riempito di foglie e radici rigogliose il grande frigorifero quasi vuoto. Chiara si è chiusa nel bagno e non veniva più fuori; quando Guido è andato a bussare gli ha detto che stava cercando di riabituarsi all'idea dell'acqua calda corrente.

Ho acceso la televisione, e i gemelli sono rimasti così sconvolti che hanno smesso di giocare, si sono bloccati a qualche metro dallo schermo. Martina l'ha spenta quasi subito, perché le loro espressioni la spaventavano. Non era una donna settaria nelle sue idee: cinque minuti dopo è venuta a chiedermi se avevamo ragione a farli crescere così fuori dal mondo. Le ho detto che non lo sapevo ma mi ricordavo bene il silenzio sterilizzato di questo appartamento quando ero io bambino, l'ordine triste e freddo della mia esistenza nel cuore della città.

Guido sfogliava le riviste che mia madre teneva in un cesto, si alzava a guardare dalle finestre, guardava i quadri alle pareti. Era nervoso per la presentazione del suo libro il giorno dopo, non ne aveva nessuna voglia. Ha detto «Non l'ho mica scritto per parlarne a delle signore in pelliccia e convincerle a *comprarlo*».

Ho provato a dirgli che forse ci sarebbe stata anche gente simpatica, avremmo potuto farci un'idea di chi erano i suoi lettori. Lui non si è convinto affatto, scorreva i dorsi dei libri sugli scaffali. Più tardi ha telefonato a sua madre per salutarla; ma teneva una mano sulla cornetta, non le ha detto che era a Milano.

Il giorno dopo Martina e Chiara si sono truccate e vestite eleganti come non le avevamo mai viste; io e Guido ci siamo infilati due mie vecchie giacche sopravvissute negli armadi di mia madre per più di dieci anni, sopra le solite camicie e i calzonacci da campagna. Mia madre ha detto che non veniva, non sopportava più nessun genere di situazione mondana. Guido le ha chiesto se poteva restare con lei; abbiamo dovuto trascinarlo fuori. Eravamo in ritardo, siamo andati svelti verso la libreria dove ci aspettavano quelli dell'Allibratore. In una delle vetrine c'era un piccolo schieramento di copie di *Canemacchina*, intorno a una foto di Guido che gli aveva fatto Chiara; un cartello diceva "Ore 19 presentazione con l'Autore". Guido puntava i piedi, ha detto «Andate voi, spiegategli che mi sono *ammazzato*». Siamo entrati stretti uno all'altro, con i gemelli e il cane spinti avanti come punto focale per gli osservatori.

Dentro non c'era quasi nessuno, a parte i commessi e un gruppetto di persone vicino alla cassa, un fotografo con borsa a tracolla, qualche cliente disperso tra gli scaffali. Guido era paralizzato dal disagio; l'ho dovuto accompagnare a salutare il direttore editoriale e il direttore commerciale e il direttore della libreria e Salvatore Podrego e la capoufficio stampa coperta di catene e braccialetti d'oro. Su un tavolo alle loro spalle c'erano vassoi di tartine e bottiglie di vino e bicchieri di plastica; due ragazzi inginocchiati a terra stavano preparando una telecamera.

Siamo rimasti qualche minuto in attesa, con i funzionari editoriali che si guardavano intorno nel grande spazio semivuoto e Guido che si mordeva le labbra; poi la capoufficio stampa ha detto «Forse potremmo cominciare». Il direttore della libreria ha convogliato verso il nostro angolo i pochi clienti disponibili, compresi Martina e Chiara e i gemelli e il cane che cercavano di tenersi in formazione chiusa vicino all'ingresso. E anche se non c'era quasi pubblico era una vera presentazione formale, strutturata con cura. I ragazzi con la telecamera riprendevano e spostavano una luce, il fotografo scattava, i funzionari editoriali stavano dritti e ben vestiti con le braccia incrociate. Salvatore Podrego si è addentrato in una dissezione analitica dello stile e la struttura e i personaggi del libro di Guido: è andato avanti per venti minuti come se parlasse di un reperto di qualche civiltà primitiva non facile da spiegare.

I pochi clienti erano per lo più signore sulla cinquantina, una di loro in pelliccia come aveva anticipato Guido; si vedeva la loro attenzione fluttuare dalle parole di Salvatore Podrego a Guido a me, alle nostre donne e ai bambini dallo sguardo diffidente, al cane che cercava di svincolarsi dal guinzaglio con strappi furiosi.

Dopo mezz'ora buona Salvatore Podrego ha finito in un applauso stentato, e la capoufficio stampa ha cominciato a pungolare Guido perché dicesse qualcosa. Lui ha fatto resistenza finché ha potuto, ma i ragazzi con la telecamera lo puntavano da pochi centimetri e tutti erano in attesa; alla fine ha detto «Niente, ho scritto questo libro perché non volevo andare in giro a mettere *bombe*, mi fa troppa paura l'idea di ferire qualcuno che passa».

I funzionari editoriali e Salvatore Podrego e i pochi clienti si sono guardati, incerti se ridere o prenderlo sul serio; delusi comunque che il suo discorso fosse già finito. La capoufficio stampa è riuscita a ottenere un altro piccolo applauso, poi ha indicato le tartine e le bottiglie sul tavolo dietro di sé, e tutti si sono buttati a bere e mangiare.

Io e Chiara e Martina volevamo avvicinarci a Guido, ma il direttore della libreria gli ha chiesto di firmare copie di *Canemacchina* per alcune signore che si riempivano la bocca di pizzette e cercavano di scrollarsi le briciole dai cappotti e fare domande profonde. Guido rispondeva senza neanche ascoltare, e nessuno se ne rendeva conto; ogni tanto guardava verso di noi con un'aria da prigioniero, nella mia vecchia giacca blu troppo grande per lui.

E subito dopo sono arrivati i genitori Quimandissett.

Chiara ha girato la testa e si è irrigidita, Martina ha avuto più o meno la stessa reazione. Non li avevo mai visti prima, ma venivano avanti con lo sguardo e il passo che Martina mi aveva descritto tante volte: come una coppia di ambasciatori di un paese più rigoroso del nostro. Il padre era poco meno alto della madre, dritto in modo da dispiegarsi fino all'ultimo millimetro nel suo completo grigio perfetto; la madre aveva piccoli occhiali dalla montatura metà frivola e metà severa, si capiva che da giovane doveva essere stata carina come le sue figlie.

Martina e Chiara li hanno salutati, e non c'era tra loro la minima confidenza fisica. Si sono dati la mano come potrebbero farlo dei vicini di casa; poi Chiara ha presentato Guido e Martina ha presentato me, l'intreccio dei gesti è diventato ancora più difficile e goffo. Martina ha indicato i gemelli che si erano nascosti tra le mie gambe; i suoi genitori che li vedevano per la prima volta hanno reagito con piccoli sorrisi di cortesia, tentativi poco energici di toccarli.

La madre Quimandissett ha detto che erano tornati da Vienna nel pomeriggio e avevano letto sul giornale della presentazione e pensato di fare un salto. Si guardava intorno mentre parlava, allibita dalla vuotezza della libreria. I suoi occhi erano simili a quelli di Martina e Chiara: mi faceva impressione vederci riflesso uno spirito così lontano dal loro. Il padre Quimandissett ha fatto qualche considerazione sull'importanza dell'editoria nel mondo, e dietro il suo distacco ambasciatoriale mi sembrava di avvertire un'ombra di disgusto per me e Guido che vivevamo con le sue figlie senza averle sposate e senza essere in grado di garantire uno standard minimo di brillantezza sociale. Sua moglie controllava a piccole occhiate laterali le scarpe e i calzonacci miei e di Guido, le nostre giacche fuori misura. Chiara e Martina erano tese come canne, Guido aveva l'aria di voler scomparire; quando la capoufficio stampa è venuta a dirci che dovevamo muoverci verso il ristorante è stato un sollievo.

I genitori Quimandissett si sono scusati di non poter venire a causa di un altro impegno, anche se nessuno li aveva espressamente invitati. Hanno salutato le loro figlie e me e Guido con la stessa assenza di slanci; i gemelli hanno continuato a tenersi fuori portata, li hanno guardati andar via senza nessuna simpatia.

Poi siamo andati a intrappolarci in una saletta di ristorante piena di pannelli liberty ma senza finestre, e il riscaldamento era al massimo e quasi tutti fumavano e sul menu c'erano solo piatti a base di carne. Guido era seduto lontano da noi, stretto tra il direttore editoriale e il direttore commerciale e la capoufficio stampa e una cliente della libreria che non smetteva un attimo di parlare. Aveva uno sguardo di sofferenza pura; rispondeva a mezze parole, continuava a bere il vino che gli versavano.

Martina ha fatto impazzire i camerieri prima di trovare qualcosa per la nostra famiglia vegetariana. Questo genere di posti la faceva diventare subito insofferente: si guardava in giro e diceva «Si soffoca» senza il minimo riguardo per chi ci aveva invitato. I bambini continuavano a sgusciare via dai loro posti e infilarsi sotto il tavolo con il cane, tiravano la tovaglia e ridevano e squittivano e infastidivano gli altri commensali. Né io né Martina facevamo grandi sforzi per richiamarli: soffrivamo di claustrofobia quanto loro, ed eravamo troppo partecipi degli sguardi di Guido per poterci godere la cena comunque.

L'unica di noi che cercava di adattarsi alle circostanze era Chiara, seduta ben composta alla destra del direttore editoriale, pronta a rispondere alle battute che Guido nemmeno ascoltava. Era diversa da Martina: c'era un desiderio di mondo in lei che le faceva brillare gli occhi anche in un'occasione come questa. Sembrava rifiorire in città, le sue attitudini sociali rinnovate dalle stesse tensioni che mettevano a disagio me e sua sorella. Guido la guardava ogni tanto; pensava forse che anche lui aveva bisogno di contatti molteplici, ma diversi da quelli che interessavano a lei.

Alla fine la saletta era completamente satura di fumo, e i gemelli hanno cominciato a rompere bicchieri, il cane si è messo ad abbaiare sotto il tavolo; Martina ha deciso che era meglio andarcene. Ci siamo alzati con grande sollievo degli altri convitati, e Guido ha avuto un lampo di panico negli occhi, ha detto che veniva anche lui. Ha stretto le mani a tutti, trascinato via Chiara da una conversazione che avrebbe continuato volentieri. La capoufficio stampa ha cercato di fermarlo, ma lui era già quasi sulla porta, non si è più girato.

Siamo usciti sul marciapiede, e anche l'aria di Milano sembrava fresca rispetto al chiuso del ristorante. Guido ha detto «Via, *via*»; ha fatto qualche salto furioso di liberazione.

Siamo tornati verso casa a piedi, le automobili sembravano grossi pesci aggressivi in acque torbide smosse dalle luci dei loro fari. Mia madre ci ha chiesto com'era andata; Guido ha detto «Da *crepare*. È l'ultima presentazione che faccio in vita mia».

Quindici

Alle Due Case Guido ha ricevuto un paio di telefonate di giornalisti minori sollecitati dalla capoufficio stampa dell'Allibratore, gli hanno fatto poche domande per puro dovere. Chiara andava a comprare i giornali presto ogni mattina, ma non c'era nessuna recensione di *Canemacchina*; solo qualche riquadro pubblicitario perso nelle pagine interne. Poi sono finiti anche quelli, non c'è stato più niente. Ho telefonato al direttore editoriale a Milano; ci ha messo cinque minuti buoni a rispondermi, mi ha spiegato che non era facile suscitare attenzione intorno a un autore sconosciuto, in particolare se il suo libro era così poco gradevole e lui così restio a promuoversi. L'interesse di quando ero andato a discutere del contratto era scomparso dalla sua voce, al suo posto adesso c'era solo fastidio di fronte alle mie richieste di notizie.

Guido ha detto che il suo libro ormai era fatto e andato e non gliene importava più niente, ma in realtà era sconcertato quanto noi da questa totale assenza di reazioni. Aveva scritto un romanzo per dire delle cose, e le aveva dette nel modo più diretto e violento possibile, e sembrava che nessuno se ne fosse accorto. Diceva «Lo scoprite adesso che razza di paese di *gomma* è questo?».

Sono andato con Martina nella sua ex libreria a Perugia; la cassiera ha detto che non avevano venduto una sola copia di *Canemacchina*. Ne abbiamo comprate noi un paio, e l'abbiamo convinta a metterne una in vetrina, persa tra i molti altri libri con la sua brutta copertina. Poi abbiamo cercato per le strade due persone a cui regalare le nostre copie: guardavamo i passanti che arrivavano da lontano, li seguivamo in atteggiamenti che li insospettivano e rivelavano anche i loro modi di essere. Alla fine abbiamo trovato un ragazzo magro e una signora con un cane dalla zampa ingessata che ci facevano simpatia; gli abbiamo spiegato che era il libro di un nostro amico.

Quando Guido l'ha saputo ha detto che era stato un gesto gentile ma anche patetico; che non gli piaceva suscitare sentimenti di questo genere.

Poco alla volta abbiamo smesso di parlare di *Canemacchina*; giravamo lontano dall'argomento.

Poi un mattino presto Chiara è tornata da Ca' Persa dov'era andata a comprare delle arance, e già da lontano suonava il clacson della sua macchinetta come una pazza. È corsa verso casa con il sacchetto della spesa e un giornale in mano; il sacchetto le si è rotto e le arance sono cadute fuori, rotolate giù per il prato in pendenza. Chiara le ha lasciate andare, è arrivata di slancio fino a me e Martina, ci ha porto il giornale.

Abbiamo guardato, e in prima pagina con un rilievo incredibile c'era un articolo di Filippo Lenti sul libro di Guido, sotto il titolo *La generazione perduta*. Il testo parlava di *Canemacchina* come di "una fotografia, tanto più agghiacciante quanto meno consapevole, di un universo generazionale del tutto scevro di valori positivi, lontano anni luce da quelli che sono i fondamenti su cui si basa la nostra convivenza civile". Più avanti diceva che la reazione istintiva di fronte a un libro come questo era di chiuderlo e buttarlo via dopo qualche pagina, ma se si voleva avere un'idea di cos'era successo nella testa di molti giovani negli anni appena trascorsi bisognava invece leggerlo fino alla fine. "Sarà una lettura educativa", spiegava in conclusione "perché alle soglie del Duemila potrebbe essere questa generazione perduta a ritrovarsi in eredità il mondo".

Siamo corsi tutti e tre dentro casa a cercare Guido, gli abbiamo fatto vedere il giornale. Lui l'ha scorso rapido: allibito dal risalto dell'articolo, dal tono con cui Lenti parlava del suo libro. Quando l'ha finito si è messo a ridere, ha detto «Sono *pazzi*, questi. Hanno la testa *fusa*».

Cinque minuti dopo ha telefonato la capoufficio stampa dell'Allibratore. Chiara ha trascinato Guido a rispondere; la voce all'altro capo del filo era così forte che riuscivamo a sentirla da qualche metro, senza pause. Guido rispondeva con impazienza appena trattenuta, guardava verso di noi. Quando ha messo giù ha detto «È *ridicolo*. Sono tutti eccitati, e l'articolo non parla neanche del mio libro. Ho scritto una storia contro *Milano*, non un diario giovanile a uso di sociologi dilettanti».

Ma il giorno dopo hanno ritelefonato dall'Allibratore per dire che il libro stava andando a ruba, una seconda ristampa era già in corso a tempi forzati. E il giorno dopo ancora sui tre principali quotidiani nazionali c'era mezza pagina di pubblicità a *Canemacchina*, con una riproduzione della copertina e una foto di Guido e una scritta a caratteri enormi che diceva L'AGGHIACCIANTE TESTIMONIANZA DI UNA GENERAZIONE PERDUTA.

Recensioni a *Canemacchina* hanno cominciato ad apparire dappertutto: ci telefonavano dall'Allibratore per segnalarle, Chiara andava a Ca' Persa o fino a Gubbio a comprare giornali e riviste. Quasi tutti gli articoli insistevano sul fatto che il libro era "inconsapevolmente" terribile e disperato, il suo linguaggio quello "della televisione" o "dei fumetti" o "della strada". Nessuno sembrava prendere in considerazione la possibilità che lo stile e il taglio fossero stati scelti da una persona lucida; nessuno parlava di Milano. Guido era furioso; dopo qualche giorno non voleva nemmeno più leggere quello che gli portavamo. Lavorava all'aperto nel freddo, cercava di fare finta di niente.

Sono arrivate altre richieste di interviste telefoniche lungo un percorso complicato dall'ufficio stampa dell'Allibratore a me a Chiara a Guido. Lui ogni volta cercava di sottrarsi; per

convincerlo gli dicevamo che era l'unico modo di far conoscere le ragioni del suo libro, ma abbiamo scoperto presto che
non era affatto così. Le interviste servivano solo ad aggiungere piccoli tocchi di colore a quello che sarebbe stato scritto
comunque; appena Guido provava a evadere dal quadro che
gli avevano già tracciato smettevano di ascoltarlo. Io e Chiara
e Martina uscivamo dal soggiorno per lasciarlo parlare, da
fuori lo sentivamo rispondere sempre alle stesse domande:
quando aveva fatto le cose che raccontava nel libro, come
avrebbe definito la sua generazione, cosa pensava del sesso e
del futuro. Lui cercava di parlare della civiltà industriale e la
degenerazione delle città e dei rapporti umani nelle città, e al-
l'altro capo della linea tagliavano il discorso, gli chiedevano se
si identificava di più con il '68 o con il '77. Guido dava risposte come «Mi identifico con il 69, soprattutto», ma neanche
queste apparivano nelle interviste stampate.

Una giornalista nota che si chiamava Antonella Salvioni
è venuta da Milano con un fotografo, dopo aver insistito
due giorni perché fosse Guido ad andare da lei. È arrivata in
ritardo di tre ore sul nostro appuntamento, grassa e informe
con una piccola scopa bionda di capelli in testa; appena in
casa si è messa ad aspirare da una sigaretta come se fosse un
cannello d'ossigeno, guardarsi in giro morbosa. Guido l'ha
fatta sedere su una vecchia poltroncina nel soggiorno; lei si
è lamentata del viaggio, del clima, della stagione, del fatto
che ci fossimo andati a rifugiare in un posto così scomodo.
Sembrava considerarsi un personaggio, più che un'intervi-
statrice: era compiaciuta delle sue frasi, della sua cadenza
stirata nel pronunciarle. Il fotografo curiosava in ogni angolo e fuori dalle finestre; ha chiesto a Martina dell'acqua, un
caffè, dell'altra acqua. Il cane continuava ad abbaiare e i gemelli a buttare oggetti, li abbiamo dovuti chiudere in cucina. Noi adulti ci aggiravamo ai margini dell'intervista, defi-
lati ma a portata di voce, irrequieti come animali terricoli
che si sono visti invadere la tana da qualche predatore.

Antonella Salvioni ha chiesto a Guido se i bambini erano
suoi, quale delle due ragazze era la sua, se ci consideravamo
una sola famiglia o due famiglie o una specie di comune; se

300

avevamo comprato o affittato questa casa, chi ci aveva dato i soldi. Continuava a spostarsi sulla poltrona, emanava fumo di sigaretta e un profumo dolciastro che si diffondeva nella casa come un'esalazione industriale.

Guido si è irrigidito di fronte al suo tono, le sue risposte sono diventate sempre più secche e brevi. La Salvioni puntava verso di lui un piccolo registratore portatile, guardava altrove mentre parlava, lo interrompeva con nuove domande prima che lui finisse. Aveva un'aria avvelenata, forse dal suo lavoro o dalla sua vita privata o dal suo aspetto fisico; c'era un sottofondo di astio in ogni sua frase.

Guido si è seccato, ha cominciato a rispondere a frasi sempre più brevi e rigide. La Salvioni non se ne accorgeva neanche; gli ha fatto qualche altra domanda, poi ha detto «Va be'», messo via le sue cose in una borsetta piatta e tonda come una padella.

Il fotografo ha costretto Guido a posare nel soggiorno e in cucina, fuori sul prato tra le due case. Continuava a suggerirgli sorrisi e gesti innaturali: una mano appoggiata alla tempia o al mento, una mano tra i capelli, la testa inclinata. Guido ha detto che non ne aveva voglia, è rimasto teso e diffidente con le mani in tasca. Il fotografo ha insistito per ritrarlo con Chiara, poi con Chiara e Martina e me e i due gemelli e il cane. Ci siamo messi tutti in posa, con le due case sullo sfondo, e ci sentivamo stupidi ma anche in parte gratificati. Antonella Salvioni ci ha chiesto i nostri nomi, se li è segnati su un blocchetto; è andata a chiudersi in bagno un quarto d'ora prima di ripartire.

Quando se ne sono andati e la loro macchina è scomparsa per la strada sterrata Guido ha detto «Porca *miseria*», più affaticato che rabbioso. Dentro casa il profumo della Salvioni aleggiava ancora; abbiamo lasciato aperte a lungo le finestre per cambiare l'aria.

Una settimana più tardi l'intervista a Guido è uscita con grande risalto sul quotidiano per cui lavorava la Salvioni. C'era una sua fotografia sul prato insieme a Martina e Chiara e i gemelli e il cane; io ero stato in qualche modo tagliato fuori dall'inquadratura, o cancellato dal negativo. La didascalia diceva "Guido Laremi con la sua 'famiglia'". Chiara ha letto il testo ad alta voce, e fin dall'inizio era difficile credere che qualcuno potesse distorcere la realtà in modo così smaccato. La Salvioni descriveva casa nostra come una "comune abitata da timidi e fragili giovani evidentemente usciti a fatica dal tunnel della droga per crearsi, grazie ai cospicui mezzi di uno di loro, un riparo dalle pressanti realtà del mondo. Qui, tra mucche brade e bambini nudi, in un confuso ménage collettivo in cui sarebbe difficile rintracciare precisi rapporti, Guido Laremi ha ricostruito la sua esperienza metropolitana. E il suo libro, sapientemente guidato dagli strateghi commerciali dell'Allibratore, sta rapidamente scalando le classifiche di vendita…".

Martina ha detto «Dove cavolo le ha viste le mucche?» «E i bambini nudi?» ho chiesto io. Chiara ha continuato a leggere; ogni tanto controllavamo tra le righe per vedere se non ci stava prendendo in giro. Ridevamo, anche Guido diceva «La brutta balena *velenosa*».

La Salvioni lo descriveva come "ventotto anni, magrolino, due occhi azzurri troppo concentrati su di sé per occuparsi del suo interlocutore, vestito di stracci come si usa…". Eravamo stupefatti all'idea che una persona potesse provare un così forte rancore verso un'altra che nemmeno conosceva, usarla per rifarsi delle sue frustrazioni sociali o infelicità sentimentali o di qualunque altro tarlo guastasse l'equilibrio generale della sua vita. Nell'intervista che seguiva le risposte di Guido erano totalmente manipolate: collegate a domande diverse da quelle originali, ricostruite in uno stile smozzicato che doveva forse avvicinare Guido al protagonista del suo libro e nello stesso tempo renderlo il più antipatico possibile. Chiara smetteva di leggere ogni poche parole, ci guardava indignata. Martina diceva «E aveva un registratore, ha registrato tutto dall'inizio alla fine». Guido stava zitto: si sentiva credo ingenuo per essere cascato nella trappola.

Più tardi ha telefonato a quelli dell'Allibratore per avvertirli che voleva chiedere una rettifica al giornale. Ma loro erano entusiasti dell'intervista, l'hanno scongiurato di non fare niente. Hanno detto che *Canemacchina* continuava a vendere moltissimo, la seconda edizione era nelle librerie e già ne stavano preparando una terza; che non importava come se ne parlava purché se ne parlasse; che i lettori dei libri amano avere informazioni leggermente colorite su chi li scrive. In più erano appena riusciti a farlo invitare come ospite alla trasmissione televisiva "Super Sabato": aveva quindici milioni di spettatori, solo poter partecipare era un successo clamoroso.

Guido ha messo giù, molto incerto. Ha detto che il suo libro lo stava trascinando in un territorio che non si era neanche immaginato mentre lo scriveva; era combattuto tra l'idea di poter raggiungere un pubblico così vasto, e l'idea di stare a un gioco che detestava. Ha detto «Tanto poi ti fregano *comunque*, come la Salvioni lurida».

Anche noi eravamo presi tra sentimenti opposti, non sapevamo bene cosa consigliargli. Martina sosteneva che "Super Sabato" era una trasmissione ignobile, e chiunque ci partecipava ne era contaminato. Il conduttore si chiamava Nanni Tamba, era una figura fissa nel paesaggio del nostro paese quanto i politici che lo governavano da sempre: altrettanto falso e impossibile da eliminare. Secondo Chiara la cosa più importante erano i quindici milioni di telespettatori; Guido dal vivo avrebbe potuto spiegarsi molto meglio che in un'intervista raccolta da una giornalista malevola senza testimoni. Io ero incerto ma alla fine sono stato d'accordo con lei: ho detto che dopo tutte le manipolazioni della stampa la televisione l'avrebbe forse fatto vedere com'era, lasciato parlare con le sue parole.

Guido camminava avanti e indietro per il soggiorno, non riusciva a decidere. Mi sono reso conto che le sue scelte non erano tagliate nette come pensavo al liceo, guidate con naturalezza da un solo istinto. Al contrario si faceva sedurre dai dubbi: lasciava che si impadronissero dei suoi pensieri fino ai loro più piccoli angoli. Quando alla fine prendeva una decisione, la sua fermezza serviva solo a nascondere tracce lunghe di nostalgia per le altre possibilità che aveva appena escluso.

Ha detto che sarebbe andato a "Super Sabato"; ha telefonato all'Allibratore per avvertirli.

La sera prima della trasmissione siamo rimasti fino a tardi davanti al camino a parlare di cosa Guido avrebbe potuto dire in diretta davanti a quindici milioni di persone. Martina diceva «Pensa se cominciassi a scagliarti contro tutti i politici bastardi che saccheggiano l'Italia». «Staccherebbero subito il contatto», l'ha interrotta Chiara, già in allarme. Guido ha detto «Credo che dipenda da quanto sei *pronto*. Ci mettono di sicuro qualche secondo a reagire, e forse farei in tempo a dire che la televisione è una truffa lottizzata in mano ai mafiosi dei partiti, chiedere agli spettatori di *spegnere*». «Così ti mettono in galera» ha ribattuto Chiara, spaventata adesso.

Guido ci stava pensando davvero; ha detto «In realtà basterebbe dire due o tre cose in tono *pacato*, senza gridare o fare scenate». Parlavamo a voce così alta che i gemelli al piano di sopra si sono svegliati; ho dovuto salire per farli riaddormentare. Attraverso il pavimento sentivo ancora le voci nel soggiorno: i progetti di colpi di mano in diretta.

Il mattino presto Guido e Chiara sono partiti per Roma con la vecchia Renault di lei. Io e Martina e i gemelli li abbiamo seguiti fino allo stradino per salutarli, più nervosi di loro.

Poi siamo andati a Gubbio ad affittare un televisore. Nel negozio era rimasto solo un vecchio scatolone a ventisette pollici; abbiamo firmato tutte le carte e pagato la cauzione, il tecnico ci ha aiutati a trascinarlo fino alla macchina.

A casa non avevamo un'antenna, nel soggiorno non si riceveva altro che pulviscolo elettronico e ronzio. I gemelli erano eccitatissimi lo stesso: continuavano a girarmi intorno, interferire con i miei tentativi di regolazione.

Di pomeriggio abbiamo trascinato il televisore in cucina, l'abbiamo issato su una sedia vicino a una finestra orientata verso un ripetitore di segnali su un monte lontano. Anche così i pochi canali che riuscivamo a captare erano filtrati attraverso un velo lattiginoso, come fantasmi di trasmissioni. L'ora di "Super Sabato" era sempre più vicina, io e Martina sempre più nervosi all'idea di non riuscire a vedere Guido. Mi sono messo a fare esperimenti frenetici con un filo di ferro nella presa per l'antenna; alla fine ho trovato una sintonia accettabile, quando la trasmissione era già iniziata da un quarto d'ora. Mi sono seduto con Martina molto vicino allo schermo; cercavamo di far stare fermi e zitti i gemelli.

Nanni Tamba ha introdotto una troupe di danzatori tradizionali sardi vestiti di pelli di pecora: si sono messi subito a saltare in cerchio al ritmo di un campanaccio.

Era un programma identico a quelli che mi ricordavo di aver visto da bambino, fatto di balletti e canzoni e apparizioni di attori tenuti insieme da tutti gli stereotipi che il nostro paese era in grado di produrre. Anche Nanni Tamba era rimasto identico, almeno sul nostro schermo: aveva lo stesso sguardo e gli stessi gesti mentre si spostava da un punto all'altro dello studio, lo stesso entusiasmo meccanico nel presentare i suoi ospiti.

I ballerini sardi se ne sono andati tra applausi a comando; Nanni Tamba ha introdotto una anziana attrice a riposo che ha commentato con le lacrime agli occhi spezzoni di suoi vecchi film. Poi anche lei se n'è andata, e Tamba ha gridato «Il momento dei libri!» e la telecamera ha seguito in panoramica il suo gesto, e da una finta porta scenografica è uscito Guido accolto da altri applausi a comando. Io e Martina eravamo quasi dentro lo schermo adesso: ci sembrava impossibile che Guido facesse davvero parte dello spettacolo quanto i ballerini sardi e l'anziana attrice e tutto il resto. Guardavamo la sua immagine nel vetro opalino, la seguivamo attraversare la scenografia come se fosse rimasta prigioniera di uno strano fenomeno elettronico.

Guido era teso, è andato a sedersi su una poltroncina che una valletta gli indicava. Nanni Tamba gli ha chiesto quanti anni aveva, credo per cominciare a confezionarlo in forma di personaggio televisivo. Guido gli ha detto «Farebbe la stessa domanda a uno scrittore di *mezza età*?». Nanni Tamba è rimasto sconcertato solo per una frazione di secondo; è scivolato subito in un sorriso automatico, in una battuta su come è più facile chiedere gli anni a una persona giovane che a una vecchia. Guido ha detto «Non le sembra incredibile la *condiscendenza* che c'è in questo paese verso chiunque non sia già stato corroso dalla vita?».

Nanni Tamba non lo ascoltava veramente, di nuovo ha neutralizzato il disagio senza difficoltà pescando dal suo repertorio di atteggiamenti pronti; è andato avanti a fare domande preparate, in parte mostrando simpatia per Guido, in parte ammiccando al pubblico. Guido si sforzava di parlare nel modo più naturale, con la stessa mancanza di atteggiamenti e protezioni che aveva quando interveniva nelle assemblee a scuola. Ma questa volta invece dei neostalinisti che cercavano di strappargli il megafono c'era la macchina perfetta della televisione con i suoi tempi e codici: gli spazi stretti tra domanda e risposta, il tono conciliatorio e rassicurante con cui Nanni Tamba avvolgeva ogni argomento per poi chiuderlo in poche parole.

Guido ha cercato di spiegare quello che aveva voluto dire con il suo libro: di Milano e di tutte le città come Milano ridotte a macchine trituratrici di vite; di come le colpe erano certo molto estese ma si poteva anche localizzarle se si voleva, per esempio considerare il sindaco di Milano Ugo Mammoli responsabile per tutte le persone giovani che morivano di eroina e tutte quelle non giovani che morivano di cancro ai polmoni, quelle a metà che si riempivano di malattie e disperazione in un luogo privo di verde e di spazi piacevoli dato in pasto alle macchine e ai commercianti e agli speculatori edili con cinismo grigio da ladro di partito.

Ma era un'impresa disperata; a parte me e Martina non credo che molti telespettatori riuscissero a capire cosa diceva. Nanni Tamba gli stava addosso tutto il tempo con il suo sorriso artificiale, tamponava ogni sua frase prima che potesse diventare pericolosa, la riduceva o estendeva fino a neutralizzarla. Gli costava fatica, ma era il suo mestiere, e lo faceva straordinariamente bene: nel giro di poche battute è riuscito senza perdite di ritmo a ripresentare *Canemacchina* come un fenomeno di costume. Guido si è sforzato di alzare la voce in tono più polemico; Nanni Tamba ha fatto uscire dal pubblico due ragazzi e due ragazze che hanno definito il suo libro "divertentissimo".

Guido cominciava a sembrare in trappola, frastornato dalle luci e dai passaggi di telecamera, dalle occhiate di Nanni Tamba agli spettatori a casa e a quelli in studio e ai cronometri e ai tecnici e ai collaboratori fuori campo. Ha fatto un ultimo tentativo di dire qualcosa, preso nella gabbia di atteggiamenti predisposti, prigioniero della sua poltroncina: un altro ingrediente nel programma di Nanni Tamba, come tutti quelli che erano passati sullo schermo prima di lui e quelli che aspettavano di passarci.

E subito dopo la sua parte era finita; Nanni Tamba ha gridato «Guido Laremi, *Canemacchina*, edizioni l'Allibratore!» come se tutto si fosse concluso nella soddisfazione generale. Guido si è alzato tra i soliti applausi a comando, è scivolato fuori dall'inquadratura un attimo prima che la telecamera si spostasse su tre concorrenti di un quiz, in piedi ciascuno dietro un podio-calcolatrice

Io e Martina ci siamo guardati, ed eravamo offesi dalla meccanicità inesorabile della televisione, dal suo modo di omogeneizzare parole e persone e sentimenti e idee senza scampo. Martina ha spento, anche se i gemelli protestavano e piangevano; ha detto «Lunedì mattina la riportiamo indietro appena apre il negozio». Abbiamo trascinato la grossa scatola per immagini senza alcun riguardo fino all'ingresso; i gemelli hanno continuato a girarci intorno, nella speranza che qualche fantasma elettronico riapparisse sullo schermo.

Guido e Chiara sono tornati verso le undici di notte, stanchi morti per il viaggio e affamati. Gli abbiamo riscaldato qualcosa, fatto compagnia in cucina mentre mangiavano. Guido era furioso per com'era andata, e in più aveva paura di aver tradito le nostre aspettative. Ha detto «Non c'era verso di dire *niente*. Il fatto è che sei un povero *oggetto* nelle loro mani, ti usano come vogliono».

Io e Martina gli abbiamo giurato di averlo capito; che comunque qualcosa era riuscito a dirla.

Lui si è confortato con il cibo e con il vino e ha cambiato umore: ci ha descritto la testa di Nanni Tamba visto da vicino, con i capelli trapiantati e tinti come palme artificiali in un deserto. Abbiamo cominciato a ridere e bere vino anche noi, e Guido è andato avanti con altri dettagli allucinanti sulla trasmissione, li tirava fuori come un ladro spietato di immagini. Era al meglio di sé adesso: i suoi occhi vivi, la sua voce piena di spirito e cattiveria. Ho pensato che aveva bisogno di una ragione specifica di rabbia, per dare spazio alle sue qualità.

Siamo rimasti ad ascoltarlo fino a tardi nella notte; nessuno di noi aveva più voglia di andare a dormire.

Sedici

Dopo l'apparizione di Guido a "Super Sabato" le vendite del suo libro sono aumentate in modo impressionante; una settimana più tardi *Canemacchina* era in testa a tutte le classifiche pubblicate da quotidiani e settimanali. Dall'ufficio stampa dell'Allibratore continuavano a telefonare per aggiornare Guido sulla quarta e quinta ristampa, segnalargli nomi di giornalisti che volevano interviste o pareri volanti o battute da inserire in pezzi di colore sulla musica o i vestiti o la vita sentimentale dei giovani. Venivano in macchina da Roma o da Milano, i fotografi con le loro borse piene di lampade e obiettivi; chiedevano a Guido di posare seduto sul trattore o tra i nostri animali, gli chiedevano di essere naturale. Avevano quasi tutti un'aria cinica, o distratta; facevano domande senza nessuna vera curiosità.

Guido rispondeva sincero o cercava di defilarsi, a seconda del suo umore di quel momento. A volte era esasperato dal ruolo di "giovane parlante" che cercavano di dargli; a volte lo divertiva la varietà di sue immagini fasulle che uscivano dagli articoli. In uno veniva definito "la copia-carbone del protagonista del suo libro", in un altro "enfant-gaté della cultura giovanile"; un altro sosteneva che aveva "conosciuto la terribile realtà del carcere", un altro ancora che, "orfano di entrambi i genitori", era cresciuto in Australia.

Nelle interviste lui era più chiaro e secco che poteva, ma quasi nessuno dei giornalisti rinunciava poi a ricostruire le sue risposte in uno stile simile a quello del suo libro, farlo apparire rozzo o ingenuo o arrogante a seconda dei casi. Alcuni riprendevano la descrizione di Antonella Salvioni della nostra casa, con i suoi bambini nudi e le mucche brade e il confuso ménage familiare; la elaboravano fino a presentarci come una congrega di derelitti o un centro di riabilitazione autogestito. In questi casi mi faceva piacere condividere con Guido gli effetti della falsificazione: mi sembrava di alleggerirgliene il peso.

Era la prima volta che assistevamo così da vicino alla nascita e alla diffusione di un'informazione distorta, e ne eravamo quasi affascinati. Ci colpiva l'automatismo del processo, il suo effetto a catena, la sua apparente innocuità. Martina diceva che le faceva paura pensare a cosa deve succedere su scala più grande, nella massa enorme di fatti e parole che ogni giorno vengono rovesciati sulla gente.

Guido sosteneva di essere felice di vivere in campagna, lontano dai comportamenti che alimentavano fenomeni come quello intorno al suo libro, ma in realtà stava diventando sempre più insofferente della nostra esistenza fuori dal mondo. Era inverno e non c'era molto da fare, a parte occuparsi degli animali e alimentare le stufe e controllare il generatore elettrico e le altre funzioni essenziali della casa. Passavamo il tempo a leggere e parlare e fare bilanci dell'anno passato e progetti per la primavera, giocare con i bambini, preparare da mangiare; mangiare, dormire. Ogni tanto vedevo Guido seduto nel soggiorno da solo, e aveva uno sguardo da animale in gabbia. Ho provato a chiedergli perché non si metteva a scrivere un altro libro; lui mi ha detto che i libri non possono nascere dalla noia, ma da sentimenti più vivi.

Così la nostra famiglia è andata avanti nell'anno nuovo secondo i suoi ritmi attutiti, e appena sotto la superficie serena il suo equilibrio aveva ricominciato a deteriorarsi.

Una sera a tavola Martina ha accusato Chiara di non avere nessuna vera passione per la campagna, di viverci con l'aria di essere sempre in attesa di qualcosa di meglio. L'ha fatto senza pretesti, perché si rendeva conto di come sua sorella e Guido erano trascinati via dalle loro tensioni inquiete, ma si aspettava credo che Chiara la smentisse. Invece Chiara ha riconosciuto che era vero: ha detto che la campagna la deprimeva, le faceva venire voglia di suicidarsi.

E Guido è intervenuto a sostenerla, dire che anche lui a volte provava un senso di vuoto quasi insopportabile. Martina gli ha risposto che senza la campagna non avrebbe mai finito il suo libro; lui ha ribattuto che se fosse sempre stato in campagna non avrebbe avuto niente da scrivere. Io mi sono offeso per il suo tono e gli ho detto che era arrogante, e in pochi secondi la discussione è degenerata in una rissa di parole, dove gridavamo tutti come pazzi e ci accusavamo reciprocamente di essere come eravamo.

Quando ci siamo calmati Guido ha detto che in realtà la cosa malsana era vivere in un piccolo nucleo isolato così a lungo; che quando parlava di villaggi autosufficienti pensava a situazioni molto più estese e mobili di quattro adulti e due bambini e un cane asserragliati tra le colline di Gubbio. Ha detto che gli esseri umani sono fatti per avere scambi molteplici; che il punto non è scappare dalle città ma trasformarle, farle diventare luoghi dove si può vivere in modo piacevole e stimolante, difficile da prevedere in ogni dettaglio da un giorno all'altro e da una stagione all'altra.

Ma il suo tono distaccato e apparentemente obbiettivo mi ha ferito più degli insulti che mi aveva gridato poco prima; mi ha spinto a chiedergli «E allora perché cavolo continui a vivere qui, se sei così scontento?».

Lui ha detto «Non continuo affatto, me ne vado *domattina*». Ha guardato Chiara, e i loro due sguardi hanno chiuso la discussione, tolto a me e Martina ogni possibilità di recupero.

Il mattino dopo l'aria era gelida, c'era una luce grigia sulle colline seccate dall'inverno. Ci siamo ritrovati in cucina a fare colazione, le nostre parole della sera prima ancora nell'aria; i bagagli di Guido e Chiara pronti ai piedi delle scale.

311

Non ho provato a fargli cambiare idea, sapevo che se ne sa-rebbero andati comunque.

Guido ha detto «È solo che abbiamo bisogno di cambia-re *aria* per un po'», in un tono pacato e triste adesso. Gli ho chiesto dove pensavano di andare; lui ha detto verso nord, forse a Parigi o Londra se riusciva a farsi anticipare dall'Al-libratore parte dei soldi che gli dovevano.

Poi Martina è scesa con i gemelli, ha visto le valigie e cer-cato di fare finta di niente, e invece si è commossa. Guido ha lasciato la sua tazza di latte ed è andato ad abbracciarla, ha detto «Vi voglio tanto *bene*, porca miseria». «E allora per-ché te ne vai?» gli ha chiesto Martina ormai in lacrime. An-che Chiara piangeva, si asciugava gli occhi con un tovaglio-lo. Guido continuava a tenere Martina per le braccia, le ha detto «Perché tutte le situazioni finiscono, prima o poi, è lo schifo imperfetto della *vita*».

Abbiamo lasciato perdere la colazione, li abbiamo ac-compagnati alla macchina. Ho aiutato Chiara a caricare i ba-gagli, mentre Guido cercava di spiegarsi con i gemelli, dire che sarebbero tornati prima o poi. Eravamo bloccati in scambi di sguardi e accenni di parole, incroci di passi. Face-va freddo; i nostri fiati si condensavano in nuvole di vapore. Alla fine Guido si è strappato via: ha abbracciato Martina e me e i bambini, è salito in macchina. Anche Chiara ha fatto il giro ad abbracciarci, piangeva troppo per dire qualcosa; si è seduta al volante senza più guardare nessuno.

Siamo rimasti immobili mentre loro facevano manovra nel piccolo spiazzo d'erba, tenevamo per mano i bambini. Quando la loro macchina è arrivata a una ventina di metri si è fermata; Guido si è affacciato al finestrino, ha gridato «Quello che ho detto ieri sera. Non è *vero*».

Poi la vecchia Renault è andata via ondeggiando per la strada sterrata, fino a sparire dietro un dorso di collina; io e Martina ci siamo guardati, e ci sentivamo incredibilmente soli, circondati dal vuoto della campagna intorno.

Diciassette

Quando è venuta la primavera eravamo in due a fronteggiare la quantità enorme di lavoro da fare. Io e Martina ci siamo detti che dovevamo dedicare tutte le nostre energie a quello che avevamo davanti, smettere di proiettarci altrove come era successo negli ultimi tempi con Guido. Abbiamo cercato di fare programmi rigorosi, eliminare gli spazi morti che c'erano tra un'occupazione e l'altra, insegnare ai gemelli semplici compiti alla loro portata. Ma per quanto impegnassimo ogni minuto nel modo più intenso possibile c'era una mancanza di significato che toglieva forza al nostro lavoro, lasciava invadere i nostri gesti dalla pura stanchezza fisica. Ne parlavamo la sera a letto; ci chiedevamo se per caso Guido aveva minato per sempre la nostra capacità di vivere alle Due Case in modo felice.

Avevamo una specie di sindrome da coppia di mezza età con i figli già cresciuti e andati per il mondo: è diventata sempre più forte, finché ci è stato difficile trovare un solo momento della giornata in cui ne eravamo liberi. Lavoravamo nei campi e guardavamo da lontano le due case come se fossero un luogo di confino forzato; ci sembrava di percepire la loro solitudine come si percepisce la corrente d'aria umida intorno a una sorgente sotterranea. Eravamo stati così contenti di essere lontani dalla città e dalle sue sopraffazioni, e adesso questa stessa distanza ci spaventava, ci spingeva a sbarrare porte e finestre la sera come non avevamo mai fatto. Tutte le nostre sicurezze erano danneggiate, non riuscivano più a tenere a bada i dubbi che ci erano rimasti dentro inascoltati per questi sette anni in campagna. I discorsi di Guido sul villaggio autosufficiente ci sembravano lontanissimi dalla realtà adesso, l'equilibrio della nostra economia più precario che mai. Ci angosciava l'idea di non riuscire a garantire una libertà di scelta ai nostri figli quando sarebbero stati grandi; l'idea di farli crescere sprovveduti e vulnerabili, attratti da tutto quello che noi avevamo cercato di evitare.

A volte litigavamo, anche se le nostre opinioni erano simili quanto possono esserlo quelle di due persone. Martina mi chiedeva «Va bene adesso che hanno cinque anni, ma quando ne hanno tredici? Cosa facciamo se scappano a Perugia appena possono a riempirsi di eroina?». Le dicevo che per lo meno fino allora sarebbero cresciuti senza bronchiti croniche e senza nevrosi da ambienti chiusi e senza suoni e odori e forme atroci a devastare in partenza il loro senso estetico. Lei non mi ascoltava quasi, perché non era contro di me che parlava; diceva «Uno deve *decidere* di vivere in campagna, se ce lo fai nascere è una sopraffazione». «Allora farlo *nascere* è una sopraffazione» dicevo io; e tutti e due parlavamo come Guido, ce ne rendevamo conto.

Ma siamo rimasti, attraverso la primavera e poi nell'estate rovente e piena di insetti, quando per trebbiare e setacciare e insaccare i grani lavoravamo fino a notte tarda e appena toccato il letto crollavamo addormentati di schianto, senza neanche la forza di svestirci. Avevamo bruciato i nostri ponti con la città in modo troppo definitivo per tornare indietro: speso tutto quello che avevamo e rinunciato alle nostre difese acquisite, sviluppato abitudini difficili da eliminare. Per qualche tempo io e Martina abbiamo avuto sogni ricorrenti di essere di nuovo a Milano, con i gemelli che ci camminavano di fianco tra muri di cemento; poi questi sogni sono finiti; abbiamo smesso di pensarci anche di giorno.

Invece di andarcene ci siamo radicati ancora più nella campagna: è diventata una sfida tra noi e le cose. Passavamo ogni frammento di tempo libero a studiare tecniche colturali e varietà di piante, tracciare piani a breve e medio termine, fissare traguardi che sapevamo di dover raggiungere.

Abbiamo anche deciso che non potevamo continuare a fare tutto da soli: siamo andati ad attaccare annunci nell'atrio dell'università di Perugia, alla ricerca di qualcuno che volesse venire a vivere e lavorare con noi. Nel giro di una settimana ci hanno telefonato quattro o cinque persone, tra loro un ragazzo di Udine che si chiamava Paolo e ci è stato subito simpatico. Era grande e grosso ma con una faccia da bambino; studiava agraria e viveva con una ragazza minuta di nome Livia che lavorava in un bar; tutti e due sognavano da tempo di andarsene in campagna. Quando li abbiamo portati alle Due Case si sono entusiasmati, hanno detto che l'annuncio era stato un segno del destino.

Abbiamo deciso che potevano abitare nella seconda casa, almeno finché Guido e Chiara non fossero tornati. Due giorni dopo sono venuti da Perugia con le loro cose; io e Paolo abbiamo trasportato un letto in una delle stanze. La sera sembravano contenti e già insediati perfettamente, e invece il mattino dopo sono venuti a chiederci se li lasciavamo abitare con noi. La seconda casa gli sembrava troppo vuota e provvisoria; non erano riusciti a chiudere occhio per tutta la notte. Martina ha detto che anche lei ogni volta aveva la sensazione di uno spazio bello ma difficile da vivere, e perfino io ho dovuto riconoscere che l'idea di abitarci mi sembrava strana. Forse dipendeva dalla forma stretta e angolosa delle stanze, o dalla scomodità della loro disposizione sfalsata su tre piani; forse semplicemente dal fatto che non avevamo davvero bisogno di una seconda casa, nella nostra c'era tutto lo spazio che ci serviva.

Così Paolo e Livia sono andati nella camera che era stata di Guido e Chiara, con qualche resistenza iniziale dei gemelli e anche nostra, e la seconda casa è rimasta vuota. Continuavamo a tenerla in ordine, aprire le finestre ogni tanto per farle prendere aria, ma aveva ragione Martina quando diceva che poco alla volta stava diventando un'idea di casa, più che una casa vera.

Guido e Chiara ci hanno mandato una cartolina da Londra, dove stavano cercando una sistemazione fissa; un'altra da Roma dove erano andati per due giorni a parlare con tre diversi produttori che volevano fare un film da *Canemacchina*. La spiegazione era di Chiara; Guido aveva scritto solo "Ladri bavosi!" con una piccola freccia di fianco alla parola "produttori". Poi non si sono più fatti vivi. Abbiamo continuato a lungo ad aspettarci che telefonassero o scrivessero da dove erano andati a vivere finché l'idea ha cominciato a perdersi tra le molte altre che ci occupavano ogni giorno. Quando pensavamo a loro lo facevamo con un senso vago di offesa: ci sentivamo traditi e abbandonati, per quanto ci sforzassimo di capire e razionalizzare tutto.

Alla fine di settembre i gemelli erano ormai in età da scuola; io e Martina discutevamo da settimane se mandarceli o no. Ci sembrava brutto spedirli a farsi normalizzare come diceva Guido, e nello stesso tempo non volevamo sentirci in colpa più tardi per non avergli messo a disposizione abbastanza informazioni sul mondo. Ne abbiamo parlato anche con Paolo e Livia; il loro approccio era molto più realistico di quello di Guido, ci hanno convinti che la cosa importante era non farli crescere troppo diversi dai loro coetanei.

Ma Chiara jr. e Guido jr. erano due bambini naturali, abituati a essere padroni di se stessi e del loro territorio; non avevano nessuna voglia di farsi rinchiudere in un'aula, inchiodati a un banco tutta la mattina. Ogni giorno alle sette e mezzo io e Martina a turno dovevamo sostenere una lotta selvaggia per trascinarli in macchina, e un'altra lotta per tirarli giù; quando ce ne tornavamo a casa soli ci sembrava di essere dei traditori.

Poco alla volta hanno cominciato a fare meno resistenza, la maestra ci ha detto che stavano diventando più "civili": ci siamo accorti che avevano cominciato ad adattarsi alla situazione. Abbiamo osservato i primi inizi di metamorfosi nei loro modi di parlare e di muoversi, nei disegni e i giochi che facevano, e ancora una volta ci è tornato in mente quello che diceva Guido a proposito dei bambini e degli adulti. E abbiamo deciso che non aveva senso cercare di fare una scelta equilibrata e matura riguardo le loro vite, perché non eravamo né equilibrati né maturi con le nostre; non potevamo lasciare che i nostri figli venissero adeguati a norme che non accettavamo per noi stessi.

Così sono andato a parlare alla direttrice della scuola, e lei mi ha fatto firmare una dichiarazione in cui mi assumevo tutte le responsabilità civili e penali di non fare accedere i miei figli all'educazione primaria elementare e mi impegnavo a provvedervi con insegnamenti privati sottoposti a esame di stato. Chiara jr. e Guido jr. in pochi giorni sono tornati selvatici come prima, con un tocco di rabbia in più che gli derivava dall'essere scampati alla cattura; io e Martina ci siamo resi conto che non sempre i consigli realistici sono quelli giusti.

Abbiamo dissodato e seminato a grano duro gli ultimi quattro ettari che erano rimasti incolti; concordato condizioni migliori con il mulino di Perugia; fatto domanda per iscriverci a un'associazione di coltivatori che utilizzano metodi biologici, in modo da poter vendere con un marchio di garanzia i nostri prodotti. Livia e Martina hanno cominciato a sperimentare nuove ricette di marmellate con le cotogne e le mele dei nostri alberi, comprato uno sterilizzatore in modo da poter preparare molti barattoli alla volta senza stare curve per ore su pentole in ebollizione.

Quando è venuto l'inverno era il più freddo da molti anni ma non ce ne siamo quasi accorti, tanto la casa era riscaldata da attività e progetti e presenze sicure. Paolo e Livia erano ottimisti; non c'era nessuna fluttuazione inaspettata nei loro umori, nessuna ombra che potesse dividere improvvisamente il loro futuro dal nostro. A volte mi rendevo conto di contrapporli quasi con rabbia al ricordo di Guido e Chiara: alla precarietà inquieta che ce li aveva fatti guar-

317

dare ogni giorno con l'idea che subito dopo avremmo potuto non vederli più.

Quando io e Martina parlavamo la sera a letto ci sembrava di essere più sereni di come eravamo mai stati; le paure e i dubbi che ci avevano fatto sentire in pericolo quasi dimenticati ormai.

Diciotto

All'inizio dell'83 abbiamo fondato la Cooperativa Due Case, di cui eravamo soci io e Martina e Livia e Paolo. La burocrazia locale ha approvato con i suoi tempi lunghissimi le
nostre richieste di registrazione come produttori di farina di
grano tenero e grano duro, marmellate di frutta e formaggi
e vino biodinamico. Avevamo altre due capre e un caprone
appena comprato, otto nuovi filari di vigna lungo un pendio
esposto a ponente; il frutteto e l'orto e i campi di cereali erano al massimo del rigoglio. A luglio il raccolto è stato il doppio dell'anno prima, abbiamo dovuto fare quattro viaggi in
camion per trasportare i nostri sacchi al mulino di Perugia.
Gli scaffali della cantina erano carichi di barattoli di albi-
cocche e pesche e susine e ciliegie cotte nel miele o nello
zucchero grezzo, le loro etichette colorate a mano con l'aiuto dei gemelli. Un distributore milanese di cibi naturali ci
vendeva tutta la farina e le conserve e il vino che riuscivamo
a produrre, diceva che la domanda era in crescita continua.
   Eravamo sfiniti dal lavoro, ma il futuro cominciava a
sembrarci molto meno incerto.

   In autunno è arrivata una lettera di Guido da Londra,
scritta nel tono impacciato di chi vuole ristabilire un contatto e si sente in colpa per averlo interrotto in primo luogo.

Diceva che lui e Chiara vivevano nella casa di una scultrice andata a New York per due anni. Chiara lavorava in una galleria d'arte e lui scriveva quasi tutto il giorno, anche se era ancora incerto su quale vena seguire e ogni tanto l'idea di farlo come professione gli sembrava assurda. Diceva che era un'attività troppo patologica per darle una cornice istituzionale e mettersi ad aspettare dei risultati; che forse solo i fabbricatori cinici di libri di consumo o di finte opere sperimentali potevano farlo.

Londra non lo divertiva come la prima volta che c'era stato; gli sembrava un'altra grossa città triste piena di macchine, anche se più ricca di spunti rispetto a Milano. Nelle prime settimane lui e Chiara avevano passato giorni interi nelle librerie e nei musei e nei cinema e nei teatri e ai concerti rock, ma adesso non uscivano spesso. Quando Chiara tornava a casa tendevano a starsene chiusi al riparo dalla pioggia, leggere o guardare la televisione. Non sapevano quanto ci sarebbero rimasti, dove sarebbero andati dopo.

Diceva che grazie alle sue origini Chiara si sentiva molto più a suo agio di lui tra gli inglesi, e questo a volte gli faceva pensare che non c'era nessun posto al mondo dove sarebbe stato davvero bene. Diceva che forse questo dipendeva dal fatto che Milano è così anonima nella sua brutalità industriale da non lasciare in chi ci è cresciuto nessuna vera attitudine innata. In certi momenti solo il pensiero della corruzione sgangherata e sporca del nostro paese gli faceva orrore; in altri la linearità degli inglesi gli provocava un desiderio di essere tra persone più impulsive e sentimentali. Gli veniva nostalgia dell'Italia, ma di un'Italia mediterranea tiepida e dolce che aveva intravisto da lontano o si era solo immaginato.

Il suo tono era perplesso, e anche stanco; lontano dall'ansia di comunicazione che in Australia lo spingeva a tenerci al corrente di ogni suo incontro e spostamento. Più che una pagina di diario la sua lettera era una specie di messaggio in una bottiglia, affidato alle correnti senza preoccuparsi troppo di chi lo riceve.

Gli ho risposto raccontandogli tutti i progressi nelle nostre attività: i risultati già ottenuti e i nuovi piani, presentati in modo da creare un contrasto con i suoi dubbi sulla vita. Non l'ho fatto con arroganza, ma è probabile che ci fosse una venatura di ripicca sotto le mie parole: voglia di dimostrargli come eravamo riusciti a sopravvivere dopo che lui e Chiara ci avevano abbandonato.

Lui non ha più scritto.

Il contadino Raggi e altri due coltivatori della zona sono venuti a raccogliere informazioni sui nostri metodi di agricoltura naturale, chiederci consigli per convertire anche i loro campi. I rappresentanti delle industrie chimiche e i piccoli mafiosi del consorzio agrario locale li avevano sempre convinti che per lavorare la terra bisognasse avvelenarla e spremerla come una spugna, ma adesso vedevano che noi eravamo riusciti a farlo in un altro modo e i nostri grani naturali venivano pagati il doppio dei loro. Così io e Paolo abbiamo deciso di diffondere le informazioni sulle nostre tecniche, estendere la cooperativa ad altri soci una volta che avessero convertito i loro terreni. Poi abbiamo trovato un vecchio mulino a pietra a dieci chilometri da Ca' Persa, cominciato a fare piani per rimetterlo in uso e produrre farina senza intermediari Avevamo voglia di andare oltre la scala ridotta di cui ci eravamo accontentati così a lungo, estendere le nostre ambizioni di contadini.

Nell'aprile dell'84 Chiara ha telefonato da Londra per dire a Martina che era incinta. La loro conversazione è andata avanti a lungo: ascoltavo le richieste di dettagli da parte di Martina, i suoi toni guizzati di partecipazione, e ho capito da solo cos'era successo. Quando hanno finito di parlare ho salutato anch'io Chiara, mi sono fatto passare Guido. Era tantissimo che non ci sentivamo, e avevo pensato che avremmo anche potuto non farlo mai più, ma adesso la notizia di Chiara apriva un varco di comunicazione, ne abbiamo approfittato tutti e due.

Gli ho chiesto se era contento; lui ha detto «Certo», e non glielo avevo mai sentito dire, nemmeno nelle circostanze più sicure. Il suo tono era lo stesso della lettera che ci aveva scritto sette mesi prima: altrettanto perplesso e stanco. Gli ho chiesto come andava il lavoro, lui ha detto «*Quale* lavoro?». Mi ha spiegato che scriveva a fatica, lavorava da due anni a un romanzo ma senza arrivare da nessuna parte. Non aveva voglia di parlarne, continuava a dire «Raccontami di *voi*, piuttosto». Era curioso dei gemelli: voleva sapere se leggevano. Gli ho detto che ogni tanto provavamo a mettergli davanti dei romanzi ma per ora sembravano più interessati a libri con molte illustrazioni; lui ha riso.

Quando ho messo giù Martina era tutta eccitata all'idea di avere un nipotino, e preoccupata per Chiara e Guido. Mi ha chiesto se mi erano sembrati contenti; le ho detto che era difficile capire, con loro.

Diciannove

Nel giugno dell'84 Guido e Chiara hanno preso una casa in affitto a Lerici. Martina è rimasta sorpresa quanto me, pensava che i loro discorsi sulla possibilità di tornare in Italia fossero del tutto astratti. Ma è sempre stato così con Guido: ogni volta che riuscivo a collocarlo in un'immagine mentale stabile lui me la mandava in pezzi senza preavviso, mi costringeva a costruirne un'altra in fretta. Al telefono mi ha detto che scriveva tutto il giorno, negli intervalli andava a nuotare. Avevano trovato la casa attraverso un'agenzia di Londra in un giorno di depressione nera, quando gli era sembrato di vivere in un acquario dalle luci spente. C'era una vista bellissima sul mare e una discesa privata a una spiaggetta di sassi, un vero giardino mediterraneo con ulivi e lecci e allori e corbezzoli e aranci e limoni. L'Allibratore gli aveva versato un grosso anticipo per il nuovo libro e questo eliminava i loro problemi pratici per un paio di anni, a parte quello di aver venduto la pelle di un orso non ancora catturato. Mi ha chiesto perché non li andavamo a trovare, ma avevamo troppo lavoro per lasciare la campagna anche pochi giorni; gli ho detto forse più avanti, dopo la mietitura dei cereali.

A metà luglio Chiara ha telefonato per informarci che lei e Guido si sposavano alla fine del mese e ci avrebbero voluti come testimoni. Quando sono tornato dai campi e Martina me l'ha detto pensavo che scherzasse; le sono stato addosso dieci minuti prima di convincermi, e ancora non completamente. Ma ho telefonato a Guido e lui mi ha confermato che era vero. Chiara aveva già richiesto i certificati, fatto le pubblicazioni al municipio di Lerici, mobilitato i suoi genitori. Ne parlava come di una svolta sorprendente anche per lui; ha detto «Cercate di venire, non lasciatemi *solo*».

Il ventotto luglio io e Martina ci siamo caricati in macchina con i gemelli. I cereali erano già insaccati e le viti irrorate con l'infuso d'aglio, ma lo stesso mi preoccupava abbandonare la campagna in questa stagione: ho dovuto farmi ripetere da Paolo e Livia che potevano sopravvivere benissimo due o tre giorni senza di noi. Il viaggio verso la costa della Liguria è stato lungo e caldo; dovevamo fermarci ogni ora per far scendere i gemelli che non sopportavano di restare chiusi in una scatola di lamiera per tanto tempo e avevano sete e fame e dovevano fare la pipì. Siamo arrivati a Lerici sfiniti, quando il sole stava cominciando ad abbassarsi sopra il mare.

Abbiamo deciso di fare un giro in paese prima di andare da Guido e Chiara, e ci siamo resi conto di quanto poco eravamo preparati all'idea di essere in un posto di vacanza. Per dieci anni interi io e Martina eravamo rimasti alle Due Case, a lavorare e costruire rapporti e risolvere problemi in un unico luogo, talmente identificati con la sua atmosfera da dimenticarci che ne esistevano altre, a parte quella della città da cui eravamo scappati. I villeggianti si giravano a vederci passare; sembravano stupiti dai nostri vestiti e dalle nostre facce, dalla polvere argillosa che velava i nostri colori. Era uno stupore reciproco: i gemelli fissavano senza la minima discrezione le pelli abbronzate delle donne messe in mostra da stoffe inconsistenti, i calzoni corti degli uomini, la loro lenta andatura dopo una giornata intera di cure di sé; io e Martina riuscivamo a essere ben poco più educati di loro.

La casa dove stavano Guido e Chiara era una vera grande villa di mare dei primi anni Sessanta, seminascosta nel suo giardino un chilometro fuori del paese. Abbiamo suonato, da dentro ci hanno aperto il cancello; siamo scesi per un sentiero scalettato tra i lecci e gli allori che Guido mi aveva descritto al telefono.

Guido ci aspettava sulla porta, pallido come riusciva a restare lui anche in posti di sole; sembrava molto contento di vederci. Ha abbracciato me e Martina, guardato i gemelli senza riuscire a credere che si fossero trasformati tanto. Poi è arrivata Chiara, tonda di cinque mesi ormai sotto un vestito leggero; anche lei felice del nostro arrivo. Ci siamo scambiati frammenti di informazioni tra l'ingresso e il soggiorno della grande villa ex moderna ed ex opulenta, tutta spigoli arditi e mobili americani. Guido ha indicato intorno, ha detto «Finalmente un posto in cui mi posso *riconoscere*, no?». Chiara non ha riso con me e Martina; c'era una tensione acuta che la teneva a qualche passo da Guido, come se non lo vedesse neanche.

Dopo aver mangiato e messo a letto i bambini ci siamo seduti a parlare in una veranda che dava su un prato, affacciato sopra il mare barluccicante più in basso. Chiara ha detto a Martina che i loro genitori erano arrivati nel pomeriggio, si erano installati in un albergo in paese. Loro padre avrebbe voluto una vera celebrazione con cibi e musiche e invitati, ma Guido era riuscito a far sembrare tutto molto più complicato di com'era, renderlo impossibile alla fine. Così nessuno aveva predisposto niente, a parte una cena in un ristorante di Tellaro dove ci saremmo stati solo noi e forse qualche amico di famiglia che veniva dalla Versilia.

Parlava in un tono che sembrava sempre sul punto di rompersi, e non ci voleva molto a capire come l'idea di avere un figlio con Guido così precario l'aveva spinta a chiedergli di sottoporsi a una procedura legale. E lui incredibilmente aveva accettato, forse anche attratto dall'occasione di esplorare questa tra le infinite possibilità parallele della vita. Poi la possibilità si era trasformata in un dato di fatto, e tutti e due ci erano rimasti imprigionati in ruoli contrapposti, e invece di trovare sicurezza Chiara si era riempita di nuovi motivi di fragilità, che adesso le facevano guardare Martina in cerca di appoggio.

Guido si comportava come se fosse del tutto estraneo alla faccenda: a un certo punto si è alzato, ha fatto qualche passo nel prato in pendenza. Ho lasciato le due sorelle che parlavano fitte tra loro e l'ho seguito, tra alberi di limone e arancio illuminati da faretti tondi.

Gli ho chiesto del suo libro; lui ha detto solo che l'aveva quasi finito, quelli dell'Allibratore ne sarebbero stati delusi perché non aveva niente a che fare con *Canemacchina*.

Mi ha raccontato che Chiara era rimasta incinta proprio quando ormai erano sul punto di lasciarsi, ma in un gioco strano di sensazioni si erano convinti tutti e due di dover tenere il bambino. Per qualche tempo i loro rapporti avevano oscillato incerti, poi Chiara si era fatta avanti con una quantità di rivendicazioni e accuse che lui non si aspettava affatto. Ha detto «Ti sembra che una persona cambi da un momento all'altro, ma è solo che le hai sovrapposto un'immagine per farla corrispondere a come la *vorresti*. Per tutto questo tempo ho continuato a vederla come una ragazza incerta e priva di radici quanto me, ha dovuto mettersi a *urlare* perché la guardassi. E solo allora ho visto una donna di trent'anni che ha bisogno di una famiglia e di un luogo dove vivere e di un uomo che ci sia, ed è stato un vero *colpo*. Ma le informazioni erano già tutte lì dall'inizio, perfettamente leggibili, se solo avessi voluto leggerle».

Gli ho detto che Chiara avrebbe potuto fare lo stesso con lui, le sue informazioni non erano certo meno chiare. Ma Guido non stava affatto cercando solidarietà contro di lei; ha detto «Non ho mai dato molte informazioni a nessuno, io. Ho passato metà della mia vita a *nasconderle*».

Siamo arrivati al limite del prato, dove il terreno scendeva a strapiombo, collegato alla piccola spiaggia più sotto da una scaletta di cemento a zig zag. Era strano parlare di problemi così difficili con i piedi sull'erba perfettamente uniforme, in una notte tiepida e profumata. Guido ha detto «E le sue richieste erano talmente *comprensibili*, e anche naturali credo, mi sono sentito schiacciare dai sensi di colpa all'idea di non riuscire ad accontentarla. Così non ho fatto il servizio militare e non ho neanche finito il liceo, e adesso lascio che lo Stato schifoso si immischi direttamente nei miei *sentimenti*».

Ci siamo seduti sulla sommità della scaletta, guardavamo in basso la piccola onda pigra che lambiva la spiaggetta di sassi e tornava a ritrarsi. Guido mi ha chiesto «Lo sai quanto dovrebbe lavorare mia madre per pagare un mese d'affitto in questo posto?».

Il mattino dopo i gemelli si sono svegliati prima del solito per l'eccitazione del luogo nuovo, sono venuti a tirare me e Martina giù dal letto. Chiara e Guido dormivano ancora; non c'era un suono nella loro villa dove mobili e tende erano impregnati da anni di umidità salina. Abbiamo fatto colazione e poi un giro nel giardino per vedere meglio le piante; siamo scesi al mare. L'acqua era fredda e non molto pulita, ma i gemelli avevano troppa voglia di nuotare per la prima volta in vita loro. Ci siamo buttati tutti insieme, abbiamo sguazzato quasi isterici di divertimento vicino alla riva. Chiara jr. cercava di capire la mia tecnica per stare a galla, Guido jr. ci riusciva a pura forza di braccia e gambe. Io e Martina non ci ricordavamo quasi più come si faceva: restavamo dove si toccava per paura di andare a fondo.

Quando siamo risaliti alla casa Guido e Chiara stavano litigando: li abbiamo sentiti gridarsi parole furiose da una stanza all'altra, sbattere oggetti. Non sapevamo se entrare a cercare di calmarli o aspettare fuori; alla fine ci è sembrato che ognuno dei due avesse troppe ragioni dalla sua per dare un senso a una mediazione. Siamo rimasti sul prato ad ascoltare le loro voci crescere e calare di intensità; eravamo ancora scossi dalle sensazioni del bagno.

Poi Chiara è uscita sulla veranda, con un abitino di cotone che non riusciva a nasconderle la pancia, gli occhi appena sottolineati a matita azzurra, e lo stesso sembrava vestita da matrimonio. Aveva una grazia particolare, le veniva dall'importanza che aveva dato a questo momento; da tutte le discussioni e le sofferenze e gli attriti che aveva dovuto superare per arrivarci.

Guido in cucina beveva vino bianco da una bottiglia, ne ha offerto anche a me. Si era messo la stessa camicia azzurra stinta del giorno prima e gli stessi jeans, le stesse vecchie scarpe da tennis. Da quando lo conoscevo non l'avevo mai visto cambiarsi molti vestiti; non riuscivo a immaginarmelo in un negozio a comprarne di nuovi, o tutto messo bene per il suo matrimonio.

Io e Martina come testimoni abbiamo finito per adeguarci ai nostri testimoniati: io ho lasciato nella valigia la giacca di cotone che avevo pensato di mettermi, Martina è andata a truccarsi rapida davanti allo specchio del bagno. Guido continuava a bere vino bianco dalla bottiglia, punzecchiare Chiara sulla questione dei festeggiamenti dopo il matrimonio. Diceva «Me lo vedo tuo padre che ti porta in giro per il primo *walzer*». Chiara era totalmente esasperata dal suo modo di fare: gli ha tirato contro un vecchio libro, l'ha mancato di poco.

Siamo andati a piedi verso Lerici, per la strada costiera dove passavano macchine veloci. Guido faceva cenni villani di rallentare agli automobilisti; i gemelli presto l'hanno imitato gesticolando come selvaggi, si sono messi a gridare tutte le parolacce che conoscevano. Fin da piccoli erano stati affascinati da lui, ed era strano per due bambini così poco influenzabili, che non tenevano in gran conto nemmeno quello che gli dicevo io.

Siamo scesi al paese, l'abbiamo attraversato in piccolo gruppo. Guido rispondeva alle domande insistenti dei gemelli, ma era troppo teso per riuscire a farli divertire come avrebbero voluto. Chiara si mordicchiava le labbra, forse anche pentita di averlo trascinato fino a questo punto con tutte le sue forze sommesse ma persistenti. Martina ha provato a dire «Cerchiamo di non drammatizzare, è solo una formalità». Nessuno di noi ha sorriso: camminavamo come se stessimo avviandoci a un'esecuzione capitale.

Siamo arrivati al municipio con venti minuti di anticipo sull'ora fissata per il matrimonio; i genitori Quimandissett non si vedevano ancora. Chiara avrebbe voluto aspettarli, ma Guido ha detto «Io salgo», e noi l'abbiamo seguito dentro il portone. Lei ci è corsa dietro su per le scale; davanti all'ufficio del sindaco si è aggiustata i capelli, si teneva vicina a sua sorella. Guido era quasi bianco in faccia, sembrava davvero un condannato.

Ma dentro non c'era nessun plotone schierato. Il sindaco era piccolo e tondo, seduto dietro una scrivania parlava fitto con una segretaria o assistente; è sembrato sconcertato a vederci così presto. Ha detto che non gli era mai capitato prima di celebrare un matrimonio, perché era stato eletto solo da venti giorni e quasi tutti gli abitanti del paese si sposavano in chiesa. Sulla sua scrivania c'era un grande mazzo di gladioli sotto plastica, li guardava ogni tanto. La sua assistente gli ha fatto indossare una fascia tricolore, gli ha spinto davanti il codice civile; lui si è messo a leggere una formula che di solito viene probabilmente solo accennata, e qui invece continuava senza fine. Guido e Chiara gli stavano di fronte senza guardarsi, io e Martina tre passi dietro di loro con le spalle al muro. I gemelli giravano per la stanza come predatori; ficcavano le mani tra le carte, aprivano cassetti. Ho cercato di richiamarli sottovoce, fare gesti di minaccia. Il sindaco si è distratto, fermato a metà. È tornato indietro, inciampato sulla frase di prima. L'ufficio era caldo in modo soffocante, le finestre chiuse; i gladioli sotto plastica sembravano pronti per una tomba. Il sindaco sudava, cercava di seguire la procedura con impegno e gli costava una fatica terribile.

Poi Guido si è messo a ridere piano: ha contagiato anche me, e Martina, e l'assistente del sindaco, i gemelli che hanno cominciato a fare i versi più sguaiati. Il sindaco non era privo di senso dell'umorismo; ha smesso di leggere, chiesto a Guido e Chiara se volevano sposarsi. Loro hanno detto di sì: Guido come se la questione non lo riguardasse affatto, Chiara offesa dalle nostre risa. Quando il sindaco ha chiesto di scambiarsi gli anelli lei ne ha tirato fuori uno solo, se l'è infilato al dito, seria e anche elegante e la nostra tensione isterica si è spenta, di colpo è sembrata ingiusta. Abbiamo firmato tutte le carte, ringraziato il sindaco e la sua assistente e preso il mazzo di gladioli, trascinato i gemelli giù dalle scale più in fretta che potevamo.

Fuori dal portone c'erano i genitori Quimandissett, il padre stava facendo segnali a un gruppetto di persone in avvicinamento. Si sono girati a guardarci, rigidi e formali come alla presentazione del libro di Guido: con la stessa leggera ombra di disgusto nello sguardo. Gli abbiamo dato la mano, Martina e Chiara imbarazzate quasi quanto me e Guido. Il padre ha guardato l'orologio, detto «Pronti, allora». Martina gli ha spiegato che il matrimonio era già finito; lui e sua moglie hanno avuto una strana espressione sconcertata, e mi è sembrato che l'ombra nel loro sguardo fosse un'ombra di vulnerabilità, più che disgusto.

Il padre ha chiesto a Guido e Chiara di tornare fin sulla porta del municipio; ha scattato qualche foto con una vecchia Leica dalla custodia di cuoio. Mostrava una curiosità da entomologo dilettante per la situazione, non era coinvolto come avevo pensato all'inizio. Guido lo guardava con il suo occhio clinico adesso, faceva credo le stesse mie considerazioni.

Il gruppetto di persone in avvicinamento ci ha raggiunti: tra loro Marzio, fratello maggiore di Chiara e Martina, poco più vecchio di me ma vestito e atteggiato come se appartenesse alla generazione di suo padre. Gli altri erano amici dei genitori, guardavano Chiara con lieve aria di commiserazione per com'era incinta e sguarnita di cerimonie e ospiti e accessori. Facevano confronti mentali con i matrimoni delle loro figlie, e Chiara se ne rendeva conto: cercava di rispondere con sorrisi e risposte generose a sorrisi e domande superficiali. Io e Guido e Martina e i gemelli ci tenevamo ai margini, parlavamo tra noi.

Marzio è venuto a stringere Guido sottobraccio, gli ha detto «Ti tengo d'occhio, eh». Martina mi aveva spiegato come fin da giovane si era assunto verso lei e Chiara il ruolo a cui loro padre si era sempre sottratto per narcisismo e debolezza di carattere. Mi ha chiesto quando mi sarei sposato io, il tono di rimprovero ben evidente appena sotto il velo di ironia goliardica o militare; ho cercato di spiegargli che per quello che mi riguardava lo avevo già fatto.

Continuavamo a restare davanti al municipio, con il sole che ci batteva sulla testa: i gemelli volevano andare a nuotare, Chiara non sapeva cosa fare del suo mazzo funerario di gladioli, il padre Quimandissett intratteneva i suoi amici con la descrizione di un naufragio nel lago di Lugano, la madre chiedeva a Marzio quale era il programma. Marzio è venuto a girare la domanda a Guido; Guido gli ha detto «Ce ne andiamo a fare un bagno o ci tagliamo le *vene*, a scelta». Chiara si è infuriata di nuovo, ha buttato i gladioli per terra. Abbiamo deciso di andare a casa loro a bere e mangiare qualcosa. I genitori Quimandissett e i loro amici e Chiara e Martina e i gemelli e Guido si sono avviati; Marzio mi ha costretto ad accompagnarlo in un bar, dove ha comprato bottiglie di champagne già ghiacciate e si è fatto preparare delle tartine. Nell'attesa mi ha chiesto informazioni sulle Due Case: sorrideva ironico quando gli ho descritto le nostre colture biodinamiche. Faceva il consulente per una società del gruppo Fiat; non credo che saremmo riusciti a trovare molti punti in comune, a cercarli.

Mentre tornavamo verso la villa lo osservavo camminare mezzo passo avanti con i sacchetti dello champagne biondo e privo di dubbi come un padrone del mondo, e mi è venuto in mente che anche senza volerlo Chiara doveva aver formato parte delle sue immagini maschili sul suo modello; parte delle sue aspettative.

A casa Guido si aggirava con una bottiglia in mano, nel soggiorno invaso dalle conversazioni dei genitori Quimandissett e dei loro amici. Mi ha detto «Porta via Martina e i bambini che brucio *tutto*».

Invece ha continuato a bere, e ho bevuto con lui anche se non ero più abituato al vino bianco così forte e freddo. Siamo usciti nel prato, a sederci su un muretto. Lui guardava Chiara che ascoltava gentile e attenta i discorsi probabilmente noiosi di un amico dei suoi; a un certo punto ha detto «Ma non riesco neanche a *lasciarla*. È come essere stati complici in un'evasione, aver passato anni a studiare insieme il modo di segare le sbarre e arrivare al muro, e poi quando finalmente uno dei due ci riesce se ne va per conto suo, lascia l'altro dentro. Se penso a tutta l'energia e la pazienza che ha dedicato a tirarmi fuori dalla depressione e spingermi a lavorare in questi anni, l'idea di andarmene adesso mi sembra un tale *tradimento*».

Gli ho risposto che lo capivo, che io non avrei mai potuto neanche immaginarmi di lasciare Martina; che forse dopo questo momento le cose tra loro sarebbero migliorate. Guido ha detto «Negli ultimi mesi siamo diventati così *nemici*. Non so cos'avrei fatto se non avessi avuto il mio libro».

Mi ha spiegato che il suo libro era una storia sugli equilibri negli spazi abitati e sulla loro rottura, ma da un punto di vista molto più esterno di *Canemacchina*, molto meno incorporato nel tessuto della storia. Ha detto «Ci ho messo tutto quello che *penso*, in pratica, e non so come si potrebbe definirlo, perché è troppo arbitrario per essere un saggio, ma anche troppo *depurato* per un romanzo».

Marzio è venuto a interromperci, seguito da sua moglie e Chiara e Martina con le bottiglie di champagne e i bicchieri e i vassoi di tartine; ha detto «Lo sposo non viene a festeggiare?». Guido non ha neanche sorriso, solo il nome lo faceva rabbrividire. Dietro stavano arrivando i genitori Quimandissett e i loro amici in costume da bagno, poco meno composti di quando erano vestiti.

Così siamo scesi tutti per la scala ripida sotto il sole di mezzogiorno, ci siamo sparsi sulla spiaggetta di sassi. La corrente aveva portato a riva contenitori di plastica e altri detriti che la mattina non avevamo visto; c'era odore di alghe in lenta fermentazione, frinire di cicale dagli alberi tutto intorno alla piccola baia. Marzio ha cominciato a distribuire i bicchieri, stappare lo champagne e versarlo a tutti. Gli amici dei genitori stavano in piedi come a un party cittadino, guardavano i ciottoli chiazzati qua e là di catrame, il mare che fibrillava abbagliante. Io e Guido e Martina e i gemelli abbiamo formato un piccolo nucleo diffidente all'ombra di un cespuglio. Chiara jr. ha indicato i genitori Quimandissett, mi ha chiesto «Cosa *vogliono*, papà?». Bevevamo e osservavamo gesti ed espressioni; ascoltavamo frammenti di discorsi, smorzati com'erano dal caldo. Chiara stava vicino ai suoi genitori, graziosa con le sue linee morbide da donna incinta, e non sembrava affatto felice, né lo eravamo noi che non riuscivamo a parlarle.

I gemelli hanno voluto entrare in acqua; io e Martina siamo entrati con loro, ci siamo sottratti all'atmosfera rigida della spiaggia e l'atmosfera si è incrinata. Marzio si è esibito in una serie di tuffi da una roccia affiorante; ha nuotato a farfalla con vigore dimostrativo. È tornato a riva e ha cercato di cambiare a forza l'umore di Chiara; l'ha sollevata e buttata in acqua, inseguita battendo le braccia. E c'è riuscito: lei si è messa a gridare e ridere, gli è sfuggita verso il centro della piccola baia, è tornata indietro per spruzzarlo; non sembrava pensare più alle sue ragioni di tristezza. Anche suo padre e sua madre e i loro amici si sono immersi, e i loro modi di fare si sono dissolti quasi del tutto una volta dentro: il mare e il sole erano più forti di qualunque opinione avessero di sé. Era difficile adesso vedere gravi contrapposizioni tra noi, o interferenze odiose, o ragioni per preoccuparsi tanto uno dell'altro. Sembravamo solo un gruppo di persone dissimili in acque che un tempo dovevano essere state meravigliose e non lo erano più; l'imperfezione della scena nel suo insieme la rendeva quasi commovente.

Poi ho visto Guido ancora in piedi sulla spiaggetta, e ho avuto un lampo di esasperazione all'idea che non riuscisse a vivere questo momento come tutti gli altri, lasciarsi andare almeno per poco. Gli ho gridato di tuffarsi, ho battuto quasi con rabbia una mano sull'acqua. Lui ha alzato la testa, l'ha scossa appena; solo allora mi è venuto in mente che non sapeva nuotare.

Venti

Alle Due Case l'aria era stagnante; forse per la prima volta
non ho provato sollievo a tornarci. Mi sembrava di affondare in uno stato di benessere sordo e neutro, troppo riparato
dai movimenti complessi del mondo. C'era solo il caldo sopra i campi secchi, il ronzio degli insetti e di qualche ultima
trebbiatrice lontana; l'ombra pesante degli interni. Io e
Martina non avevamo interesse per i problemi risolvibili che
Paolo e Livia ci hanno subito posto davanti, eravamo pieni
di nostalgia per le tensioni di Lerici. Anche i gemelli sembravano irrequieti, si guardavano intorno in cerca di sorprese difficili da trovare in un ambiente così familiare.

Siamo rimasti distratti per qualche giorno, poi poco alla
volta abbiamo riacquistato il nostro equilibrio, o l'equilibrio
ha riacquistato noi; ci siamo lasciati assorbire dalle lente attività di agosto e dai piani per l'autunno, i discorsi sul mulino da comprare e rimettere in funzione.

Martina telefonava a sua sorella ogni settimana per avere
notizie; Chiara diceva che la situazione con Guido non era
facile. Lui continuava a ritoccare il suo libro senza mai esserne contento, dall'Allibratore lo chiamavano ormai a giorni alterni per sollecitarlo a consegnare il manoscritto. Gli ho
parlato direttamente solo un paio di volte, ed era pieno di
dubbi: diceva che la storia di Chiara incinta e del matrimo-

nio avevano tolto ogni senso a quello che scriveva. Diceva «Mi sembra che il mondo mi si sia talmente *ristretto* intorno. Forse dovrei scrivere un libro su *questo*».

Alla fine di settembre Guido e Chiara sono andati a stare a Milano. Chiara era quasi all'ottavo mese di gravidanza e voleva essere vicina a un ospedale attrezzato e alla sua famiglia, e il libro di Guido ormai stava per uscire. Quelli dell'Allibratore pretendevano che lui fosse a disposizione per le interviste e la promozione, questa volta lo avevano specificato nel contratto. Sono rimasti in albergo per una settimana, poi hanno trovato un appartamento in affitto da un'amica di Chiara. Mi sembrava incredibile che Guido accettasse l'idea di una sistemazione durevole nel posto che odiava di più al mondo; mi chiedevo se il suo era un gesto autodistruttivo o una resa alle richieste di Chiara, o un viaggio alle origini del suo orrore per la civiltà industriale. Avevo su di lui solo informazioni filtrate adesso, nei resoconti che Martina mi faceva dopo aver parlato al telefono con sua sorella. Lui non mi chiamava, e pensavo che avesse le sue ragioni; non lo cercavo neanch'io.

Verso il venti di ottobre il postino è arrivato con un pacco, dentro c'era una copia del nuovo libro di Guido, *Alterazioni*. Il disegno di copertina avrebbe dovuto credo richiamare quello di *Canemacchina*, e come l'altro non aveva niente a che fare con Guido o la sua scrittura. Io e Martina ce lo siamo strappato di mano, l'abbiamo sfogliato diverse volte prima di vedere sulla seconda pagina la dedica che diceva "*a Mario e Martina, coltivatori dell'unica stabilità che ammiro*". Abbiamo pensato di telefonargli per ringraziarlo, ma non riuscivamo a capire se gli avrebbe fatto piacere o solo provocato imbarazzo. Martina ha detto che secondo lei non era un gesto che si aspettava una risposta, ma l'aveva già al suo interno, e le ho dato ragione.

Questa volta si è presa lei il libro per prima, ha cominciato a leggerlo la sera davanti al camino. Le giravo intorno pieno di curiosità, ogni tanto le chiedevo com'era; lei diceva

«Lasciami andare avanti». Aveva un'aria seria e attenta, ma non riuscivo a distinguere i sentimenti nel suo sguardo: non la vedevo sorridere o intristirsi come quando aveva letto *Canemacchina*. Continuavo a fare congetture sul libro tra le sue mani, e mi chiedevo se era giusto essere così partecipi del lavoro di un altro.

Martina ha finito di leggere la sera dopo; ancora non mi voleva dire come le sembrava. Ha detto «Ci devo pensare, non è facile».

«In che senso ci devi pensare?» le ho chiesto io strappandoglielo di mano. «Cosa vuol dire non è *facile?*»

Lei doveva pensarci davvero; alla fine ha detto «Non è un libro che ti trascina. È pieno di osservazioni profonde e complicate e giuste, ma è *lontano*, non sembra scritto da Guido».

Mi sono messo a leggerlo subito, irritato da questa premessa, e come sempre Martina aveva ragione. Lo stile era l'opposto di *Canemacchina*: filtrato in una prospettiva del tutto esterna al protagonista e distaccata dal racconto, dove situazioni e fatti e sentimenti si componevano e scomponevano con precisione quasi geometrica. Era come se Guido si fosse imposto di bloccare la sua partecipazione a quello che scriveva, tenersi distante a registrare le cose attraverso il telescopio più accurato che poteva trovare. Questa scelta gli consentiva una visione verticale e ultradefinita dei suoi personaggi e dei loro ambienti, ma nello stesso tempo impediva a chi leggeva di avvicinarsi quanto avrebbe voluto, raffreddava di continuo le sue attese. La trama era interrotta e ripresa e spezzata di continuo, come un puro veicolo per passare da un quadro all'altro, in un reticolo di pensieri che si libravano sopra il loro contesto fino ai limiti dell'astrazione: a tratti provavo quasi una vertigine da parole, dovevo fermarmi. A tratti mi immaginavo Guido in una stanza a Londra o Lerici o Milano, sgomento per la sua incapacità di stabilire rapporti normali con il mondo, e allora l'intensità astratta del suo libro mi diventava improvvisamente accessibile.

Ma non sono riuscito a leggerlo tutto in una notte, come avevo fatto con *Canemacchina*; e quando l'ho finito il giorno dopo avevo gli stessi sentimenti misti di Martina. Non era un libro facile; anch'io avrei voluto pensarci prima di parlarne.

Così non ne abbiamo parlato. Martina ha telefonato due o tre volte a Chiara, ogni volta trovava il modo di evitare l'argomento. Cercavamo di prendere tempo, in attesa che Guido ci chiedesse qualcosa o le nostre idee si definissero per conto loro.

Poi Guido ci ha chiamato, ma aveva tutt'altro per la testa: era in ospedale e Chiara già nella sala parto, il bambino stava per nascere. Martina gli ha detto di stare tranquillo, che arrivavamo subito.

Abbiamo consultato frenetici l'orario dei treni, e non ce n'era nessuno prima del pomeriggio e non potevamo aspettare, così abbiamo affidato i gemelli a Paolo e Livia e buttato il minimo essenziale in una borsa; siamo saltati in macchina, andati rapidi verso l'autostrada.

Il rombo del vecchio motore e i soffi d'aria e i cigolii erano così forti che non riuscivamo a parlarci: abbiamo viaggiato per ore in un tunnel di rumore puro, tra macchine rabbiose che cercavano di morsicare alla coda altre macchine e schiacciarle di lato e lasciarle stroncate sulla loro scia. Eravamo così poco abituati a questo genere di aggressività meccanica, ci faceva paura attraversare lo scenario neutro e connivente della pianura padana.

A Milano abbiamo percorso il traffico verso la clinica di Chiara: Martina sempre più in ansia per lei, spaventata da ombre di possibili complicazioni. Abbiamo lasciato la macchina di sbieco su un marciapiede, siamo corsi su per gli scalini di un edificio grigio.

Il portiere ci ha detto che la "signora Laremi" era in una delle camere private al terzo piano. Faceva impressione sentirla chiamare così, era la prima volta che constatavamo gli effetti formali del matrimonio di Guido. Siamo saliti a piedi per evitare l'ascensore, andati lungo un corridoio. Le luci e gli odori mi ricordavano il manicomio dove si era fatto rinchiudere Guido, l'ospedale dove ero stato io con l'esaurimento da mancanza di motivi; per reazione cercavo di camminare più dritto ed elastico che potevo, sentirmi i muscoli sviluppati dal lavoro in campagna, guardare la faccia sana e viva di Martina al mio fianco.

Sulla porta della camera di Chiara era attaccato un fiocco azzurro, messo credo in via automatica dalla clinica. Ci siamo affacciati dentro, nell'odore di disinfettanti per persone e per pavimenti, e c'era Chiara molto pallida sul letto, madre e padre Quimandissett seduti vicini, Guido in piedi davanti alla finestra. Si è girato a guardarci, con un'espressione di sollievo così intensa da passare attraverso il rintronamento dei quattrocento chilometri di viaggio e arrivarmi dritta al cuore.

Abbiamo baciato Chiara, le abbiamo detto qualche piccola gentilezza generica. Era sfinita; con un sorriso debole ha detto che il bambino era a un altro piano, gliel'avrebbero portato tra un'ora. I genitori Quimandissett hanno salutato Martina e me, con il disagio che adesso sapevo non era provocato da noi o da nessuno in particolare; parlavano a voce così bassa che era difficile sentirli. Poi abbiamo abbracciato Guido: io e lui ci siamo dati le solite pacche sulle spalle, nel modo più trattenuto che ci si può immaginare questa volta. La camera era satura di sentimenti diversi che la pervadevano con la stessa intensità dei suoi odori; rallentavano i gesti e dilatavano le espressioni, smorzavano i suoni. Il riscaldamento era al massimo; io e Martina sudavamo nelle nostre giacche di lana pesante. Martina si è seduta sul letto di sua sorella, le ha parlato sottovoce. Io sono rimasto vicino a Guido, ma non sapevo dove appoggiarmi o cosa dire; guardavo i Quimandissett rigidi sulle loro sedie, privi di risorse.

Alla fine Guido mi ha detto «Usciamo un attimo». L'ha ripetuto girato verso il letto: come se si rivolgesse all'atmosfera della stanza più che ai suoi occupanti.

Appena fuori nel corridoio mi sono tolto la giacca e il golf, ero così accaldato che mi sentivo soffocare. Guido ha detto «Stavo pensando di buttarmi dalla *finestra*, quando siete arrivati». Era stravolto dalla stanchezza: con gli occhi rossi, la barba lunga. Mi ha raccontato che aveva dovuto litigare con il medico per poter assistere al parto; mi stupiva che avesse voluto farlo. Ha detto «Li paghi duecentomila lire per una visita di cinque minuti e non si sognano di rilasciarti una fattura, e appena cerchi di sapere qualcosa ti trattano con quella arroganza lurida da *specialisti*, come se ti facessero un piacere solo a risponderti. Ce ne sarà forse uno su cento che ha scelto il suo mestiere per *passione*, gli altri pensano solo a caricarsi sulle loro Bmw e Volvo turbodiesel, senza la minima traccia di sentimenti per le persone che dovrebbero curare».

Due infermiere sono passate oltre sciabattando; una di loro si è portata un dito alle labbra, con uno sguardo che poteva farlo sembrare un segno di complicità. Guido senza abbassare la voce ha detto «Anche voi siete così villane e *incuranti*, sbattete in giro la gente come fossero sacchi di patate».

Camminavamo avanti e indietro nella luce livida del corridoio, e tutta la tensione che doveva aver accumulato in questi ultimi giorni gli veniva fuori. Ha detto «L'unica cosa che puoi fare in un paese come questo è stare sempre bene o diventare molto ricco, perché appena hai bisogno di qualcosa ti rendi conto di dove vivi. Ma dipende anche da come sono diventate le *città*, dall'idea che una persona possa entrare in contatto con un'altra persona per una sola volta in vita sua. Vorrei vedere se questi bastardi abitassero in un posto dove sanno che dopo aver curato male qualcuno lo *riincontrano* il giorno dopo per la strada, e il giorno dopo ancora. È questo mondo *anonimo*, dove ognuno si può nascondere dietro il suo ruolo e considerarsi solo un ingranaggio nella macchina».

Gli ho detto che era vero, e pensavo ai motivi che lo facevano restare in un luogo che detestava in modo tanto intenso. Pensavo che forse era proprio questa intensità a tenerlo lì, vicino alle ragioni della sua rabbia.

Le due infermiere di prima adesso occhieggiavano ostili dal fondo del corridoio; per evitare risse ho chiesto a Guido se non potevamo vedere suo figlio. Lui ha cambiato espressione di colpo: ha detto che era due piani più sotto, mi ha fatto strada verso le scale.

Abbiamo seguito un altro corridoio, e in fondo c'era una parete di vetro come in un acquario, dall'altro lato erano allineati una dozzina di neonati nelle culle. Mi colpiva questa dimensione asettica e industriale della nascita, così lontana dal parto domestico di Martina; mi faceva impressione vedere i bambini disposti in fila ognuno per conto suo, accuditi in modo intermittente da un'infermiera giovane.

Guido mi ha indicato suo figlio, ma non era del tutto sicuro, ha dovuto controllare se il numero della culla corrispondeva a quello che aveva annotato sulla sua agendina. Ci siamo appoggiati al vetro a studiarlo; tutti e due cercavamo credo di non fare commenti automatici. Guardavamo anche gli altri bambini, vizzi e rugosetti e lividi com'erano, ognuno già con la sua piccola fisionomia distinguibile. Alcuni erano addormentati e altri con gli occhi aperti; muovevano appena le braccia e le gambe, giravano di poco la testa. Guido ha detto «Chissà da dove arrivano, o cos'erano *prima*. Che distanze hanno attraversato».

A osservarli bene era vero che sembravano piccoli viaggiatori di mondi remoti, sfiniti dalla stanchezza e dai traumi del passaggio: avevo avuto la stessa sensazione quando avevo visto i miei gemelli per la prima volta, ma allora non ero riuscito a definirla.

Guido ha detto «Sono così *vecchi*, anche. Si ritrovano qui di colpo tra le grida delle madri e le facce fredde dei medici e gli attrezzi di metallo e queste luci tremende e questi odori. Non dev'essere un risveglio molto *dolce*».

Siamo rimasti forse venti minuti quasi senza muoverci, immersi nella suggestione dei piccoli esseri nelle culle. Ogni tanto uno di loro si metteva improvvisamente a piangere: si contraeva e diventava ancora più livido, apriva la bocca per emettere un grido che da questa parte del vetro riuscivamo solo a immaginare. L'infermiera giovane veniva ad affacciarsi tra le culle dopo un minuto o due, faceva qualche aggiustamento di copertine. Guido ha detto «Poi dovranno adattarsi e raccogliere informazioni, imparare i *codici* per esprimere quello che gli passa dentro, finché si dimenticheranno di essere mai stati in una dimensione così fluttuante e *indefinita*».

Alcuni dei padri e nonni e zii e amici di famiglia che venivano a guardare i loro bambini davano occhiate perplesse a Guido, colpiti dal suo strano tono. Poi l'infermiera giovane ha cominciato a prelevare i bambini uno a uno, caricarli su carrelli per portarli a nutrirsi dalle madri. Io e Guido siamo venuti via, e sapevo che non avremmo potuto continuare a non parlare del suo libro, ma non avevo idea di come farlo. Davanti alla porta sulle scale gli ho detto «Ho letto *Alterazioni*».

Lui ha alzato gli occhi, e ho visto che aveva già capito i pensieri sotto il mio tono; ha ribattuto rapido «Lo so che ci sono forse *dieci* pagine buone, in tutto».

Gli ho giurato che erano ben più di dieci, ma lui ha detto «Ero così inchiodato a *terra*, tra le richieste di Chiara e le pressioni di quelli dell'Allibratore e il bambino e il matrimonio e tutto il resto, quando mi mettevo a scrivere avevo solo voglia di *andarmene*, farmi portare via più lontano che potevo».

Ho cercato di spiegargli che comunque il suo libro mi era sembrato pieno di idee complesse e non scritte prima; che avevo continuato a pensarci molto dopo averlo finito. Lui non mi guardava: aveva un quadro troppo nitido della situazione per lasciarsi rassicurare da un amico.

Ventuno

Quando siamo arrivati nel prato dietro le Due Case, Paolo e Livia ci sono venuti incontro tutti congestionati. Io e Martina abbiamo pensato subito che fosse successo qualcosa ai gemelli, siamo saltati fuori dalla macchina con il cuore in gola. Ma i gemelli uscivano in quel momento dalla stalletta delle capre e stavano benissimo; Paolo ha spiegato che un colpo di vento aveva scardinato il generatore. Per un attimo mi è venuta rabbia all'idea che qualcuno potesse preoccuparsi tanto per una ragione così puramente meccanica; ho guardato Martina, e sono stato sicuro che anche lei pensava a quanto meno risolvibili erano i problemi nella vita di Guido e Chiara.

Lo stesso abbiamo dovuto lavorare una settimana intera prima di riavere la corrente elettrica, e intanto vivere alla luce delle candele e andarcene a dormire ancora prima del solito, sottrarre tempo alla quantità infinita di cose da fare in quest'ultima parte dell'autunno. In più avevamo i nostri piani per il mulino. Io e Paolo passavamo ore ogni giorno a fare calcoli e proiezioni su quanta farina avremmo potuto produrre e quanto ci avremmo messo a ripagare la banca, quando avremmo ammortizzato la spesa e cominciato a guadagnare abbastanza da reinvestire nelle nostre attività. Il prestito era ancora da ottenere, come l'approvazione del comune e le licenze e le iscrizioni e tutti gli altri nulla osta burocratici. Ogni tanto l'impresa ci sembrava terribilmente complicata e rischiosa, e avevamo la tentazione di lasciarla perdere; poi l'idea di riuscire a controllare il ciclo del nostro lavoro dalla semina fino all'impacchettamento della farina ci ritrascinava avanti.

Martina continuava a tenersi in contatto con Chiara, le telefonava quasi ogni sera. Si era rimessa dal parto, e il bambino stava bene, l'avevano chiamato Giuliano. I rapporti con Guido non erano affatto migliorati: lui era nervoso per l'uscita del suo libro e odiava l'appartamento dove vivevano, odiava l'idea di essere tornato a Milano. E beveva: cominciava la mattina e questo peggiorava ancora il suo umore, peggiorava la sua visione del mondo. A volte non si parlavano per giorni interi, lui usciva e rientrava senza dirle niente, non aveva voglia di mangiare. Si era affezionato al piccolo Giuliano, e passava ore a guardarlo nella sua culla, ma poi non riusciva a sopportare i suoi pianti nel mezzo della notte, le sue continue richieste, la sua apparente incapacità di ricevere messaggi. Spesso Chiara era fuori di sé dall'esasperazione, non capiva come le cose avrebbero potuto migliorare.

A metà novembre il libro di Guido è uscito nelle librerie: abbiamo visto un riquadro di pubblicità su un giornale con la scritta "Torna a sconvolgere l'autore di *Canemacchina*". Ci siamo immaginati le reazioni di Guido allo slogan; la sua faccia mentre lo leggeva. I riquadri hanno continuato ad apparire nei giorni seguenti, io e Martina eravamo angosciati ogni volta che li vedevamo. Ogni mattina uno di noi andava a sfogliare giornali e riviste in cerca di altri segni del libro di Guido; ogni sera chiamavamo Chiara a Milano per avere notizie.

Poi su un quotidiano importante è apparsa una recensione di Salvatore Podrego, dove *Alterazioni* veniva fatto a pezzi. Tutta la prima parte dell'articolo era dedicata a chiarire che il nuovo libro non aveva nulla a che fare con *Canemacchina*, la seconda a dimostrare come le ambizioni di Guido

Laremi erano del tutto sproporzionate al suo ruolo letterario. Non c'era la minima traccia di dubbio tra le righe, né un barlume di interesse o curiosità per un solo elemento del romanzo; Guido veniva trattato come un povero ex caso sociologico bruciato dal tempo. Il pezzo finiva con una considerazione su quanto sia pericoloso il potere dei mass media che "consumano in una breve stagione le qualità genuine di un ragazzo e gli fanno pensare di essere in grado di emettere giudizi sul mondo, cosa già ardua per ben più elevate e provate menti. Ma tant'è...".

Io e Martina ci siamo riletti l'articolo un paio di volte, ed eravamo stupiti dall'astio personale che sembrava animare le parole di Podrego, come se molte ragioni di ostilità gli si fossero accumulate dentro dal giorno della presentazione di *Canemacchina* nella libreria vuota, e avessero continuato a crescere in attesa dell'occasione di venire fuori. Ci chiedevamo quali potevano essere queste ragioni: se bastava il fatto che Guido non si era mai occupato di lui e dei suoi colleghi, o anche solo la sua età, il suo aspetto. Ma credo che fosse soprattutto la natura di *Alterazioni* a caricare di violenza il livore di Podrego: il modo in cui usciva dallo specifico recinto che era stato assegnato a Guido, per cercare altri spazi senza precisarli in partenza né forse riuscire a raggiungerli. La non definibilità che aveva lasciato perplessi me e Martina doveva sembrargli intollerabile come un affronto.

E quasi tutte le altre recensioni hanno seguito la scia della prima: i giudizi più ricorrenti erano "ambizioni spropositate" o "imbarazzante tentativo", qualcuno parlava di "innocenza perduta". Sembrava che avessero aspettato Guido per tre anni come dei ragazzini incattiviti dalla noia possono aspettare un gatto randagio, con i loro sassi e bastoni già pronti dietro la schiena: c'era uno spirito di competizione nelle loro frasi, li spingeva a superarsi in ironia tranciante e sicurezza senza riserve. Era curioso come la loro ostilità personale li portava a considerazioni apparentemente oggettive, dove il punto di vista sembrava ancora più esterno e depurato di quello che aveva usato Guido nel suo libro. Nessuno arrivava nemmeno vicino a dire "Non mi piace" o "Lo detesto"; ne parlavano in termini di pura constatazione da laboratorio, come se si riferissero a parametri di cui non avrebbe avuto senso dubitare.

Guido al telefono mi ha detto che erano solo reazioni da guardoni frustrati e non gliene importava niente. Ha detto «Avrebbero voluto un'altra bella storia *inconsapevole*, o meglio ancora che io *sparissi*, dopo aver prodotto il mio piccolo intrattenimento naïf».

Ma anche le accoglienze del pubblico a *Alterazioni* sono state ben fredde, in parte per lo sbarramento di recensioni negative e in parte per la natura del libro. Chiara ci ha riferito che le vendite andavano malissimo, al punto che quelli dell'Allibratore avevano deciso di tagliare le perdite e cancellare la pubblicità ancora in programma. Martina ha provato a telefonare alla sua ex libreria di Perugia per avere informazioni dirette. Anche lì nessuno voleva il libro di Guido: ne avevano vendute solo due copie, a un ragazzo magro e a una vecchietta con un cane zoppo.

Chiara ha detto che Guido in realtà l'aveva presa malissimo, si considerava ancora più in guerra contro il mondo. Avrei voluto riuscire a parlargliene in modo sereno, ma ogni volta che lo sentivo mi si falsava la voce come se stessi facendo una telefonata di condoglianze; dovevo fermarmi a metà. Abbiamo finito per non toccare più l'argomento, scantonare ogni volta che ci arrivavamo vicino.

A gennaio è arrivata dal comune l'autorizzazione preliminare per il mulino; la banca a cui avevamo chiesto un prestito ha mandato un funzionario giovane per un sopralluogo. Quando io e Paolo l'abbiamo portato sul posto non voleva neanche scendere dalla macchina, ha detto «Ma è un rudere». Non so cosa si aspettasse da un mulino abbandonato nella campagna per vent'anni, ma appena tornato in città ha compilato un rapportino negativo; ci ha fatto sapere presto che il nostro progetto non era realistico. Una seconda e una terza banca hanno reagito nello stesso modo, solo in tempi più lunghi.

Io e Paolo e Martina e Livia non riuscivamo a capire,

perché il mulino era in condizioni migliori delle Due Case quando le avevo trovate. Ci sembrava incredibile che le banche rovesciassero miliardi sui produttori di mobili e piastrelle e lavandini per costruire i loro atroci capannoni nella pianura, e non fossero disposte ad anticipare il poco che ci serviva a rimettere in uso una piccola costruzione che aveva anche un valore storico.

Abbiamo continuato a pensarci: non importa di cosa stessimo parlando, i nostri discorsi tornavano al mulino ogni poche frasi, lo riattaccavano da un angolo leggermente diverso. Eravamo tesi come ogni volta che decidevamo di avventurarci un passo oltre nella nostra impresa; le difficoltà non ci scoraggiavano. Pensavo che in fondo doveva essere un processo simile a quello che spingeva Guido a scrivere un libro: c'era lo stesso desiderio di dare forma a un contenuto che già esisteva, lo stesso investimento di energie a lungo termine, la stessa assenza di garanzie sui risultati finali.

Ho provato a telefonare al direttore della mia vecchia banca a Milano; lui mi ha detto che non aveva tempo di parlarne al telefono, ma se volevo potevo andare a spiegargli il progetto. Ho raccolto tutte le nostre carte e le fotografie e le autorizzazioni e le richieste di autorizzazioni, i fogli di calcoli e proiezioni; Martina mi ha accompagnato al treno.

Sono arrivato a Milano di sera, ho provato a chiamare Guido da un telefono a gettoni della stazione. Lui era fuori, ma Chiara ha insistito perché andassi a dormire da loro. Così ho avvertito mia madre; lei mi ha detto che non avrebbe potuto dedicarmi molto tempo in ogni caso, stava preparando una mostra. Eravamo in veri buoni rapporti adesso, ma lei ci teneva alla sua autonomia, non ne aveva avuta per troppi anni.

Il taxi che ho preso si è imbottigliato irrimediabilmente nel traffico a due isolati da casa di Guido e Chiara; il taxista ha cominciato a parlare da solo e muovere la testa a scatti, battere le mani sul volante. Gli ho chiesto di farmi scendere e lui mi ha urlato che non potevo, ha cercato di agguantarmi per un braccio. Ho dovuto dargli il doppio di quanto segnava il tassametro, saltare fuori e attraversare di corsa la strada ingombra di macchine, con lui che ancora sbraitava insulti dal finestrino aperto.

La casa di Guido e Chiara era nella fascia più esterna del vero centro, in un quartiere di media borghesia solida e sorda costruito per buona parte in stile fascista. L'atrio era rivestito di marmi bianchi e verdi; c'erano ficus in vaso che crescevano nell'ombra, oblò da nave per i vetri della portineria. Chiara è venuta ad aprirmi, ci siamo salutati con slancio. L'appartamento dietro di lei era bianco e molto illuminato; sui cuscini di un lungo divano era sdraiato il piccolo Giuliano, sgambettava guardando il soffitto. I suoi lineamenti si erano già distesi e arrotondati rispetto a quando io e Guido l'avevamo osservato attraverso il vetro dell'ospedale: sembrava molto più giovane adesso.

Chiara mi ha fatto fare un giro delle stanze; mi ha mostrato il bagno e la grande cucina piena di elettrodomestici, con orgoglio ingenuo da padrona di casa. Ma non era felice, c'era una tensione difficile nelle sue parole e nei suoi sguardi.

Guido è arrivato un'ora più tardi, con addosso ancora il vecchio giaccone che gli avevo dato anni prima in campagna. Non aveva la minima idea che io fossi a Milano: appena mi ha visto gli si è illuminata la faccia, con un lampo del suo entusiasmo così contagioso quando c'era. Mi ha chiesto se avevo visto il piccolo Giuliano; è andato a prenderlo in braccio, gli ha fatto fare qualche giravolta spericolata finché Chiara ha detto di smetterla.

Lui non l'ha guardata neanche, ha posato il bambino sul divano. È andato in cucina a prendere una bottiglia di vino, e si muoveva come se lo spazio e gli oggetti che l'occupavano gli fossero del tutto estranei. Non sapeva dov'era il cavatappi, non riusciva a trovare i bicchieri; apriva e chiudeva cassetti e armadi pieno di ostilità verso la casa. Chiara mi ha guardato, ma non sapevo cosa fare per aiutarla, o per aiutare lui.

Lui è tornato con due bicchieri di vino, ha vuotato il suo in pochi sorsi senza assaporarlo: solo per l'effetto che poteva produrre. Mi ha chiesto notizie di Martina e i gemelli; ascoltava le mie risposte ma seguiva anche altri pensieri.

Guardava suo figlio, guardava la stanza, si alzava e si sedeva: non era una conversazione facile.

Più tardi abbiamo mangiato in cucina, cibi pronti comprati da Chiara in una salumeria sotto casa. Lei e Guido si sforzavano di essere ospitali e farmi sentire a mio agio: mi riempivano il piatto e il bicchiere, mi facevano domande. Ho cercato di descrivere il progetto del mulino, ma continuavo a distrarmi nel loro gioco di sguardi. Guido mi chiedeva nuovi particolari, si versava del vino, ne versava a me che cercavo di fermarlo.

Quando ci siamo alzati eravamo ubriachi tutti e due, solo Chiara era rimasta lucida. Guido ha caricato la lavastoviglie con gesti imprecisi, cercava di forzare piatti e posate negli scomparti sbagliati. Mi ha chiesto «Non ti sembra una sala di *obitorio*, questa cucina?». Gli ho detto che in realtà aveva un aspetto un po' raggelante, grande e rivestita com'era di piastrelle bianche dal pavimento alle pareti; ma il tono di Guido era carico di risentimento per l'idea di esserci dentro, per le ragioni che l'avevano spinto a entrarci.

Chiara assorbiva senza reagire, doveva essersi abituata a questo genere di commenti. Avevano un modo di comunicare del tutto indiretto, ormai: parlavano di stanze per parlare dell'attrito sempre più forte dei loro sentimenti.

Io e Guido siamo usciti a fare due passi. Gli ho spiegato come mi sembrava assurdo che lui e Chiara continuassero a tormentarsi in questo modo; avrebbero fatto meglio a lasciarsi, piuttosto.

Guido ha detto «Ma ci sono troppi vincoli di affetto e di abitudine e di pena, il *dispiacere* puro».

«E allora restate insieme» gli ho risposto. «Restate insieme e smettetela di avvelenarvi la vita.»

Guido ha detto «È troppo *tardi*. L'hai visto anche tu, non possiamo più parlare di niente in modo normale. A volte mi sembra di essere un mostro a non darle un minimo della sicurezza che cerca, ma il fatto è che non ci *riesco*. Non riesco a sapere cosa avrò voglia di fare tra due mesi, non riesco a mettere radici in questo posto dopo aver passato la vita a cercare di *andarmene*».

«Ma potresti vivere dove vuoi» ho detto io. «Potresti affittare una casa in qualunque altra città, o al mare o in montagna. Trovare un ambiente favorevole a te e al tuo lavoro.» Camminavamo nella foschia, tra ombre grigiastre di edifici fascisti; non c'era nessuno lungo i marciapiedi, solo macchine che strappavano via rapide nella strada. Guido ha detto «Non è che io abbia questi mezzi *illimitati*. Dopo il disastro del libro è già tanto se quelli dell'Allibratore non mi chiedono indietro i soldi dell'anticipo». Ma sapeva che non era questo il punto; che erano altre ragioni a paralizzarlo.

Abbiamo fatto il giro dell'isolato e siamo tornati indietro; non veniva voglia di restare fuori più a lungo. Guido ha cominciato a trafficare con la serratura del portone: non riusciva ad aprirla, forzava la chiave con rabbia. Poi ha visto che lo guardavo e si è messo a ridere; mi ha chiesto «Li hai visti i portinai di questa casa? Lei ha tre gabbie di canarini, ma per paura di disturbare i condomini le tiene in *cantina*, vicino a una fessura di finestrella da dove arriveranno forse due ore di luce al giorno. E a pochi metri dalle gabbie c'è un *rifugio antibombe* perfettamente conservato, con la chiusura a volante e le panchette per i rifugiati. È stato costruito con la casa, previsto fin dall'inizio dal bastardo necrofilo di architetto fascista che l'ha progettata».

È riuscito ad aprire e siamo entrati, saliti in silenzio nell'ascensore. Chiara mi aveva preparato il divano, le coperte rimboccate con cura. Guido mi ha detto «Non stare a preoccuparti per noi, adesso. Non c'è niente di così *drammatico*».

Mentre mi addormentavo continuavo a pensare al rifugio antibombe nelle cantine della casa; ai canarini rinchiusi nell'ombra.

Il mattino dopo sono andato a parlare con il direttore della banca. Mi ha fatto aspettare mezz'ora e quando mi ha ricevuto era distratto da continue telefonate, ma alla fine ha detto che poteva farci un prestito ipotecario, con le Due Case in garanzia. Mi ha consigliato di pensarci prima di decidere, perché c'era un margine di rischio. Gli ho risposto che ci avevo già pensato: che la fase delle esitazioni cosmiche mi era finita da due anni almeno, ero sicuro delle mie scelte adesso.

Sono tornato a casa di Guido e Chiara a riprendere la mia borsa e salutarli; il treno partiva all'una e mezzo. Sembravano sgomenti all'idea che me ne andassi così presto, hanno cercato di farmi restare almeno un altro giorno. Ma ero troppo ansioso di tornare alle Due Case; gli ho detto di venire loro a trovarci appena potevano.

Sul treno mi sono riempito di tristezza all'idea di non essere rimasto più a lungo: avrei voluto saltare giù e tornare a parlargli.

Ventidue

A marzo è arrivato il prestito della banca per il mulino, poco dopo gli ultimi permessi che ci mancavano; abbiamo cominciato subito i lavori. Livia e Martina e i gemelli si occupavano dei campi, io e Paolo passavamo quasi tutto il giorno al piccolo cantiere: stavamo addosso ai quattro muratori che avevamo assunto, spesso li scavalcavamo per impazienza. Volevamo a tutti i costi avere il mulino in funzione per l'autunno, sapevamo che non era facile. Era una bella costruzione, anche, fatta con le stesse pietre e gli stessi mattoni delle Due Case: faceva piacere vederla tornare in sesto poco alla volta.

Guido e Chiara li sentivamo al telefono ogni tanto. Guido si era rimesso a scrivere, su una traccia ancora insicura; Chiara si occupava del bambino. A volte sembrava che avessero trovato un loro modo di vivere insieme; a volte sembravano molto infelici. Io e Martina continuavamo a dirgli di venire alle Due Case, ma i nostri inviti cominciavano a sembrare frasi fatte ormai.

Una sera di giugno Guido ha chiamato in un raro momento di buon umore, siamo rimasti a chiacchierare a lungo. Mi ha raccontato che stava scrivendo una storia sui suoi vicini di casa.

Diceva che gli sembravano i perfetti abitanti di una città tutta costruita come atto di guerra contro gli spazi naturali e le loro debolezze. Ogni tanto gli capitava di salire con loro in ascensore, ed era affascinato da come erano riparati dietro le loro maschere professionali e sociali, al punto di non riuscire a stabilire il minimo contatto con una persona che abitava a pochi metri da loro. Guido cercava di metterli alla prova: li fissava per tutto il tempo della salita invece di guardare lo specchio o la pulsantiera, li salutava con cordialità esagerata, gli porgeva la mano. Loro si irrigidivano ancora, ma senza lasciarsi strappare reazioni più animate; sgusciavano fuori come ombre appena arrivati al loro piano. Lui teneva aperto l'ascensore e li guardava entrare in casa; guardava i mobili-catafalco nei loro ingressi finché gli chiudevano la porta in faccia con austerità da custodi di cimiteri.

Guido diceva che la sua storia stava prendendo la forma di uno studio su questa specie umana, dove cercava di registrare i loro comportamenti in circostanze diverse. A volte gli veniva la tentazione di introdurre elementi di disturbo nelle loro vite e vedere cosa succedeva. Aveva provato per esempio ad attaccare un cartello ben battuto a macchina sul pianerottolo del quarto piano, con la scritta "Si informano i Sigg. Condomini del quarto piano che d'ora in avanti è fatto loro divieto dell'uso dell'ascensore". Oppure telefonava a un condomino fingendosi l'avvocato di un altro condomino e gli chiedeva di non fare più il bagno alla solita ora, o di non parcheggiare la macchina nel solito posto. Erano medici specialisti e avvocati e dirigenti di banca, credo molto simili agli abitanti della casa dov'era cresciuto e dove ancora lavorava sua madre: sapeva dove toccarli.

Ho riso al telefono, e gli ho chiesto altri particolari, ma sapevo che in realtà stava cercando di esorcizzare una situazione angosciosa; non riuscivo a divertirmi come avrei voluto.

Un'altra volta Guido mi ha chiamato solo per descrivermi il frastuono di traffico che arrivava dentro casa sua. Lo aveva analizzato come si potrebbe fare con un'esecuzione orchestrale, risalendo all'origine di ogni timbro e frequenza che lo componevano. Era riuscito a identificare una quantità incredibile di fonti diverse di suoni sgradevoli; li aveva suddivisi per registro e intensità, aveva riconosciuto i ritmi con cui si addensavano o diradavano durante il giorno e la notte. Diceva che una volta era rimasto colpito da una descrizione di Londra nel Seicento, quando gli animali da macello venivano dissanguati e sbudellati nelle strade e la gente rovesciava vasi da notte e spazzatura dalle finestre, ma in fondo le nostre città non erano meglio. Diceva «È solo che ci siamo *abituati*, nessuno trova tanto strano che un autobus del comune vada in giro con un motore diesel che fa vibrare i vetri delle finestre e annerisce le facciate e fa tossire i passanti».

C'era un viale a un lato del suo palazzo, ed era una fonte inesauribile di rumori: Guido a volte mentre cercava di dormire li visualizzava come lunghe tracce filanti su un fondo bianco, più grosse e incise man mano che le automobili e i camion e le motociclette si avvicinavano in accelerazione. A volte nel mezzo della notte si immaginava di alzarsi a buttare bombe per fermare il flusso implacabile di traffico, creare crateri nell'asfalto che nessuna macchina avrebbe potuto superare. Aveva spinto il letto più lontano che poteva dalla finestra, e dormiva con un cuscino sulla testa, ma non serviva a molto. Di mattina passava le dita sul suo tavolo da lavoro, raccoglieva il deposito grigio e appiccicoso delle polveri cancerogene che i milioni di motori spargevano nell'aria della città. Diceva di continuare a stupirsene, guardarlo ogni tanto come un impressione sbagliata.

Dal suo tono ho capito che Milano lo stava ammazzando poco alla volta; gli ho detto di andarsene via, con Chiara e il bambino o da solo, da qualsiasi parte se non aveva voglia di venire alle Due Case. Lui ha detto che gli restavano soldi solo per altri due o tre mesi, non era più nella posizione di scegliere niente. Chiara stava cercando un lavoro, e se lo avesse trovato voleva provare a occuparsi lui del bambino. La storia sui suoi vicini di casa si era bloccata; non aveva altre idee su cui firmare un contratto con un editore, ammesso che ce ne fosse uno ancora interessato a lui.

Poi deve aver sentito l'angoscia nella mia voce, perché ha cambiato tono, detto «In fondo è una situazione *interessante*, se riesci a vederla nel verso giusto».

È arrivata l'estate, il lavoro al mulino era una vera lotta contro il tempo ormai. Io e Paolo correvamo dai campi al cantiere alle Due Case; Martina e Livia si ammazzavano di fatica quanto noi. I gemelli aiutavano nell'orto e nel frutteto; Martina cercava di parlargli di storia e geografia mentre lavoravano insieme. La sera gli leggevamo romanzi o poesie ad alta voce, li facevamo scrivere e contare appena avevamo un attimo di tempo. Cercavamo di non separare in modo rigido queste attività dalle altre: il dovere dal piacere, il dentro dal fuori, le parole dalle immagini. Loro imparavano, non stavano crescendo come due analfabeti.

Le nostre telefonate con Guido e Chiara sono diventate rade, ci sentivamo solo quando avevamo vere notizie da darci. Chiara è stata assunta da una piccola casa editrice di libri di viaggi, ha trovato una ragazza che si occupava del bambino. Guido era troppo depresso per farlo: continuava a non riuscire a scrivere, diceva che non gli interessava più molto. Stava adottando con il suo lavoro la vecchia tattica di separazione e allontanamento che gli avevo visto usare tante volte in passato, e sapevo che se ci fosse riuscito i danni sarebbero stati irreparabili. Ma non avevo molti modi di intervenire, a parte trascinarlo via da Milano e portarlo di forza alle Due Case. Ho pensato seriamente di farlo, anche: ne ho parlato con Martina, lei ha detto che Guido era l'ultima persona al mondo che si poteva costringere a fare qualcosa. L'idea di non essere in grado di aiutarlo mi faceva stare talmente male che ho smesso di telefonargli.

Mi ha chiamato lui, per raccontarmi che un produttore romano si era rifatto vivo con l'offerta di comprargli i diritti di *Canemacchina*, e anche se gli sembrava il più cialtrone e ladro tra quelli che aveva incontrato stava pensando di accettare. Gli avrebbero dato abbastanza soldi per vivere un paio d'anni, e in più facoltà di controllo sulla sceneggiatura, e la garanzia di un regista considerato tra i migliori della nuova generazione. Di nuovo mi ha detto che non aveva più molta scelta; che preferiva vendere il suo libro piuttosto che mettersi a scrivere racconti per le riviste.

Questo succedeva verso la fine di luglio, poi non ci siamo più sentiti. Il lavoro al mulino si è sovrapposto alla mietitura e a mille altre attività cruciali della campagna; Guido è sfumato sullo sfondo.

A settembre il mulino era pronto. Abbiamo macinato i primi sacchi di frumento, e la farina che usciva di tra le mole sembrava del tutto diversa da quella che andavamo a ritirare a Perugia. Eravamo sicuri che veniva esclusivamente dai chicchi che avevamo piantato e visto crescere e accudito per mesi sui nostri campi, nessuno ci aveva mescolato niente né l'aveva trattata con indifferenza. Di sera io e Martina e Paolo e Livia ci siamo messi a fare considerazioni a lunghissimo termine, ci è venuto in mente che un giorno avremmo potuto costruirci un piccolo pastificio artigianale, controllare davvero tutto il ciclo dall'inizio alla fine. Sembrava un'idea irrealizzabile, ma anche quella di vivere della campagna lo era sembrata, e quella di avere un nostro mulino.

Martina ha chiamato Chiara per avere notizie: Guido aveva venduto i diritti di *Canemacchina* e si era fatto affittare dal produttore una stanza in un residence a Roma, in modo da poter seguire la sceneggiatura e la preparazione del film. Chiara diceva che era solo un pretesto per andarsene di casa, ma sembrava quasi sollevata, a questo punto.

Io e Martina siamo andati avanti per qualche tempo a parlarci in modo ambiguo di Guido e Chiara, ognuno con informazioni dirette che l'altro non aveva. Quando alla fine ce le siamo scambiate, le due metà della situazione coincidevano, ed era evidente che Guido e Chiara non stavano più insieme. Sapevamo che prima o poi sarebbe successo, eppure eravamo scossi da questo cambiamento; da come ha vanificato in un attimo il gioco di giudizi e congetture che avevamo costruito intorno a loro per anni. D'improvviso la nostra familiarità ci è sembrata illusoria; le nostre immagini velate e filtrate dalla distanza, dall'invecchiare impercettibile delle impressioni.

Non ho chiesto a Chiara il numero di Guido a Roma. I pieni e i vuoti della nostra amicizia si erano sempre succeduti in modo così ciclico da sembrarmi un fenomeno naturale, pericoloso da alterare.

Ventitré

Una sera di marzo Guido mi ha telefonato. La sua voce sembrava allegra, lontana dallo spirito della nostra ultima conversazione otto mesi prima. Ha detto che da Natale aveva un bell'appartamento nel centro, il tempo era magnifico e stava bene. Le riprese del film dal suo libro erano iniziate da qualche settimana, ma lui non se ne occupava più. Il produttore Morra aveva manipolato la storia fino a trasformarla in una specie di thriller di seconda categoria, poi aveva distrutto il poco che restava con una serie di espedienti per falsificare meglio i bilanci, l'ultimo quello di trasferire l'ambientazione da Milano a Roma. Il regista Bonini si era rivelato del tutto impotente di fronte alle sue prevaricazioni, passava il tempo a baloccarsi con progetti di carrelli e dolly e inquadrature mentre Morra metteva insieme il film che voleva. Guido era andato a un paio di riunioni per litigare selvaggiamente; poi aveva deciso che queste erano le regole del gioco, le aveva accettate quando aveva preso i loro soldi.

Diceva «Hanno un vero *istinto*, che li fa arrivare a un film brutto e triviale qualunque sia il punto di partenza. È affascinante da vedere, in realtà. Comprano i libri solo perché gli serve un pretesto su cui montare le loro truffe finanziarie, tutto quello che tengono alla fine è il *titolo*. Sono incredibilmente disonesti, e non mantengono niente di quello che promettono, ma anche questo gli viene del tutto naturale. Seguono lo stesso codice da generazioni, dove falsificare bilanci e imbrogliare i collaboratori e produrre schifezze è perfettamente *legittimo*, purché se ne ricavino dei soldi».

Ma non gli dispiaceva stare a Roma; diceva che almeno aveva la sensazione di essere in Italia, per tutta la mollezza ambigua e dolciastra del luogo. Gli erano venute nuove idee su un possibile romanzo ambientato lì, ci stava lavorando. Gli ho promesso di andare a trovarlo, anche se mi sembrava difficile riuscirci presto. Tutti e due avremmo voluto continuare a parlare, quando ci siamo salutati.

Ad aprile ho avuto una furiosa discussione telefonica con il nostro distributore. Ogni tanto ci arrivava la lettera di qualcuno che aveva comprato un pacco di farina o un barattolo di marmellata o una bottiglia di vino delle Due Case e li trovava buonissimi ma terribilmente cari, e mi veniva rabbia per il meccanismo commerciale che quadruplicava i prezzi dei nostri prodotti prima che raggiungessero i loro destinatari. Anche Martina non sopportava l'idea che i negozi di cibi naturali fossero quasi tutte boutiques alimentari frequentate da gente disposta a pagare cinquemila lire per due carote; ogni volta che ne parlavamo ci sembrava che avremmo dovuto fare qualcosa.

Il distributore ha detto che le mie osservazioni erano stranamente ingenue, questa era la legge del mercato ed era inevitabile, una pura questione di domanda e offerta. Gli ho risposto che forse ero anche ingenuo ma non avevo nessuna voglia di aiutarlo a diventare ricco sul desiderio della gente di avvelenarsi meno, non era per questo che avevo scelto il mio lavoro. Lui si è offeso, mi ha gridato che non eravamo certo gli unici produttori di cibi naturali in Italia e poteva anche rivolgersi a qualcun altro. Gli ho gridato di farlo; Martina mi incoraggiava a sguardi.

Ne abbiamo parlato con Paolo e Livia, e sono stati d'accordo anche loro che avremmo dovuto occuparci in modo diretto di dove andavano a finire i prodotti delle Due Case. Il punto secondo me era saltare il maggior numero possibile di intermediari, stabilire contatti diretti con venditori che avessero voglia di seguire la nostra politica di utili ragionevoli. Ho deciso di andare a cercarli, città per città.

Appena sceso dal treno a Roma l'aria era tiepida, la stagione un mese avanti rispetto alle nostre colline. Ho telefonato a Guido nel traffico di turisti sovraccarichi e delinquenti di scalo e famiglie stremate e pendolari frettolosi e venditori africani di cianfrusaglie e poliziotti e spacciatori di droga, tra le voci e i rumori e le scorie della grande moltitudine estranea.

Ero quasi sicuro di non trovarlo, e invece c'era. La sua voce sembrava strappata dal sonno, ma anche contenta di sentirmi. Non riusciva a credere che fossi a Roma: mi ha spiegato l'indirizzo, detto di andarci subito.

Abitava in un edificio forse ottocentesco, in una via lastricata del centro storico. Il portinaio mi ha dato indicazioni nell'atrio sontuoso e decaduto, dove una larga scala saliva ai piani nobili per poi continuare più sottile e ripida fino alle mansarde.

Guido mi aspettava sugli ultimi gradini: mi sono reso conto che era passato un altro anno e mezzo da quando ci eravamo visti l'ultima volta.

Siamo entrati in casa ancora guardandoci, registravamo le nostre trasformazioni. Guido mi ha chiesto «Siamo invecchiati *terribilmente*?». Gli ho detto di no, e non era vero, ma certo più di quanto lo sarebbe stato tra altri venti anni.

Il soggiorno era pieno di luce da una vetrata che dava sul terrazzo; sono uscito a guardare la distesa biancastra e irregolare di tetti e terrazze e cupole.

Poi mi sono accorto che su una sedia c'era una ragazza dalle gambe lunghe che leggeva un libro, con occhiali scuri e una cuffia stereo alle orecchie. Guido è andato a strapparle la cuffia; lei ha avuto un soprassalto, guardato verso di me da sotto le lenti. Era una specie di grande bambina mediterranea, con i capelli castani corti e una bella bocca carnosa; addosso aveva solo una maglietta di cotone. Guido mi ha detto «Blanca», e sembrava orgoglioso e anche stupito di lei. Le ho fatto un cenno di saluto da lontano: mi faceva impressione vedere la nuova vita di Guido tutta insieme. Blanca ha detto «Ciao» con un accento spagnolo forte, mi è passata oltre ed è entrata in casa.

Io e Guido siamo rimasti sulla terrazza, a disagio tutti e due per come sembrava inevitabile commentare la situazione. Lui è entrato a prendere una bottiglia di vino e due bicchieri; io gli ho spiegato quello che ero venuto a fare, la storia del distributore e dei prezzi dei nostri prodotti. Lui mi ascoltava, beveva e ogni tanto si voltava a guardare dentro casa; io parlavo e cercavo di capire fino a che punto era arrivata la sua dipendenza dall'alcool. La conversazione ha seguito i percorsi oscillanti dei nostri pensieri; Guido si è riempito e vuotato il bicchiere tre volte. Poi ha raccolto il registratore di Blanca, mi ha chiesto se volevo rientrare.

Il piccolo appartamento era vuoto, a parte i mobili più essenziali: non c'era nessun quadro alle pareti, nessun oggetto sugli scaffali. Guido si è accorto di quello che pensavo, ha detto «Quando sono arrivato era pieno di stampe incorniciate del Settecento e accessori da casa ammobiliata per stranieri ricchi, ho chiesto alla padrona di ficcare tutto in *cantina*».

Era il suo modo di vivere nei posti, di non volersi mai legare a lungo termine; se avesse dovuto andarsene per sempre ci avrebbe messo forse cinque minuti a raccogliere le sue cose. Blanca è venuta fuori dalla stanza da letto, con un paio di vecchi jeans tagliuzzati e la stessa maglietta di prima; aveva un'aria indipendente quando guardava Guido. Gli ha preso un sorso dal bicchiere, ha detto «Io vado».

«Quando torni?» le ha chiesto Guido seguendola verso la porta. L'ha stretta per un attimo intorno alla vita, e mi sembrava di vedere un'ombra di ansia nei suoi gesti: sgomento di essere lasciato.

Lei ha detto «Non so, più tardi». Si è rimessa gli occhiali scuri anche se il sole fuori stava tramontando, è uscita.

Guido ha spostato qualche piatto sporco nella piccola cucina all'americana; ha detto «Va a ginnastica, o a scuola di danza. Ha una casa per conto suo qui vicino».

«È carina» gli ho detto io. Era l'opposto diametrale di Chiara, anche; mi colpiva come era riuscito a trovarla così diversa.

Lui mi ha spiegato che faceva l'attrice, l'aveva incontrata negli uffici del produttore Morra che la voleva per una parte in *Canemacchina*. Ha detto «Mi ha parlato del mio libro, e anche se l'aveva letto durante un viaggio in pullman lo conosceva bene. Quando è uscita Morra e Bonini il regista facevano considerazioni sulla lunghezza delle sue gambe e la forma del suo sedere e le dimensioni dei suoi seni come due sensali di *cavalli*. Alla fine hanno preso un'americana al suo posto, per fare più contenti i distributori».

Continuava a bere, ma sembrava che l'alcool allentasse il ritmo delle sue frasi senza velargli minimamente i pensieri. Bevevo anch'io per fargli compagnia; lui mi ha chiesto di raccontargli gli ultimi sviluppi alle Due Case. Mi chiedevo se è possibile che i ruoli in un'amicizia cambino a un certo punto, o sono invece destinati a restare uguali attraverso lo scorrere del tempo e il lento trasformarsi delle persone; se l'interesse di una conversazione tra noi sarebbe sempre stato sbilanciato a suo favore.

Presto siamo tornati a parlare di lui e della sua vita. Ha detto «Blanca vive d'*aria*. Non mangia quasi e studia recitazione e danza e suona la batteria, legge tutto quello che trova, la storia delle crociate e la vita di Byron e i romanzi cinesi del Quattrocento. Ha diciannove anni, quando è venuta via dalla Spagna ne aveva diciassette. Non credo che le sia mai mancato nessuno, ma ogni tanto si guarda allo specchio e le sembra di essere ingrassata e si mette a *piangere*. Legge quello che scrivo, anche, e i suoi giudizi mi sorprendono, sono quasi *inafferrabili*».

«E andate d'accordo?» gli ho chiesto io. Forse provavo un'invidia sottile per lui, all'idea che vivesse con una ragazza così giovane e attraente. Ero abituato a pensare a lui come alla persona più inafferrabile che conoscevo, mi colpiva che qualcuno potesse fare su di lui la stessa impressione.

Guido ha detto «Abbastanza. Ma è quasi un *lavoro*, ogni volta devi tirare fuori le tue capacità da domatore di leoni e incantatore di serpenti e psicologo infantile. A volte mi viene una nostalgia terribile di Chiara, me ne tornerei di corsa da lei».

«E perché non lo fai?» gli ho chiesto. Era lui che mi metteva nella posizione di chiederglielo, in realtà.

Lui ha detto «Perché siamo già stati troppo male insieme. E non era colpa sua, e forse nemmeno mia, forse è solo la vita che deteriora i sentimenti e li trasforma in *trappole*, per quanto uno ci possa stare attento».

Adesso da fuori veniva un'ultima luce rossastra, e lo sguardo di Guido era pieno d'ombra; avrei fatto qualunque cosa per cambiare direzione ai suoi ragionamenti. Ha detto «Tutto si consuma con una tale *rapidità*. Ci siamo già bruciati mezza vita senza neanche accorgercene».

Gli ho chiesto cos'era che Blanca leggeva di suo. Lui non mi ha risposto; l'alcool stava svincolando le parti della nostra conversazione, le lasciava andare per conto loro. Ha indicato un piccolo televisore su una mensola, detto «Mi bastano trenta *secondi* di qualunque pubblicità per farmi passare la voglia di scrivere. Il gioco cinico e vigliacco sugli istinti di chi guarda, le simulazioni di sentimenti studiate dagli *assassini* ai tavoli delle loro agenzie. Le famigliole sorridenti nei giardini usate per vendere detersivi ai prigionieri delle città avvelenate dalle industrie di detersivi. E vanno in Irlanda e nel Sahara a filmare le macchine, dopo che le macchine hanno distrutto questo paese al punto che non c'è più un solo angolo dove possono riprenderne una che corre libera».

Siamo rimasti zitti, bevevamo in silenzio nella stanza quasi buia. Poi Guido ha acceso la luce; si è messo a parlarmi dei libri che stava leggendo.

Più tardi Blanca è tornata e ha cotto uno strano piatto a base di patate e pinoli, li ha mescolati a lungo con zenzero e pepe bianco e altre spezie che versava liberamente. Guido la guardava da vicino, faceva complimenti alla sua eleganza di cucinatrice anomala. Mi sono lasciato coinvolgere anch'io nel gioco, confuso dal vino e dal viaggio e dall'atmosfera: le siamo stati ai lati come adulatori da corte finché ha finito, due trentaquattrenni ubriachi pieni di ammirazione per una ragazza spagnola che fa l'attrice.

Abbiamo mangiato e continuato a bere; Guido era spiritoso e caldo e comunicativo come nei suoi momenti d'oro.

Ha cominciato a spostare verso il passato le sue osservazioni, suscitare immagini rapide attraverso un arco di vent'anni, dove personaggi ed episodi e stati d'animo coesistevano senza la minima separazione cronologica. Lo seguivo in questo percorso irregolare, e ogni punto buio della nostra memoria comune sembrava riprendere luce e colore e sfumature, più vero ancora di quando lo avevamo vissuto.

Abbiamo parlato della vecchia Dratti e di Ablondi e Farvo e del piccolo gruppo anarchico e del viaggio in Grecia, dei vestiti che ci mettevamo e le musiche che sentivamo, i discorsi e i programmi e le immagini che avevamo in testa.

A un certo punto Guido ha detto che la nostra memoria comune era di un anno più lunga dell'intera vita di Blanca, e l'idea ci ha stupiti allo stesso modo; ha stupito Blanca che ci ascoltava mezza partecipe e mezza distratta dai suoi pensieri. Ed era strano, perché mi lasciavo contagiare dalla nostalgia nella voce di Guido mentre parlava di quando tutte le possibilità sembravano ancora aperte intorno a noi, eppure sapevo che non sarei tornato indietro nemmeno con un fucile puntato. Mi ricordavo troppo bene quanto avevo sofferto per la mia mancanza di contorni, la vaghezza inconsistente della mia vita e del suo futuro. Sapevo che quasi gli stessi elementi erano all'origine del rimpianto di Guido: che la definizione e la maturità lo intrappolavano quanto avevano liberato me.

Forse lui ha pensato la stessa cosa, perché d'improvviso ha interrotto i suoi ricordi, detto «Smettiamola di rivangare come *reduci*, stiamo facendo morire Blanca di noia». Ha cambiato discorso, raccontato di un posto nelle campagne a ovest di Roma dove gli aerei ti passavano sopra la testa un istante prima di toccare la pista.

L'ha descritto come uno spettacolo così straordinario che Blanca si è entusiasmata all'idea, ha cominciato a insistere che dovevamo andare subito a vederlo. Io ho detto che ero troppo stanco e avevo sonno, ma Guido era nel suo spirito da trascinatore ormai: mi ha detto «Potrebbe essere l'unica occasione di farlo in tutta la nostra *vita*». Blanca ha insistito in modo simile; vedevo la loro complicità stretta venire fuori adesso: lo scambio di atteggiamenti e parole mentre si infilavano le scarpe e mi costringevano a infilarmi le mie e correre con loro fuori di casa e giù per le scale.

In strada Guido è andato dritto verso una vecchia Alfa Romeo parcheggiata di fianco al marciapiede. Pensavo che volesse prendermi in giro, e invece era sua, l'aveva comprata di quarta mano con i primi soldi che gli aveva dato Morra. La guidava senza patente né bollo di circolazione, non aveva neanche finito le pratiche per il trapasso. Era una macchina da delinquente, ex aggressiva e piena di ruggine e ammaccature e graffi, ma forse anche l'unica che lui potesse avere.

Guidava come uno che non l'ha mai fatto in vita sua e si rifiuta di capirne i principi elementari: spingeva il motore fuori giri e inseriva la marcia sbagliata, grattava la frizione, faceva stridere i freni a ogni incrocio. Sembrava proiettato oltre i contorni immediati della strada, come se pensasse a quello che poteva esserci dietro una curva molto più che a quello che aveva davanti. Ma guidava, ed eravamo così ubriachi che già mi sembrava un miracolo.

Abbiamo attraversato la città, preso l'autostrada che portava al mare; le ultime luci di Roma scorrevano alla nostra sinistra nel buio. Blanca seduta davanti cantava stonata una vecchia canzonetta francese che doveva aver imparato da sua madre; Guido ogni tanto le scompigliava i capelli con la mano. Ma come sempre stava attento a non chiudermi fuori: si sforzava di distribuire in modo equo lo spirito del momento, alimentare la mia partecipazione. Facevamo giochi di parole, giochi di associazioni e cantilene improvvisate; ridevamo e prendevamo sorsi da una bottiglia di vino bianco che Blanca si era portata dietro. Fuori la notte era limpida, non c'era quasi traffico mentre andavamo verso la costa.

Poi siamo usciti dall'autostrada, Guido ha imboccato una strada secondaria che si addentrava nella campagna; cercava di rintracciare a memoria il punto dove atterravano gli aerei. C'era stato solo una volta, e di giorno, non era affatto sicuro di trovarlo. Ha cambiato direzione a un bivio, la vecchia macchina ha ondeggiato sugli ammortizzatori quasi scarichi. Evitava i fossi ai margini della carreggiata con vera indifferenza; era molto più preoccupato che l'ora e gli effetti dell'alcool e la lunghezza incerta del percorso non finissero per vincere la nostra curiosità. Diceva «Cercate di non *spegnervi*, adesso. Resistete ancora dieci minuti». Investiva tutte le sue energie nell'atmosfera: non smetteva di parlare e tenerci attenti, attizzare la nostra curiosità.

Alla fine è riuscito a ritrovare il punto; abbiamo visto le luci colorate di una torre di controllo, le luci bianche che segnavano una pista al di là di una recinzione. Guido ha detto «È *qui*».

Siamo scesi, sbilanciati tutti e tre e pieni di aspettative; ci guardavamo intorno con la sensazione di fare una cosa vagamente illegale. Le prime luci della pista erano a un passo da noi, si allontanavano in una lunga linea punteggiata. Dall'altro lato della strada c'erano campi piatti coltivati a grano; l'aria era tiepida, densa dell'umidità del mare poco lontano.

Guido guardava in alto, ha detto «Ci atterra sulla *testa*, quasi. Lo vediamo arrivare come un puntino luminoso e viene giù dritto verso di noi finché ci arriva sopra, enorme e terribilmente pesante e pieno di vibrazioni e luci e *rumore*, tocca la pista appena oltre la rete. E tutti i passeggeri sono seduti dentro, ognuno con i suoi pensieri e il suo aspetto e i suoi modi di fare sviluppati con tanta *fatica*, trasportati per migliaia di chilometri attraverso lo spazio nello stesso contenitore».

Io e Blanca scrutavamo il cielo, già spaventati all'idea della gigantesca massa rombante e sferragliante sopra di noi: con già nelle narici l'odore di benzina bruciata, aria risucchiata e smossa con violenza. Sembrava impossibile che una presenza così rumorosa e aggressiva si materializzasse nel silenzio fermo della notte, arrivata da chissà dove; che una lucina intermittente si ingrandisse e avvicinasse fino a riempirci le orecchie di furore metallico.

Abbiamo aspettato forse un'ora, e nessun aereo è arrivato. Guido camminava avanti e indietro, guardava in aria e guardava me e Blanca; si rendeva conto che la nostra atmosfera si stava dissolvendo senza rimedio. Erano le due di notte e l'eccitazione dell'attesa aveva cominciato a stemperarsi nella stanchezza, l'aria non era più tiepida come all'inizio. Guido continuava a chiederci se eravamo stanchi o avevamo freddo; io e Blanca continuavamo a dirgli di no solo per non fargli dispiacere, controllavamo il buio in cerca di punti luminosi in avvicinamento.

Poi Blanca è rabbrividita, e Guido ha detto «Torniamocene a *casa*». Proprio mentre salivamo in macchina abbiamo visto le luci di un aereo che scendeva su un'altra pista lontanissima, arrivato dalla direzione opposta.

Siamo andati in silenzio fin quasi all'imbocco dell'autostrada, ma Guido era troppo stravolto per continuare, la macchina sbandava in modo sempre più preoccupante. Gli ho detto che potevo guidare io; lui non ha cercato di fare resistenza, ha fermato e ci siamo scambiati i posti. Blanca dormiva rannicchiata su un lato, con le braccia strette intorno alla vita come una vera bambina adesso. Non avevamo niente con cui coprirla, così l'abbiamo solo guardata.

Anch'io dovevo fare uno sforzo per tenere la rotta, cercavo di andare molto lento. Controllavo Guido nello specchietto retrovisore: non dormiva. A un certo punto mi ha detto «È che non bisognerebbe mai immaginarsi niente molto in dettaglio, perché l'immaginazione finisce per mangiarsi tutto il terreno su cui una cosa potrebbe *succedere*».

Il giorno dopo sono andato a parlare con i proprietari di cinque negozi di cibi naturali. Solo una era una ragazza simpatica che credeva in quello che faceva, gli altri erano tenutari di boutiques falsi e avidi, pieni di sospetto appena ho cominciato a spiegargli la nostra teoria degli utili ragionevoli. Mi sono messo d'accordo con la ragazza simpatica per spedirle direttamente i nostri prodotti; ho detto agli altri che potevano dimenticarseli.

Quando sono tornato a casa di Guido lui era di pessimo umore e già beveva; Blanca era fuori. Avevo anche pensato di restare un altro giorno o due, ma lui non me l'ha chiesto; non ha cercato di trattenermi quando gli ho detto che dovevo partire.

Mi ha accompagnato in strada, ed ero quasi offeso dalla sua estraneità; lui ha detto che mi accompagnava fino all'autobus, e una volta all'autobus è salito con me fino alla stazione. Stavamo zitti, guardavamo fuori dai finestrini: il traffico e la città, la gente in movimento.

Sulla banchina del treno ci siamo promessi di rivederci presto. Gli ho detto che era un delitto lasciare vuota la sua seconda casa; lui mi ha dato ragione, ma subito dopo ha aggiunto «Mi fa tristezza l'idea che sia lì ad aspettare *me*». Poi il treno partiva; sporto dal finestrino l'ho visto andare via tra la folla, con le mani in tasca.

Ventiquattro

A giugno Chiara ha portato alle Due Case il piccolo Giuliano. Ci eravamo messi d'accordo perché ce lo lasciasse fino alle sue vacanze di agosto, e venisse a trovarlo quando poteva nei weekend. Aveva la sua solita aria educata e attiva; non era il tipo di persona che lascia capire agli altri i suoi malesseri. Lei e Giuliano avevano sviluppato un attaccamento fisico molto forte, forse anche per compensare alla mancanza di Guido. Il bambino era sveglio e sensibile; i suoi occhi assomigliavano in modo impressionante a quelli di suo padre.

Chiara è rimasta solo due giorni, mentre Giuliano prendeva confidenza con sua zia e i suoi cugini. Non è stato difficile, perché gli spazi liberi della campagna e i giochi dei gemelli lo attraevano molto; già il secondo giorno bisognava corrergli dietro per riprenderlo. Aveva cominciato la metamorfosi rapida che i bambini attraversano quando vengono via da Milano: il ritorno di colore e di appetito, la scoperta di rapporti con lo spazio naturale. È un processo dieci volte più rapido e trasparente che negli adulti, mi colpisce ogni volta che lo osservo; mi fa pensare a quante difese devono costruirsi i cittadini per nascondere quello che gli succede dentro.

Io e Chiara non ci siamo detti quasi niente per tutti e due i giorni: provavo verso di lei uno strano disagio, fatto di sen-

371

si di colpa riflessi e corresponsabilità morali. Solo la sera prima che partisse, quando i tre bambini dormivano e la casa era finalmente silenziosa, siamo riusciti a parlarci. Ho cominciato a spiegarle i nostri piani per distribuire in modo diverso i prodotti delle Due Case, e le mie parole si sono fatte calamitare verso Roma e l'ultima volta che avevo incontrato Guido. E lei ha visto attraverso le mie parole: ha visto Guido nel piccolo soggiorno luminoso con Blanca. Mi ha chiesto «Cosa vuol fare secondo te?».

«Non lo so» le ho detto io, cercando di coprire le sue immagini. «Credo che sia molto perplesso su tutto. Sul suo lavoro e sul resto.» Le ero affezionato quasi quanto a lui; avrei voluto non essere automaticamente dalla parte di Guido.

Chiara ha distolto lo sguardo, mi sono reso conto che non era lontana dalle lacrime. Aveva una faccia più sottile e nervosa di Martina, ma i loro lineamenti erano così simili. Mi ha chiesto «Ma è più contento di prima, almeno?».

Le ho detto «In questi vent'anni da quando lo conosco mi vengono in mente forse due volte in cui mi è sembrato contento. Ma se ci penso anche allora era contentezza da anticipazione, molto più immaginata che reale. È sempre stato così. Non credo che ci possa fare molto neanche lui».

Chiara non aveva voglia di considerazioni sulla natura di Guido; doveva averci già pensato abbastanza a lungo per conto suo. Ha detto «Sembra che tu stia parlando di una povera vittima del mondo, a sentirti».

«Ma lo è» ho risposto io, di nuovo automaticamente in difesa di Guido. «La realtà lo sgomenta, non riesce ad accettare i dati di fatto. Vorrebbe che la vita fosse flessibile come la sua immaginazione, e ci rimane male ogni volta che scopre quanto è ingabbiata e rigida invece.»

Lei ha sorriso; speravo che riuscisse a non farsi sopraffare dal dispiacere adesso. Era una donna decisa, e coraggiosa, era rimasta da sola tutto questo tempo e aveva lavorato e tenuto il bambino e risolto una quantità di questioni pratiche; malgrado il suo aspetto era mille volte più preparata di Guido a fronteggiare il mondo. Ha detto «Lo so com'è Guido. Fino a un certo punto ho pensato che potesse cambiare, ma adesso credo che non ci sia verso, e in ogni caso non ho più voglia di pensarci. Voglio divorziare e basta». Aveva gli occhi pieni di lacrime, ma erano lacrime di liberazione: non stava parlando a vuoto.

È arrivata Martina, si è seduta vicino a noi. Chiara ha detto «L'ultima volta che è venuto a Milano aveva quest'aria cordiale e amichevole, come se fosse contento di rivedermi ma senza il minimo obbligo familiare o sentimentale. Quando gli ho detto che non intendevo più vederlo e gli ho chiesto di togliere dagli scaffali i suoi libri, mi ha guardata come se fosse una richiesta orribile. Ha questo modo totalmente infantile di affrontare tutto come se non avesse peso, dire "Non *drammatizziamo*", dire "Non sono queste le cose *gravi* della vita". E allora quali sarebbero, se divorziare non è grave?».

«Ma ci crede davvero» le ho risposto. «È sempre stato così da quando lo conosco, ha sempre odiato l'idea di mettere cornici e definizioni ai sentimenti.»

Lei stava diventando furiosa a sentirmelo difendere con tanta insistenza; ha detto «Non me ne importa niente se ci crede o no. A questo punto mi importa solo di non diventare pazza per colpa sua».

Martina doveva aver già sentito questi discorsi più di una volta: aveva uno sguardo di solidarietà da sorella minore. Mi dispiaceva che fosse così, e mi rendevo conto che era inevitabile; non ho più cercato di far cambiare idea a nessuno.

Chiara è andata a Milano, ha detto che sarebbe tornata dopo due settimane. Il viaggio era troppo lungo per farlo ogni venerdì pomeriggio, e forse aveva anche voglia di cominciare a organizzarsi altri programmi per conto suo.

Giuliano ha pianto solo pochi minuti quando lei gli ha spiegato che andava via; i gemelli sono riusciti a distrarlo quasi subito, l'hanno portato a vedere le capre nella stalletta. Era un bambino abbastanza autonomo, si divertiva con Chiara jr. e Guido jr. così più grandi di lui. Martina era felice di averlo, e credo piena di nostalgia per quando i nostri figli avevano la sua età: alla minima occasione cercava di prenderlo in braccio e vestirlo e pettinarlo, fargli le coccole a cui ormai da anni i gemelli si sottraevano.

Guido ha cominciato a telefonare spesso per parlare con suo figlio. Lo chiamavamo nel soggiorno; lui teneva la cornetta distante dalla bocca, rispondeva a mezza voce a domande credo sulla sua salute e su quello che faceva. Diceva «Sì» o «No» per qualche minuto, poi metteva giù o passava la comunicazione a noi adulti. Guido era incredibilmente apprensivo a suo riguardo: cercava di sapere da me o da Martina se aveva mangiato e com'era vestito e cosa aveva fatto durante il giorno. Ci sforzavamo di rassicurarlo, ma era l'idea di non esserci che rendeva inesauribili le sue preoccupazioni; non potevamo fare molto a parole.

Poi una sera dopo cena abbiamo sentito una macchina arrivare nello spiazzo d'erba dietro casa. Paolo è uscito, con le reazioni da difesa territoriale che gli scattavano a ogni intrusione di estranei, e un attimo dopo è tornato dentro, ha detto «È Guido con una ragazza».

Siamo usciti tutti, ma non è stato uno dei nostri riincontri calorosi: il ricordo di Chiara che ci salutava nello stesso punto preciso era ancora troppo nitido per non creare disagio in Martina e Paolo e Livia. Sono andato avanti io, gli altri mi stavano dietro come se mi controllassero. Guido si è reso conto dell'imbarazzo generale; ha detto «Abbiamo deciso all'*ultimo*», in tono di giustificazione. Blanca mi ha abbracciato piena di entusiasmo, si è guardata in giro con la sua aria esotica: sembrava l'unica persona a suo agio in questo momento, ed era l'unica che non aveva legami con il posto.

Martina e Paolo e Livia si sono avvicinati a salutare cauti come membri di un piccolo branco di fronte a un animale femmina che non conoscono. Guido mi ha chiesto di Giuliano, c'è rimasto male quando gli ho detto che dormiva. Aveva bevuto, anche: c'era una bottiglia di bourbon sul sedile di dietro della sua macchina.

Li abbiamo accompagnati alla seconda casa senza quasi parlare, Martina è andata a prendergli lenzuola e asciugamani. In una stanza al secondo piano c'era ancora il letto dove Paolo e Livia avevano dormito per una notte, non l'avevamo mai tolto. Blanca era stupita dalla vuotezza mai abitata delle stanze; non so quanto Guido le avesse spiegato di questa casa.

Non avevano fame, si erano fermati a mangiare una pizza sulla strada; hanno detto che volevano riposarsi un attimo e raggiungerci più tardi. Avevano una loro dimensione privata di cui sembravano contenti e divertiti: un modo di scambiarsi occhiate rapide e accenni di sorrisi, accenni di gesti.

Appena siamo tornati in casa nostra Martina mi ha detto «Non so se è stata una buona idea venire con lei», e il suo tono mi ha fatto rabbia e quasi spavento. Mi è venuto in mente che senza rendercene conto avevamo sviluppato una morale e un controllo sociale da piccolo nucleo chiuso, la tendenza a preservare dal cambiamento i rapporti tra chi ci era vicino. L'ho detto a Martina; lei si è offesa, ci siamo messi a litigare.

Abbiamo aspettato Guido e Blanca per un'ora nel soggiorno, ma non si sono fatti vedere. Paolo e Livia sono andati a dormire; se n'è andata anche Martina. Prima di raggiungerla sono uscito sul prato a guardare le luci accese nella casa di Guido. Ho pensato a quante volte me l'ero immaginata così; a quanto era diverso.

Il mattino dopo Guido si è alzato presto, mi ha trovato che facevo uscire le galline dal pollaio. Ha detto «Porca miseria, Mario, che vita *perfetta* fai». Sembrava molto più malconcio di quando l'avevo visto a Roma, ma non poteva essere cambiato tanto in tre mesi. Aveva segni di fatica profondi intorno agli occhi, capelli grigi tra le ciocche disordinate; nel suo sguardo la delusione era più forte di qualunque altro sentimento lo avesse animato da quando ci conoscevamo.

Avrei voluto dirgli qualcosa sull'alcool che lo stava distruggendo, ma sapevo benissimo cosa mi avrebbe risposto. E sapevo che era solo uno strumento nella sua distruzione, non certo l'origine; che ne avrebbe trovato un altro se non ci fosse stato questo.

Lui moriva dalla voglia di abbracciare suo figlio; ha detto «Quando non lo vedo per un po' mi viene questa specie di frenesia nelle *mani*, voglia di stringerlo e sollevarlo in aria e strapazzarlo».

Gli ho risposto che me lo immaginavo; e non ci voleva molto, conoscendo il bisogno di comunicazione fisica che aveva con tutti. Lui ha detto «No che non te l'immagini, non sei mai stato lontano dai gemelli più di *due giorni*». C'era un velo di risentimento adesso nella sua voce, o se non c'era me lo immaginavo.

Siamo entrati insieme in casa, e il piccolo Giuliano era in cucina con i gemelli, si inseguivano tra le sedie dopo aver fatto colazione. Era affascinato da due esseri così più grandi di lui ma ancora bambini; si adattava senza protestare al ruolo di giocattolo che gli assegnavano ogni volta nei loro divertimenti maneschi.

Guido gli è andato incontro del tutto frontale, pieno di gioia di rivederlo e voglia di contatto, e Giuliano si è spaventato, ha gridato «Lasciami!» appena lui l'ha preso in braccio. Ha scalciato e si è dimenato e ha cercato di morderlo a una mano, poi visto che Guido non lo mollava si è messo a strillare. Guido lo teneva forte, diceva «Ehi, *ehi*»; cercava disperatamente di rovesciare la situazione, suscitare affetto e fiducia in suo figlio. Ma Giuliano ormai era in un parossismo di isteria; Guido ha dovuto rimetterlo giù.

Giuliano è scappato via piangendo, si è aggrappato a Martina che l'ha preso in braccio. I gemelli guardavano la scena da vicino, attratti dalle lacrime e gelosi dell'attenzione.

Guido ha detto «Che accoglienza *commovente*». Martina ha cercato di spiegargli che era una reazione naturale, che non si può pretendere di riprendere contatto con un bambino in modo così brusco dopo mesi che non lo si vede. Ma Giuliano continuava a piangere, gridare a Guido «Vai via!». Martina l'ha portato fuori per calmarlo, i gemelli le sono andati dietro.

Guido è andato a una finestra, guardava fuori con le mani in tasca. Gli ho spiegato che mi era capitata la stessa cosa almeno un paio di volte, e c'ero rimasto altrettanto male; ma sembrava un tentativo rozzo di consolarlo. Lui mi ha chiesto se c'era qualcosa da bere. Gli ho riempito un bicchiere del nostro vino rosso, pensando che gli avrebbe fatto comunque meno male di quello che beveva di solito. Lui se l'è vuotato in pochi sorsi, aveva uno sguardo di pura desolazione. Ha detto «Mi sembra di stare fermo come un imbecille a vedere tutto che scivola *via*. E non ho niente. Non ho Blanca perché non la conosco e non ho Chiara perché la conosco troppo bene, non ho mio figlio perché non lo vedo mai. Non ho la casa qui e non ho la casa di Roma, non ho il mio lavoro, né un'idea che non sia sommersa e resa inutilizzabile dall'ottusità implacabile dei *fatti*».

Era la prima volta da quando lo conoscevo che lo sentivo lamentarsi di quello che non aveva, e il pensiero mi ha provocato uno strano impulso di panico, mi ha fatto dire «In fondo è la tua vita e te la sei scelta tu».

«Io non ho scelto proprio *niente*» ha ribattuto Guido.

«Non ho scelto di nascere a Milano né ho scelto i miei genitori né niente di quello che ho fatto».

Gli ho detto che non poteva continuare a fare questi discorsi fatalisti e infantili, presentarsi come un prigioniero delle circostanze. Avevo preso anch'io un bicchiere di vino, e non bevevo mai di mattina; stavo accalorandomi in un intreccio disordinato di pensieri, nati in momenti e circostanze diversi ma tutti originati da lui. Gli ho detto «Forse in passato ci sono cascato anch'io, ma poi ho capito che è un gioco autodistruttivo. E puoi anche compiacerti all'idea di tutti i personaggi romantici e suggestivi che non sono riusciti a stabilire una relazione con il mondo e sono andati in malora, ma questo non toglie niente alla stupidità di buttarsi via». Parlavo su un'onda di vera rabbia, suscitata dal dispiacere e dall'amicizia e forse dall'invidia che avevo per lui anche in questo momento; camminavo avanti e indietro nella cucina e gli gridavo contro.

Lui mi guardava, sorpreso dal mio tono almeno quanto lo ero io. Ha detto «Certo, tu sei riuscito a fermare le cose che contano e chiuderle in contenitori adatti prima che scivolassero via e ci hai costruito intorno questo giardino magnifico dove i tuoi figli e anche il mio possono giocare contenti. Ma sei partito col piede *giusto*».

Stavo per ribattergli qualcosa nello stesso tono di prima, e invece mi sono visto far lezione dal balcone della mia vita quasi felice a lui giù nella strada attraversata da dubbi ed esitazioni laceranti. Ho smesso di parlare, versato altri due bicchieri di vino.

Più tardi è arrivata Blanca, e Guido è tornato più allegro, anche se non ha smesso di bere. Fuori era una giornata di giugno con un vento leggero nel cielo perfettamente limpido; era difficile restare pessimisti.

Dopo qualche giorno Guido è riuscito a stabilire rapporti più vicini con suo figlio: prenderlo in braccio per pochi minuti, raccontargli una storia con molte immagini quando lui non era impegnato a seguire i gemelli. Ma Guido era impaziente per rassegnarsi alla lentezza di questo processo: cercava continuamente di saltare passaggi, afferrare Giuliano e stringerselo tra le braccia ed essergli subito molto amico e vicino. Suo figlio ricominciava a dibattersi e gridare come un animalino in trappola; lui di nuovo ci restava malissimo. Martina ogni volta gli diceva «Ci vuole tempo». Guido le rispondeva «Non ne *ho*». Giuliano scappava lontano con i gemelli e il cane, quand'era in casa si teneva al riparo dello sguardo rassicurante di sua zia.

Blanca è riuscita a superare la diffidenza dei bambini e gli adulti delle Due Case in poco tempo, la sua natura solare ha conquistato tutti. Guido era protettivo e paziente con lei come non lo avevo mai visto con Chiara: le spiegava a lungo i meccanismi delle cose, si sforzava di renderle accessibile il suo punto di vista. Lei raccoglieva forse solo una parte di queste informazioni, per quello che la sua età e il suo modo diverso di pensare le consentivano; andava avanti piena di energia e curiosità fisica per il mondo. Guido sembrava contento di stare con lei, ma questo non modificava il senso di estraneità che lo avvolgeva in ogni momento, né lo faceva smettere di bere fin dal primo mattino. Sembrava che la contentezza che aveva trovato con Blanca rischiarasse solo una parte dei suoi pensieri, senza estendersi alle zone d'ombra che la circondavano.

Lo osservavo da vicino ogni giorno, e non lo vedevo riprendere colore come era successo a suo figlio; il suo appetito non aumentava affatto. Ma ero convinto che stare in campagna gli facesse bene: speravo che decidesse di non andarsene più.

Un mattino che Blanca dormiva ancora Guido mi ha accompagnato a Gubbio a comprare degli attrezzi. Abbiamo percorso la lunga strada sterrata fino in fondo, imboccato quella asfaltata che porta alla città. Intorno a noi scorrevano i capannoni delle piccole e medie industrie, gli edifici a molti piani proliferati selvaggiamente per tutta la pianura. Conoscevo l'effetto su Guido di questo tipo di paesaggio; ho accelerato per arrivare alla città antica prima che potevo. Ma Guido guardava fuori con la sua attenzione morbosa e non gli sfuggiva un particolare; ha detto «È solo questione di tempo prima che arrivino anche alla nostra valle e la *sommergano*».

Cercavo disperatamente di raggiungere le pietre e i mattoni del centro, ma un camion bloccava la strada proprio all'altezza di un gruppo di enormi costruzioni di cemento con finestre da bunker. Guido mi ha chiesto «Cosa si dovrebbe fare per fermarli, secondo te? Darsi *fuoco* nel parcheggio di un supermarket? Credi che potrebbe servire a qualcosa?».

Gli ho risposto che forse sarebbe stato meglio parlarne in un libro, farlo leggere a più gente possibile. Eravamo davanti alla porta della città antica, ormai; ho fermato la macchina, siamo saltati giù.

Guido ha detto «Ma i messaggi corrono negli stessi contenitori, ognuno di loro viene consumato senza che lasci *tracce*. Puoi dire qualunque cosa, e si mescola ai milioni di altre informazioni che circolano ogni giorno. I sentimenti che vorresti raggiungere sono inattivati da troppi contatti a vuoto e troppi contatti artificiali, nessuno riesce più a *rispondere*».

Poi camminavamo tra le strette vie selciate, e Guido era affascinato dagli angoli di cortili che riuscivamo a intravedere, dai piccoli giardini interni e le finestre orientate verso il sole o verso la valle, verso il monte sopra di noi. Diceva «Un tempo la gente che viveva nelle città ne era *orgogliosa*. Tutti si sentivano partecipi di una vista, o dei materiali di un muro, di una prospettiva o di uno slargo riparato. E gli abitanti potenti e ricchi si davano da fare per il luogo nel suo *insieme*. Lo consideravano una loro estensione, la sua bellezza generale era anche la loro gloria privata».

Ne parlava con una strana nostalgia appassionata nella voce, come se avesse conosciuto le città di allora e chi le aveva costruite. Diceva «Adesso sono solo dei centri di saccheggio di energie umane, e gli abitanti ricchi e potenti vivono in mezzo ai loro stessi *detriti*, cercano solo di blindarsi e impermeabilizzarsi più che possono dall'orrore che hanno prodotto, scapparsene lontani alla prima occasione. E la gente accetta di adattare i propri desideri, farseli snaturare e indirizzare su *oggetti*, su automobili e vestiti e apparecchi elettronici e giocattoli inutili che servono a far dimenticare cosa è diventato il mondo».

Camminava ancora più irregolare del solito, la sua voce così alta e rauca che la gente si girava, si chiedeva credo chi era, o cosa voleva.

Il giorno dopo lui e Blanca sono ripartiti. Lei doveva fare un provino per un film, ma non credo che Guido sarebbe rimasto in ogni caso. La campagna gli piaceva moltissimo ma lo intristiva anche, gli faceva pensare troppo a tutto quello che mancava nella sua vita. Ha spiegato a me e a Martina che avrebbe preferito tornare come nostro ospite, senza l'idea di avere la seconda casa che lo aspettava. Io e Martina gli abbiamo detto che forse si trattava solo di metterci qualche mobile e qualche oggetto per renderla più calda e abitabile, ma sapevamo anche noi che non era così.

Siamo andati tutti allo spiazzo erboso come facevamo sempre, li abbiamo abbracciati prima che salissero sul loro relitto di Alfa Romeo. Guido ha preso in braccio suo figlio, questa volta l'ha messo giù prima che cercasse di divincolarsi; è stato a guardarlo mentre tornava al riparo di Martina.

Ci siamo abbracciati e baciati, e c'era una strana atmosfera conclusiva nell'aria, molto più densa che in altre partenze a cui mi sforzavo di pensare.

Quando la loro macchina è andata via lenta mi è venuto l'impulso di inseguirla giù per il prato e salutarli ancora una volta. Ma sono rimasto incerto e poi è stato troppo tardi; la macchina è sparita dietro la prima curva.

Venticinque

L'estate è andata avanti calda e lunga, quasi senza vento. La nostra sorgente per fortuna sembrava inesauribile e bastava a noi e agli animali e all'orto; il grano era già maturo e non ci preoccupava. Era il periodo peggiore dell'anno, in ogni caso, quando tutta la campagna vibrava secca e stoppiosa e il minimo movimento costava sudore. Appena potevamo ci riparavamo in casa o all'ombra di una quercia; cercavamo di fare i lavori pesanti molto presto di mattina o la sera.

Chiara è venuta ai primi di agosto ed è rimasta con noi tutto il mese. Leggeva libri gran parte del giorno, lasciava che Martina si occupasse di suo figlio. Giuliano ormai era troppo impegnato con i gemelli, si lasciava coccolare da sua madre solo la sera, quando le corse nei prati infuocati e le arrampicate sugli alberi e gli inseguimenti furiosi nel fienile l'avevano sfinito. Chiara aveva iniziato le pratiche per il divorzio, Guido le aveva spedito le carte necessarie. Ogni volta che le parlavo sembrava combattuta tra sollievo e rimpianto; forse sperava ancora di veder tornare Guido da un giorno all'altro.

Ma Guido non è tornato, né ha telefonato. Verso la fine di agosto Chiara mi ha dato un sacco di plastica con le sue poche cose che erano rimaste a Milano, ha detto che non voleva più vederle. Erano una dozzina di vecchi libri in edizioni tascabili, qualche vecchio disco e un paio di camicie mai messe. Nessuno di questi oggetti aveva scritte o segni da cui si potesse capire che era appartenuto a Guido o aveva avuto un valore sentimentale ai suoi occhi; non ho mai incontrato nessuno che lasciasse meno tracce di lui. Forse dipendeva dalla sua ossessione per lo scorrere del tempo, per l'irrecuperabilità delle cose. Ogni volta che ritrovava una vecchia lettera o fotografia o pagina scritta il suo primo impulso era distruggerla: diceva che lo intristiva. Lo intristiva ricevere regali, anche; e più cura e ricerca intuiva in un regalo, più profonda era la sua tristezza. Diceva che era stato così fin da bambino, non poteva farci niente.

Ho tenuto il sacco di plastica con i suoi oggetti; l'ho messo in un armadio per darglielo alla prima occasione.

Chiara ci ha lasciato Giuliano ancora per due settimane, poi a metà settembre è venuta a riprenderselo. Ha detto che l'aveva iscritto a un asilo; che voleva organizzargli la vita più regolare ed equilibrata possibile data la situazione. A Martina ha raccontato che si era messa con un redattore della sua piccola casa editrice: non le sembrava di essere proprio pazza di gioia ma almeno non era infelice come negli ultimi anni con Guido, quando anche il più piccolo e legittimo dei suoi desideri le sembrava irraggiungibile. A me ha detto che Guido le aveva telefonato un paio di volte, ma le loro conversazioni si erano trasformate in scontri sull'idea che Giuliano dovesse abitare a Milano e andare all'asilo. Ha detto «Si è offerto di tenerlo lui, e non sa neanche dove andrà a vivere tra un mese. Ti rendi conto?».

Le ho spiegato che saremmo stati felici di tenerlo noi; lei ha detto «Voglio che viva con me, visto che almeno un genitore ce l'ha». E non era dura o implacabile, o fredda: cercava solo di difendersi, proteggere i suoi sentimenti come poteva.

Il giorno dopo quando ha preso Giuliano in braccio e gli ha detto che lo riportava a Milano lui si è messo a strillare e divincolarsi come un matto; Chiara ha dovuto caricarlo in macchina di peso e partire, costernata quanto noi che stavamo a guardare.

Poi abbiamo saputo molto poco dei frammenti della famiglia Laremi. Martina sentiva sua sorella al telefono ogni tanto, raccoglieva brevi liste di informazioni generiche: il bambino che stava bene anche se era tornato pallido e guardava troppa televisione; il lavoro che era interessante ma faticoso, l'aria di Milano difficile da respirare come sempre.

Guido ha chiamato da Roma un paio di volte, mi ha detto che aveva lasciato l'appartamentino con il terrazzo perché non poteva più permetterselo, era andato provvisoriamente a casa di Blanca. Stava lavorando a un nuovo libro e gli sembrava di aver trovato la chiave giusta: anche se andava avanti lento era riuscito a superare la barriera delle prime dieci pagine. Blanca aveva una parte in un film e tornava a casa la sera piena di ansie, ma rassicurarla gli faceva bene, lo faceva sentire più solido di com'era da parecchio tempo.

Non sono state telefonate lunghe; non riuscivo a capire i veri sentimenti dietro il suo tono di superficie.

Ventisei

Un giorno di ottobre sono tornato a casa dai campi verso mezzogiorno e Martina mi è venuta incontro nell'ingresso con una faccia strana. C'era un silenzio anomalo in casa; ho visto Livia e Paolo e i gemelli che sgusciavano nel corridoio senza guardarmi. Martina ha detto «Guido è morto».

E l'avevo capito fin da quando ero sulla porta: avevo sentito la frase precisa prima che lei la pronunciasse. Mi sembrava di vedermela davanti come un'insegna al neon, intermittente su un fondo neutro. Martina mi ha spiegato che l'avevano trovato nella vecchia Alfa Romeo schiantata contro un palo alla periferia di Milano. Le sue parole mi arrivavano con grande lentezza o troppo rapide; non mi sembrava che aggiungessero niente a quello che già sapevo.

Sono andato in giro per il soggiorno, ho guardato fuori da tutte le finestre, guardato i piccoli rettangoli di legno del pavimento; avevo perso il significato degli oggetti. Mi sono lasciato scivolare per terra, con frammenti di sensazioni che mi passavano nella testa a velocità diverse. Quasi tutte avevano a che fare con Guido, come pezzetti di fotografie mescolati e sparsi; per quanto ci provassi non riuscivo a ricomporli in immagini intere, né a fermarli.

Martina è venuta ad accovacciarsi vicino a me, piangeva e mi guardava senza dire niente. Cercavo di tirarmi a un minimo di distanza dall'idea di Guido morto, e appena mi sembrava di riuscirci ero già risucchiato al suo centro opaco. Non era questione di fronteggiare un avvenimento esterno; quello che era successo era dentro di me.

Sentivo il mio equilibrio interiore saltato, andato per sempre. Sono uscito sul prato tra le due case, e non c'era una temperatura riconoscibile, o un odore familiare nell'aria. Ho camminato lungo la strada sterrata credo per ore, senza mai avere un pensiero definito in testa.

Quando sono tornato a casa Martina mi ha dato una tazza di minestra calda, raccontato quello che le aveva detto Chiara al telefono. Non avevo voglia né bisogno di dettagli ma lo stesso l'ho ascoltata, con un'attenzione discontinua che mi faceva tradurre in immagini le sue frasi e subito dopo cancellava ogni loro senso.

Chiara non sapeva affatto che Guido stesse andando a Milano, l'avevano chiamata dalla polizia per informarla di averlo trovato poco dopo l'alba. Dovevano ancora fare un'autopsia, e una perizia per capire come aveva potuto schiantarsi in uno dei viali più dritti della città, a un'ora senza traffico.

Più tardi ci sono state le telefonate a Chiara e a Blanca e alla madre di Guido: i tentativi di traduzione di pensieri in parole scelte anche per i loro suoni. Blanca sembrava piena di stupore, più di ogni altro sentimento; continuava a dirmi che Guido non era il tipo di persona che può morire. Le ho detto che non era certo neanche uno che può vivere tanto bene in un mondo come questo.

La madre di Guido e Chiara avevano un fondo di rabbia mescolata ai loro diversi dispiaceri, ai loro modi diversi di esprimerli: per come lui non aveva mai voluto essere contento anche quando avrebbe potuto. Ho cercato di spiegare a tutte e due che Guido era la persona più desiderosa di contentezza che avessi conosciuto; che era proprio questo all'origine della sua sofferenza.

Abbiamo litigato sull'idea di un funerale, ho dovuto faticare prima di convincerle che Guido non ne avrebbe mai voluto uno. Sua madre si è messa a piangere e gridare quando le ho detto che pensavo di seppellirlo in campagna vicino alle Due Case. Ha gridato che almeno adesso voleva averlo vicino, ed era così disperata che alla fine le ho dato ragione. Ma al cimitero di Milano non c'era posto, per avere una tomba bisognava assoggettarsi a liste d'attesa e pratiche lunghissime, pagare cifre enormi. Alla fine è intervenuta mia madre, ha detto che potevamo seppellirlo nella nostra tomba di famiglia, per il momento; lei non ne aveva bisogno subito.

Sui giornali la notizia è uscita come mi aspettavo, in piccoli pezzi di colore tutti centrati su *Canemacchina* e sul fenomeno sociologico che loro stessi avevano inventato. L'idea di Guido schiantato mentre guidava ubriaco e senza patente rientrava in modo perfetto nelle loro immagini prefabbricate, nelle conclusioni pescate dal loro prontuario di frasi fatte che parlavano di "tragica parabola".

La sepoltura a Milano è stata una breve e sciatta procedura, nella desolazione di un cimitero quasi identico alla città che tutto intorno ospitava i suoi abitanti ancora vivi. La madre di Guido era distrutta, ma non aveva nessuna intenzione di farsi consolare da me e da Martina: il fatto che avessimo condiviso la vita di suo figlio con tanta intensità doveva farle pensare che fossimo in qualche misura corresponsabili della sua morte. Chiara piangeva, e mi sembrava di leggere anche sollievo nel suo dispiacere. Blanca non è venuta, mi aveva spiegato al telefono che l'idea di fare il viaggio da sola in queste condizioni le faceva paura. Le avevo detto che la capivo; che sapevo cosa sentiva per Guido e Guido per lei.

Io e Martina siamo ripartiti subito, ci siamo giurati alla stazione di non tornare mai più a Milano.

Dopo qualche incertezza la nostra esistenza alle Due Case è ripresa secondo i suoi ritmi stagionali, nella varietà di occupazioni che rendevano fitte le nostre giornate. Cercavo di bruciare tutte le mie energie nel lavoro, non lasciarne abbastanza per pensare a niente troppo a lungo; ma sapevo che non avrei mai potuto tornare esattamente quello di prima. Era come se una parte dei miei pensieri se ne fosse andata per sempre, insieme alla capacità di essere in un posto e immaginarmi altrove, rafforzare la rete dei miei legami e metterli in discussione, cercare sicurezza e ancora sperare in una sorpresa. Ero solo quello che ero, adesso, e facevo solo quello che facevo; non avevo più esitazioni né illusioni né aspettative incontrollate, percepivo in modo chiaro i margini della mia vita. Ma era la mia vita e mi piaceva: me l'ero scelta e costruita io pezzo per pezzo, con molta fatica e molta passione e molto divertimento; non l'avrei cambiata con quella di nessun altro.

Per una settimana dopo la morte di Guido abbiamo discusso di cosa fare della seconda casa, adesso che lui non ci sarebbe più andato ad abitare. Livia voleva trasformarla in laboratorio per le marmellate e i formaggi, visto che avevamo bisogno di nuovi spazi coperti per queste attività; Paolo proponeva di adattarla a falegnameria e officina per gli attrezzi agricoli. Martina ha detto che avremmo potuto lasciarla com'era, nel caso che qualcun altro venisse a vivere con noi o Livia e Paolo facessero dei figli. Continuavamo a guardarla dalla finestra della cucina, le giravamo intorno per vederla meglio; non riuscivamo a decidere.

Poi una sera mi è venuto un impulso, e l'ho seguito senza consultare nessuno. Ho preso una grossa tanica di gasolio rimasta da quando avevamo il generatore a scoppio e sono entrato nella seconda casa e ho rovesciato il liquido di stanza in stanza; sono tornato indietro e gli ho dato fuoco con un fiammifero.

Le fiamme sono salite rapide, gialle e crepitanti fuori dalle finestre. Paolo e Martina e Livia hanno lanciato grida di allarme, sono corsi verso le fonti d'acqua; solo quando gli ho spiegato che ero stato io e il vento soffiava dall'altra parte e non c'era pericolo per la nostra casa si sono convinti a non intervenire. Siamo rimasti fermi sul prato: i gemelli eccitati come per una festa straordinaria, Paolo e Livia stupefatti, Martina dalla mia parte adesso come avevo sperato. L'aria era calda tutto intorno a noi, la luce arancionata come se d'improvviso fossimo molto più vicini al sole. Presto un'atmosfera incredibilmente intensa ci ha contagiati tutti, ci ha fatto partecipare al lavoro delle fiamme con le lacrime agli occhi e il cuore che ci batteva, senza più riuscire a dire una parola. Ridevamo e piangevamo e i bambini gridavano di gioia e il cane abbaiava, lo spettacolo che avevamo davanti era la rappresentazione più viva e mossa dei nostri sentimenti. Pensavo che questo era un funerale di cui Guido non si sarebbe vergognato; che forse avrebbe potuto addirittura immaginarselo lui.

La seconda casa è andata avanti a bruciare a lungo nella sera e poi nella notte. Ogni tanto sembrava che il fuoco fosse sul punto di fermarsi e subito dopo riprendeva, avviluppava l'intera costruzione con un crepitio e un soffio di calore ancora più forte. Il contadino Raggi è arrivato con l'idea di aiutarci a spegnere un incendio, quando gli abbiamo spiegato che l'avevamo voluto noi non riusciva a crederci. Deve aver pensato ancora una volta che eravamo un piccolo branco di ex cittadini pazzi, ma presto si è lasciato affascinare dallo spettacolo, è rimasto con noi a lungo.

Quando le travi di legno si sono consumate il tetto è rovinato sul primo piano, e il primo piano sul piano terreno; i muri che io e Guido avevamo rimesso insieme con tanta cura si sono scomposti nei loro materiali, pietre e mattoni rotolati in un mucchio ancora fiammeggiante. Poi c'è stato quasi solo fumo, e siamo intervenuti con secchi d'acqua e badili a spegnere le ultime fiamme e le braci che avrebbero potuto estendersi per il prato; abbiamo lavorato fino a tardi nella notte, quando il fuoco è stato del tutto spento e le nostre energie esaurite.

Nei giorni dopo io e Paolo abbiamo sgombrato le pietre e i mattoni anneriti, li abbiamo disposti in pile dietro alla stalletta delle capre, bene ordinate per possibili usi futuri. Abbiamo zappato la terra e l'abbiamo concimata con cenere e letame, ci abbiamo piantato lavanda e rosmarino che Martina voleva da tempo.

Quando abbiamo finito sono andato a fare una passeggiata da solo, fino alla collina che anni prima in un giorno di neve io e Guido avevamo risalito per contemplare il paesaggio. Ho cercato il punto preciso in cui ci eravamo fermati e ho guardato in basso come avevamo fatto allora, ed era strano vedere una casa sola dove ce n'erano state due.

Indice

Questo libro è stampato su carta certificata FSC,
che unisce fibre riciclate post-consumo a fibre vergini
provenienti da buona gestione forestale e da fonti controllate.

Finito di stampare nel marzo 2016 presso
Grafica Veneta - via Malcanton, 2 - Trebaseleghe (PD)
Printed in Italy

Libri

ISBN 978-88-452-7680-4